A Sereia sem Dons

A SEREIA SEM DONS

Cristina Bomfim

Diretor-presidente:
Jorge Yunes
Gerente editorial:
Cláudio Varela
Editora:
Ivânia Valim
Assistente editorial:
Isadora Theodoro Rodrigues
Suporte editorial:
Nádila Sousa, Fabiana Signorini
Coordenadora de arte:
Juliana Ida
Gerente de marketing:
Renata Bueno
Analistas de marketing:
Anna Nery, Juliane Cardoso e Daniel Oliveira
Estagiária de marketing:
Mariana Iazzetti
Direitos autorais:
Leila Andrade
Coordenadora comercial:
Vivian Pessoa

A sereia sem dons
© Cristina Bomfim, 2021
© Companhia Editora Nacional, 2023

Todos os direitos reservados. Nenhuma parte desta obra pode ser reproduzida ou transmitida por qualquer forma ou meio eletrônico, inclusive fotocópia, gravação ou sistema de armazenagem e recuperação de informação sem o prévio e expresso consentimento da editora.

1ª edição — São Paulo
1ª reimpressão

Preparação de texto:
Chiara Provenza
Revisão:
Alanne Maria, Lorrane Fortunato
Ilustração de capa e miolo:
Cristina Bomfim
Diagramação:
Valquíria Palma
Crédito de imagem da Natalia Avila:
Gimmy

DADOS INTERNACIONAIS DE CATALOGAÇÃO NA PUBLICAÇÃO (CIP) DE ACORDO COM ISBD

B695s   Bomfim, Cristina
2023.   A sereia sem dons / Cristina Bomfim. - São Paulo, SP : Editora Nacional, 2023.
           352 p. ; 16cm x 23cm.

           ISBN: 978-65-5881-172-5
           1. Literatura brasileira. 2. Ficção. I. Título.

2023-1678   CDD 869.8992
                                                   CDU 821.134.3(81)

Elaborado por Odilio Hilario Moreira Junior - CRB-8/9949

Índice para catálogo sistemático:
Literatura brasileira: Ficção 869.8992
Literatura brasileira: Ficção 821.134.3(81)

NACIONAL

Rua Gomes de Carvalho, 1306 - 11º andar - Vila Olímpia
São Paulo - SP - 04547-005 - Brasil - Tel.: (11) 2799-7799
editoranacional.com.br - atendimento@grupoibep.com.br

Dedico esta história ao meu amado tio Rafael, que partiu tão cedo que só pude conhecê-lo por meio das histórias de meu pai.

Espero pacientemente o dia em que presenciarei com meus próprios olhos um abraço apertado de irmãos no Grande Reencontro de Sangue.

"Quem sabe se não foi para este momento que foste conduzida à realeza?"

Ester 4:14

Prólogo

A cabeça do herdeiro tritão valia uma fortuna, e muitos humanos queriam esse prêmio.

No palácio de Norisea, a rainha escondeu seus dois filhos: o primogênito Raon e a caçula Admete.

— Permaneçam aqui. É uma ordem! — obrigou a rainha.

— Mãe, eu posso ajudar! — insistiu o filho mais velho.

A rainha negou com a cabeça.

— Os humanos estão mais poderosos e possuem uma tecnologia que nós não compreendemos. É tudo novo e desconhecido. Eu, seu pai e todo o reino já estamos lutando para defender Norisea. Você é nosso herdeiro, seu trabalho é ficar a salvo.

— Que rei é esse que, em meio ao caos, se esconde da guerra?

— Raon, você ainda não é rei. Seu pai é, e ele está cumprindo o papel ao qual foi designado. Quando chegar a sua vez, você entenderá.

Ela se virou para Admete que observava temerosa a discussão dos dois.

— Minha filha, eu sei que você tem mais juízo e sabedoria que seu irmão. Não permita que ele saia de seu posto.

— Sim, mamãe — respondeu a pequena sereia.

A rainha abraçou os filhos com as mãos trêmulas, olhou seus herdeiros mais uma vez e nadou para fora do quarto secreto do palácio. Ela então selou a porta, deixando Raon e Admete sozinhos.

— Não é justo, eu deveria lutar! — reclamou o primogênito, enfurecido. — Nossos pais são tolos por acharem que ainda não completei todos os ciclos de aprendizado, não fazem ideia do que vivenciei na terra.

— Nossa mãe só está chateada. Ela tem se queixado por você se prolongar em suas jornadas em Enellon.

O irmão sorriu ao se lembrar das experiências em terra firme.

— Um dia te levarei comigo. Quantas vezes já se transformou?

— Apenas duas, irmão.

— Pouco, Admete. Precisa aperfeiçoar seus ciclos na ilha de Norisea. As sereias da sua estação treinam lá com frequência.

A menina, receosa, olhou para sua cauda e começou a enrolar uma mecha do cabelo na ponta de seus dedos.

— Não gosto de ir para a ilha — admitiu.

— E eu posso saber por quê?

Admete se manteve quieta. Raon percebeu que havia algo de errado.

— O que te atormenta? — perguntou com gentileza ao pegar nas mãos pequeninas da sereia a sua frente.

— Sou ridicularizada constantemente por não ter dons — respondeu tristonha.

Raon entendeu a preocupação da irmã e decidiu deixar sua indignação de lado por um momento para lhe dar o devido suporte.

— Admete, você possui apenas seis estações, fui agraciado com dons aos cinco. Tardou, mas, ao chegar, meu dom me atingiu com fúria e glória. Lembro como se fosse ontem do dia em que todos ficaram abismados com tamanho poder; nosso pai irradiou de tanto orgulho. Se o espírito dos mares não lhe concedeu um dom ainda, é porque ele está preparando algo maior para você.

— Você acredita mesmo nisso?

— Eu não tenho dúvidas! Você é filha da sereia e do tritão mais poderosos de Norisea, seu sangue é poderoso, Admete. Seu coração arde por nossas águas e nossa história, você tem imenso atributo.

— E se Hanur nunca me der dons?

— Se o espírito dos mares não lhe presentear com tamanha honraria, é porque ele sabe que seu sangue basta.

Admete sorriu. Todos diziam que ela só seria uma sereia de verdade quando recebesse dons, mas, para Raon, isso não era necessário. Tê-la como irmã era mais que suficiente para ele, e seu sangue não perdia valor por não conter magia. Era nisso que ela tentava acreditar, mesmo que nem sempre funcionasse.

— Mostra um pouco do seu dom de novo, Raon? — pediu ela com um sorriso tímido.

— Apenas se você me prometer que vai se instruir na ilha, assim como todas as crianças de sua estação.

Ela abaixou a cabeça relutante, como se estivesse prestes a segurar o choro.

— Eu não...

— Admete, me escute: vá para a ilha, fique forte, mais forte que todos os outros. O dia em que você, mesmo sem magia, sair vitoriosa em um duelo contra outra sereia de imenso poder, você estará pronta para lutar contra os humanos.

— Isso é impossível, Raon! — Admete exclamou irritada. Ela sabia que jamais seria capaz de derrotar uma sereia com magia e que apenas habilidades físicas não seriam suficientes, algo lhe faltava e enquanto ela não tivesse isso, sempre seria um fardo, uma perdedora.

— Olhe para mim. — Ele pegou na mão de sua irmã. — Preste atenção, temos o mesmo legado correndo em nossas veias. É o mesmo poder, a mesma bênção, o mesmo sangue! Apenas me prometa que vai se fortalecer.

Admete pensou um pouco antes de responder.

— Eu prometo, irmão... — suspirou. — Mas acredito que talvez o espírito Hanur não goste mesmo de mim.

— Se isso fosse verdade, Ele estaria errado...

— Irmão! — exclamou, alarmada com a afirmação. Diziam que falar algo assim contra o espírito do mar poderia trazer imensurável maldição ao reino.

— Já pensou em orar ao Santo Espírito?

Admete franziu o cenho, já ouvira falar desse espírito, mas ele não tinha a mesma credibilidade que o espírito das águas e das terras tinham, ainda mais por ser um espírito sem nome. Santo. Quanta arrogância. Era só um espírito celeste, por que então não tinha nome igual Hanur e Callian? Só podia ser uma farsa.

— Papai disse que ele é apenas uma lenda.

— Não, Admete, Ele é real.

A sereia encarou o irmão, o sorriso em seu rosto era convincente. Ela sabia que o irmão era estudioso e erudito, então se ele tinha tanta certeza, talvez não fosse mentira.

— Você acredita mesmo n'Ele? — perguntou curiosa.

— Eu acredito, minha irmã.

— Então... eu acredito também.

O jovem rapaz estava satisfeito. Era bom ser o mais velho. De certa forma, era mais fácil influenciar a caçula, e Raon ficava contente ao saber que agora sua irmãzinha acreditava no mesmo que ele.

— O que você quer que eu faça, então? — perguntou ele, finalmente cedendo.

— Um cavalo-marinho, por favor — respondeu empolgada.

Raon sorriu. Era só isso que ela pedia, todas as vezes. O futuro rei fez um movimento circular com as mãos, formando um suave redemoinho na água, seus olhos se tornaram roxos, combinando com seu cabelo cor--de-rosa. Algo semelhante a fogo apareceu entre as mãos do rapaz e logo assumiu a cor dos olhos dele. Um último movimento e a chama comum tomou a forma de um cavalo-marinho. Raon passou os dedos por cima da chama e os balançou, o cavalo-marinho acompanhou seus movimentos como se estivesse dançando na água. A brincadeira conseguiu arrancar gargalhadas de Admete. Raon amava a risada dela. A sereia se aproximou animada, mas foi impedida por seu irmão.

— Não toque, Admete, poderá se queimar.

— Por que só você e o papai tem esse dom em toda Norisea?

— Não há uma regra, dons se manifestam de forma diferente em cada indivíduo, mas é claro que a herança colabora no momento da seleção.

— O fogo dos humanos não funciona aqui na água.

— Eles têm o fogo deles, nós temos o nosso. É uma lástima sermos tão poucos. Com o fogo do mar, venceríamos os humanos com facilidade.

— Será que herdarei o dom da mamãe?

— Não há como ter certeza, mas seria notável. Temos poucos telepatas em Norisea. Ao mesmo tempo, não preci...

— Não preciso de dons para ser reconhecida pelo meu sangue — interrompeu Admete, revirando os olhos. — Eu já sei, Raon.

O irmão cessou a chama, dissipando com ela o cavalo-marinho, e lançando um olhar gentil e confortante à caçula.

— Mesmo que você nunca receba seus dons, eu estou aqui, vou te proteger para sempre.

— Obrigada, mas prefiro meus dons — provocou.

Raon riu, e Admete se juntou a ele, mas logo as risadas foram interrompidas por barulhos estrondosos na porta do quarto secreto.

— Humanos? — perguntou Admete, temerosa ao se esconder atrás do irmão.

— Não pode ser, estamos muito fundo, eles não sobrevivem sem o ar da terra... — respondeu, tentando se convencer.

— Mamãe falou que eles possuem novas tecnologias...

E, mais uma vez, bateram com força na porta do quarto.

— Irmão — disse Admete com a voz embargada ao ponto de chorar. — Se fossem sereias, não tentariam abrir à força...

Raon não respondeu e, com um movimento brusco da mão direita, conjurou uma espada flamejante, como o pai ensinara.

— Admete, se esconda no armário — disse, sem tirar os olhos da porta.

— Não vou te deixar! — exclamou a menina em desespero.

— Agora! — gritou.

A princesa de Norisea obedeceu ao irmão e se encolheu dentro do móvel, mas não sem deixar uma brecha para ver o que acontecia. Quando a porta do quarto foi arrombada, Admete levou as mãos a boca para segurar o grito. Ficou paralisada quando viu o que estava na entrada.

Uma criatura gigante de metal com braços e pernas surgiu, fazendo o chão tremer. Parecia um robô gigante, com um peitoral grande, pés redondos e pesados e garras na ponta do que deveria ser as mãos. Bem no topo daquela estranha criatura de metal, havia um compartimento completamente vedado que protegia um humano: ele parecia controlar aquela coisa desconhecida.

Não era possível identificar quem era, mas a criatura era o triplo do tamanho de seu irmão. Tudo acontecera rápido demais. Uma lança presa a uma corda saiu do centro das garras do organismo e atingiu o peito de Raon, puxando-o com força e o colocando junto a outras sereias e tritões já sem vida, empilhados em uma gigantesca rede de pesca. Nunca tantas sereias haviam sido mortas em uma caçada.

As águas do mar escondiam as lágrimas da pequena sereia que observava a criatura de metal partir, levando seu irmão mais velho consigo. Ela tinha certeza de que nunca havia chorado e sentido tanto dor em sua vida. Tudo mudaria.

Agora, Norisea não possuía mais um futuro rei, mas, sim, uma futura rainha.

1

Quatorze anos os separavam do trágico acontecimento. O reino inteiro de Norisea lamentou por um ano a morte de Raon, afinal, não era fácil perder um príncipe, principalmente quando ele carregava o fogo do mar, o dom mais raro do reino.

A família real sofreu amargamente, mas a rainha não esperou o término do luto para engravidar de novo. Sendo assim, um ano após a morte de seu primogênito, ela deu à luz gêmeos, Rillian e Vereno, dois lindos e saudáveis meninos. Havia grande expectativa de que um dos garotos herdasse o poder do pai. Porém, Rillian se tornou telepata, como a mãe, e Vereno se tornou anulador, herdando o dom incomum da absorção de som.

Mas o povo ainda tinha a princesa, a futura rainha de Norisea.

Seria ela capaz de salvar seu povo da caça de Enellon?

A verdade é que Admete era, de longe, a maior decepção do reino. Havia completado dezenove estações e não recebera qualquer dom. Foram especuladas muitas teorias a respeito de sua condição, e a mais popular era que o trauma de presenciar a morte de seu irmão invalidou seus dons, e, por isso, ela não conseguia manifestá-los. A teoria mais cruel, no entanto, era que Admete teria armado para o irmão, colocando-o à frente dos humanos, e, por isso, o Espírito dos Mares, Hanur, decidiu não abençoá-la com dons como castigo.

Seus pais, bondosos e sábios, faziam o possível para que os comentários maldosos não chegassem até Admete, mas o esforço era inútil. Os cidadãos murmuravam teorias com frequência, e ela sabia o que o povo pensava dela.

Admete era uma das sereias mais bonitas do reino; sua pele negra era uma mistura harmoniosa do rei e da rainha. Seu cabelo ondulado era de um tom castanho-avermelhado, o volume e o comprimento a tornavam ainda mais deslumbrante. Os olhos castanhos e amendoados encantavam os tritões.

Sua cauda azul mudava de cor dependendo da luz. Às vezes lilás, às vezes verde, às vezes um tom cor-de-rosa, o que ela adorava, pois lembrava do cabelo de seu irmão. Eram pouquíssimas as sereias que não tinham cabelos coloridos, e nada era mais almejado que os fios castanhos e crespos da rainha – essa era uma coroa poderosa, e Admete era feliz por pelo menos ter herdado algo raro da família.

Raon havia partido, mas deixou com Admete uma promessa a cumprir: ficar forte. Desde aquele dia, ela se dedicou arduamente em se tornar uma rainha tão boa quanto o irmão em todos os aspectos possíveis: na bondade, na inteligência, na força e, principalmente, na coragem.

Mesmo com medo, Admete passou a estudar na ilha, como tinha prometido ao seu irmão.

No meio do círculo de batalha, os tritões e as sereias faziam fila para lutar com ela. Na ilha de Norisea, todo o treinamento era em terra firme, faziam o possível para se igualar aos humanos, já que a cada ano eles ficavam mais poderosos. Ela escolheu sua arma na caixa de madeira, ajeitou as duas adagas nas mãos e se posicionou. Era boa com objetos afiados. Admete encarou um tritão e fez sinal para que se aproximasse, ele deu alguns passos para a frente e lhe ofereceu uma piscadela.

— Está linda hoje, princesa. — Sorriu com os dentes afiados.

— Eu sempre estou, Muriel.

— Se eu vencer essa luta, aceitará meu pedido de casamento?

— Muriel — murmurou Admete, revirando os olhos —, você não deseja se casar comigo, tudo o que quer é ser rei. Acontece que eu sou o único caminho para isso.

— Alguém precisa proteger o reino, afinal.

— E eu farei isso!

— Com suas faquinhas? — perguntou ele sarcasticamente arqueando a sobrancelha. — Precisará de mais do que isso para vencer Enellon, e eu posso te dar a vitória.

— Então me mostre como fará, e eu penso em sua proposta.

O tritão de cabelo azul e dentes afiados sorriu novamente e se posicionou. Uma sereia apitou a concha: o som marcava o início da luta.

Admete nunca ficava na defensiva, sempre iniciava com ataque, e todos sabiam disso. Ela correu na direção do tritão, que abriu um portal na frente dela, Admete já conhecia aquele truque e desviou. O dom de transporte era difícil de derrotar, Muriel conseguia fazer diversos portais e viajar entre eles, desde que visse para onde estava indo. Era um dom de curto alcance, mas eficiente para batalhas. Os pais do tritão sempre estavam, junto ao rei, à frente da luta contra a caçada, sem os seus portais teria sido difícil salvar o povo. Agora ele tinha idade, certamente ajudaria na próxima caçada. A popularidade de Muriel crescia a cada estação, e a ampla expectativa para ele se tornar o rei começou a circular entre o povo. Os irmãos mais novos de Admete já tinham mostrado desinteresse em governar, então a chance de passar a coroa para eles não era mais uma alternativa. A única opção que restara era casar a princesa com um tritão poderoso, e Muriel era o primeiro da lista.

Admete desviou do primeiro portal com maestria. Lançara uma adaga contra Muriel que criou um segundo, menor, para a adaga, lançando-a para o mar. O tritão sorriu para Admete ao ouvir os gritos das outras sereias, todas completamente apaixonadas por suas habilidades.

— É melhor ir preparando o dedinho para a aliança — disse, provocando a princesa.

A sereia riu, agora só lhe restava uma adaga em mãos, mas sabia o que fazer. Correu novamente na direção do tritão, que, como o esperado, criou outro portal — esse era o único defeito de Muriel, ele era extremamente previsível. Admete então desviou para o outro lado, o que o pegou de surpresa, quando Muriel estava prestes a criar outro portal, ela lançou a adaga. O movimento espelhado do tritão o confundiu, criando uma saída para as suas costas, e a adaga foi parar direto em seu ombro. O colete que usava o protegia de acidentes, mas certamente não o protegeria de seu orgulho ferido.

— Quem sabe na próxima — falou Admete ao dar as costas.

Muriel contorceu o punho e cerrou os dentes, tirando a adaga do colete e jogando-a no chão, mas sua infelicidade não durou muito tempo já que ele tinha muitas sereias para consolá-lo.

Admete seguiu lutando contra outros tritões e sereias, cada um com sua particularidade. Tinha aprendido a combater diversos dons: telecinese, transporte, superaudição, cura... Em todos os desafios, ela saía vitoriosa, menos em um.

— Magnólia... — murmurou ela com o cenho franzido ao ver a sereia de tranças verdes e pele retinta se aproximar do centro de batalha.

— Está indo muito bem, alteza. Talvez hoje seja seu dia de sorte contra mim.

Admete não disse nada, pegou do cesto de armas um fitilho com uma pedra afiada. Amarrou os fitilhos no braço e girou a pedra ao redor de seu punho. O apito da concha foi soado, e a princesa começou. Em menos de seis passos, ela tropeçou de repente, os sapatos ficaram apertados. Magnólia nem saía do lugar, mantinha no rosto a serenidade de sempre, o que tirava Admete completamente do sério.

Ela então girou a pedra afiada na direção da oponente, mas o objeto parou antes de alcançar Magnólia. A sereia de cabelo verde movimentou a mão e a pedra se voltou para a princesa, o fitilho se enroscou nos seus pulsos a prendendo — foi quando Admete percebeu que não tinha escolhido uma boa arma para lutar contra Mag.

Existiam poucos manipuladores em Norisea, mas Magnólia era a melhor, já tinha superado seus pais havia muito tempo. Mesmo que Admete tivesse derrotado manipuladores antes, Magnólia permanecia invicta. A oponente levantou os braços, e a terra do chão acompanhou seu movimento, atrapalhando completamente a visão de Admete. A princesa se soltou dos fitilhos e retirou os sapatos que a machucavam, mas antes que conseguisse sair do redemoinho de areia, um braço com uma adaga em seu pescoço a impediu.

— Se rende?

Ademete revirou os olhos e a areia se dissipou.

— Sim. — Sempre doía dizer aquela palavra.

Magnólia riu e ajudou Admete a se levantar.

— Não vai ficar para o próximo? — perguntou a princesa.

— Não, eu vim só para te derrotar — falou Magnólia ao sinalizar que outra dupla poderia entrar para o próximo combate.

As duas se afastaram do restante do grupo e foram para o trocador que ficava a alguns metros da arena.

— Já falei para você não atrapalhar meus treinamentos — reclamou Admete ao retirar o casaco e guardar no armário.

— Era sua sétima luta seguida, você precisava parar para descansar.

— Tá. Minha aula de linguagem vai começar daqui a pouco mesmo. Quando seus pais voltam de Enellon?

— Só semana que vem, acho.

— Espero que tragam boas notícias, a próxima caçada está perto.

— É, eu sei.

Admete percebeu a apreensão da amiga, ela guardou seus sapatos e fechou a porta do armário ao suspirar.

— Nós vamos conseguir — murmurou a princesa. — Nossas sereias e tritões estão ficando mais fortes a cada dia, se dedicaram muito nos últimos anos.

— Os humanos também.

— É, mas meu pai disse que na última caçada vieram bem menos caçadores.

— O que quer dizer?

— Ele acha que estamos próximos de descobrir a fraqueza dos humanos. Caçar sereias sempre foi lucrativo, o que os faria desistir?

— É... E seu casamento?

— Está falando de Muriel? — Admete riu ao perguntar.

— Bom, estão todos esperando o grande dia.

— Eu só quero salvar Norisea e ser uma boa governante. O povo quer um casamento e prometo dar isso a eles. Não julgo, sei que se sentem indefesos com uma futura rainha sem magia para protegê-los, mas ao mesmo tempo, também quero que meu casamento seja no mínimo agradável, por isso estou escolhendo os pretendentes com cautela.

— Você pode ter amor.

Admete revirou os olhos.

— Eu acredito em casamento por amor, mas não acho que conseguirei alcançar esse privilégio.

— Não fala isso! Você é a princesa, todos te amam! Ainda mais porque sabem o quanto você é forte.

— Sou forte, mas não tenho magia, Mag. E eles não me amam, amam apenas minha coroa, todos os rapazes se aproximam de mim por isso, nunca por quem eu sou. Todos querem ser rei. Já perdi as contas de quantas propostas chegaram até meu pai.

— Você não vai conseguir enrolar eles por muito tempo. Uma hora terá que se casar.

— É? E com quem você acha que eu devo me casar?

— Muriel eu sei que está fora da lista — disse Mag ao arquear a sobrancelha.

A sereia sem dons

— Com certeza. Tem aquele rapaz das aulas de defesa, ele é bonitinho.

— Guion? É interessante... Mas eu acho ele meio burro.

— Eu também! — Admete sorriu.

Magnólia deu risada e se despediu da amiga. Logo depois, a sereia mergulhou no mar, onde suas pernas se transformaram em cauda novamente. As sereias e tritões de Norisea tinham a habilidade biológica de controlar as próprias transformações. A espécie de Admete era chamada de sereia kamaleão. Não eram todas as sereias do mundo com essa habilidade, mas as de Norisea sim, o que era muito vantajoso, pois podiam mandar espiões até Enellon.

Admete nadou até o palácio e chegou a tempo para sua aula particular de escritos antigos com Meri. A sala era iluminada por magia — tudo em Norisea funcionava com magia —, pequenos pontos de luz nos quatro cantos do cômodo entregavam a iluminação que o ambiente precisava. O fundo do mar era escuro, e não era toda sereia que conseguia enxergar na escuridão.

Todas as sereias e tritões tinham habilidades que podiam ser usadas em benefício do povo. A tutora de Admete, Meri, tinha o poder da luz, muito comum naquele reino, mas pouco útil nas guerras. Entretanto, para Admete, aquilo não importava. Ela daria tudo para ter o dom mais comum que fosse, não era exigente, desde que fosse abençoada com algum poder. Conseguia disfarçar muito bem, fingia que não se importava mais com sua falta de magia, não gostava de parecer fraca na frente dos outros, já tinha sido maltratada demais na infância por não ter dons e decidira não deixar ninguém tratá-la assim quando adulta. A respeitariam como a futura rainha que ela era. Mas no fundo, a falta de um dom a feria profundamente, e todas as noites ela rezava ao espírito Hanur para que ele lhe concedesse tal graça.

— Suas traduções estão cada vez melhores, alteza — disse Meri com um sorriso, trazendo a correção de sua prova.

— Obrigada, apesar de eu não entender porque tenho que estudar isso — falou a princesa, sem tirar os olhos do pergaminho sobre sua mesa.

— Admete, já falamos sobre isso. O herdeiro ao trono deve conhecer a língua antiga. Seu irmão...

— Eu sei! — interrompeu-a. — Eu sei... Ele já era fluente na língua antiga com minha idade.

Meri tinha esquecido de que Admete odiava ser comparada com o irmão, portanto, ao perceber seu erro, tentou achar as palavras certas para dar continuidade a aula.

— Muito bem, lhe permitirei escolher o que deseja estudar hoje.

— A caçada! — respondeu rapidamente.

— Tudo menos a caçada.

— Que maldição, Meri! — reclamou, batendo a mão na mesa.

— Admete! — advertiu a tutora. — Seus pais me proibiram de falar sobre isso com você até que esteja pronta.

— O que eles estão esperando? Ano que vem é a próxima caçada e ainda desconheço sua origem e motivações.

Meri pensou um pouco, ela era fiel à realeza, mas os argumentos da princesa eram pertinentes.

— Não há nada que eu possa fazer, você foi proibida de aprender comigo.

— Mas... — tentou argumentar, mas Meri pediu silêncio e, mesmo aborrecida, Admete obedeceu.

— Mas nunca foi proibida de ler a respeito — completou Meri enquanto abria um cadeado que protegia a porta do pequeno móvel. Ela abriu e tirou um pergaminho dourado. — Está dispensada da aula de hoje.

Admete ficou sem reação. Nunca Meri havia aberto aquele pequeno armário, ela sabia o que aquilo significava. *Não conte para ninguém sobre isso.*

Ela agradeceu, pegou o pergaminho e nadou apressadamente até seu quarto. Acomodou-se em sua cama e abriu o grande e pesado manuscrito.

— Tudo bem, seria mais fácil com a Meri me orientando, mas não estou em posição de exigir alguma coisa, então vamos ver — disse consigo mesma enquanto passava os dedos entre as letras. — É claro que está escrito no dialeto antigo.

Era difícil entender com exatidão os relatos no pergaminho, muitas palavras tinham traduções diferentes.

"Isto aconteceu no terceiro ano de Mihá. Naqueles dias, o rei Joriã ofereceu um banquete ao exército, bem como aos nobres e aos governadores das províncias vizinhas, em celebração às riquezas da glória de seu reino. Ouviu-se dizer que uma bela moça, a mais bela já vista, caminhava à beira da praia. A festa já estava em seu sétimo dia, e, com o coração alegre por conta do vinho,

o rei ordenou que trouxessem a moça até ele. A moça se recusou a aparecer na festa e, com o orgulho ferido, o rei a arrastou à força até os seus aposentos, onde a violou."

Admete colocou as mãos na boca, assustada. Ela nunca havia imaginado que os homens humanos eram repugnantes a esse ponto.

"A moça era a herdeira de Norisea, e assim que a notícia chegou aos ouvidos do rei Zetar, um exército de sereias e tritões atacou Enellon para vingar a princesa. Invadiram o palácio e o próprio rei de Norisea matou o rei de Enellon.

O filho do rei da terra tinha apenas sete anos quando precisou herdar o trono e, com o coração infantil e cheio de rancor pela perda do pai, instituiu que a cada sete anos uma caçada sangrenta fosse realizada em Norisea, e o guerreiro que conseguisse a cabeça de um herdeiro do mar se tornaria o principal conselheiro do rei. E assim, no quinto ano de Gilê, a primeira caçada teve início.

A seguir os acontecimentos de..."

Admete não conseguiu ler mais, o coração doía com fúria. Aquilo era culpa da vaidade humana. Tudo começou porque homens queriam coisas que não os pertenciam. Raon morreu porque décadas atrás a vontade de uma moça não foi respeitada.

A princesa nadava de um lado para o outro, pensando que deveria haver alguma maneira para acabar com a caçada. Mas qual seria? Na primeira que Admete presenciou, ela perdeu o irmão. Na segunda, foi escondida em águas tão profundas que achou que morreria ali mesmo, e a próxima caçada seria na estação seguinte. Ela precisava terminar esse ciclo... mas como? Se tivesse dons, talvez tivesse coragem para enfrentar o rei, porém, como o povo confiaria em uma princesa sem magia?

Admete apertou o punho frustrada, sem perceber que já estava sussurrando outra prece.

— Espírito Hanur, por favor, eu não tenho valor para o reino sem um presente seu. Por favor, me abençoe... Me dê sua benção... Prometo ser uma rainha bondosa e benevolente, prometo dar a vida pelo meu povo. Estou disposta a morrer por Norisea. Por favor, me dê um dom. POR FAVOR! — clamou ao colocar a mão no rosto. — Meu reino está morrendo, não vê? A rainha deve proteger o povo, não o oposto...

Admete fez uma pausa, olhando para os lados, inconformada.

— Era pra ter sido eu... Raon seria um rei excelente.

A princesa saiu do aposento com o coração apertado. A morte de Raon gerou grande festa em Enellon, tinham capturado o herdeiro, era a prova de que o reino da terra era superior.

A cada caçada os humanos ficavam mais violentos e perigosos, e as sereias temiam por suas vidas. Admete nadava bem devagar pelos corredores do castelo, admirando as paredes de cristais do palácio em que morava. Norisea era belíssima, um reino com muita diversidade — sereias e tritões de todas as idades e tamanhos —, era o lugar perfeito para viver, pelo menos até os humanos atacarem. Ela não se lembrava da vida sem a caçada, por isso, só lhe restava a imaginação, e Admete sonhava por meio dos quadros pendurados nas paredes, enfeitados com belos corais coloridos. Registros de uma era sem guerra.

O palácio ficava no centro de Norisea. A rainha considerava a localização justa para manter a realeza acessível a todos os habitantes. Porém, o castelo ficava no fundo, bem no fundo. As casas das sereias eram feitas de corais e pedras do mar, e, portanto, ficavam mais próximas da superfície. Havia tantas casas que praticamente escondiam o palácio, evitando que fosse visto pelos caçadores. Era uma construção com grandes colunas de pedras, janelas de cristal e arquitetura geométrica — o lugar mais seguro do reino, até o herdeiro do trono morrer ali.

A batalha costumava acontecer mais perto da superfície, onde os humanos podiam respirar, mas a cada caçada eles inventavam mais artefatos para permanecer mais tempo dentro da água, até que finalmente alcançaram o palácio.

Depois da morte de Raon, as sereias e tritões mais poderosos do reino se uniram para criar uma barreira mágica ao redor do palácio de forma que, na última caçada, todo o povo se escondeu ali. Os humanos ficaram com tanta raiva que destruíram todas as casas que conseguiram de Norisea. Foi um ano de muita miséria no reino, os que não morreram na caçada, morreram de tristeza. De certa forma, Norisea estava morrendo.

Admete manteve seu olhar nos quadros de outro corredor — imagens da guerra. Era possível notar que a cada sete anos, Norisea se tornava mais desvalida. Todavia, ela reparou algo diferente e que vinha matutando fazia algum tempo: apesar de menos caçadores terem se aventurado na última caçada, os poucos que vieram eram muito poderosos, com uma tecnologia desconhecida e quase imbatível. Não fazia sentido, por que havia menos caçadores se a tecnologia era tão poderosa? A possibilidade de conhecer a fraqueza dos humanos atiçava o seu espírito guerreiro, mas os pensamentos de Admete foram interrompidos por uma tosse forçada ao seu lado.

— Mag! — exclamou Admete assustada. — Por que está aqui? Achei que ainda estivesse na ilha.

— Meus pais voltaram de Enellon, Admete.

— Pelos Espíritos, eles estão bem?

— Estão, mas a identidade deles quase foi revelada, não é mais seguro voltar — respondeu apreensiva.

— Mas, como?

— Estavam tentando coletar informações a respeito da corte de Enellon.

— E conseguiram?

— Conseguiram, mas foi por pouco.

— E então?

Mag lhe ofereceu um sorriso de canto perverso.

— A rainha morreu.

Admete ficou um tempo tentando absorver aquela informação e como ela seria útil para o fim da caçada, até que lembrou:

— Ela não teve filhos... — cochichou.

— Não há registros.

— Por Hanur... Enellon é uma terra sem herdeiros.

— Exatamente.

— Magnólia, isso é muito sério. Meus pais já sabem disso?

— Vim justamente te chamar para a reunião com os conselheiros. Meus pais já estão lá, vamos discutir com a realeza o que fazer.

Magnólia pegou no pulso de Admete e as duas foram nadando para o salão dos conselheiros. Admete já estava acostumada com isso, pois, desde que completou dezesseis estações passou a frequentar as reuniões, como todo herdeiro ao trono. As duas amigas abriram a porta do salão, interrompendo a reunião e se ajeitaram em seus lugares. Todos os olhares estavam em Admete.

O rei e a rainha sorriram para a filha, que, por sua vez, gostava de admirá-los. Raon havia herdado o cabelo cor-de-rosa do pai, mas o crespo da mãe. Tudo lembrava seu irmão, inclusive aquele salão. O rei desviou o olhar da princesa e prosseguiu:

— Podemos infiltrar uma de nossas sereias na competição para futura rainha — apontou.

Mas logo Gianna, a mãe de Magnólia, se pronunciou.

— Precisamos ser cuidadosos, Majestade. A tecnologia humana está além de nossa compreensão, os humanos possuem um tipo de teste.

— Que teste? — perguntou a rainha, temerosa.

— Eles conseguem identificar quem é sereia e quem é humano. Há anos têm o conhecimento de que somos capazes de mudar nossa forma, só que não conseguiam nos identificar. Mas agora....

Todos ficaram em completo silêncio.

— Agora eles conseguem nos identificar através de nossa magia. O teste é capaz de captar o dom dentro da sereia e sinaliza, e aí matam imediatamente. Perdemos dois espiões semana passada desse jeito, e Enellon ficou em alerta, ainda mais agora com a morte da rainha.

Bernem, esposo de Gianna, se pronunciou:

— Há outro tipo de teste também, na água.

— Mas como? Nós conseguimos permanecer humanos mesmo dentro dela — questionou o rei.

— Eles descobriram que nosso instinto de sobrevivência é muito forte. Em nossa forma humana, somos incapazes de respirar na água, portanto os humanos colocam os suspeitos em uma caixa com água e deixam a pessoa desmaiar sem ar.

— Santo Espírito... — murmurou a rainha.

— Mas com as sereias não funciona assim, quando nosso corpo humano percebe que vai morrer, ele se transforma em sereia novamente. Por sorte esse teste tem perdido a popularidade por ser muito agressivo com possíveis humanos, e o teste de dons tomou seu lugar.

Admete estava nervosa. A história contava que o Espírito dos mares e o Espírito das terras viviam em guerra, e somente um Santo Espírito restauraria a paz entre os povos, mas depois de tanta matança, a esperança nesse Santo Espírito se esvaiu e tudo o que restava era a guerra. Admete queria ter esperança, mas desde a morte de Raon, tudo que ela mais almejava no mundo era ver Enellon em ruínas. Odiava os humanos com todas as forças, não havia mais espaço para Santos Espíritos promovendo a paz. A jovem sereia segurava uma mecha de seu cabelo castanho com força, enquanto ouvia o relatório dos espiões.

— Nosso plano consiste em nos aproximarmos do rei em sua vulnerabilidade. A melhor forma de matá-lo é em seu repouso, e a única capaz para tal feito é aquela que o teria ao lado até mesmo durante o sono — sugeriu Gianna.

— Matar? — Admete percebeu que falou em voz alta e logo se desculpou.

— Matar o rei de Enellon tornaria o povo da terra ainda mais violento. Nosso rei está velho, não conseguiremos criar a barreira de proteção no palácio novamente, ela exige muita energia e poder — argumentou a rainha.

— E as sereias e os tritões poderosos da última caçada? — questionou Bernem, intrigado.

— Até mesmo nossa magia tem limites. Gastaram muita energia para fazer a barreira e agora estão fracos e debilitados, seus dons não são mais como antes. E os novos guerreiros ainda são jovens e inexperientes demais para construir uma barreira tão complexa — respondeu Admete com um ar sério. — Meu irmão Raon foi o último tritão verdadeiramente poderoso de Norisea. Se ele estivesse vivo, talvez pudesse ser capaz de criar a barreira, mas sem ele é impossível.

Todos sabiam que tudo seria diferente se o filho que herdou o poder do pai estivesse presente na reunião. Sem uma barreira, teriam que lutar novamente, mas a velha guarda já não tinha a mesma força que antes, e pensar em deixar seus filhos irem para a guerra corroía seus corações.

— É arriscado, Bernem. O plano de matar o rei da terra pode se virar totalmente contra nós. Eles estão raivosos desde a última caçada, tenho certeza de que não pouparão esforços para a próxima — argumentou o rei de Norisea.

— Entendo sua colocação, Majestade — falou Bernem, desapontado.

Admete estava determinada a buscar uma solução para acabar com a caçada. Seu sangue borbulhava de ódio, ela faria qualquer coisa para ver Enellon em ruínas e salvar seu povo da morte iminente.

— Vamos matar o rei e tomar o trono de Enellon — declarou ela.

— Admete, o que está dizendo? — disse Mag baixinho.

— Vamos usurpar o trono — falou, determinada a explicar seu plano —, nos infiltrar na corte através do casamento. Dado o sinal da morte do rei, o exército de Norisea, já inserido em Enellon, tomará a cidade e destruirá a tecnologia humana. E então a caçada terá fim e conquistaremos mais uma terra para nosso reino. As províncias vizinhas pensarão duas vezes antes de nos atacar.

A sala ficou silenciosa. Todos buscavam argumentos para rebater a sugestão da princesa, mas não havia. Era como voltar no tempo, para anos atrás quando fora necessário matar o rei para vingar uma crueldade, e agora outro plano de assassinato se armava pelo mesmo motivo. *Histórias se repetem. Sempre.*

— Quando a competição para escolher a futura rainha começa? — perguntou o rei enquanto pensava na estratégia de infiltração.

— Amanhã — falou Magnólia.

— O que precisamos para entrar nessa competição sem sermos descobertos? — perguntou a rainha.

— É difícil dizer, Majestade. Nunca nenhuma sereia chegou tão perto da realeza sem ser desmascarada, a segurança é dobrada quando se trata da corte. Mas talvez um feitiço que altere a coloração de nossos cabelos para cores comuns de cabelo humano, como loiro, ruivo... — Bernem olhou para Admete que estremeceu — ... castanho.

— Elas não podem pintar? Igual os humanos fazem.

— Eu acho arriscado, Majestade. Qualquer indício de uma raiz colorida pode acabar revelando nosso plano. E talvez pintar nossos cílios e sobrancelhas seja um pouco difícil, precisa ser magia.

— Compreendo. Vocês podem conduzir esse feitiço com a manipulação? — perguntou o rei.

— Teremos que ser cuidadosos com isso, feitiços de manipulação são temporários, não duram muito. Consigo executá-los em mim e em pessoas próximas, mas não posso garantir que ficarei ao lado da sereia candidata o tempo todo, e a magia pode acabar antes de eu chegar.

— Entendo, é um risco. Do que mais precisamos?

Gianna e Bernem trocaram olhares apreensivos.

— Majestade, para colocar esse plano em prática e para que exista uma mera chance de êxito, precisaríamos de uma sereia que conseguisse esconder seus dons tão bem que os testes dos humanos não identificariam a magia presente nela — disse Gianna de cabeça baixa.

O silêncio tomou conta do salão. Admete já sabia o que aquilo significava. De início, ela ficou amedrontada, mas logo uma sensação de paz invadiu seu coração, *pela primeira vez, não ter dons poderia salvar Norisea.* O rei colocou a mão no rosto e suspirou.

A sereia sem dons

— Não — disse com a voz firme.

— Eu vou! — gritou Admete.

— NÃO! — O rei gritou mais alto. — Já perdi seu irmão, não vou perder você.

— Pai... meu rei — corrigiu ela —, essa é nossa única chance!

— Mas o teste dos humanos pode reconhecer a magia da transformação dela — apontou Magnólia.

— Não acho que isso seja impossível — respondeu Admete com a voz serena.

— Como você tem tanta certeza, minha filha?

Admete respirou fundo, ela nunca havia falado sobre isso abertamente porque lhe causava constrangimento, mas pela primeira vez ela poderia se orgulhar daquilo que todos consideravam uma falha, um erro.

— A magia está no dom. Nossa transformação é biológica. Não existe magia no processo de transformação, porque é apenas como o corpo de nossa espécie funciona naturalmente.

— Então isso significa... — falou Mag baixinho.

— Que eu não tenho uma gota de magia correndo em minhas veias — completou com o olhar triste. Pensou nas diversas vezes que tentou se convencer de que, por ser uma sereia com habilidade de transformação, tinha alguma magia, e portanto havia esperanças de desenvolver um dom, mas ela estava enganada.

O rei estava com a mão na boca e o olhar vidrado em sua única filha, sua pérola mais preciosa. Entrar no reino humano era perigoso e arriscado. Os espiões viviam em constante alerta, alguns até perderam a vida ao serem expostos; não era fácil esconder a magia, os cabelos coloridos e a beleza. Se descobrissem o plano, matariam Admete com toda certeza. A princesa percebeu que o rei estava relutante.

— Podemos partir — o rei murmurou.

— O quê?! — todos exclamaram em uníssono.

— Podemos ir atrás dos reinos vizinhos, pedir refúgio.

— Refugiados em terra estrangeira? — Admete perguntou assustada. — Vai abrir mão de sua coroa?

— Se for para proteger meu povo, sim.

— Meu rei — disse a rainha ao colocar a mão em cima da dele —, somos sereias de água salgada, os reinos mais próximos são de água doce, muitas sereias de nosso povo ficarão doentes com essa adaptação e os mais velhos podem morrer. No final, toda essa viagem nos fará perder quase o mesmo que a caçada. Esse é nosso lar, devemos lutar por ele. Está na hora dos humanos entenderem que não somos uma presa. Somos um povo.

— Meu pai. — Admete se pronunciou após a fala de sua mãe. — Permita que eu vingue meu irmão, que eu mate o rei e devolva a glória ao nosso povo.

A rainha sorriu para sua filha. Essa era a mulher forte que ela havia criado.

A feição do rei, entretanto, nunca esteve tão triste.

— Minha pérola... — disse com a voz arrastada — você encontrou seu propósito, salve Norisea.

2

Era tarde e Admete atirava dardos de pedra contra a parede do quarto, mirando no mapa de Enellon. Magnólia estava na escrivaninha fazendo algumas anotações.

— Admete, desse jeito você vai abrir um buraco na parede.

— O único buraco que vou abrir será no crânio do rei quando eu matá-lo — observou friamente.

Magnólia soltou seus papéis e manteve um olhar fixo na princesa.

— Tenho medo de você estar indo para essa missão pelos motivos errados.

— Eu sei — falou, sem tirar os olhos do mapa. — Uma parte de mim genuinamente quer dar um fim às caçadas e acho que essa é a nossa melhor chance. Mas também, eles mataram o meu irmão, Mag. Então, sim, estou indo por vingança também.

— Disso eu sei. Mas não é vingança que me refiro.

— Então não estou entendendo aonde quer chegar.

— Só quero que tome cuidado. Você não tem que provar nada para ninguém, Admete.

— Parece o Raon falando.

— Eu acredito que você não possui dons por um motivo, afinal, tem que existir uma razão. Eu quero que você cumpra a missão, mas não pode perder o foco. Quando estiver entre a vida e a morte, sua única motivação deve ser a segurança de Norisea, entendeu?

Admete permaneceu olhando para sua amiga, e acabou sorrindo.

— Você já foi mais divertida — disse, com um ar provocador.

— E você já teve mais juízo — retrucou Magnólia com um sorriso.

A princesa se encostou em sua cama quando finalmente desistiu de furar sua parede com os dardos de pedra.

— Quantas vezes você esteve em Enellon, Mag?

— Não foram muitas, mas o suficiente para te acompanhar na missão.

— E como eles são? Os humanos.

— São vaidosos, portanto acredito que irão se impressionar com sua beleza. Sua aparência levantará suspeitas, mas você deve passar pelos testes sem preocupação.

— Mas eu sou comum na terra do ar.

Magnólia riu.

— Não, Admete, você ter os cabelos castanhos não te faz comum lá. Acredite, você é muito mais bonita que a maioria das humanas, certamente não passará despercebida pelo rei.

— O requisito do rei não deve ser só beleza.

— Pois é. Do que um velho com mais de sessenta anos deve gostar?

— Santo Espírito... Vou matá-lo antes das núpcias.

— Exatamente o que pensei — disse Magnólia rindo —, mas essa é a menor das nossas preocupações, considerando que ainda precisamos conseguir entrar no reino.

— Como assim?

— Enellon está em alerta. Com a morte da rainha e uma seleção para sua sucessora, reforçaram a segurança na fronteira.

— Como vamos entrar?

— Temos um casal de espiões infiltrados, vamos nos disfarçar como as filhas deles que voltaram de Horizon após o período escolar. Lá tem uma escola apenas para mulheres, então podem usar isso para nos esquivar de possíveis suspeitas.

— Era isso que você estava escrevendo? Nosso comprovante de residência da terra?

— Certeira como sempre — observou Magnólia. — Use isso quando encontrar o rei.

— Achei que ia dizer para eu seguir o meu coração, mas meu irmão diria outra coisa.

— O que ele diria?

— Ele sempre me lembrava da realeza e do poder em nosso sangue. — Admete fez uma pausa. — Poder... Uma sereia herdeira sem dons, meu sangue está estragado — ironizou. — Essa é a minha chance. Minha única chance. Não importa quantas vezes eu acerte, se eu falhar aqui, ficarei manchada para sempre.

— Admete...

— Eu não carrego magia, Mag. O que meus filhos herdarão de mim? Não posso confiar em meu sangue, mesmo sendo o que Raon pediria que eu fizesse, ainda não estou pronta.

O ambiente ficou silencioso até Magnólia bater as mãos com força, tentando mudar o clima.

— O que foi isso? — perguntou Admete confusa.

— Amanhã o dia será longo. Vou lançar um feitiço para você dormir.

— Manipuladores conseguem fazer isso?

— Claro que não, é só alga amarela, mas eu gosto de fingir que é um feitiço.

Admete riu.

— Voltou com as piadas, então?

— Se te fizer parar de se lamentar, eu monto um circo inteiro.

A princesa revirou os olhos, com um sorriso inconformado. Comeu a alga e em alguns minutos já havia pegado no sono.

Sonhou que estava em um campo verdejante em cima de um balanço. Seu corpo estava transformado e seus pés descalços. Ela sentiu que alguém a empurrava, mas ao olhar para trás, notou que não havia ninguém ali. Uma brisa suave balançou seu cabelo e sussurrou em seu ouvido:

— Diana...

Assustada, Admete levantou do balanço com as mãos tampando os ouvidos, mas a brisa ainda falava:

— Diana, não escute seu coração.

— O quê? — perguntou, abaixando as mãos devagar.

— O propósito de seu sangue vai te proteger.

A voz da brisa era calma e confortável, mas Admete estava muito machucada para aceitar a calmaria.

— Raon, é você?

A brisa se tornou em um pequeno redemoinho que ergueu as folhas no chão em sua frente.

— Você não é Raon — concluiu.

— Então me diga quem eu sou.

Admete se curvou quando percebeu.

— Você é o Santo Espírito.

— Correto. O clamor de seu irmão chegou até mim. Antes de partir, ele intercedeu por você.

— Onde você estava quando Raon morreu? — perguntou a princesa com os olhos marejados.

— Eu estava lá.

— Então por que permitiu que ele fosse morto? Ele acreditava em você! Talvez Raon fosse o único tritão de Norisea que ainda acreditava verdadeiramente em você, e você o deixou morrer. Seu último seguidor se foi!

— Ele não foi meu último seguidor, Diana.

— Está falando de mim? Eu não sou sua seguidora.

— Mas você acredita em mim.

A princesa ficou um tempo olhando para o Espírito à sua frente. Ela nunca havia conversado com um pessoalmente e poucos haviam visto a face de Hanur em sonhos, assim como ela, mas Admete não esperava encontrar o próprio Santo Espírito em seu sono.

— Se Raon acreditou — uma lágrima escorreu —, eu também acredito.

O amontoado de folhas dançou ao redor da princesa antes de se despedir.

— Então seu irmão cumpriu o papel dele no reino. Você o verá novamente, eu prometo.

A princesa acordou assustada e ficou olhando para seu quarto vazio. Estava atordoada. Quem era Diana? Admete havia sonhado mesmo com o Santo Espírito? Ele não era apenas uma lenda? Ela olhou pela janela e a cor da água apontava que era dia. A princesa se levantou com a cabeça doendo.

Magnólia não estava mais no quarto, provavelmente havia ido para casa se despedir dos pais. Mag era filha única, era difícil imaginar o tamanho da dor que seus pais sentiriam se ela se ferisse — foi quando Admete percebeu que, mesmo que ela não retornasse da missão com vida, Mag precisava voltar.

Ainda pensando no sonho, Admete foi para sua penteadeira de corais e logo ouviu batidas em sua porta.

— Entre.

Ela esperava ser Magnólia, mas eram os gêmeos.

— Rillian, Vereno! O que fazem aqui?

— Ficamos sabendo que você vai partir para uma missão na terra — disse Vereno, acanhado.

— Não se preocupem, farei o possível para retornar o quanto antes.

— E se a missão falhar e te pegarem? — perguntou Rillian, preocupado.

Os jovens meninos estavam apreensivos, eram apegados à irmã. Os gêmeos devolveram a Admete a companhia que ela havia perdido quando o irmão mais velho se foi. Ela fez por eles tudo o que Raon faria por ela. Raon foi um bom irmão mais velho, e como agora o posto era dela, seria a melhor irmã mais velha que os gêmeos poderiam ter. Queria oferecer palavras de conforto, mas precisava ser sincera.

— Se isso acontecer, provavelmente irão me matar e você será o futuro rei de Norisea.

Rillian ficou incomodado com essa possibilidade.

— Eu não quero ser rei, Admete.

— E eu não quero ser rainha, meu irmão. Por isso estou fugindo para a terra.

— Mas lá você será rainha também — constatou Rillian.

— Verdade, não pensei no plano direito — falou ela, tentando tirar um riso do irmão. Funcionou. — Não podemos fugir do nosso destino, Rillian. Você nasceu antes de Vereno por uma razão, nada é por acaso.

Vereno pegou na mão de Rillian.

— Prometo te proteger se você for rei.

Admete sorriu ao ouvir isso, Vereno lembrava muito Raon, o instinto protetor era forte. Ali, à sua frente, estava, quem sabe, uma das maiores motivações de sua missão. Ela não queria que a caçada separasse os gêmeos assim como a separou de seu irmão mais velho. Ela abraçou os dois com força.

— E eu prometo fazer de tudo para que vocês sempre fiquem unidos.

— Por favor, volte — pediu Rillian baixinho.

Os abraços foram interrompidos pela chegada da rainha.

— Já se despediram?

— Sim, mamãe — disseram os gêmeos em uníssono.

— Em nome de Hanur, em breve ela estará de volta. Agora Admete tem que ir, o povo a espera para uma honrosa despedida.

Os meninos saíram, e a rainha abriu os braços.

— Venha, minha doce pérola, minha única menina.

Admete nadou para os braços de sua mãe.

— Está com medo? — perguntou a rainha.

— Estou.

— Ótimo, o medo nos deixa alertas. E lá na terra você deve sempre estar alerta. Humanos são traiçoeiros, não confie neles, entendeu?

— Entendi, sim, mãe.

— Escute, minha filha, se livre do rei em uma situação favorável, não se apresse, nem se atrase. A janela do quarto real fica voltada para o mar, mate-o, pule a janela e nade depressa para cá. Os humanos não vão demorar para perceber que o rei morreu e logo irão atrás de você.

— Serei rápida.

— Terá que matá-lo do modo humano, com espadas, lanças, veneno, armas... Se eu te der algum feitiço, provavelmente detectarão nos testes.

— Eu treinei a vida toda sem magia, sei o que fazer.

A rainha suspirou aliviada, percebeu que talvez estivesse se preocupando demais, mas não tinha o que fazer, como mãe, ela sempre se preocuparia demais.

— Alguns espiões vão te ajudar com outros apetrechos, Magnólia te dará o sinal. Se tivéssemos mais tempo, teríamos te dado um treinamento mais específico, mas como a notícia chegou em cima da hora...

— Tudo bem, mãe. Eu vou conseguir.

A rainha sorriu.

— Eu sei que vai, parece até que você se preparou a vida toda para este momento. — A rainha respirou fundo. Ela queria parecer forte na frente da filha, mas seu coração estava destroçado por dentro. Quanto mais o coração de uma mãe em luto conseguiria aguentar? — Agora vamos porque seu pai quer se despedir de você. O povo nunca esteve tão orgulhoso.

— Sério? — perguntou Admete surpresa.

— Estão te chamando de "A Escolhida de Hanur".

Admete balançou a cabeça com um sorriso irônico, até pouco tempo ela era a vergonha de Norisea, e hoje era vista como a salvadora do reino. O povo agora a via como uma santa, escolhida a dedo pelo próprio Espírito Hanur para os livrar da caçada. Era uma mudança drástica de realidade.

— Eu gostaria de me despedir de Raon antes.

De início, a rainha se assustou com o pedido, mas compreendeu que aquela despedida era necessária.

— Claro, minha pérola — disse gentilmente. — Mas não demore, estaremos te esperando perto da rocha de Hanur.

A princesa nadou pelos corredores do castelo até encontrar o quarto do irmão. Ela não entrava ali desde a morte do príncipe e, mesmo estando à sua frente, ainda não queria entrar.

Ela abriu a porta com as mãos trêmulas e os olhos fechados por conta do nervosismo. Entrou no quarto e, após alguns segundos, quando finalmente abriu os olhos, o choro foi instantâneo. O mar escondia as lágrimas das sereias, sendo assim, a dor no coração era mais intensa. E como doía.

Admete nadou passando a mão nos móveis, tudo estava impecável. As empregadas do palácio ainda mantinham o quarto limpo e talvez por isso mesmo o quarto não parecia mais de Raon – ele era muito bagunceiro – Admete riu sozinha ao se lembrar.

— Você era muito amado, Raon. Os servos do palácio te amavam, o povo te amava... Eu te amava.

Admete sentou na cama do príncipe falecido e ficou balançando sua cauda enquanto olhava para o chão.

— Adeus, irmão. Me deseje sorte, e que Hanur me proteja.

A princesa se deitou na cama do irmão e ficou admirando o lustre que estava preso no teto. Passou tanto tempo observando os detalhes da peça que percebeu um pequeno pedaço do cristal que reluzia diferente. Por pura curiosidade, nadou até o lustre. Qual foi a sua surpresa quando viu que a peça diferenciada não era um cristal, mas sim uma corrente que carregava uma pequena chave dourada com uma pedra azul encrustada no centro.

Isso é de Raon? – pensou. Nunca o vira usando tal acessório.

Admete começou a procurar no quarto qualquer coisa que tivesse uma fechadura. Vasculhou gavetas, armários, olhou embaixo da cama, nada. Frustrada, colocou a corrente no pescoço e se aproximou da mesa do irmão. Ali a princesa avistou um caderno cheio de anotações escritas na língua antiga. Ela teve um pouco de dificuldade de ler no início, mas logo percebeu que eram pensamentos, desenhos e reflexões a respeito do Santo Espírito. Ficou olhando cada linha até se deparar com um rabisco incomum.

"Sara, eu nadei em muitas águas, mas em seu beijo encontrei o mar."

— Beijo? — falou, aproximando o caderno do rosto. — Quem é Sara?

A princesa estava confusa, não se lembrava de ninguém com esse nome. Talvez fosse uma plebeia que ela não conhecia, com certeza o nome não era familiar.

— Raon estava apaixonado? — a pergunta veio como uma adaga no peito.

Pela primeira vez, Admete percebeu algo que nunca havia passado em sua mente. Seu irmão tinha dezenove anos quando partiu. Era jovem, bonito e extremamente amável. Ela nunca visualizou Raon amando outra mulher que não fosse ela e sua mãe, mas foi ingênua. Ele tinha desejos, ambições e paixões. Quem sabe não estava se preparando para pedir essa Sara em casamento? Admete teria sobrinhos e sobrinhas se ele ainda estivesse vivo. Ele estaria prestes a se tornar rei e governaria ao lado da mulher que amava.

Ali, naquele caderno, Admete conheceu uma parte do irmão que nunca fora revelada a ela. Raon não sonhava apenas com o trono. Também sonhava com uma moça, uma moça que conheceu um Raon que Admete jamais conheceria.

— Como eu queria saber quem ela é... Qual é o seu tipo, irmão? Eu gostaria de ter conhecido seu lado romântico.

A adaga continuava perfurando seus sentimentos. Era doloroso, porém, seus pensamentos logo foram interrompidos por Magnólia, que entrou, intempestiva, no quarto.

— Admete!

Ela fechou o caderno com força.

— Mag!

— Estão todos te esperando, querem te dar a bênção antes de partir.

— Claro... Sinto muito, me distraí.

Magnólia lançou um sorriso acolhedor para a amiga.

— Muitas lembranças?

— Você nem imagina.

A amiga reparou no caderno que Admete segurava.

— Quer levar? Posso guardar comigo — disse, apontando para o objeto.

Admete sorriu. Qualquer outra pessoa teria questionado por que Admete estava com o caderno do irmão, mas Magnólia não era assim. Ela percebeu que aquilo poderia ser importante para a amiga e sabia que se Admete quisesse contar o que era, contaria no momento dela. Talvez o maior dom de Magnólia não fosse a manipulação, mas, a empatia.

— Quero, sim, obrigada.

Magnólia então guardou o caderno consigo e levou Admete para a despedida de seu povo.

Chegando perto da superfície, muitas sereias e tritões estavam reunidos para abençoar a missão da princesa. Eles carregavam pequenas conchas douradas raras, usadas somente em ocasiões especiais. Admete ficou pensando que a última vez que usaram as conchas foi no dia do nascimento dos gêmeos — sua mãe teve complicações no parto e quase não sobreviveu. Admete sentiu um arrepio agudo na espinha ao lembrar.

O rei se aproximou de sua única filha.

— Minha pérola, se Hanur te escolheu, não posso ir contra sua vontade, mesmo que meu coração de pai insista em te manter protegida dentro de uma linda e pequena concha cor-de-rosa. Muitos não haviam entendido o propósito de seu nascimento, mas hoje eles entendem. Você é a nossa salvação.

Naquele momento, Admete sentiu a pressão do que estava prestes a fazer. Ela era a última esperança para salvar seu povo, não havia plano B — se ela falhasse, seria o fim de Norisea.

— Prometo salvar nosso reino — disse temerosa por dentro.

— Você nasceu para ser a líder desse povo, minha filha.

O rei lhe deu um abraço caloroso, e apesar das lindas palavras, Admete sabia que seu pai não falava a verdade. Ela lembrava de quão orgulhoso ele ficara por Raon ter herdado seu raro poder de fogo. Fora Raon quem havia nascido para ser o líder de Norisea, não ela.

Magnólia se aproximou.

— Temos que ir.

— Tudo bem, vai ficar tudo bem — disse o rei com o semblante triste.

Admete então passou pelos anciões que carregavam um punhado de conchas douradas. Ao se curvar diante deles, cada um ditou uma bênção quebrando as conchas em sua cabeça, que viraram poeira. As conchas só eram usadas para abençoar ou para fazer um pedido especial a Hanur. Dessa vez, era para as duas situações. O povo acreditava verdadeiramente que a salvação do reino viria por meio da princesa sem dons.

Ao finalizar as bênçãos, Admete retirou sua coroa de cristais, pérolas e corais, entregando-a para a mãe. O rei segurou na mão de sua filha e falou bem perto de seu rosto:

— Não precisa ir se não quiser, minha pérola. Você sabe que não precisa. Não será vergonhoso, pode ficar em casa, em segurança.

— Eu sei, pai — falou com um sorriso, e o rei entendeu.

Tudo que o rei queria era esconder sua única filha para que ninguém a levasse para longe. A carcaça do rei parecia bruta e inabalável, mas por dentro era frágil e sensível. Será que ele aguentaria a perda de outro filho?

— Pois bem, que Hanur te proteja — disse, relutante.

Os gêmeos se aproximaram para um último abraço antes da missão. Admete os apertou com força novamente, e o rei e a rainha se juntaram a eles. Enfim, ela se afastou com um sorriso, pronta para partir.

— Espera! — exclamou Magnólia. — Qual será seu nome humano?

— Nome humano? — questionou Admete.

— Sim, nossos nomes são incomuns por lá, vão perceber que somos sereias. Não estranharão meu apelido, Mag, mas como devemos te chamar?

Por alguma razão, o nome veio rápido em sua mente.

— Diana.

— Lindo nome — afirmou a rainha com um sorriso orgulhoso.

— Vamos então! — disse Magnólia, já nadando para a superfície.

E assim, a princesa, Diana, se despediu de sua família e partiu.

3

Enquanto nadavam até a superfície, Admete e Magnólia iniciaram seu processo de transformação para a forma humana. Um barco preso em uma pedra aguardava a dupla. Elas subiram, e Magnólia levou Diana para um depósito que havia ali.

— Aqui, amiga, coloque essas roupas de camponesa, acredito que vão servir em você.

Enquanto Diana se vestia, Mag aproveitou para fazer algumas perguntas.

— Nossos pais falsos estarão nos esperando na fronteira como o combinado, certo?

— Sim, já foi confirmado. Ah, humanos têm sobrenomes, então você usará o nome da família, Kernighan.

— Entendi, Diana Kernighan.

— Isso mesmo, eles têm o próprio negócio na terra, são donos de uma floricultura, isso ajuda bastante a disfarçar o cheiro de mar que exalamos naturalmente.

— Você conhece bem o mundo humano?

— Bem que eu gostaria, mas, como disse, sei apenas o suficiente. Vamos sempre ficar alertas, eles podem usar códigos que não conhecemos e assim sermos apanhadas.

Diana terminou de se vestir. O vestido era um tanto incomum para a princesa. Na ilha de Norisea, elas usavam roupas para os duelos, mas nada semelhante àquele vestido, não parecia adequado para uma batalha.

— Magnólia...

— Só me chame pelo apelido para acostumar — alertou enquanto mudava a cor de suas tranças para um tom castanho-escuro.
— Claro. Mag, você acredita no Santo Espírito?
— Santo Espírito? Ele não é uma lenda?
— Dizem que sim.
— Não sei... Você acredita?
— Eu não sei também, mas Raon acreditava.
— Ah...
— Tenho a sensação de que essa missão está me aproximando dele.
— Claro que está. — Mag ajeitou a barra do vestido da princesa. — Você é tão linda, o rei certamente te escolherá, não haverá mulher mais bela em Enellon do que você.

Diana já estava acostumada a receber elogios por sua beleza, mas quando vinham de Mag era especial. Magnólia também era uma sereia bonita; na verdade, era difícil encontrar sereias e tritões que não fossem belos, essa era uma característica forte da espécie. Magnólia tinha uma pele negra retinta, seu rosto era redondo e delicado. Seus olhos verdes combinavam com o cabelo da mesma cor, assim como sua cauda. Definitivamente, a presença de Mag era marcante. Quando as duas nadavam em Norisea, era impossível não chamarem atenção, a combinação de verde e azul era distinta, porém agradável, assim como a amizade delas.

— Você também vai participar da seleção? — perguntou Diana.
— Não completei dezoito estações ainda.
— Ah, sim. E como se manterá ao meu lado durante toda a missão?
— Meus pais me orientaram que todas as candidatas podem levar uma acompanhante para ajudá-la com trajes, cabelo e outras preparações formais. Farei esse papel durante sua seleção e, quando for escolhida, acabarei sendo nomeada princesa da corte também, já que somos irmãs neste mundo. Assim poderei ter acesso a muitas informações.
— Perfeito. Vamos içar a vela e partir.

O reino humano não ficava muito longe e o trajeto de barco havia sido rápido. Magnólia apontou para um pedaço enorme de terra sobre a água. Era Enellon. Um reino grandioso, com certeza, e diferente de tudo que Diana já havia visto nos livros. Ela esperava por casas de madeira, carruagens e pasto. Mas a realidade era outra, pois aquele era um reino em constante evolução tecnológica. Havia carros que pareciam engenhocas, grandes balões de ar flutuando no céu, máquinas soltando fumaça, trens gigantes fazendo barulho.

Uma enorme cascata era dividida por uma gloriosa estátua que carregava o símbolo do reino, e bandeiras vermelhas espalhadas pelas ruas também eram comuns, afinal, enquanto no mar a cor das sereias era o azul, a cor dos humanos era o vermelho.

Enellon era colorida, mas não como Norisea, em que os próprios corais se encarregavam das cores. Em Enellon, o reino era pintado e as casas eram amontadas na vertical. Havia muitas luzes penduradas que Diana não fazia ideia para que serviam.

— Eu não sei explicar... — começou Diana — É lindo, mas também...

— Feio — completou Mag.

— Diferente do que estou acostumada.

Um pouco mais perto, já era possível ver um pequeno aglomerado de pessoas solicitando passagem pela fronteira.

— É para lá que vamos, vou entrar pela direita para não perceberem que viemos pelo caminho de Norisea — explicou Magnólia enquanto conduzia o barco para perto da costa

— Quanto tempo você acredita que essa seleção vai durar?

— Bom, o rei está velho, com certeza tem pressa para um herdeiro, mas pode durar semanas ou dias, e não sabemos como vai ser. A única certeza de que temos é que a escolha será feita antes da caçada. Só adianto: não confie em ninguém, não importa quão simpáticos todos sejam, humanos são falsos e só pensam nos próprios interesses. A inveja é o maior pecado deles, por isso, cuidado com as candidatas, assim que você chegar à fila elas saberão que perderam.

As duas desceram do barco e entraram na fila da fronteira, onde havia muitas garotas arrumadas e ansiosas para entrar no reino.

— Muitas mulheres vão competir, Mag. Eu precisava saber o que agrada o rei antes de entrar na seleção — cochichou.

— Não se preocupe, tentarei estar por perto o tempo todo. Vou manipular a mente dele para que escolha você.

— Ainda assim quero fazer minha parte.

— Eu sei que deveria ter havido uma preparação melhor para isso, mas os humanos foram rápidos. Não aguardaram o período de luto para que o rei buscasse outra esposa.

— Talvez tenham desconfiado que logo receberíamos essa informação e precisaram se apressar.

— Provavelmente.

— Mag, nós não somos parecidas, como vão acreditar que somos irmãs?

— Por causa de nossos pais. Falando neles... — Mag apontou para um casal aguardando do outro lado da fronteira.

Um homem alto, negro e de belos olhos verdes acenava para elas com um sorriso amigável. Era fácil acreditar que ele era pai de Magnólia. Já a mulher ao lado, apesar de ter a pele pálida, tinha um cabelo castanho-ondulado e olhos cor de mel. Qualquer um acreditaria que ela era mãe de Diana.

— Excelente escolha — observou Diana.

— Não houve escolha. Eles são os únicos espiões fixos da região.

— Então não foram escolhidos para estar conosco?

— Não, foi apenas uma... coincidência? — respondeu com um sorriso no rosto.

Era difícil de acreditar em coincidências quando parecia que tudo havia sido cuidadosamente planejado. As duas se dirigiram ao oficial que lhes solicitou os documentos. Magnólia retirou da bolsa e entregou.

— Diana e Maggy Kernighan? — perguntou o oficial.

— Isso mesmo, senhor — respondeu Mag.

O oficial tinha o olhar alegre, mas pareceu ter se ofendido.

— Senhor? Acredito que não alcancei a idade necessária para ser dirigido dessa forma — disse, com um sorriso provocador.

Mag arqueou a sobrancelha.

— Com esse chapéu não fui capaz de vê-lo com clareza.

Imediatamente, o rapaz retirou o chapéu que compunha seu uniforme e se curvou. O cabelo castanho estava bagunçado, mas era cheio e brilhante. A aparência do rapaz era radiante, e Mag suspirou ao vê-lo direcionar o olhar diretamente para ela.

— Consegue me ver bem agora?

Mag piscou algumas vezes enquanto encarava o rapaz, fingiu uma tosse e cruzou os braços.

— Realmente, *senhor* não lhe cai bem.

O garoto sorriu e sentiu as pernas balançarem quando Mag começou a mexer nas tranças, envergonhada. Ela tinha tentado parecer segura, mas ser cortejada assim, de repente, a deixou tímida, e o olhar inocente da sereia fez o coração do rapaz acelerar um pouco mais rápido que normal.

— As senhoritas voltaram para a seleção da rainha? — perguntou o oficial ao lembrar que estava ali a trabalho.

— Eu, sim — respondeu Diana —, mas minha irmã, Mag, ainda tem dezessete anos.

O jovem rapaz arregalou os olhos e encarou Mag, que continuava tímida.

— Nossa, que pena — observou com um sorriso largo —, acabei de completar dezoito. Me chamo Miguel, aliás. — Ele se virou para Mag. — Muito prazer, consigo te encontrar na casa dos Kernighan, então?

— Acredito que não será possível, acompanharei minha irmã durante todo o processo — respondeu Mag, um tanto nervosa.

— Compreendo. Hoje estou aqui, mas trabalho no setor de segurança que se aloca perto do palácio. Se um dia quiser me encontrar... — Ele corou um pouco. — Estarei lá!

Mesmo desconcertada, Mag assentiu com um sorriso tímido. O rapaz carimbou os documentos e permitiu a entrada das meninas. Mag se agarrou nos braços de Diana por conta da vergonha, ela podia ser uma garota madura, mas ainda era uma adolescente.

— O rapaz parecia gentil — comentou Diana com um sorriso.

— Até ele descobrir que posso afogá-lo no oceano. Me mataria sem pensar duas vezes — retrucou, tentando não esboçar emoções.

— Não conheço Enellon o suficiente, mas será que todos os humanos são a favor da caçada?

— Ah, com certeza!

E então foram de encontro ao casal que as aguardava.

— Meninas, que bom que chegaram bem. — A mulher ofereceu um abraço enquanto as cumprimentava. — Me chamo Terna, mas aqui sou Teresa. Este é Gardon, mas, em Enellon, ele é Gabriel. Não usamos muito nossos nomes porque sempre nos chamam de os Kernighan.

— Muito obrigada por nos receberem — agradeceu Diana.

— Tudo por nosso reino, alteza — retrucou Gabriel com gentileza.

— Por onde começamos? — perguntou Diana.

— Vamos para nossa casa e então poderemos discutir como proceder.

O casal as conduziu pelo local, e Diana aproveitou para observar mais do reino humano. Ela já estivera em terra, mas nunca em Enellon. Era uma sensação nova e emocionante, as pessoas nas ruas pareciam gentis e receptivas, era difícil imaginar que se alegravam nos dias de caçada. Entretanto, mesmo parecendo um reino colorido e alegre, Diana sentia falta de alguma coisa, da energia que era abundante em Norisea.

— Onde estão as crianças? — perguntou a princesa.

— Ah. Já faz alguns anos que Enellon sofre com infertilidade. Homens e mulheres têm sido muito afetados — respondeu Teresa.

— Dizem ser alguma maldição do Espírito Hanur — completou Gabriel. — Isso só fez alguns grupos de caçadores nos odiarem ainda mais.

— Grupo de caçadores?

— Os humanos mais radicais, que acreditam veementemente que esses problemas serão solucionados quando as sereias forem totalmente aniquiladas.

— Pelos espíritos, isso é terrível.

Chegando à porta da casa dos Kernighan, se depararam com uma construção de pedra e madeira — muitas flores rodeavam a entrada, deixando-a simples, mas adorável. Por dentro, a casa era colorida e tinha um aroma floral. A sala era grande e dava para a cozinha.

Diana não tinha reparado antes, mas o clima em Enellon se mostrava bastante agradável. Em Norisea, as águas eram gélidas, mas eram sempre muito quentes na ilha do reino.

— Vocês parecem viver bem aqui — observou Mag.

— Não temos muito do que reclamar — disse Gabriel. — Enquanto nos mantermos como humanos, sabemos que podemos viver com dignidade neste reino, mas não é o certo com nosso povo. Todos precisam viver com respeito e abundância.

— A verdade é que se Enellon e Norisea não fossem inimigos, poderiam ser reinos incrivelmente prósperos — comentou Teresa.

Aquilo causou repulsa na princesa. Em hipótese alguma conseguia imaginar o reino humano em paz e harmonia com o reino marinho. Ela não queria ver isso acontecendo, só queria vingar seu irmão e voltar vitoriosa para seu reino, para que todos que um dia duvidaram dela se arrependessem. Diana podia até ter um rosto suave e doce, mas seu coração estava tomado de rancor.

O casal convidou as meninas a se sentarem no sofá, Gabriel foi para a cozinha, e Teresa começou a explicar a missão para elas.

— Já inscrevemos sua alteza na seleção, daqui a pouco você deverá comparecer no palácio para o primeiro teste. — Ela se virou para Mag.

— Você não poderá acompanhar a princesa em todos os passos, portanto, nos períodos em que estiverem separadas, tente observar o que acontece ao seu redor. Os segredos estão nos corredores.

— Entendido — respondeu Mag.

Nesse momento, Gabriel chegou com uma bandeja com alguns copos de água e gelo. Ele colocou a bandeja na mesa, pegou um pedaço de folha de hortelã e, com alguns movimentos das mãos, aquela pequena folha ramificou para outras cinco. Ele cortou e colocou nos copos.

— Você é um botânico, Gabriel! — observou Diana com um sorriso. Em Norisea, a botânica não era tão valorizada, aparentemente era mais útil em Enellon.

— Nós dois somos — respondeu. — Vocês devem estar com sede.

As meninas aceitaram os copos empolgadas já que a apresentação estava tão bonita e, de fato, estavam com sede, mas fizeram uma careta no primeiro gole.

— É doce — observou Mag, afastando o copo da boca.

— Meu amor, elas ainda não estão acostumadas!

— Me perdoem — falou Gabriel, preocupado. — Vou pegar o pote de sal imediatamente.

— Os humanos bebem água doce? — perguntou Diana, intrigada.

— Sim, a água salgada é intragável para eles. Um ponto importante: quando estivermos na forma humana, o ideal é que a gente consuma alimentos e bebidas que nem eles — disse Teresa.

— Então não precisa trazer sal, Gabriel! — avisou Diana.

— Ah, não?

— Se me oferecerem um copo de água no palácio, não posso reagir assim. Preciso engolir com naturalidade.

Diana respirou fundo e bebeu toda a água de uma vez. Ela colocou a mão na boca, enjoada, e sentiu um arrepio na garganta.

— Seria mais fácil se fôssemos sereias de água doce — disse com uma sensação esquisita na boca e os olhos lacrimejados.

— Eu vou aceitar o sal, Gardon — disse Magnólia. — Depois eu pratico isso aí. Agora estou com sede.

Ele entregou o sal para Mag e virou para Diana.

— Temos alguns outros espiões na região, mas não são fixos. Eles estão preparando algo para quando você for escolhida.

— É para me ajudar com a morte do rei?

— Sim. Com o que prefere trabalhar? Vou enviar suas sugestões para eles.

— Lanças, espadas e adagas. Mas sou mais habilidosa com as adagas. Se for possível, eu gostaria de algo discreto que eu pudesse carregar comigo.

— Excelente. Mais uma coisa, alteza: se for escolhida, nós partiremos para Norisea.

— O quê? Por quê?

— Com sua vitória, todos os olhos se voltarão para nós. Podem acabar descobrindo o que não devem. Por isso, nos manteremos longe. Se descobrirem nossa identidade, descobrirão a sua. Não podemos arriscar.

— Claro, eu compreendo.

— Alteza, precisamos ir agora.

Chegando à entrada do palácio, havia uma fila com várias outras garotas ao lado de seus pais e acompanhantes. Aos poucos, um oficial ordenava a entrada das meninas e os pais se despediam ali, desejando boa sorte. Quando o oficial estava quase se aproximando deles, Teresa lembrou de uma informação importante.

— Diana — disse, puxando a princesa para si. — O rei tem vários conselheiros, mas tem um sobre o qual você precisa se atentar.

— Como ele se chama?

— Drakkar Tenebris. Ele é o fundador dos grupos de caçadores. Não há ninguém neste reino que odeie mais nosso povo que ele, então, por favor, tome cuidado. Se puder, mantenha-se longe dele. Mas se for inevitável... — Teresa fez uma pausa. — Bom, os testes de magia não devem funcionar em você, mas Magnólia, quer dizer, Mag! Você precisa se manter longe dele, sua magia é poderosa e facilmente detectável. Se ele solicitar sua presença, apenas seja forte — concluiu com pena.

As mãos de Teresa suavam de nervosismo enquanto seguravam os braços de Diana. Claramente, Drakkar era alguém que a assustava.

— Vamos ficar bem! — afirmou Mag, mas no fundo estava com medo de ser desmascarada. Em Norisea era honrável ter tamanho poder, mas em Enellon poderia ser o motivo de sua morte.

O oficial se aproximou delas e assim que bateu os olhos em Diana sorriu de modo malicioso.

— Que pedra preciosa temos aqui. — Conferiu no pergaminho que segurava. — Diana Kernighan?

— Sou eu — respondeu.

— Aqui consta que a acompanhante será a irmã mais nova.

— Isso mesmo, senhor — respondeu Magnólia.

— Podem entrar.

Gabriel e Teresa abraçaram as meninas com força e esperança. Se tudo ocorresse como planejado, elas seriam a libertação do povo de Norisea. Quando Gabriel abraçou Diana para se despedir, cochichou em seu ouvido:

— Eu sei que seu coração está ferido, mas não o escute. Ouça apenas seu sangue. E que o Santo Espírito te proteja.

Diana ficou olhando para o homem em choque à sua frente. Ele também acreditava no Santo Espírito, assim como Raon. Enquanto elas se afastavam do casal, Diana ficou se questionando, teve a sensação de que eles não concordavam com o plano de usurpar o trono através da morte do rei e tomar Enellon a força. Parecia que, no fundo, o casal esperava por uma solução pacífica. Diana lamentou por ter que decepcioná-los, a última coisa que queria era paz.

Subindo as escadas, os olhares das meninas ao redor se voltaram para Diana, um murmurinho começou, e as expressões não estavam convidativas. Uma garota de cabelo ruivo e olhos verdes se aproximou das duas amigas.

— Não te conheço, você não é daqui, certo? — questionou ela, de forma pouco simpática.

Diana gaguejou um pouco

— Na... na verdade, sou, sim.

— Que estranho, nunca te vi por aqui. Você estava acompanhada dos Kernighan?

— São nossos pais — interferiu Magnólia. — Eles nos enviaram para aquela escola de meninas em Horizon, mas voltamos para a seleção.

— Então vocês estiveram no festival da escola ano passado?

— Sim — afirmou sem saber do que se tratava.

— Interessante. E as duas vão competir entre si?

— Ah, não, minha irmã mais velha que é o rosto bonito da família. Eu sou apenas a acompanhante, protegendo-a de possíveis pessoas problemáticas — disse, lançando um olhar desgostoso. — E onde está a sua acompanhante?

A garota engoliu em seco e pareceu ter ficado desconcertada.

— As acompanhantes não eram obrigatórias, então decidi vir sozinha.

— Entendi, você não tem amigas.

— Eu... — A garota ficou um pouco sem jeito com o comentário de Mag. — Eu acredito que as mulheres são falsas e interesseiras, por isso não gosto da companhia delas.

— Obrigada por nos alertar!

— O quê?

— Que você é falsa e interesseira.

A garota não respondeu às provocações de Mag, apenas deu meia--volta e saiu de perto delas. Diana e Magnólia reviraram os olhos quando a garota se distanciou.

A escadaria era longa, mas por serem bastante atléticas devido as batalhas da ilha de Norisea, chegaram ao portão sem dificuldade, enquanto algumas meninas ao lado estavam ofegantes e vermelhas por conta do suor.

Elas entraram e encontraram vários sofás e cadeiras espalhados pelo salão em que poderiam se sentar para esperar algum pronunciamento. Diana e Mag se ajeitaram em um canto e aguardaram. Havia mais ou menos duzentas garotas muito bonitas ali, e Diana ficou se perguntando como iriam reduzir essa seleção para apenas uma rainha, e se ela realmente seria capaz de passar nos testes.

Um homem de barba branca e comprida adentrou o salão, já solicitando silêncio.

— Parabéns, minhas jovens, o reino agradece a participação de mulheres tão lindas. Nossa futura rainha está dentro deste salão. — O comentário gerou gritinhos entusiasmados no ambiente. — Mas vocês se enganam se acham que o rei valoriza apenas a aparência de sua companheira. Uma rainha precisa ser inteligente, sagaz, conselheira e, principalmente, capaz de dar um herdeiro ao reino. O primeiro teste deve eliminar pelo menos oitenta por cento das candidatas. Chamarei cada uma pelo nome. O teste é rápido, mas como são muitas, pode demorar, por isso, estejam preparadas para passar a noite no palácio.

Em dado momento, Mag avisou que circularia pelo salão para tentar descobrir alguma coisa a respeito dos testes e que em breve retornaria. Portanto, Diana aproveitou o tempo sozinha para pensar nos vários modos que mataria o rei, mas seus pensamentos foram interrompidos pela mesma garota ruiva da escadaria.

— Eu não sei o que você está escondendo, mas eu vou descobrir — disse de forma seca.

— Como é? — perguntou Diana.

— O festival, aquele que sua irmã confirmou que vocês compareceram.

— Sim...

— Nunca houve festival em Horizon. Antes de inventar uma história, escreva bem o roteiro para não ter furos.

O estômago de Diana embrulhou.

— Sei que você só veio para cá para tentar casar com o rei. Não tem nada de errado nisso, algumas candidatas nessa sala também voltaram apenas para tentar a coroa, mas acontece que odeio mentirosos e, quando descobrir o seu segredo, eu vou te entregar.

Diana tentou manter a calma com a ameaça e agir como uma humana.

— Ficou corajosa depois que minha irmã se retirou, hein?

A garota fez uma careta e quando estava prestes a dar as costas, Diana a impediu.

— Qual é o seu nome?

Ela lhe ofereceu um sorriso malicioso e disse suavemente:

— Esmeralda. — E se retirou da presença de Diana.

— Droga, até que ela é bonita...

— DIANA KERNIGHAN! — gritou um oficial.

Diana levantou tão rápido, que quase derrubou a cadeira em que estava sentada, se ajeitou um pouco e seguiu na direção em que o oficial apontou. Ela olhou para trás, mas Mag estava fora de sua vista, então precisou encarar o primeiro teste sozinha.

A sala era cinza e iluminada por uma luz branca bem irritante. Diana foi obrigada a colocar uma camisola antes de entrar naquela sala e estava sentada em cima de uma maca. Enquanto esperava ali sozinha, ficou questionando o que estava fazendo em um reino em que seria morta se descobrissem a verdade sobre sua identidade. Um medo tremendo invadiu seu coração, e pela primeira vez, sentiu uma lágrima escorrer em seu rosto. Diana se assustou e rapidamente colocou as mãos na bochecha tentando entender o que aquilo significava. *O que seria de Norisea se ela falhasse? O que seria de seus amigos e familiares?* Ela não poderia se dar ao luxo de falhar.

Diana pensou em Magnólia, como ela sempre parecia feliz e otimista, mas no fundo sofria com tantas perdas. Na última caçada, o tio dela havia sido morto e a jovem sereia não se lembrava de Mag ter processado o luto, mesmo sendo tão próxima do tio. Talvez Mag estivesse escondendo os sentimentos, mas certamente estava desesperada por uma salvação, um milagre. Diana era o milagre.

A tranca da porta fez barulho, e uma mulher com um jaleco branco entrou na sala.

— Olá! Diana, certo? — disse enquanto conferia em um papel.

— I-isso — respondeu nervosa.

— Não vai demorar, vou só fazer algumas perguntas e alguns exames.

A moça parecia simpática, mas Diana lembrou-se de que não deveria confiar nem nos mais simpáticos, ela precisava ficar alerta o tempo todo — todo humano era um inimigo.

— Muito bem, quantos dias têm seu ciclo?

Diana ficou confusa. Ciclo?

— Desculpa... Eu não... — falou, tentando sinalizar que não havia entendido.

— Sua menstruação. Ela acontece de quanto em quanto tempo?

A palavra não era estranha para Diana, ela estava tentando se lembrar em qual pergaminho de anatomia humana ela havia lido sobre. A médica já se mostrou um pouco mais impaciente.

— Você sangra todos os meses?

— O quê?! — perguntou surpresa — Não!

— Hum... que pena — falou rabiscando alguma coisa no papel.

Que pena? Era normal os humanos sangrarem todos os meses? Por onde? Esses questionamentos fizeram Diana pensar que talvez tenha dito algo muito errado.

— Eu normalmente já te desclassificaria aqui, mas vou cumprir todos os protocolos.

Definitivamente, havia dito algo errado. O que ela deveria ter dito? Que sangra todos os meses? Isso não parecia normal. Na verdade, ela ficou até pensando como um ser humano não morreria se sangrasse todos os meses. Pelo que ela havia pesquisado, o corpo humano não era capaz de sobreviver muito tempo com um sangramento contínuo, então, o que aquela médica estava querendo dizer?

— Me desculpe perguntar, qual é o período normal desse ciclo que você mencionou? — questionou Diana.

— Ah, varia muito de mulher para mulher, mas a média é um sangramento de cinco dias a cada vinte e cinco dias.

Diana tentou esconder seu rosto chocado. Ela já havia entendido que esse sangramento só acontecia com as mulheres, mas era difícil acreditar que alguém poderia sangrar por cinco dias seguidos sem morrer.

— Você tem vida sexual ativa? — perguntou a médica.

— Não.

— Já teve relação sexual?

— Também não.

A médica fez mais algumas anotações.

— Escuta, Diana, não posso fazer os exames em você, sinto muito, infelizmente já está desclassificada.

— O quê? Por quê? — perguntou assustada.

— Os exames exigem alguns aparelhos que, devido à sua situação, não posso usar em você.

— Mas vocês têm tecnologias alternativas. E as outras meninas como eu?

— Claro que temos, mas esses tipos de testes demoram mais e possuem resultados menos eficientes. Como você não menstrua, já é de se esperar que não tem o que o rei precisa. Então não preciso gastar meu tempo com você.

A médica levantou, mas Diana segurou em seu jaleco.

— Por favor! Me teste mesmo assim!

— Por que eu deveria?

Diana pensou um pouco antes de responder.

— Eu... eu orei muito para Callian! Eu pedi que ele me abençoasse! Me permita tirar a prova, por favor.

Um silêncio perturbador preencheu a sala, a médica ficou olhando para a expressão desesperada de Diana e respirou fundo.

— Você tem sorte de ter sido uma das primeiras a ser chamada, se já estivesse tarde eu jamais aceitaria algo assim.

— Muito obrigada!

A médica coletou o sangue de Diana e enquanto esperava o resultado sair, fez uma ultrassonografia nela. A princesa observava atentamente pelo monitor e começou a estranhar o que via.

— Por aqui pelo menos, seu útero está em perfeitas condições.

Diana não parava de martelar na cabeça que deveria ter lido mais sobre o sistema reprodutor humano, ela quase fracassou a missão porque não sabia uma simples informação como aquela.

— Vou passar um cotonete em sua região íntima, mas não vou inserir nada, não se preocupe.

— Tudo bem — concordou, sem saber o que era um cotonete.

Após a coleta, ela colocou a amostra dentro de um vidro achatado e entrou em outra sala. A médica não demorou muito, mas para Diana pareceu uma eternidade. Ela ficou imaginando quais outros testes viriam a seguir, já que foi quase desqualificada nesse por um descuido. Precisava ficar mais alerta para os próximos.

Logo a médica voltou um pouco confusa e com o resultado dos exames em mãos.

— Diana, não sei se você mentiu para mim ou simplesmente realmente foi abençoada, mas com o que consegui ver você está bem. Na verdade, muito mais que bem. Com certeza já está garantida para a próxima etapa.

— Sério? — perguntou quase sem acreditar.

— Não fique falando isso quando sair daqui, uma onda de infertilidade tem assombrado nosso reino. Receber uma mulher com esse índice de fertilidade como você é uma dádiva. É claro que não tenho tanta precisão com esse tipo de teste, mas o que vi aqui já é o suficiente. Callian realmente atendeu ao seu pedido. Farei uma anotação especial aqui pela sua perseverança.

Diana continuou não entendendo, mas parecia ser um bom sinal.

— Vamos, demorei muito com você, já pode se trocar e aguardar o resultado no salão principal.

As duas foram até a porta, Diana olhou no crachá que dizia o nome da médica.

— Obrigada, Léia! — falou gentilmente.

A médica se surpreendeu, mas sorriu em seguida. Então Diana saiu da vista dela.

— Tomara que ela ganhe — disse a médica sozinha.

Quando Diana saiu do consultório, Magnólia a esperava com o olhar preocupado.

— Di, eu fiquei tão preocupada! Como foi?

— Di?

— Eu achei o nome que você escolheu bem agradável. Posso até te chamar por algum apelido. Com seu nome de Norisea era mais difícil.

Diana riu com a observação da amiga.

— Deu tudo certo, parece que os casos de infertilidade em Enellon são bem sérios. Querem garantir uma rainha que possa dar filhos ao rei. Talvez o problema fosse com a rainha.

— Será que ela foi morta por não dar herdeiros ao reino?

— Não duvido dessa possibilidade.

— É claro que você passaria nesse teste, as sereias são naturalmente férteis.

— Falando nisso, você sabia que as mulheres humanas sangram todos os meses?

— Sim, se chama ciclo menstrual. Mas isso não acontece com sereias, mesmo em nosso corpo humano. Por quê?

— Eu não sabia. Quase fui desclassificada por isso.

— Pelos Espíritos! Minha culpa, eu deveria ter te alertado. Eu só sei disso por já ter vindo para cá antes, deveria ter imaginado que você não estava ciente dessa condição das humanas.

— Tudo bem, mas vamos ficar mais atentas para os próximos testes.

— Claro — respondeu Mag, sentindo-se culpada.

Os resultados saíram, e, como Diana já esperava, seu nome estava lá para a próxima etapa. E das duzentas garotas, apenas sessenta se classificaram.

Diana ficou pensativa, Enellon estava com um sério problema. O que estaria provocando tamanha infertilidade? De início, ela sentiu alívio, mas logo o medo a invadiu novamente. *Eu quase estraguei tudo.* Ela sabia que precisava levar mais a sério os próximos testes, mas estava perdida. O que mais do mundo humano ela não sabia?

— Então você passou.

Diana se virou assustada. Era Esmeralda, a bela garota ruiva.

— E aparentemente você também — comentou Magnólia.

— Ah, sim, minha família é bem grande, tenho nove irmãos, todos homens e mais velhos, sou a única menina. Com certeza o rei apreciará isso, afinal, com certeza darei a ele um filho homem.

— Mas qual é a diferença? — questionou Diana. Qual era o problema em ter uma filha mulher?

Esmeralda riu com o comentário.

— Não se faça de sonsa, somente homens herdam o trono. As rainhas são conselheiras, ainda é uma função importante, com imenso poder de manipulação. Podemos controlar o reino dos bastidores — disse a garota com sangue nos olhos.

— Mas então... Não é mais fácil apenas colocar a mulher como herdeira do trono? — argumentou.

Esmeralda revirou os olhos com força e bufou.

— Que perguntas idiotas! Nem parece que você é... — ela pausou em choque — ... daqui.

Nesse momento, Diana percebeu que havia aberto mais uma brecha para descobrirem sua identidade e havia aberto justamente para a pior pessoa.

— Sabe, eu detesto admitir — disse Esmeralda, olhando Diana da cabeça aos pés —, mas você é bonita *demais*. Sua beleza é tão hipnotizante que irrita! Nunca vi ninguém assim neste reino e nem nos reinos vizinhos.

Diana começou a suar. Magnólia segurou em sua mão.

— Só vi alguém tão bela assim na última caçada, se não me engano. Não gosto muito de assistir às caçadas, acho muito violento. Mas naquele dia eu vi um caçador carregando uma sereia morta e, mesmo sem vida, ela era linda, de uma beleza estonteante que...

— Eu disse que minha irmã é o rosto bonito da família — Mag tentou desconversar.

— Você também tem seus atributos! — disse Esmeralda em tom sarcástico. — Mas não estou tentando dizer nada, imagina você ser uma sereia? Teria que ser bem louca, não é mesmo? Afinal, qualquer deslize significaria a morte. — Sorriu ao terminar a frase.

— Claro! Ninguém seria imprudente a esse ponto, as sereias sabem dos riscos. — disse Diana, tentando concordar ao máximo com tudo que a garota dizia.

— Certamente... — ponderou Esmeralda.

A conversa foi interrompida pelo mesmo homem de barba branca do início. Ele parecia cansado, talvez ele servisse ao rei há muitos anos.

— Muito bem, garotas, as criadas vão levá-las até aos seus aposentos. Vocês serão divididas em grupos de seis, então dez candidatas ficarão em cada quarto. Pode ser aleatório — finalizou, fazendo um gesto com as mãos.

Esmeralda foi em outro grupo, para o alívio de Diana e Mag. O quarto era encantador e gigante, as camas eram bem afastadas umas das outras, separadas por dupla. Havia uma grande varanda no quarto, e Diana percebeu que as meninas estavam muito empolgadas. Na verdade, algumas até haviam ficado amigas, entrando no quarto de mãos dadas e escolhendo camas próximas. A princesa questionou quanto tempo aquela amizade duraria quando tivessem que competir e então se acomodou em uma cama perto da porta do quarto. Já era noite, e ela sentia falta da família.

4

A pequena Admete fugia, nadando desesperada para longe dos seus colegas. Era a quarta vez na semana que puxavam seu cabelo e caçoavam dela por não ter seus dons ainda. Ela já estava com oito anos e não passava de uma sereia vazia, sem habilidade alguma, e era exaustivo.

Nadara tão depressa que não percebeu que havia atravessado a fronteira de Norisea, só pensava, desesperadamente, em fugir para qualquer lugar em que não fosse vista como uma falha, em que sua falta de magia não fosse um problema. Antes esse lugar era no abraço de seu irmão, agora que ela não o tinha mais, não tinha mais refúgio. A princesa só parou quando, de repente, viu que a areia estava próxima de sua cauda — ela estava perto da praia, estava em Enellon.

A pequena sereia emergiu a cabeça até a superfície para espionar: um garoto chorava sentado na areia. De pés descalços, usava uma blusa comprida e luvas nas mãos. Não era verão; certamente ele estava com frio. Admete nunca tinha chegado tão perto de um humano e ver água escorrendo de seus olhos de forma tão intensa lhe despertou curiosidade. O garoto fungava enquanto o cabelo preto pesava em cima de seus olhos, ele parecia ser apenas um pouco mais velho que Admete, talvez próximo da pré-adolescência. Ele passava os dedos por cima das conchinhas espalhadas na areia. Uma onda veio e arrastou Admete para mais perto da praia, ela soltou um gritinho assustado e entrou na água novamente. O garoto levantou assustado, olhando para o oceano.

— Quem está aí? — perguntou ele com a voz embargada.

Admete permaneceu calada, sabia que o contato com humanos era estritamente proibido. Nunca arriscou quebrar a regra, tinha um pavor tremendo de humanos, afinal eles tinham tirado dela tudo que amava. Ela queria ficar o mais distante possível da terra, mas, ultimamente, o mar parecia sufocante e solitário. Por algum motivo, tocar na areia foi reconfortante e ver alguém chorando foi como ser consolada.

Admete então desenterrou uma concha da areia, esperou outra onda vir e a jogou para o menino. Ela nadou um pouco mais para longe e se acomodou atrás de uma pedra, observando se a concha chegava até ele. A água bateu nos pés descalços do garoto junto com o presente, ele olhou para baixo confuso. Era uma concha grande, azulada e que se fechava na ponta. O garoto a pegou, observou por um tempo e então a colocou em seu ouvido. As lágrimas em seu rosto foram se dissipando, ele sorriu de canto e começou a caminhar para fora da praia, mas parou e olhou para o oceano novamente.

— Obrigado!

E então partiu, deixando a pequena sereia de coração acelerado.

Diana abriu os olhos assustada, fazia tempo que ela não sonhava com aquela lembrança, apesar de vez ou outra ela aparecer para atormentá-la. Os sonhos esquisitos estavam cada vez mais frequentes, lembranças antigas sendo resgatadas e espíritos a chamando pelo nome.

Ela se levantou da cama, a lua estava linda naquela noite. A princesa tossiu algumas vezes e logo tampou a boca com medo de acordar as mulheres no quarto. Sua garganta arranhava, ela não conseguia dormir de verdade, tudo parecia errado, tudo parecia seco, faltava água. Diana não estava acostumada a ficar tanto tempo longe do mar, ela precisava urgentemente se refrescar, pois parecia que sua garganta iria rasgar de tão áspera. Ela se virou para Magnólia, que dormia, mas não quis acordá-la após um dia tão exaustivo, então se levantou cuidadosamente para não acordar as outras garotas. Abriu a porta devagar e saiu.

Pelos corredores do palácio, ela avistou uma porta de vidro, do outro lado havia um poço artesanal, Diana reconheceu pelas figuras de alguns livros que tinha. Ela se aproximou para abrir a porta. Trancada. Que frustração! Ela só queria água, e a falta dela a estava deixando extremamente estressada e mal-humorada. Bufou de raiva e se virou para voltar ao quarto quando soltou um gritinho de susto ao se deparar com um rapaz bem à sua frente.

— Quem é você? — perguntou irritada.

O rapaz fez uma careta para a insolência de Diana. Ele era alto, bonito, aparentemente forte e tinha cabelos tão pretos que, à luz da lua, pareciam azuis. Os olhos eram escuros como o cabelo e a pele era branca como linho, ele usava uma luva na mão esquerda.

— Imagino que deva ser uma das candidatas do rei. — Ele lhe ofereceu um sorriso malicioso.

Diana não gostou da reação do rapaz e se agarrou no roupão que cobria seu corpo.

— Sou e já vou indo — disse, apertando o passo.

— Você deveria se portar com mais classe dentro do palácio, desse jeito não vai impressionar o rei — observou o rapaz com desgosto.

Diana se virou, querendo chutá-lo.

— Possuo outras qualidades que com certeza compensam a minha falta de graça — respondeu de forma seca.

— Não sei não. Você é bonita, é fato. Mas dizem que o rei gosta de mulheres graciosas, sabe? — falou ele, se aproximando dela.

— *Hum* — reagiu Diana, virando o rosto. — E quem é você pra saber tanto sobre o rei?

— Sou o servo mais devoto do reino. Você deveria prezar pela minha aprovação, já que sou um dos jurados do teste de amanhã.

O coração de Diana quase parou. O que ela deveria dizer agora? Acabara de destratar aquele que decidiria quem continuaria na competição ou não.

O rapaz sorriu com o canto da boca.

— Que bela a corrente que carrega em seu pescoço.

Diana não esperava por aquilo, ela havia esquecido completamente que usava a chave que encontrara no quarto do irmão.

— Sim, eu gosto muito dela — afirmou com as mãos no colar. — É muito importante para mim.

— Fruto de um amor que você deixou para trás para estar aqui, nesta seleção?

— Pode-se dizer que sim. — De certa forma, isso não era mentira, só não era o mesmo tipo de amor a que ele se referia.

— Antigas paixões não devem interferir em seu comprometimento com o trono.

— Pelo contrário, acredito que essa paixão me incentiva a ser fiel ao meu reino.

— Então ele foi um herói de guerra.

— Foi — afirmou, pensando em seu irmão e como ele se sacrificou para protegê-la.

— Admirável... — disse o rapaz com desdém.
Ele encarou Diana, deixando-a desconfortável.
— Posso ajudar em mais alguma coisa? — perguntou ela.
— E por acaso você me ajudou em algo?
— Tem razão — respondeu ela, tentando não olhar em seus olhos.
De repente, o rapaz ficou amigável.
— Se quer água é só girar a maçaneta três vezes e ela abre — disse, apontando para a porta que Diana tentava abrir.
— Obrigada — respondeu ainda sem conseguir olhar no rosto dele. Quando finalmente tomou coragem para levantar o rosto, o rapaz não estava mais lá.

Diana girou a maçaneta, mas a porta ainda não abriu. Ela continuou girando, esperando que algo acontecesse, e nada. Já na quinta vez que ela tentava girar, a maçaneta caiu da porta. Uma empregada estava passando no corredor na hora.

— Querida, o que está fazendo? Não deveria estar dormindo? — perguntou intrigada.
— Perdão, estou tentando abrir a porta, estou morrendo de sede.
— Entendo — disse a mulher, olhando para a maçaneta no chão. — Esta porta é de correr, é só empurrar para o lado.
Claro.
— Ah, sim — respondeu Diana, se sentindo a mulher mais tapada do reino. É claro que o rapaz estava se divertindo com a cara dela.
Aquele desgraçado.

De manhã, Diana acordou com uma toalha molhada na cabeça que havia conseguido com a empregada. Não conseguiu dormir até que sentisse a pele um pouco úmida. Bebera tanta água que a empregada tina ficado preocupada. Talvez devesse ter se contido, mas agora era tarde. Seu humor também parecia melhor, isso até lembrar do rapaz da noite anterior — a raiva que tinha dele era quase insuportável.

Não conseguia acreditar que precisaria impressioná-lo para chegar ao rei, mas ela faria de tudo por Norisea, então o rapaz seria mais um obstáculo que ela teria que superar.

Diana se levantou e percebeu que as outras meninas já estavam se arrumando, pegando roupas dos armários ao lado de suas camas. Olhou para o próprio guarda-roupa e viu Magnólia passando os cabides, escolhendo algo para a princesa vestir.

— Bom dia, futura rainha! — disse Mag com um sorriso largo. Algumas meninas ouviram o comentário e ficaram inquietas.

— Por favor, não dê motivos para todas me odiarem — falou Diana enquanto esfregava os olhos.

— Vai arrumando esse cabelo aí enquanto escolho algo para você.

Diana abriu uma gaveta na penteadeira, onde encontrou vários acessórios. Seu olhar foi direto para uma tiara de pérolas. O resto das meninas usava ouro, mas Diana optou pelas pérolas, é claro. Ela ajeitou o cabelo com a tiara e alinhou suas ondas volumosas.

Magnólia passou os dedos entre os cabides até que viu um e sorriu. Ela retirou o vestido do cabide, era perfeito, exatamente como sua amiga gostaria — um vestido lilás com mangas bufantes de tule simples e liso, sem muita renda, pedras ou costuras. Mag chamou Diana para se vestir. O corpete era bonito, em formato de coração, e a saia caía suavemente sobre seus pés. Diana colocou uma sandália branca e estava pronta. De todas as pretendentes, ela era a mais simples, mas, ainda assim, a mais radiante. As outras garotas ficaram incomodadas e começaram a cochichar entre si, mas foram interrompidas com a entrada do senhor de barba branca.

— Muito bem, vocês são o grupo quatro. Suas acompanhantes devem permanecer aqui. Desta vez, o teste será coletivo, então dividi vocês em seis grupos. Ao final, apenas uma de cada grupo passará para a última etapa.

De repente, as mãos que estavam dadas se soltaram, e um ar de rivalidade pairou no ambiente, algo que Diana já esperava. Mag fez um sinal para ela, tentando dizer que tudo ficaria bem. Certamente, Mag usaria esse tempo vago para descobrir alguma coisa.

As meninas foram conduzidas até uma sala que possuía uma grande mesa redonda com mapas, pinos, soldadinhos de madeira e papéis — por incrível que pareça, aquela imagem era um tanto familiar para Diana.

As pretendentes se sentaram e aguardaram. Diana se dirigira a uma ponta da mesa, o que não foi uma boa escolha. Parecia que naquela posição ela ficava mais visível, tornando-se um alvo. Todas estavam em completo silêncio, revezando os olhares para observar Diana, até que o rapaz da noite anterior entrou na sala, com uma prancheta nas mãos. Diana ficou paralisada ao vê-lo.

O jovem rapaz levantou o olhar para analisar as candidatas da sala e assim que bateu os olhos em Diana seu rosto ficou ruborizado. Como ela era linda! Havia se enfeitado na quantidade exata, nem de mais, nem de menos. Algumas garotas usavam tanto ouro na cabeça que o rapaz tinha certeza de que o pescoço poderia quebrar a qualquer momento, mas Diana não. Ela estava perfeita.

Seu cabelo era uma moldura formosa para seu rosto e fazia curvas tão graciosas que ele chegou a suspirar. Assim que percebeu que estava a encarando, tentou se recompor e disfarçou, limpando a garganta.

— Bom dia a todas! Eu me chamo Liam. Neste teste, avaliaremos suas habilidades em estratégia de conflito. O papel de uma rainha é fundamental para seu reino, ela está sempre ao lado do rei para auxiliá-lo em tudo que for necessário. O rei Gribanov é bastante exigente quando se trata de sabedoria ao lidar com conflitos em reinos vizinhos. Os conselhos da rainha têm mais peso até que a palavra dos próprios conselheiros reais.

A introdução do rapaz deixou as meninas inquietas.

— O teste ocorrerá da seguinte forma: vou apresentar uma situação hipotética a vocês e terão que me dizer a melhor maneira de solucionar esse conflito. Entendido?

Todas acenaram com a cabeça dizendo que sim.

— Então vamos começar. O reino de Horizon, nosso principal parceiro comercial, produz o arroz que consumimos em Enellon, e nós exportamos trigo para o reino deles. Mas, em nossa última reunião, Horizon cobrou o dobro do que pagamos pelo arroz. Nós nos recusamos a aceitar o valor e agora os reinos estão em conflito. Como solucionar este problema? Neste arquivo, à frente de vocês, há alguns dados do nosso reino e dos reinos vizinhos. Vocês têm dez minutos.

Imediatamente, as garotas começaram a fazer anotações no papel e ler o arquivo. Naquele momento, Diana entendeu porquê aquela situação era tão familiar. Como futura rainha de Norisea, o que ela mais fez durante os últimos anos foi montar estratégias para resolução de conflitos como aquele, e, por não ter dons, sobrava muito mais tempo para esses estudos. Norisea também mantinha negociações com outros reinos marinhos, e ela sabia que tratar qualquer desentendimento de forma pacífica era a melhor solução para evitar grandes prejuízos, assim como sabia que soluções pacíficas exigiam esforço intelectual e extremo cuidado. Diana estava em sua zona de conforto e fez anotações rápidas e precisas no papel até o tempo acabar.

— Muito bem. Você, qual solução que propõe? — perguntou Liam, apontando para uma menina.

— Guerra, sem dúvida — afirmou a garota. — Pelos dados fornecidos, temos muito mais poder de fogo que o reino de Horizon, conseguiríamos vencê-los facilmente — concluiu orgulhosa.

— Entendo. Então atacaríamos a população do reino vizinho com nosso imenso poder de fogo e aí ficaríamos sem ninguém para produzir o arroz de que precisamos. E por isso os outros reinos vizinhos não fariam negociações conosco, todos se voltariam contra nós, mas como gastamos nosso poder de fogo em Horizon, não teríamos como nos defender e seria o fim do reino, certo?

— Ah, eu... — tentou dizer desconcertada.

— Por favor, me digam que mais ninguém sugeriu guerra — falou, olhando para as meninas.

Três garotas abaixaram a cabeça escondendo suas anotações. Liam bufou colocando a mão sobre os olhos.

— Ok, você — disse ele apontando para outra garota.

— Bom, acredito que a solução seria parar de exportar trigo para o reino vizinho. Depois de alguns meses eles se veriam obrigados a retomar as negociações e reduzir o preço do arroz — disse acanhada.

— A lógica é boa — disse Liam. O comentário fez a garota sorrir. — Mas na prática não funciona. — O sorriso dela se desfez imediatamente.

— Se tivesse prestado mais atenção nos dados, veria que o reino ao lado também produz trigo. Horizon simplesmente passaria a importar de lá. Essa burrice teria colocado o reino todo de Enellon em uma imensa crise financeira, já que Horizon é nosso principal parceiro comercial.

— Me desculpe — respondeu a menina, quase chorando, o que fez Diana sentir muita pena.

— Garota dourada, sua vez — continuou Liam, se referindo a menina com diversos apetrechos de ouro nos cabelos.

— Casamento! — falou sorrindo.

— O quê?

— Vi aqui que a rainha de Horizon é viúva. Basta unir nossos reinos através do casamento e então esses problemas de exportação e importação não existirão mais.

— Ah, claro! Então devo presumir que você não quer ser rainha.

— Hã? — perguntou confusa.

— Sim, afinal, o rei de Enellon teria que se casar com a rainha de Horizon, não com você.

— Desculpe, eu não...

— Alguém mais escreveu casamento? — perguntou, interrompendo a pobre coitada.

Mais duas meninas abaixaram a cabeça, se preparando para chorar.

— Maravilha. Agora você. — Liam apontou para a nona garota.

— Pensei em um duelo, uma competição entre guerreiros na arena. Quem ganhar, leva preço reduzido, do trigo ou do arroz.

— Santo Espírito! — Liam suspirou, sem acreditar no que havia acabado de ouvir. Ele não teve nem palavras para argumentar como ela estava errada. Por fim, se virou para Diana — Você, garota maçaneta. Não me desaponte.

Diana percebeu que o rapaz, apesar de insuportável, estava certo. Infelizmente, as respostas das garotas eram muito ingênuas e inexperientes, por isso ela tentou passar confiança sem parecer soberba.

— Bom, primeiro teríamos que avaliar o motivo do aumento no preço do arroz. Um caminho mais econômico e prudente seria enviar pelo menos dois espiões para Horizon a fim de descobrir a verdade. Precisaria ser algo discreto, considerando que Horizon é o parceiro comercial mais valioso do reino. Se descobrissem os espiões, poderia gerar ainda mais atrito e desentendimento. — Todos estavam bem atentos à sua fala. — Mas, caso os espiões não consigam acesso às informações necessárias, a solução seria oferecer ao reino de Horizon o que eles não têm.

— E o que seria? — perguntou Liam, intrigado.

— Soldados. É fato, Enellon tem mais poder de fogo, consequentemente, também tem mais força militar, algo que falta a Horizon. Pelos dados, Enellon teria condições de manter uma sede do exército com mil soldados em Horizon sem prejuízo por um ano, poderíamos oferecer esse acordo. Seu arroz por nossos soldados. Depois de um ano com nossos soldados, Horizon perceberia a grande diferença que faz ter um exército preparado protegendo o reino deles. Poderíamos propor um valor para manter o exército lá, e então, além do arroz, capitalizaríamos mais recursos para o reino.

Liam sentiu um misto de orgulho e raiva.

— Estão dispensadas.

5

Em outra sala, os avaliadores se reuniram para discutir a respeito das candidatas.

— Como foi seu grupo, Ben? — perguntou o primeiro avaliador.

— Nenhuma impressionante, mas uma deu uma resposta razoável comparada as outras, que foram bem estúpidas. Então, do meu grupo vai ser ela, sem contar que a menina também é muito bonita, ruiva de olhos verdes. E o seu?

O avaliador respirou fundo antes de responder.

— Vou ter que reprovar todas — disse em tom desapontado.

— O QUÊ? — disseram todos em uníssono.

— Foi uma resposta pior que a outra. Uma chegou a sugerir um concurso de beleza. Imagina? Resolver um problema comercial com batom e vestidos.

Os avaliadores riram do comentário, mas logo a atenção se voltou para Liam, o mais calado e pensativo dos colegas.

— Fiquei sabendo que tinha uma mulher encantadora na sua sala — observou um dos rapazes. — Pena que essas são as mais burras.

Liam deu de ombros.

— Ela é de fato a mulher mais linda que eu já vi, mas não tem bons modos — concluiu.

— Já sabemos que ela está fora então.

— Na verdade, não. Não posso ser injusto. Não gostei dela, mas a resposta foi inteligente. Falou sobre estratégias de governo com tanta naturalidade que parecia ter treinado para esse momento a vida toda. Fiquei impressionado.

— Parece que temos uma favorita! — exclamou outro avaliador encostado na janela.
— Quem sabe? Talvez ela não se saia bem no próximo teste.
— Por quê?
— Não sei, é só um pressentimento estranho.

Muitas meninas saíram chorando do salão. Dois grupos não tiveram nenhuma escolhida, restaram apenas quatro nomes, e o de Diana estava entre eles. Ela estava confiante, sabia que havia impressionado, e superou a má primeira impressão que causou em Liam.

— Como é desconfortável — disse consigo mesma e tirou o sapato enquanto descansava em uma poltrona. Massageou os dedos dos pés enquanto esperava por mais informações.

Observou o salão e notou que Esmeralda não estava lá. Ficou se questionando onde ela estaria, afinal, o nome dela estava na lista de classificadas para a última fase. De repente, dois guardas pararam na frente de Diana, o que a assustou.

— Posso ajudar? — perguntou receosa.
— Senhorita, precisa nos acompanhar imediatamente — respondeu um dos guardas.

Todos no salão tinham os olhos direcionados para ela. Diana teve um mau pressentimento. Ela foi escoltada até uma sala escura e assim que os guardas fecharam a porta, um calafrio subiu pela espinha. *Me descobriram.*

— Sente-se, Diana Kernighan — disse uma voz rouca.

Havia uma cadeira ali. Ela se sentou com as pernas bambas, morrendo de medo. Mesmo assim, tentou parecer despreocupada.

— Por que me trouxeram aqui?

Uma luz amarela bem fraquinha se acendeu aos poucos, revelando o rosto de um homem. Ele era forte, o corpo de um guerreiro. Possuía cicatrizes em seu rosto e o cabelo loiro estava preso em um rabo de cavalo. Seu sorriso era ameaçador. O medo de Diana cresceu. Ela já sabia quem era. Drakkar.

— Recebemos uma denúncia — começou ele. — E os pontos apresentados foram muito pertinentes.

— Que tipo de denúncia?

— Diana Kernighan, você é uma sereia?

O coração dela acelerou, estava tão nervosa que não conseguiu formular qualquer frase.

— Não... — Foi tudo o que conseguiu dizer, sem tirar os olhos do homem à sua frente.

— Que resposta seca. — Ele deu um sorriso sarcástico. — Sabe, Diana, assim que você entrou percebi o cheiro do mar em você. É bem forte, aliás.

— Eu gosto do mar — afirmou, tentando se livrar.

— Que sereia não gosta do mar, não é mesmo?

— Que provas você tem, além do meu cheiro que o desagrada? — revidou com outra pergunta.

O homem abriu uma gaveta da mesa em que estava, retirou a toalha molhada que Diana usou para dormir.

— Então você precisa de toalhas molhadas cobrindo seu corpo para conseguir dormir?

— Eu estava me sentindo febril — pensou rápido.

— Claro, claro. Mas a empregada nos contou que o poço quase ficou seco de tanta água que você bebeu — finalizou com uma gargalhada.

— Não posso ter sede?

— Calma, doce menina. Está tão na defensiva. Rugas podem deixar esse seu rostinho feio, cuidado. Não quer perder sua beleza, certo? — Ele fez uma pausa, observando-a. — Seu rosto me é familiar. Claro que você é a mais bela de todas, só presenciei beleza assim na minha época de caçador.

— Não estou entendendo aonde quer chegar, senhor.

O homem bateu na mesa com força, fazendo Diana se segurar na cadeira, reprimindo o choro.

— Estou dizendo, minha querida, que você cheira a peixe e moluscos. — Ele fez uma careta quando disse. — Tem a aparência do povo místico, precisa de umidade para dormir, e alguém te denunciou.

— Entendo — respondeu ela, já se preparando para a morte.

— Então, vou te dar duas opções: você se entrega agora e prometo te matar rápido, não vai sentir nada. Ou você se submete aos nossos testes, e prometo que a morte será bem dolorosa.

Diana não queria ficar pensando muito, então ajeitou a postura e se mostrou imponente. Se teve uma coisa que ela aprendeu em sua preparação para futura rainha, é que o inimigo não pode ver sua fraqueza, mesmo que você não saiba o que está fazendo, precisa parecer que tem tudo sob controle.

— Eu vou fazer os testes, senhor. — E então se levantou. — Mas saiba que quando eu for a escolhida do rei, você vai se arrepender por ter me feito passar por tamanha humilhação.

O homem a encarou por alguns segundos, e por um momento chegou a pensar que realmente havia se excedido. Ele fez um sinal para um guarda e levou Diana até uma cadeira estranha, parecia invertida, pois o encosto era para a frente. Ela se sentou e apoiou sua cabeça no lugar que parecia ser para isso. Dois médicos se aproximaram.

— Temos sete substâncias aqui — começou um dos médicos. — Aplicaremos no máximo três, dependendo da sua reação. Se você tiver reação para qualquer uma delas, é porque está tudo bem, é humana. Se seu corpo não reagir, significa...

— Que sou sereia, entendi — falou ela, tentando apressar o procedimento.

Os médicos abriram o vestido de Diana, deixando suas costas nuas. Suava, mas tentava se manter calma. Ela não tinha dons, os testes não deveriam funcionar nela, certo? *Certo?*

Eram seringas com cores diferentes, lembrava um pouco o arco-íris. Ela ficou imaginando que tipo de reação seria até que a primeira agulhada perfurou suas costas. De início, não sentiu nada, mas logo uma dor tão aguda invadiu sua espinha que ela soltou um grito desesperado.

— O QUE É ISSO?!

— Ela está fingindo? — perguntou o homem com cicatriz, tentando parecer desinteressado.

Um médico fez sinal de que não, e mostrou uma mancha vermelha que havia se formado ao redor da aplicação.

— Muito bem, podem aplicar o próximo.

Diana segurou na cadeira, se preparando para a dor que viria a seguir. A segunda agulhada veio, e a dor dobrou. Ela mordeu o lábio com força e começou a chorar. Um dos médicos olhou para o homem.

— As reações estão bem grandes — informou um dos médicos com um tom preocupado. — Não precisamos aplicar o resto.

— Quero que use todas.

— Senhor... — os médicos se olharam. — Se ela for a escolhida...

— APLIQUE TUDO! — gritou.

Os médicos obedeceram. Aplicaram a terceira agulha, e a quarta, e a quinta, na sexta, Diana clamou pela morte. A dor era estridente, ela sentia que seu coração iria parar de funcionar a qualquer segundo. Suas costas sangravam, em alguns pontos algumas bolhas das reações já haviam estourado.

— Aplique logo a última.

Com certeza foi a pior de todas. O corpo dela já estava fraco e quando a substância fez seu trabalho, Diana sentiu as pernas amolecerem e tombou para o lado, quase desmaiando de dor. Um médico a segurou enquanto continha a revolta.

— Ela não é sereia, Drakkar! — exclamou ele, implorando para que parasse.

— Falta o último teste.

— O rei não vai gostar disso — disse o médico que ainda estava em pé.

Drakkar deu um tapa tão forte no rosto do jovem rapaz que seus óculos caíram no chão, se quebrando.

— Façam — falou, sem quase abrir a boca.

Diana estava quase inconsciente, mas percebeu que aqueles médicos não queriam obedecê-lo. Sabiam que aquilo não era certo. Os braços acolhedores do médico que a segurava lhe fizeram lembrar do imenso cuidado de Raon por ela. Com certeza Drakkar já estaria morto se Raon a visse agora.

— Está tudo bem — disse Diana, sem quase conseguir abrir os olhos. — Eu faço o último teste.

A colocaram em um tubo fechado de vidro, e a água começou a subir. Diana sabia que teste era aquele. Ficou insegura, ela tinha um instinto de sobrevivência como qualquer outra sereia, só não tinha magia. Provavelmente seria desmascarada ali e sua morte seria lenta e dolorosa, como Drakkar havia prometido.

As barras do vestido ficaram encharcadas à medida que a água subia. Desse teste não havia escapatória, a dor nas costas era tão grande que ela realmente pensou que morrer naquele minuto não seria tão ruim. Mas logo se lembrou de sua família, de seu reino, do povo que contava com ela. Diana precisava viver, por Norisea. Ela se ajeitou quando a água chegou ao pescoço, tão logo ficou totalmente submersa. Era bom estar na água, mas notou quão desesperador era ficar sem ar.

Ela não podia virar sereia.

Drakkar permanecia com o olhar vidrado nela, principalmente em seus pés, esperando que se transformassem na linda cauda que com certeza ele colocaria em sua coleção. Passaram alguns segundos e a falta de ar incomodou ainda mais, ela se debatia em desespero e logo sentiu que seu corpo estava se preparando para transformá-la em sereia novamente.

Era assim que morreria então?

Ela começou a se desculpar mentalmente com sua família e todo seu povo, mas então ela ouviu uma voz.

Me chame.

Era Ele, o Santo Espírito. Diana se viu sem opções e clamou com todo o coração por ajuda.

Me salve.

E então tudo ficou escuro.

Diana acordou tossindo água. Os médicos a colocaram em uma maca e esperaram.

— Como está se sentindo, Diana? — perguntou o médico mais jovem.

Os dois médicos eram bem parecidos, cabelos pretos e olhos de formato fino, mas um aparentava mais idade, provavelmente eram pai e filho.

— Sinto muito pelo tapa — foi a única coisa que Diana conseguiu responder.

— Ah, não foi nada — falou o mais novo, enquanto colocava a mão no rosto.

— Onde está Drakkar?

— Saiu assim que você desmaiou.

Covarde.

— Preciso ir, a última fase seria agora.

— Você está toda molhada.

— Não tem problema... — Ela fez uma pausa. — Obrigada por tentarem me ajudar — disse e lhes ofereceu um sorriso cansado.

Então se levantou, abriu a porta e saiu. Os médicos se olharam.

— Espero que ela ganhe — falou o mais velho.

Diana caminhou pelo salão com o vestido ensopado, deixando poças de água por onde passava. Todos a encaravam assustados.

Ela queria chorar de vergonha, mas tentava manter a postura que o pai a ensinara. O velho de barba branca arregalou os olhos quando a viu.

— Diana! O teste vai começar daqui a pouco, você precisa se trocar rápido!

Quando ela entrou no segundo salão, notou que o cenário estava preparado para um tipo de desfile e lamentou. Tinha acabado de ser torturada, quase morreu, e a única coisa que importava para aquele reino era quem desfilava mais bonito. Diana era capaz de matar o rei naquele mesmo instante se o visse.

Ela tentou atravessar o salão sem ser notada, mas acabou sendo abordada por Liam.

— Não acredito que você apareceu no teste final desse jeito — comentou para irritá-la.

— Esse teste é estúpido, claramente sou a mais inteligente daqui — resmungou ela enquanto caminhava em direção ao quarto.

— Nisso eu terei que concordar com você. Também acho ridículo, mas tradição é tradição, não é?

Liam deu um tapinha nas costas de Diana e ela soltou um gritinho e caiu no chão sem forças. Ele se espantou, mas logo deduziu que estava fingindo para provocá-lo.

— Pelos espíritos, como você é dramática — zombou e colocou as mãos nas costas dela.

Diana soltou um grito mais alto de dor. Liam se afastou repentinamente e quando olhou sua mão, estava manchada de sangue. Ele voltou o olhar para as costas do vestido dela e a linda cor lilás estava coberta por manchas vermelhas.

— Diana... quem fez... — indagou, tentando terminar a frase.

Ela se virou para ele com os olhos marejados.

— Você é horrível — disse ela com os lábios trêmulos.

Então levantou e correu para o quarto. Liam permaneceu atônito, sem acreditar. Alguém havia ferido Diana e por alguma razão que ele não entendia, aquilo o irritou mais do que esperava.

6

Diana entrou no quarto aos prantos e as outras quatro garotas que já estavam lá se arrumando ficaram confusas ao vê-la ensopada.

— É ridículo como, mesmo acabada, você continua bonita. Não dá nem para zoar com a sua cara — comentou Esmeralda enquanto passava um batom vermelho nos lábios.

Diana apenas ignorou, limpou as lágrimas do rosto e começou a tirar o vestido. Uma garota deu um grito ao ver as costas cheias de bolhas sangrentas da princesa.

— Por Callian! O que houve com você? — perguntou Esmeralda, se levantando da cadeira.

O olhar de Diana foi cortante.

— Não finja que não sabe.

— Diana, do que está falando?

— VOCÊ ME DENUNCIOU! É DISSO QUE ESTOU FALANDO! — gritou a princesa.

Um silêncio perturbador tomou conta do quarto. Esmeralda pensou um pouco antes de falar.

— Alguém te denunciou como sereia, não foi? Fizeram os testes em você e constataram que é humana mesmo... Que bom pra você! Mas não fui eu que te denunciei, Diana.

— Mentirosa — afirmou.

— Você não precisa acreditar em mim, mas sabe que não sou burra. Fazer uma denúncia falsa, sem provas, é muito arriscado. Eu desconfiei, sim, de você, mas eu tentaria reunir evidências reais antes de te denunciar — falou Esmeralda, tentando se defender.

Aquela garota era detestável, mas Diana acreditou nela. Ficou pensando em quem mais poderia tê-la entregado, e foi então que lembrou: a empregada que a ajudara naquela noite. Com certeza a mulher havia desconfiado dela. Diana se sentiu culpada, afinal, tinha dado a brecha para que isso acontecesse. Fechou os olhos com força, com raiva de si mesma.

— Deixa eu te ajudar — falou Esmeralda gentilmente.

— Não. — Diana falou com a voz firme. — Eu já estou pronta.

— Vai entrar assim?

A princesa se encarou no espelho, sua aparência não estava horrível — era difícil sob qualquer circunstância tirar a beleza de uma sereia —, mas claramente estava desarrumada. Ela enxugou as lágrimas, odiava chorar. Quanto mais tentava parecer forte, mais seu corpo desabava. Toda a situação a que fora submetida na terra só a fazia sentir mais raiva dos humanos. Mas, ao mesmo tempo, parecia haver boas pessoas em Enellon — atrás de uma armadura de ferro tinha um coração em conflito.

— Como é a última etapa, você sabe? — perguntou Diana com o olhar furioso.

— Um discurso. — Esmeralda tentou explicar. — Já assistiu a concursos de beleza?

— O quê?

— Concursos de beleza. Você sabe, desfiles, vestidos bonitos, discursos sobre a paz mundial.

— Você não pode estar falando sério.

— Bom, eu acho divertido, mas para uma competição pela coroa é meio...

— Inútil — completou Diana. Logo em seguida, grunhiu de dor.

Esmeralda a olhou preocupada, as costas de Diana estavam péssimas, como se tivesse apanhado feio. A imagem das feridas provocou arrepios em Esmeralda, ela coçou o pescoço desconcertada e suspirou. Foi até a pia que tinha ao lado do camarim improvisado e molhou um pano limpo, depois se dirigiu até Diana e pediu permissão para limpá-la.

— Não precisa — respondeu a princesa sem paciência.

— É mais para aliviar a dor. A água está gelada, vai ajudar a desinchar.

Diana decidiu não resistir mais e aceitou a ajuda, tinha sido torturada poucos minutos atrás, estava grata por receber um pouco de cuidado, mesmo que viesse de uma rival.

— E qual é o tema do discurso? — perguntou Diana.

— É aleatório, eles fazem perguntas sobre como melhorar a vida da população de Enellon. Com a crise que estamos passando, certamente querem uma rainha que saiba acalmar o povo enquanto o rei governa.

— Certo... — A princesa ponderou sem saber o que achar da observação.

A música tocou ao fundo, estava na hora. O nome de Diana foi chamado, ela se levantou irritada e foi até a passarela com os pés pesados. Holofotes a iluminaram, mas ela não foi delicada nem graciosa, andou apressadamente até o microfone que a esperava e aguardou os jurados lhe lançarem a pergunta.

Diana percebeu que Liam não estava na mesa dos jurados, mas tentou tirá-lo de sua mente. A princesa nunca havia desfilado em sua vida, as sereias aprendiam a lutar e conquistar suas paixões através da honra e da força. Aquilo tudo não passava de uma piada, mostrava como os humanos eram vaidosos... Era deprimente.

As costas da princesa doíam, sete substâncias estranhas haviam sido injetadas em seu corpo, e isso afetava até a forma de ela andar. Reparou os olhares julgadores, não era de cabelo molhado e maquiagem borrada que esperavam que ela se apresentasse. Os jurados esperavam por uma entrada triunfal e elegante seguida de um sorriso aberto e cativante, mas tudo que receberam de Diana foi um olhar carrancudo e a roupa amassada. Um dos jurados retirou de seu paletó a carta com a pergunta surpresa, coçou o pescoço e recitou:

— Diana Kernighan, nosso país tem passado por um grande déficit de natalidade, como você lidaria com as mulheres frustradas que não conseguem conceber herdeiros para seus maridos?

A princesa ouviu a pergunta incrédula.

— Bom... — Ela cambaleou para frente do microfone e piscou algumas vezes. Sorriu irritada e prosseguiu. — A primeira coisa a se fazer é tirar o peso e a culpa de cima dessas mulheres. Muitas sofreram abortos espontâneos e nem conseguiram chegar perto de uma gestação. São elas que não estão conseguindo dar herdeiros a seus maridos ou são os maridos que não estão fazendo seu trabalho corretamente? No final, faz alguma diferença de quem é a culpa? Não são as mulheres ou os homens que estão falhando em ter bebês. É o casal em conjunto que precisa de ajuda. Por isso, minha atitude como rainha... — pensou um pouco — seria acolher essas mulheres para que elas não se sintam pressionadas por algo que não podem controlar. Criar um local de ouvidoria e apoio onde elas possam dividir suas dores com suas amigas e então em suas casas, com seus parceiros, para que enquanto eles esperam o milagre, possam viver em paz como casal.

Diana achou ter dado uma boa resposta, mas os olhares dos jurados diziam o contrário.

— Então a senhorita não faria nenhum incentivo para que essas mulheres se esforcem mais em suas relações?

A princesa arqueou a sobrancelha.

— Meu senhor, eu vim aqui para responder somente perguntas pertinentes à escolha de sua futura rainha. Como isso ajudará o reino a escolher a melhor governanta?

Os jurados se entreolharam extremamente desconfortáveis com a falta de educação de Diana. A princesa suspirou sem paciência, se curvou e então se retirou ainda cambaleando por tentar disfarçar a dor que sentia. As demais garotas a olharam com espanto.

— É... — murmurou Esmeralda. — Acho que nem sua beleza vai te salvar do fiasco que foi isso.

Diana não entendia o que Esmeralda queria dizer, deu de ombros e foi para o camarim, onde se deparou com Liam, que a esperava de cara fechada sentado em uma cadeira.

— O que faz aqui? — perguntou ela verdadeiramente confusa.

— Vim ver o seu showzinho.

— Por que todos estão agindo como se eu tivesse dito algo de errado?

— Eu concordo com o seu discurso, mas não sei se foi a melhor resposta para conseguir pontos.

— Temos que ser honestos com o povo.

— Não, temos que *proteger* o povo — corrigiu Liam. — A imagem é tudo para a realeza e olhe só para você! É bonita, mas não deveria confiar somente nisso para vencer. Se quer a vitória, terá que se esforçar mais.

— Estou ferida.

Ele se aproximou na intenção de intimidá-la. Conseguiu.

— Reis se ferem. Rainhas se ferem. Explore sua dor como uma vantagem. Prove que merece vencer, aí você conseguirá ter um pouco do meu apreço.

— A dor como vantagem? Você enlouqueceu?

— Suas feridas doem? Se será rainha, terá que escondê-las. Não as revele nunca, não será aceita com falhas. Para o povo, você deve ser a imagem da perfeição. Não mostre a fraqueza e a vulnerabilidade da coroa. Se for preciso, se esconda.

Liam então se retirou para dar continuidade ao desfile, deixando-a sozinha.

— Nunca ouvi tanta bobagem em toda minha vida — resmungou Diana para si mesma. Ela avistou um vestido no cabideiro e então sorriu. — Querem minha dor? Então é isso que terão.

O segundo e último round do desfile havia começado, Diana se preparou para entrar, tentando ignorar a dor que sentia nas costas. A segunda modalidade do desfile era teste de habilidade, a oportunidade das candidatas mostrarem seus talentos. Uma apresentou uma dança, outra cantou, outra recitou poemas... O que ela faria? Diana entrou no corredor determinada a não ser esquecida. Já estava mal-vista pelos jurados, mas mostraria que mesmo não tendo os requisitos que eles estimavam, ela daria seu sangue pela coroa. Usava um vestido dourado com um corset e uma saia longa que ia até o chão. Sua aparência enfim chamava mais atenção dos jurados, mas algo ainda os incomodava — o corset parecia frouxo demais, como se não tivesse sido apertado corretamente. Ao perceber que eles haviam notado o problema na roupa, Diana prendeu o cabelo em um coque improvisado. Ela olhou para o canto da mesa e viu que Liam estava lá, certamente estava curioso com o que ela faria em seguida.

Diana então se virou, ficando de costas e revelou suas feridas. Os jurados soltaram suspiros espantados, mas Liam se manteve calado. Diana em seguida apertou o corset e todos viram ao vivo o sangue escorrer entre o tecido — alguns jurados ficaram enojados e outros quase desmaiaram. Ela grunhiu de dor, mas fez o possível para se manter o mais serena possível, então virou novamente para os jurados e sorriu, encarando Liam um segundo a mais.

— Não devemos ter vergonha do que nos fere, e esconder isso do povo é covardia. Cicatrizes não são erros e não deveriam ser cobertas. Pessoas não são erros! — brandiu a princesa. — São as mulheres as culpadas? São os homens? Eu não sei, mas o que quer que esteja ferindo esse povo não deve ser escondido, nem a culpa deve ser delegada. É preciso mostrar a ferida e ir atrás de uma solução sendo honestos com essa gente. Se eu for rainha, eles verão quem eu sou, não o que a realeza quer que eu performe.

Diana se retirou, não conseguindo mais ver Liam, que tinha ficado claramente abalado por suas palavras. "Pessoas não são erros." Não foi assim que ele havia sido ensinado. E essa mudança de discurso o pegou de surpresa.

Passado algum tempo, a dor diminuiu consideravelmente, e Diana retornou à sua sanidade. A dor atrapalhava sua razão e quando voltou a si, percebeu que tinha passado dos limites.

— O que foi que eu fiz? — murmurou para si, arrependida por não ter performado a rainha que eles queriam. — Você está em Enellon, não em Norisea, sua idiota. Nem você acredita naquele discurso. Passou a vida reclamando de ser um erro por não ter dons. O que deu em você? — Lamentou ao colocar as mãos no rosto.

As outras meninas foram chegando ao camarim, uma voltou com um prato cheio de frutas.

— Estou com fome, imaginei que vocês também estariam — falou com um sorriso meigo.

As meninas sorriram aliviadas ao ver comida, então fizeram uma roda com as cadeiras e começaram a comer e conversar, dividindo as experiências do dia.

— Por que nossas acompanhantes não estavam conosco nesse desafio? — perguntou Diana ao tentar se distrair de seu fiasco.

— Ouvi dizer que a acompanhante era um outro tipo de teste — respondeu uma das garotas. — Para ver como lidaríamos com a ausência delas e avaliar nossa independência.

— Pois é — lamentou outra garota. — Acredito que já serei desclassificada por isso, tenho péssimo gosto para moda e minha resposta no teste anterior foi bem mediana.

— Não fale assim... Pior que eu você não estava. — Diana tentou consolá-la com uma brincadeira.

As garotas riram da situação.

— Não faz mal, a experiência já foi gratificante para mim. Tem muito tempo que não vemos o rei, não acham?

— Sendo rico, tá ótimo pra mim. — Esmeralda deu de ombros, fazendo todas as garotas gargalharem.

— Quantos anos ele deve ter? — perguntou Diana.

— Se não me engano, está perto dos sessenta — respondeu uma delas.

— Por que vocês querem ser rainha? — perguntou Esmeralda.

— Acredito que todas aqui têm praticamente o mesmo motivo: ajudar a família, não é? — respondeu uma garota com um sorriso gentil.

Todas concordaram, mas Diana ficou pensando naquilo. De fato, ela estava ali para ajudar a família, mas de um jeito diferente das outras.

A conversa fluiu naturalmente e quando o assunto se concentrou nas duas garotas, Diana tomou coragem para falar com Esmeralda.

— Por que você me ajudou? — perguntou ela com sinceridade.

Esmeralda riu para dentro.

— Não sei bem, mas me sinto à vontade para falar sobre isso com você... Acho que seu atrevimento me fez te admirar um pouco, confesso — disse a menina. Diana permaneceu quieta, ouvindo atentamente.

— Eu não quero ser rainha para ajudar minha família, quero ser rainha para fugir dela.

O olhar de Esmeralda de repente perdeu vida.

— Minha mãe morreu quando eu tinha treze anos. Bom, na verdade, ela cometeu suicídio, meu pai não era um homem muito bom para ela... Nem para mim. Em uma casa cheia de homens, eu como única mulher... — ela fez uma pausa. — Dizem que sou a cara dela, sabe? Meu pai... Ele gosta disso em mim. Digamos apenas que eu sei o que é ter seu corpo violado e me doeu te ver ferida desse jeito.

O coração de Diana se partiu. Era difícil imaginar o que ela passara, pois seu pai era amoroso, bondoso e correto. Nunca havia levantado um dedo para ela, por isso não conseguia entender como um pai era capaz de ferir a própria filha. Muita coisa fez sentido para Diana naquele momento. Esmeralda era durona porque precisava ser. Ela era insistente com o trono porque era sua única saída.

— Pare de me olhar com pena, Diana. Eu ainda não gosto de você.

— Que coincidência — disse ela com um sorriso. — Eu também não gosto de você.

As duas se olharam com um ar amigável. Trégua.

Logo depois, o homem de barba branca entrou no quarto.

— Diana Kernighan. Você será a primeira a ser entrevistada.

A sereia sem dons

— Entrevista? — perguntou ela. Aquele não era o último desafio?

— Sim, todas vão conversar com o rei. A decisão é dele, afinal.

— Muito bem. Vou me trocar.

— Não será necessário.

— Mas... Estou de roupão.

— Apenas venha.

Mesmo estranhando a informalidade, Diana se levantou e seguiu o senhor. Definitivamente, era outro mundo. Ela foi guiada até um cômodo vazio e escuro, onde havia apenas uma cadeira encostada em uma parede, mas acima tinha uma janela quadriculada, impossibilitando ver o que estava do outro lado.

— Sente-se.

— Me desculpe, mas ainda não sei seu nome.

O senhor não conseguiu disfarçar sua expressão radiante, era a primeira candidata que se importava em falar com ele.

— É Daniel, senhorita.

— Que nome bonito — observou ela com um sorriso.

Daniel se despediu com um olhar acolhedor e deixou Diana sozinha na sala. Muitas coisas passavam em sua mente. *Por onde o rei viria? Eu teria que recebe-lo de roupão? O que ele irá exigir na entrevista? Como será sua aparência?*

Uma voz rouca a chamou pelo nome do outro lado da janela quadriculada. Diana entendeu que o rei não apareceria, conversariam apenas daquela forma.

— Como posso ajudar, Majestade? — perguntou suavemente, tentando impressionar.

— Minha querida, por que deseja ser rainha?

A pergunta a pegou de surpresa. Como ela não havia pensado que eles poderiam perguntar isso? Se lembrou, então, da conversa com as outras garotas, ela não tinha respondido à pergunta, contudo, ali precisava ser rápida, já que queria parecer confiante e honesta, mas a única resposta verdadeira era que ela queria matar o rei. Também não diria que era para ajudar a família, afinal, todas as outras fariam a mesma coisa. Diana queria se destacar, e na ansiedade falou a primeira coisa que veio em sua cabeça.

— Acredito que estou destinada à realeza — respondeu firme.

— Ah, você acredita? — a pergunta foi seguida por uma tosse seca. Não era possível ver seu rosto, mas a voz claramente era de uma pessoa idosa.

— Eu tenho plena convicção de que não há ninguém mais preparada para ser a conselheira do rei.

— Como você pode afirmar isso?

— Eu sou... — Diana pensou um pouco. — Eu sou estudiosa, esforçada e estrategista. Minha mente é um tesouro.

— Fiquei sabendo de sua beleza — observou o rei.

— Minha beleza não é nada comparada a minha inteligência — afirmou ela com um tom irritado. Por que tudo se voltava para sua aparência?

— Você é com certeza a mulher mais segura que já conheci.

— Eu jamais falaria de algo de que não tenho certeza.

A voz suspirou antes de prosseguir, era possível ouvir o barulho de papéis sendo revirados.

— Como pretende educar nossos filhos?

— Ora... — Ela pensou como seria diferente se fosse casar com alguém que ama. — Pretendo educá-los com você.

Houve uma pausa. O rei não esperava por aquela resposta. Era comum que as mulheres se encarregassem da educação dos filhos na terra. De alguma forma, a resposta foi a certa.

— E como você sugere que façamos isso?

Essa pergunta era fácil de responder. Era só imaginar como educaria seus herdeiros em Norisea.

— Com graça e sabedoria. Usaríamos os nossos bons exemplos para motivá-los, e os erros para alertá-los. Cultivaríamos virtudes em seus corações que jamais seriam esquecidas pelo povo — disse ela, sorrindo só de imaginar.

— O que faria se a criança viesse com algum defeito?

— Defeito?

— Sim, senhorita.

— Meus filhos não terão defeito algum.

— É um discurso bonito na teoria, mas na prática...

— Mesmo que algo faltasse em meus filhos aos olhos do povo, como mãe, nada os faltaria. Meus filhos serão perfeitos, nenhum "defeito" me faria pensar o contrário.

Silêncio tomou o ambiente.

— Sua mãe teve filhos homens? — o rei prosseguiu.

— Não... — Por um segundo Diana havia esquecido que na terra quem herdava o trono eram apenas os homens. — Tenho uma irmã caçula.

— O que você faria se eu fosse contra seus conselhos?

Essa era difícil, pela primeira vez, Diana estava do outro lado. Sendo a futura rainha, ela sabia que a palavra final seria sempre dela. Como, então, seu companheiro de vida em Norisea deveria reagir ao ser contrariado por ela?

— Eu acredito em minha capacidade para aconselhar da maneira correta, mas confiarei em seu julgamento acima de tudo, o trono é seu, afinal, e eu o protegerei, mesmo que esteja errado. — Diana respondeu o que gostaria de ouvir ela mesma.

Mais uma página havia sido virada.

— Muito bem, Diana. Vamos finalizar com essa última pergunta.

Ela estava pronta.

— Você espera amor nesse casamento?

Talvez não estivesse realmente pronta.

— Amor? — perguntou atordoada.

— Sim, espera que eu a ame algum dia?

— Bom... — Não havia muito o que pensar, o amor do rei era impossível para Diana, ela nem o queria. — Eu acredito que onde não há amor, não há prosperidade. Existem vários tipos de amor, talvez nós nunca cheguemos a nos amar romanticamente, nunca se sabe, mas tenho certeza de que amará a rainha e a mãe que eu serei. Isso me basta — mentiu.

Diana não sonhava com um casamento repleto de paixão, pois já havia se conformado que não teria isso em seu reino. Ela sabia também que não teria amor em um casamento com um rei da terra, por isso, quanto antes ela se livrasse dele, melhor.

— Muito bem, pode ir — finalizou com uma tosse.

Os jurados se reuniram novamente em uma sala, dessa vez para tomar a decisão final. Liam estava à frente de um computador, analisando as entrevistas gravadas.

— Eu acho que está bem claro que estamos entre duas — falou um dos jurados.

— Aquela ruiva sensual e a garota do corpete, certo? — disse outro.

— Essas mesmo. Acredito que ambas possuem potencial para governar ao lado rei.

— Mas eu creio que a... — o primeiro falou enquanto olhava as fichas em sua mão. — A candidata Diana Kernighan possui mais perfil para tal função.

— Sem contar que ela é linda. Não lembro de ter visto rosto mais belo.

Liam não estava gostando do viés que a conversa estava tomando.

— Eu não sei se gostei dela — afirmou.

— É... o discurso não a favoreceu, mas mesmo assim ela pareceu ideal.

— Realmente — concordou outro. — Mesmo a garota ruiva tendo uma forma graciosa, ela não parece ser nada além de uma mulher provocante e sensual. Já Diana Kernighan é o pacote completo.

— Só vai ser uma mulher difícil de controlar, mas parece que toda esposa vem com esse poder argumentativo. Faz parte do casamento.

Os jurados casados riram da observação.

— E esse é o problema — cochichou Liam. Havia certas características que o jovem rapaz gostaria de evitar na futura rainha.

— Então... Qual será a escolhida?

Uma notificação apitou no computador de Liam, ele leu e concluiu a reunião.

— Será a garota ruiva.

Todas as quatro candidatas aguardavam no palco. Vestiam roupas confortáveis, mas ainda elegantes. As acompanhantes finalmente entraram no salão, e Magnólia vinha com uma expressão preocupada. Elas se sentaram atrás da mesa dos jurados esperando eles chegarem. Um grupo de oito homens entrou no local e Liam estava entre eles. Assim que os jurados se acomodaram em seus lugares, o rapaz se levantou, segurando um bloco de notas.

— Muito bem, o rei tomou uma decisão — começou ele.

Diana estava preocupada, tinha sentido que não havia capturado o afeto necessário para impressionar o homem bem à sua frente, e sabia que a opinião dele era a mais importante para o rei. Ela fez um sinal com a cabeça para Mag dizendo que provavelmente ela não seria escolhida.

— O reino é imensamente grato pela disponibilidade de vocês. Saibam que suas participações foram memoráveis, portanto, mesmo que não sejam escolhidas, terão prioridade para se candidatar em qualquer vaga de interesse aqui no palácio.

As meninas se olharam esperançosas e contentes, com exceção de Diana. Não bastava ser uma serva do palácio, ela precisava ser rainha. Aquilo a incomodava, pois em Norisea o trono era dela por direito, mas em Enellon ela precisava lutar por ele.

— Analisamos com cautela o perfil de cada uma para tomar essa decisão, e, apesar de nossos conselhos, é o rei quem possui a palavra final. Portanto, não irei me prolongar para passar o resultado, apenas saibam que todas possuem características louváveis e admiráveis. Dessa forma... — Fez uma pausa.

Diana percebeu que Magnólia fazia movimentos discretos com a mão enquanto encarava Liam, certamente estava tentando manipular a mente dele para que a escolhesse.

— A futura rainha de Enellon é... — Ele ficou pensativo enquanto olhava suas anotações, coçou os olhos, encarou a escolhida e finalizou: — Diana Kernighan.

7

— Majestade, você tem certeza de que quer seguir com isso e se casar com uma plebeia? Posso arrumar uma princesa dos reinos vizinhos, isso ajudaria em nossa expansão e a criar laços com os outros povos. Ainda dá tempo de desistir desse casamento.

— Drakkar, você sabe, minha mãe foi uma princesa vinda de um reino vizinho.

— E foi uma excelente rainha.

— Sim, mas...

— Uma péssima esposa e mãe — Drakkar completou com um sussurro. O olhar do rei ficou vazio antes de prosseguir.

— Eu não quero uma rainha, só quero uma esposa simples, bonita e fértil. O rei sou eu. Eu vou governar, não ela.

— Eu concordo, Majestade, mas posso conseguir uma princesa submissa para o senhor. O que não falta nesse mundo são monarcas estúpidos.

— Não acho que seja isso o que eu quero — ponderou o rei. — Ela pode ter gostos próprios, só não quero nenhuma mulher que seja obcecada por estratégias de governo.

— Deseja uma mulher burra, Majestade?

— Não! Quer dizer... — Ele coçou a cabeça incomodado, não sabia o que queria. — Acho que só estou com medo. O reino quer herdeiros, preciso dar isso ao povo nesse momento de fragilidade.

— Eu acredito que ao expandir nosso rein...

— Drakkar — interrompeu o rei ao levantar a mão. — Já falamos sobre isso. Sabe o quanto respeito sua opinião, você esteve comigo nos meus piores momentos, sou muito grato de ter tido você enquanto meu pai vivia sob o controle de minha mãe. Mas, não é o momento de expandir, temos que tratar a ferida de nosso povo primeiro, já temos a tecnologia, fomos agraciados com cientistas habilidosos em nosso reino. — O rei olhou para sua mão antes de continuar e então suspirou incomodado. — É claro que diversos fatores ajudaram para que nos desenvolvêssemos mais rápido que os outros reinos, mas temos que olhar para o lado positivo disso tudo, temos tecnologias que nenhum outro reino tem. Temos um poder de negociação gigantesco, por isso devemos primeiro garantir a sanidade de nosso povo. Darei os herdeiros que eles pedem, e quem sabe, com meus filhos começarei as negociações de expansão que você tanto deseja, mas agora, essa não deve ser nossa prioridade.

— Compreendo, Majestade, mas Diana Kernighan parece ser uma garota inteligente e determinada demais a falar sua opinião. Não é o completo oposto do que você queria?

— Ela tinha reprovado nos testes do desfile, mas... se redimiu na entrevista.

— Mas foi tão rápido.

— É, mas ela pareceu... mesmo com tanto desejo de governar, ela me deu a sensação de que seria uma boa mãe. Isso deu a ela o primeiro lugar.

Esmeralda ajeitava a barra do vestido de Diana. Tirou algumas agulhas da boca e corrigiu o tamanho.

— Pronto, vai servir — concluiu ela.

— Obrigada por ter aceitado. Quando eu descobri que você fazia suas próprias peças, precisei pedir sua ajuda — disse Diana em um tom tímido.

— Não tem que me agradecer. Agora vou morar no palácio, não preciso mais voltar. Isso já é suficiente — falou Esmeralda sem olhar para Diana.

— Ficou chateada por ter sido escalada como minha serva oficial?

— Diana... — Ela riu discretamente. — É uma honra servir a futura rainha.

— Eu não teria te chamado se você não tivesse contado sua história.

— Eu sei, talvez no fundo eu já soubesse que era você, então acabei te influenciando com uma história triste. Funcionou. — Esmeralda deu de ombros.

Diana se preparou para dizer alguma coisa, mas ouviu passos no corredor. Para o alívio da sereia, era costume na terra haver um quarto somente para a rainha, um quarto somente para o rei e, então, o quarto do casal. Com um aposento exclusivo, ela teria bastante privacidade e conseguiria colocar seus planos em ação. A porta do quarto real se abriu e lá estava Magnólia com alguns pedaços de tecidos de tule em mãos.

— Para que tudo isso mesmo? — perguntou Mag confusa.

Esmeralda se levantou.

— Seria para o véu, mas a futura rainha decidiu casar sem ele, então pode largar aí no canto. Deixarei vocês a sós, por enquanto — disse Esmeralda, enquanto pegava suas coisas do chão. Por fim, se retirou.

Mag se aproximou de Diana com um sorriso de orelha a orelha.

— Que vestido bonito! As noivas normalmente usam saias volumosas.

— Eu escolhi esse porque, segundo Esmeralda, o modelo se chama "vestido sereia".

— Quando vai ser o casamento?

— Amanhã de manhã.

— Ok, temos pouco tempo. Hoje à noite, vamos encontrar espiões de Norisea que prepararam alguns apetrechos para você. Ficarão escondidos em seu vestido e à noite você saberá o que fazer.

Diana se sentou em uma poltrona e ficou olhando pela janela.

— Não foi exatamente assim que eu esperava me tornar rainha.

— Amiga... — Mag sentou na poltrona da frente. — Esse casamento não é de verdade, não para nós.

— Mag, os humanos não são exatamente como eu esperava.

— Como assim?

— Eu os achava ruins, mas eles são piores. São cruéis, se satisfazem com o sofrimento — falou Diana, se lembrando da expressão de prazer no rosto de Drakkar ao vê-la agonizar de dor.

— A caçada já teria acabado se os humanos gostassem de nós. Mas eles parecem ter medo, medo de nosso poder, medo da nossa beleza, medo da nossa fé...

— Pois é. — Diana tinha acabado de chegar e já queria fugir daquele reino. — De qualquer forma, você tem aquela areia curativa?

— Tenho, sim, por quê?

Diana mostrou suas costas, e Mag colocou a mão na boca em reação ao espanto.

— Não me diga que foram os testes.

— Foram. Inclusive mostrei para os jurados.

— Pobrezinha... Eu queria ter tido permissão para assistir a essa etapa... mas vamos. Tire esse vestido, deite na cama com as costas viradas para cima, vou preparar a areia para você.

Em uma vasilha, Magnólia colocou a areia e amassou com um pedaço de madeira até que ela virasse uma pasta. Colocou água do mar, pingou algumas gotas de óleo e ralou uma alga azul por cima, mexeu bem e preparou as costas de Diana.

— O efeito é instantâneo, tá? Não vai doer, mas não vou passar muito para não desconfiarem das marcas sumindo de um dia para o outro.

— Você está certa — comentou Diana, quase fechando os olhos.

— Não se preocupe, eu vou aplicar essa mistura aos poucos. Com o tempo não vai restar nenhuma cicatriz, eu prometo.

— Ainda bem que você estava lá no momento da escolha, Mag. Liam quase não me escolheu.

— Ah... é.

— Eu estraguei tudo, ele não iria me escolher. Não mereço o trono nem mesmo na terra dos homens.

— Não fale assim... Vou te contar uma coisa, tá bom?

Mas Diana havia pegado no sono. O dia não havia sido fácil, a dor havia tirado quase toda sua energia, ela estava exausta. Mag deixou para lá e continuou fazendo o tratamento nas costas da futura rainha de Enellon. Em seu sono, ela sonhou que estava naquele mesmo lugar...

— *Diana, não mate o rei.* — Uma brisa sussurrou.

— Eu não tenho escolha, todos contam comigo!

— *Eu conto com você também* — respondeu a voz doce.

Diana soltou um grunhido.

— Eu contei com você. Raon contou com você! E você não fez nada!

— *Você me culpa por algo causado pelos homens.*

— Então que eles sofram as consequências.

E a brisa se foi.

Ela acordou com Mag a sacudindo.

— Os espiões estão aqui, Di. Precisamos ir agora.

As costas de Diana já estavam bem melhores, com algumas manchas, mas sem dor. Ela colocou um vestido simples, de camponesa, e as duas saíram na calada da noite. A lua estava cheia.

Chegaram ao local combinado — o jardim do palácio — e lá havia um casal esperando.

— Não acho que aqui seja o lugar ideal pra isso, podem nos ver — observou Diana.

— Ninguém vai nos ver — disse o homem.

Ele fez um movimento com as mãos, uma barreira cresceu de seus dedos e logo rodeou a todos. O encanto fez com que ninguém os visse no jardim.

— Claro, camuflagem. Típico de espiões — disse Diana.

— Diana, esses são Rage e Olina. Espiões muito habilidosos — apresentou Mag.

— Alteza, não temos muito tempo — falou Rage. — Trouxemos a arma que pediu.

Rage tirou do bolso um acessório de cabelo bem delicado, um conjunto de conchas e pérolas, e entregou para Diana.

— Um enfeite de cabelo? — questionou Diana.

— Faça uma conjuração — disse Olina, segurando um pequeno painel.

— Como assim?

— Uma conjuração personalizada, sua adaga será ativada apenas por ela, mas preciso configurar primeiro.

Diana não entendeu bem como aquilo funcionava, mas conjurou, usou o dialeto da língua antiga de Norisea. Olina mexeu no painel e imediatamente um ponta afiada saiu do apetrecho, deixando Diana assustada e ao mesmo tempo empolgada.

— Nunca vi nada parecido — observou Diana.

— É porque não existe nada parecido — comentou Rage com um sorriso largo, estava orgulhoso do que havia feito. — Esse acessório é a primeira combinação da tecnologia humana com a magia das sereias. Agora ele só funciona com sua conjuração, escolheu bem o dialeto.

— Quando o rei estiver vulnerável você deve aproximar o apetrecho do pescoço dele e simplesmente ativar a adaga — explicou Olina.

Diana permaneceu olhando o objeto.

— Isso é incrível.

— Agradecemos, Alteza — disse Rage. — Mas temo que será nosso último encontro.

— Por quê?

— Já nos arriscamos muito para vir até aqui, os guardas de Enellon estão procurando possíveis espiões, ou seja, nós. Precisamos ficar longe de você a partir de agora, não queremos te colocar em possível perigo.

— Entendi... Por favor, tomem cuidado.

— Nos cuidaremos, Alteza. Agora precisamos ir antes que sintam nossa falta no palácio.

Elas se despediram do casal e voltaram sorrateiramente para o quarto. Mag usou uma alga especial para apressar o sono e logo dormiram. O amanhã era um novo dia.

Diana acordou cedo, o sono havia sido profundo e estava aliviada por não ter sonhado com o Santo Espírito de novo. Ela levantou da cama com pressa e tomou um banho demorado. Era o grande dia. A futura rainha de Enellon saiu de seu banheiro particular e correu para abrir as cortinas do quarto real.

— Mag, acorda! — exclamou ansiosa.

— Eu quem deveria fazer isso, sou sua serva aqui — resmungou enquanto esfregava os olhos.

— Até parece. Você será princesa assim que eu me casar. Minha serva oficial será Esmeralda.

— Eu ainda não acredito que você realmente fez isso.

Alguém bateu na porta, e Mag se levantou para atender. Era Esmeralda.

— Vim preparar Diana.

— A rainha, você quer dizer — corrigiu Mag de modo debochado. Esmeralda riu.

— Ainda não — respondeu ela com um sorriso malicioso.

— Não me faça gostar de você — disse Mag.

— Não duraria muito tempo mesmo — falou Esmeralda, entrando no quarto. — Diana, coloque o vestido, vou fazer os últimos ajustes, o casamento é daqui a pouco.

— Por que tão cedo?

— Vocês vão viajar depois do casamento.

— O quê? — perguntou Mag.

— A lua de mel.

— Quanto tempo vamos ficar fora? — perguntou Diana preocupada.

— Uns três dias, vocês vão viajar para os reinos vizinhos para se apresentarem como rei e rainha de Enellon. Faz parte da nossa tradição.

Mag e Diana se olharam apreensivas, mas tentaram disfarçar por Esmeralda estar no ambiente.

— Bom, então tenho que me arrumar.

— Isso, os convidados já estão chegando — falou Esmeralda enquanto pegava o vestido.

Diana se vestiu em completo silêncio, pensando em como mataria o rei em um reino vizinho. Se fosse um reino perto do mar seria um pouco mais fácil, mas poderia ser complicado voltar para Norisea nadando, ela com certeza ficaria cansada. Apesar de saber que teria tempo para decidir o momento certo, Diana tinha esperança de matá-lo antes de se entregar a ele.

— Vai usar alguma coisa no cabelo? — perguntou Esmeralda.

— Ah, sim — respondeu Diana enquanto pegava o apetrecho em cima da penteadeira. — Quero um penteado simples, por favor.

— Imaginei, sem graça — comentou Esmeralda.

Mag riu e foi abrir a porta para mais alguém que pedia para entrar. Era Daniel.

— Com licença, senhorita. O rei lhe enviou essas flores — falou ele com um ar meigo.

Eram tulipas brancas com lindas lavandas. Diana ficou sem palavras, o arranjo era encantador e, por incrível que parecesse, combinava com sua personalidade.

— Muito obrigada, Daniel! — exclamou com um sorriso. — Será que posso me casar com ele?

— Acredito que o rei irá gostar muito de vê-la caminhando com ele até o altar.

Daniel se retirou e Diana foi correndo pegar o buquê.

— São as flores mais lindas que já vi.

De repente, um flash invadiu o quarto.

— Sorria, futura rainha! — disse um rapaz magro e loiro.

— O que é isso? — perguntou Diana enquanto coçava os olhos.

— Não se preocupe, Di. É só o jornalista do palácio.

— O... O quê? — perguntou Diana. Mag fez um sinal para Diana fingir que estava tudo sob controle.

— É só sorrir, Diana — falou Esmeralda, sem paciência.

— Para onde? — perguntou desesperada.

— Para câmera, é claro!

Diana sorriu sem jeito para o rapaz. Ela imaginou que era para aquele apetrecho curioso nas mãos deles que ela deveria posar.

— É com certeza o melhor retrato que já fiz na vida — disse o rapaz orgulhoso depois da foto.

Antes que Diana pudesse fazer algum comentário, o jovem magricelo saiu do quarto saltitando de alegria. Em seguida, uma empregada entrou.

— A senhorita está pronta? Precisamos ir para a capela.

— Estou pronta — respondeu Diana, mesmo que não se sentisse assim.

— Sobre a lua de mel... As acompanhantes vão junto? — questionou Magnólia.

— Não, senhorita, a rainha terá uma serva particular a esperando no local — respondeu a empregada.

— Certo — respondeu Mag frustrada e olhou para amiga. — Que os espíritos te protejam, minha rainha.

Diana esperava ser chamada em um corredor. Disseram que o casamento seria reservado, apenas para as pessoas mais importantes do reino, e que depois da cerimônia a festa seria com o povo, onde todos descobririam a verdadeira identidade do rei. Apesar de tudo estar acontecendo como o planejado, era estranho pensar que ela só veria o rosto do seu marido no altar.

Ela esticou as pernas e se virou, e então o viu. Sim, ela o viu. Raon. Seu irmão. Ele estava bem ali à sua frente, ajeitando as flores da decoração. Diana permaneceu paralisada enquanto observava seu irmão, que parecia ignorar sua presença.

Sim, era Raon, mas diferente, um pouco mais novo do que ela lembrava e com os cabelos dourados. Diana largou o buquê numa cadeira e se aproximou do jovem rapaz.

— Raon?

O garoto se virou e assim que viu que era a futura rainha de Enellon que o chamava, se curvou imediatamente.

— Senhorita... Me perdoe, te incomodo?

Diana não conseguiu responder. O rapaz ficou confuso com o silêncio.

— Raon? — insistiu ela.

— Ah, é Ramon, na verdade — corrigiu o rapaz. — Em homenagem ao meu pai.

Uma mulher um pouco mais velha e com os cabelos dourados como o rapaz apareceu no corredor.

— Ramon, estava te procurando! — Assim que percebeu a presença de Diana, também se curvou. — Senhorita, perdoe meu filho, vamos te deixar em paz.

A mulher pegou no braço do menino, mas antes que eles pudessem se afastar, Diana a segurou pela manga da blusa.

— Me... Me desculpe perguntar... — começou ela.

— O que quiser saber, senhorita — disse a mulher gentilmente.

— Quantos anos tem seu filho? — perguntou Diana sem tirar os olhos do rapaz que estava claramente incomodado com a situação.

— Ele acabou de fazer treze.

O coração de Diana começou a bater rápido.

— Onde está... — Ela parou, sentindo um nó na garganta. — Onde está o pai?

O olhar da mulher ficou triste de repente.

— Ele morreu, infelizmente. Nos deixou antes de Ramon nascer.

Uma lágrima escapou dos olhos de Diana.

— Senhorita? Está tudo bem? — perguntou a mulher preocupada.

— É que... — Diana estava tentando assimilar o que estava acontecendo bem na sua frente. — Qual é o seu nome?

— Me chamo Sara. — A mulher respondeu.

Diana soltou a manga dela e começou a andar para trás, sem acreditar no que estava acontecendo. Sua respiração estava ofegante.

— Senhorita, devo chamar alguém?

Uma outra empregada se aproximou para avisar que era hora de entrar na capela. Diana não foi capaz de falar uma única palavra, apenas seguiu a empregada, deixando para trás o garoto idêntico ao seu irmão. Como aquilo era possível?

Diana nem percebeu que já estava andando no corredor em direção ao altar. O rei estava lá, mas a imagem estava desfocada, tudo que importava para ela agora era o filho que seu irmão deixou para trás, com uma humana. Raon havia se apaixonado por uma *humana*? E tido um filho com ela?

Um oficial ajudou Diana a subir os degraus e a posicionou de frente para o rei, mas ela estava olhando para baixo, a mente longe.

— Gostou das lavandas?

A voz era familiar, mas era diferente daquela que ouvira naquele quarto escuro durante a entrevista. Ela levantou o rosto bruscamente quando entendeu.

— Liam... — O rapaz detestável que a importunou durante toda a competição estava com a coroa real na cabeça.

Era ele. O tempo todo.

Vida longa ao rei.

8

A cerimônia não tinha motivos para ser demorada, todos ali sabiam que não era um casamento por amor e que tudo não passava do cumprimento de protocolos, mas tudo pareceu durar uma eternidade para Diana. Um homem mais velho, provavelmente um dos conselheiros do rei, pronunciava palavras a respeito da devoção ao reino. Liam mantinha uma postura ereta e trajava uma bela vestimenta branca e a grande e pesada coroa na cabeça. Ele também usava uma luva apenas na mão esquerda, Diana se perguntou o porquê daquilo.

— Você tomou banho? — sussurrou Liam de lado.

— O quê? — Diana devolveu a pergunta totalmente indignada.

— Agora que estou perto o bastante, você tem cheiro de peixe.

— Não é peixe — corrigiu ela, tentando manter a compostura durante a cerimônia. —É cheiro de mar.

— Não é horrível — deu de ombros.

Diana respirou fundo e decidiu ignorar o comentário, já que à noite ela pretendia matá-lo de qualquer jeito, e sem nem perceber, acabou sorrindo ao pensar nas várias formas que ela poderia fazer isso.

— Não sorria assim, por favor, não é bonito — censurou Liam.

— E você por acaso só me escolheu porque sou a mais bonita?

— Sim, quero filhos bonitos — disse ele com um sorriso sarcástico.

— Me perdoe, Majestade, mas só consigo fazer metade do trabalho.

— Espera aí. Você não está insinuando que sou feio, está?

Liam era um rapaz insuportável, mas feio ele não era. Tinha um sorriso charmoso que revelava lindas covinhas, seu cabelo escuro caía suavemente sobre seus olhos, dando a ele um olhar misterioso, mas Diana nunca admitiria isso.

— Já vi melhores, Majestade.

— Onde?

— Onde estudei.

— Hum, vamos tirar a prova, então.

— Ah é?

— Amanhã vamos para Horizon.

— O quê?! — exclamou alto sem querer, então baixou a cabeça com vergonha por ter interrompido o senhor que falava.

O conselheiro, por fim, chamou Diana para perto, pedindo que ela se curvasse. Ela seria coroada naquele momento. Diana deu uma olhada ao redor, tudo estava acontecendo rápido e discretamente. Olhou para Liam mais uma vez, que a fitou de relance. O rei não era jovem demais para ser viúvo? Certamente houve algum engano quando a informação chegou até Norisea. Todos os pensamentos dela a fizeram agir no automático no momento da coroação, ela repetiu palavras de fidelidade ao reino, segurou o cetro e em sua cabeça foi colocada uma delicada coroa de ouro e rubis. Não era essa a coroa que Diana esperava usar, mas era a coroa que salvaria seu povo, então seria devota a ela. Agora ela era a rainha de Enellon.

— Me dê sua mão, minha rainha — disse Liam.

Os dois se viraram para os representantes na capela, todos se levantaram e então se curvaram para o rei e a rainha apresentados, agora faltava apenas revelá-los ao povo.

Mesmo relutante, Diana colocou sua mão sobre a dele, e nesse momento uma sensação estranha invadiu seu estômago. Foi uma mistura de enjoo com formigamento. Era uma sensação nova, difícil de compreender. Eles chegaram à varanda e lá do alto se mostraram para a multidão que gritava de alegria. Boatos que circulavam pelo povo de Enellon haviam sido confirmados naquele momento.

De cima, Diana avistou a médica que a atendeu ao lado dos homens que aplicaram os testes nela, pareciam ser da mesma família, uma família de médicos. Eles acenaram para ela contentes por Diana ser sua nova rainha, e ela percebeu que a alegria era genuína. O jovem médico exibia um olho roxo e não usava os óculos. Diana lamentou por ele e então lembrou do homem terrível que a machucou.

— Liam... eu... — começou, tentando contar o que havia acontecido.

— Não fale agora, Diana, apenas acene para o povo — ele a interrompeu, de modo seco e abrupto.

O que ela estava pensando? Por que de repente se sentiu à vontade para falar com ele? Liam não se importava com ela e vice-versa, então estava tudo certo. Diana engoliu o constrangimento, sorriu e acenou.

— Muito bem — observou Liam sem olhar para ela.

O jardim do palácio estava todo decorado para a festa e para a celebração do povo — era um jardim gigantesco e mesmo assim as pessoas tinham que se revezar para entrar no salão e ver a beleza da rainha de perto. Tecidos brancos e azuis estavam por toda parte, com cordas de linho branco e argolas de prata fixadas em colunas de mármore. As poltronas eram de ouro, o piso era mosaico de pórfiro, mármore, madrepérola e pedras preciosas. A bebida era servida em taças de ouro personalizadas. O vinho real era servido à vontade, como prova da generosidade do rei.

Uma senhora acompanhada de seus quatro filhos adultos se aproximou da mesa em que Liam e Diana estavam sentados.

— Majestade. — Eles se curvaram. Ela estendeu a mão, oferecendo um colar com uma pedra branca. — Por favor, aceite este presente, está em nossa família há cinco gerações.

Liam fez um sinal de que o presente era para Diana.

— Oh, agradeço imensamente, mas não lhe fará falta tamanha relíquia?

— Minha rainha, este colar tem um poder especial: ele atrai fertilidade. Com ele, consegui quatro saudáveis filhos. Nosso reino precisa de um herdeiro, por isso o dou a você.

Diana olhou para os jovens adultos curvados atrás da matriarca. Eram três homens e uma mulher, mas pela aparência, um dos rapazes era o mais velho, a irmã, a segunda, e os dois mais novos com certeza nasceram próximos um do outro. Seria assim a sua família em Norisea se Raon não tivesse partido?

— Agradeço sua generosidade, minha senhora. Que Ha... — Ela se corrigiu a tempo. — Que Callian proteja você e sua família.

— Pelos Espíritos, uma bênção vinda direto da boca da própria rainha! — exclamou a matriarca, curvando-se ainda mais e se despedindo. — Que seu útero seja tão próspero quanto nosso reino, Majestade.

O colar era simples, várias pedras brancas e cor-de-rosa seguravam um pingente branco cor de mármore. Diana tentou vesti-lo naquele exato momento.

— Você quer um filho tanto assim? — perguntou Liam tentando parecer indiferente.

— É um presente, Majestade. Quero usá-lo — respondeu sem olhar para ele enquanto tentava, sem sucesso, colocar o colar sozinha.

— Vamos, eu te ajudo.

— Não é necessário.

Liam simplesmente ignorou e pegou o colar de sua mão. Diana percebeu que não valeria a pena discutir. Os dedos de Liam passaram por sua nuca para afastar seu cabelo, e a sensação estranha no estômago voltou. Ele estava demorando para fechar o colar, isso porque estava distraído com o vestido de Diana, que era justo e acentuava bem as suas curvas. Ele estava tão perto de suas costas que Diana podia sentir o ar da respiração dele contra sua pele.

— Conseguiu?

— Ah, sim... — disse Liam, terminando de encaixar o fecho do colar. Ela ainda usava a chave que encontrara no quarto do irmão. — Nem em nosso casamento decidiu tirar a corrente do seu antigo amor?

— Nem em nosso casamento, Majestade.

O dia estava bonito e fresco, o céu cheio de nuvens, mas sem sinal de chuva, várias mesas estavam espalhadas pelo jardim e algumas pessoas até sentavam no chão. De vez em quando, Diana notava um rapaz ou outro a admirando de longe. Parecia tudo bem deleitoso, até que, sem perceber, Diana agarrou a mão de Liam.

— Diana? — perguntou ele um tanto incomodado.

— Majestade — disse uma voz grave.

Drakkar, em suas vestes pretas e prateadas, com um olhar carrancudo, também estava na festa para parabenizar o casamento.

— Drakkar, que bom que veio! — disse o rei com um sorriso largo.

— Eu não perderia a festa, Majestade. Me perdoe não ter comparecido à cerimônia, mas tive assuntos para resolver em outros reinos.

— Tudo bem, o que importa é o vinho.

Liam se soltou da mão de Diana, deixando-a desamparada. Drakkar se virou para ela sem esboçar qualquer reação.

— Minha rainha, você é ainda mais bela do que os boatos descreveram.

Ela não conseguiu dizer nada, seu corpo estava acanhado e a postura forte que ela passava naturalmente havia sido substituída por uma mais resguardada. As mãos começaram a suar, o medo havia tomado seu corpo e não havia ninguém para socorrê-la.

— Diana, esse é Drakkar, meu conselheiro mais estimado.

Mais um motivo para odiar Liam. Um homem que estimava Drakkar não poderia ser digno de seu afeto. Diana permanecia imóvel.

— Ela está tímida. — Liam tentou justificar.

— Eu entendo, Majestade. Por hora preciso me retirar. Que Callian os proteja.

Assim que Drakkar saiu da vista deles, Liam se virou para Diana, claramente irritado.

— Qual é o seu problema? Você não pode se comportar assim na frente dos conselheiros, ainda mais um como Drakkar. Ele é importante e você deve respondê-lo quando ele lhe dirigir a palavra, entendeu?

— Sim, senhor — respondeu ela em um sussurro, a cabeça baixa.

— Francamente — resmungou Liam. — E onde estão seus pais?

— Ah! — Diana se lembrou que seus falsos pais haviam fugido para Norisea. — Eles viajam muito por conta do comércio de flores. Estão se aprofundando mais na botânica e foram estudar. Acredito que retornarão na primavera.

Havia sido a mentira mais bem improvisada de sua vida, mas Liam mal prestou atenção.

— Vamos fazer a primeira dança agora para liberar a pista — falou ele, terminando de beber o vinho em sua taça.

Liam a conduziu até o centro do jardim, e as pessoas presentes permaneceram atentas e encantadas com sua rainha.

— Eu não sei dançar — admitiu ela.

— E você me fala isso agora que estamos aqui?

— Você não me perguntou se eu queria.

— E eu preciso? — perguntou Liam num tom debochado.

— Sim! Precisa, sim! — Diana exclamou irritada. — Não sou um enfeite ou um troféu para você exibir para o povo.

Liam arregalou os olhos surpreso, era a primeira vez que alguém havia respondido para ele daquela maneira. Definitivamente, não estava acostumado com uma mulher de personalidade forte.

— Muito bem... — Liam procurou pela coisa certa a dizer. — Dança comigo? — perguntou, estendendo a mão.

Diana assentiu e então Liam pousou a mão firme em sua cintura, deixando-a envergonhada. A música tocou e no primeiro passo Diana já pisou no pé dele.

— Pelo Santo Espírito! Eu teria escolhido um vestido mais volumoso na saia — reclamou o rei, tentando chamar a atenção da esposa pela má escolha.

— Realmente, o modelo sereia não ficaria bem em você — retrucou ela com um sorriso falso.

A provocação fez Liam soltar uma risada abafada, e então ele a puxou para mais perto. Diana o olhou assustada.

— Pare de tentar conduzir, minha rainha — advertiu ele com um sorriso elegante.

O olhar do rei era penetrante, tornando fácil se perder em seus olhos escuros que carregavam certa tristeza e mistério.

— Imagino que sua primeira esposa era graciosa — comentou Diana, tentando saber mais sobre o rei e suas fraquezas.

— O quê?

— Sua... esposa. A primeira.

Liam aproximou o rosto tão perto de Diana que ela achou que seria beijada naquele exato momento.

— Você é minha primeira esposa, Diana, e espero que seja a última. Não quero nunca mais fazer esses concursos estúpidos.

— Mas... — Ela ficou confusa.

— Entendi, você ainda achava que eu era um rei viúvo. Não a culpo, muitas pessoas acreditavam nisso. Não sou um rei viúvo. Sou um rei órfão. Meus pais morreram, herdei o trono e precisei de uma rainha, é isso. Na verdade, os aldeões desconfiavam que meu pais tinham falecido, mas como foi... — ele não sabia como dizer — como foi uma morte um pouco trágica decidimos fazer tudo discretamente. Hoje as suspeitas de todos foram confirmadas, mas ainda bem que o povo já entendeu que esse é um assunto proibido. Os portões do castelo ficaram fechados por muitos anos por causa dos segredos da coroa, em meu reinado, não desejo que seja assim.

— Por que te esconderam?

— Hum... — Liam não estava confortável com a pergunta. — Eu tinha dez anos quando eles decidiram me apresentar ao povo, mas então teve a caçada e depois que mataram o herdeiro de Norisea, resolveram me esconder, para me proteger de uma possível vingança.

O herdeiro de Norisea. Liam estava falando do irmão dela, e ouvir ele mencionar sua morte de modo tão casual partiu seu coração em pedaços. Diana não sabia se havia sido de propósito ou não, mas dessa vez ela pisou no pé de Liam com tanta força que ele soltou um grunhido de dor.

— Pelos Espíritos, mulher! — resmungou ele, cerrando os dentes.

Ao longe Magnólia observava o casal dançando, ela segurava uma taça de vinho preocupada. Se tudo acontecesse como planejado, o rei morreria naquela noite e ela teria que se apressar para levar Diana para Norisea novamente com a notícia da vitória, seria a oportunidade perfeita para atacar um reino em fragilidade. Era tudo muito novo, as sereias sempre ficavam na defensiva na caçada, seria a primeira vez que Norisea atacaria primeiro.

— Está gostando da festa?

Magnólia deu um pequeno salto com o susto, se virou para a direita e Miguel estava ao seu lado com um sorriso. Mag olhou para baixo envergonhada e acenou positivamente.

— Tudo está muito lindo. As pessoas parecem felizes — respondeu.

— São aqueles dois dançando, não é?

— Não sabe quem é o rei?

— É que há anos não víamos mais o rei e a rainha, viviam escondidos, desconfiávamos que era uma crise no relacionamento, quem os representava nas negociações era Liam, o "conselheiro" mais importante da corte, mas muito sabiam: ele era o príncipe. Só evitávamos o assunto porque a rainha era muito sensível ao tema.

— Que esquisito... Por que será?

— Um dos grandes mistérios da coroa, princesa.

Mag ficou analisando a informação que acabara de receber, será que conseguiriam usar isso para conquistar Enellon?

— Não consigo ver a rainha direito daqui — Miguel murmurou.

— Por que não se aproxima? — Mag sugeriu.

— Prefiro ficar do seu lado.

A garota o fitou desconcertada, mas acabou esboçando um sorriso. E aquele sorriso fez as pernas de Miguel ficarem bambas. Ele a olhou por mais um tempo e então coçou a garganta.

— É muita ousadia de minha parte estar conversando com alguém importante como você? — perguntou com medo de estar sendo muito invasivo.

— Um pouco — Mag falou com um sorriso tímido ao colocar as tranças atrás das orelhas. — Mas está indo bem.

— Quando precisar de mim, qualquer coisa, sabe onde me procurar. — Miguel finalizou ao pegar na mão de Mag e dar um beijo suave nela.

E então se afastou, deixando-a completamente sem palavras. Ela então balançou um pouco a cabeça tentando tirar o garoto dos pensamentos e voltou a olhar para a pista de dança. A música acabou, o rei e a rainha se curvaram aos aplausos do povo e após muita dança e bebidas, a festa finalmente chegara ao fim. Havia, talvez, chegado o momento que Diana mais temia: a viagem que os levaria para a noite de núpcias.

O sol estava quase se pondo e Diana se encontrava em seu quarto usando apenas um roupão, conferindo a mala que Mag havia deixado pronta para ela. Porém, quando foi fechá-la, percebeu que tinha um livro em cima da cama que ela não conhecia — era um livro fino, semelhante a um informativo, sobre o reino de Horizon.

— Você sempre pensa em tudo, Mag — disse ela em voz alta, aliviada.

Diana guardou o livro na mala e quando foi se trocar, alguém bateu na porta.

— Pode entrar!

Esmeralda surgiu com o rosto corado e um sorriso tímido.

— Perdoe-me, Majestade. Eu só vim buscar alguns apetrechos que esqueci no seu quarto.

— Não me chame assim, por favor. Pode me chamar de Diana.

— É claro — falou Esmeralda, tentando esconder o sorriso. — Então... que inesperado, o rei é jovem e lindíssimo.

De certa forma, Liam ser tão jovem era um tanto decepcionante, já que matar um homem idoso seria bem mais fácil que um rapaz visivelmente atlético.

— Pois é, quem diria. Foi uma enorme surpresa — respondeu Diana com indiferença.

Esmeralda se aproximou dela com os olhos radiantes.

— O que você vai usar de especial hoje à noite?

— Especial? Nada...

— Uh, que atrevida! — brincou ela.

— Não! Eu quis dizer que... Por que você está exaltada dessa forma?

— Ah... — Esmeralda tentou esconder o rosto corado. — Não é nada, já peguei minhas coisas, irei me retirar. Prepararei tudo para seu retorno. Boas núpcias, Majestade!

E então ela saiu, saltitando.

— Estranho, nem parece a Esmeralda — falou para si mema. — Bom, melhor me trocar logo.

Ela estava quase nua quando Liam entrou no quarto sem avisar.

— Diana, já temos que... — Ele paralisou quando a viu.

No susto, Diana soltou um grito e fechou o roupão com força no corpo.

— Não sabe bater? — perguntou ela, indignada.

Liam vestia uma roupa casual — camisa com alguns botões abertos e uma calça preta. Ele ficou tão desconcertado com o que viu, que não conseguia nem olhar no rosto de sua esposa.

— Temos que ir agora, estarei esperando no carro — disse e saiu quase que correndo do quarto.

Diana se trocou rapidamente assim que ficou sozinha, pegou sua mala, conferiu se o apetrecho dado pelos espiões ainda estava em seu cabelo e se dirigiu para a entrada do palácio. Perto das escadas, vários oficiais se ofereceram para ajudá-la a descer sua mala, mas ela recusou, afirmando que conseguia fazer aquilo sozinha. Liam já estava dentro do carro, então um rapaz gentil abriu a porta para ela entrar e se encarregou de colocar a mala no porta-malas. O carro era grande e um tanto barulhento. Vários outros carros de segurança acompanhariam a viagem. Diana se sentou ao lado de Liam, usando um vestido branco casual, mas meigo.

— Não é elegante recusar ajuda — observou ele.

— Pelos espíritos! — Diana brigou irritada. — Tudo para você é sobre postura e elegância? Que vida infeliz!

Liam arqueou as sobrancelhas.

— Talvez seja infeliz mesmo... — disse ele, virando o rosto para a janela.

Assim que percebeu que havia se exaltado um pouco demais, Diana fechou os olhos com força, tentando se lembrar de que a intenção era conquistar a confiança do rei e que mesmo que ela o odiasse, deveria parecer que não.

— Me perdoe, Majestade. Não quis falar dessa maneira.

— Diana, pare. Não precisa fazer esse teatro para me agradar. Nós não precisamos agradar um ao outro, esqueceu? Apenas dê ao povo o herdeiro bonito e inteligente que precisam e ficarei satisfeito.

Ela não conseguiu responder, por isso ficou quieta. Um motorista entrou no carro e deram início à viagem. Era um reino próximo, apenas quatro horas de trajeto, mas ainda assim, foi um percurso extremamente silencioso.

Liam abriu os olhos devagar depois de um sono turbulento e percebeu que havia descansado na cabeça de Diana enquanto ela dormia em seu ombro esquerdo. Ele sabia que não precisava se importar em acordá-la, mas decidiu não o fazer, a respiração dela estava tranquila e até mesmo acolhedora, portanto, tentou não se mexer muito.

Com o cabelo dela tão perto de seu rosto, era possível sentir a maciez dos fios que roçavam no pescoço dele. Liam percebeu que Diana estava certa, ela não cheirava a peixe de forma alguma, tinha o frescor da maresia em sua pele, suas sardas pareciam areia e seus cabelos eram como as ondas de um mar agitado. Tudo em Diana lembrava o oceano, talvez por isso que fosse tão intensa. Ela tinha cheiro de pôr do sol na praia, daquele que as pessoas tiram os sapatos para andar sobre a areia úmida, enquanto a água se aproxima de seus pés descalços. Mesmo com o desconforto que Liam ainda sentia em relação a sua esposa, a presença dela era convidativa, como se ele estivesse sendo chamado para mergulhar naquele imenso oceano.

O carro passou por um buraco relativamente fundo, fazendo o automóvel sacudir com força. Diana acordou assustada e se espantou ao perceber que estava encostada no ombro de Liam. Ela logo se ajeitou em seu canto, sem dizer uma palavra, e viu que já era noite. Eles se aproximaram de um portão alto e dourado, onde era possível ver uma grande casa de campo ao fundo.

— Onde estamos? — perguntou ela.

— Temos uma propriedade aqui em Horizon. Por ser nosso parceiro comercial mais forte, nós passamos bastante tempo aqui, por isso decidi te trazer a este local, para ir se habituando.

Assim que o carro encostou, Diana sentiu um frio na barriga, suas mãos ficaram trêmulas e o coração batia desesperado. Ela precisava matá-lo naquela noite, senão teria que dormir com o rei. Liam saiu, abriu a porta para ela, ofereceu o braço, e os dois seguiram juntos, subindo as escadas do casarão.

— Você está pálida — observou Liam.

— Não... não notei, Majestade — disse ela, tentando esconder a expressão em seu rosto.

De repente, Liam parou e automaticamente todos os servos pararam também. Ele virou Diana para que ela olhasse em seus olhos.

— Está com medo? — perguntou ele com um sorriso de canto.

— Não, senhor.

— Então por que suas mãos estão tremendo?

Diana imediatamente colocou uma mão por cima da outra.

— Estou com fome.

— Não comeu nada na festa?

Como ela responderia? Fazia dias que Diana não comia adequadamente, a comida humana era diferente, seca, fofa e às vezes crocante, outras salgada ou doce, seu estômago não estava acostumado. Ela estava faminta, mas precisava comer a comida do mar. A comida das sereias tendia a ser mais sólida por conta da água, mas no reino existiam sereias com dons da culinária, e então um simples pedaço de coral poderia se tornar um alimento nutritivo e delicioso. Então como falar para o rei que ela estava morrendo de fome, mas que também não conseguia comer nada?

— Não tenho me sentido muito bem esses dias, tive uma... — Ela pensou um pouco antes de terminar. — Tive uma intoxicação alimentar antes do concurso e meu estômago ainda está sensível.

— Compreendo. — Então ele olhou em direção a uma serva na beira da escada, parecia ser a cozinheira. — Anne, minha querida, você faria a gentileza de fazer um prato de mingau de aveia para minha rainha?

— Claro, Majestade. — A criada Anne assentiu com um sorriso, antes que subisse as escadas ela se virou para o rei novamente um tanto tímida. — Eu sabia que era o senhor, Majestade.

— Eu sei que sabia — ele sorriu para ela junto com uma piscadinha.

Anne riu e se apressou para realizar seu trabalho. Diana percebeu que Liam sempre tratava os empregados de modo gentil e todos pareciam gostar muito de sua presença. A impressão que dava era que a presença dele imprimia certo alívio, mas por quê?

Os recém-casados chegaram à porta do quarto, que foi aberta por um servo, e ela notou que as malas já estavam ali. Percebeu também que a janela do quarto não dava para o mar, obviamente. Portanto, se ela quisesse matá-lo naquela noite, teria que sair correndo até encontrar o oceano. Era arriscado, mas o plano daria certo, ela só poderia perder a vida no processo.

— Anne já trará sua refeição, agora preciso ir — disse Liam com certo desconforto.

— Para onde vai?

— Tenho uma reunião com Drakkar e outros conselheiros.

— Eles estão aqui?

— Não, será uma reunião por vídeo.

Diana ficou curiosa, ela sabia dessa tecnologia, mas nunca a havia visto pessoalmente. As sereias tinham algo semelhante, um cristal mensageiro, mas funcionava apenas com magia. Era difícil imaginar como algo assim poderia funcionar sem mágica.

— Vai demorar muito?

— Já está sentindo minha falta? — rebateu, com um sorriso sarcástico.

Era estranho como Liam sabia exatamente como provocá-la. Se conheciam havia pouquíssimo tempo, mas parecia que entre eles existia uma luta silenciosa. Diana sabia que ele era seu inimigo, mas Liam não, então por que ele agia como se fossem?

— É para ser breve, minha rainha — disse Liam, ajeitando a camisa. — Apenas uma reunião para definir a data da próxima caçada.

— A data? — Diana sabia que precisava estar nessa reunião de alguma forma. — Eu posso participar também?

Liam riu e fechou a porta, deixando-a sozinha no quarto, sem resposta. A indignação de Diana era enorme. Aquele discurso todo de que o conselho da rainha era mais valioso que qualquer outro era mentira? Em Norisea, logo ela seria a rainha, tomaria decisões e guiaria seu povo. Mas, em Enellon, ela não passava de um chaveiro, uma bela pintura a ser admirada e invejada. Ela sabia que era a mais bonita de Norisea, na verdade, todos sabiam, mas as sereias não se comportavam assim, a aparência não importava de fato, mas parecia que isso era imprescindível aos humanos, a vaidade deles era assustadora.

A serva Anne bateu na porta do quarto e assim que recebeu autorização para entrar, trouxe o mingau que o rei pedira.

— Coma, Majestade. Seu corpo precisa estar forte e saudável para esta noite.

— Obrigada. — Diana assentiu, tentando ignorar que o que aquele povo mais almejava era um herdeiro. As sereias nunca precisaram se preocupar com isso, mas parecia que os humanos estavam desesperados, mas por que tanto alvoroço? A infertilidade em Enellon era tão devastadora assim? Diana queria saber mais sobre aquilo, mas não teria tempo, já que se livraria do rei o quanto antes.

Ela se sentou para provar o mingau e se surpreendeu, era gostoso, e acabou comendo tão depressa por conta da fome que acabou sentindo uma leve pontada no estômago. Ao terminar, se ajeitou em uma poltrona e começou a ler o folheto sobre Horizon.

— O que estou fazendo? Eu deveria estar nessa reunião! E vou estar, ele querendo ou não. — Diana levantou subitamente.

Saiu apressada do quarto e deu uma olhada nas portas que haviam naquele andar. Uma delas era o escritório do rei, e ela sabia que não poderia perguntar a nenhum servo qual era. Então, foi caminhando disfarçadamente rente às portas para tentar ouvir alguma voz, até que ouviu Drakkar. Seu coração congelou de medo, mas ela precisava ser forte por sua família. Se Diana ficasse ali tentando ouvir a reunião alguém poderia ver, então ela precisava se esconder. Entrou no quarto do casal novamente e olhou pela janela, encontrando uma pequena varanda que dava no escritório, mas ela precisaria se rastejar contra a parede. Não era muito alto, mas causaria um bom estrago se ela caísse. Diana respirou fundo, tirou os sapatos, subiu na janela e começou a caminhar delicadamente nas beiradas da parede de fora.

— Pelos Espíritos, que loucura! — disse com a boca trêmula.

O vento estava forte, mas não o suficiente para desequilibrá-la. Ela foi indo de passinho em passinho, torcendo para que ninguém a visse do lado de fora. O coração estava acelerado, o estômago embrulhado e barulhento por conta da refeição rápida. Ela se escorava contra a parede para não cair, e apesar de ser difícil, estava funcionando. Finalmente, Diana chegou à janela do escritório do rei.

— Mas, até onde a caçada é, de fato, benéfica para Enellon? — questionou Liam enquanto falava com imagens holográficas de seus conselheiros.

— Majestade, é tradição, o povo anseia pela caçada, guerreiros treinam desde a infância para este dia.

— Nosso reino não tem mais crianças para treinar, Drakkar. Quero saber mais sobre o que o povo acha disso. Precisei ficar nas sombras por vinte e três anos, agora finalmente devo saber a opinião deles.

Drakkar riu.

— Isso é uma monarquia, meu rei, não uma democracia. *Você* decide o que é melhor.

— Parece algo que minha mãe teria dito.

— E ela foi a conselheira de que o reino precisava.

— É, mas eu também acredito que... — Liam se interrompeu, havia uma silhueta na cortina. Claramente, Diana não pensou que ficando contra a luz sua sombra seria tão visível.

A silhueta era engraçada de certa forma, os braços finos pendurados e os pés se apoiando na beirada.

— Senhores, acabou de surgir um assunto urgente que preciso tratar. Drakkar, conduza a reunião.

— Com prazer, Majestade.

Liam fechou a chamada de vídeo, levantou e pegou sua espada na mesa, andou sorrateiramente até a janela e abriu a cortina com força, justamente para assustá-la. Sim, era Diana.

— você! — gritou ele apontando a espada para o pescoço dela.

Ela exclamou surpresa enquanto pensava em alguma desculpa, mas foi inútil.

— Acabou a reunião?

— Por Callian, Diana! — Ele ainda estava sem acreditar na força de vontade de sua esposa. — O que estava passando na sua cabeça? — Ele desceu levemente a ponta da espada que roçou em seu vestido delicado. Liam sentiu um arrepio e um formigamento nos braços, era uma sensação que só surgia quando Diana o tirava do sério.

— Eu acho que mereço estar nessa reunião tanto quanto você — argumentou ela, ainda tentando se equilibrar. Liam a puxou pelo braço a trazendo para dentro do escritório.

— Pare de ser teimosa, Diana! Você não tem que opinar em nada!

— Por que não? Eu sou a rainha! — Ela levantou o tom de voz.

— E EU SOU O REI! — ele gritou de volta, mas Diana não mexeu um músculo, seu rosto permaneceu imóvel.

— Então pode me soltar — afirmou ela sem esboçar nenhuma emoção.

Liam a trouxe para mais perto dele.

— O que é que você quer, Diana? Por acaso quer metade do meu reino? Não vai conseguir. Pare de me irritar imediatamente, eu não... — Mas o rei foi interrompido. O que acontecia com frequência desde que havia se casado com Diana, só que dessa vez foi de um jeito novo. O mingau se revirou no estômago de Diana e ela acabou vomitando na linda camisa branca dele.

Liam respirou fundo enquanto segurava firme no pulso dela. A agora rainha colocou a mão na boca assustada, pois nem ela esperava por aquilo.

— Eu juro que estava uma delícia — falou desconcertada.

— Imagino — respondeu ele, soltando o pulso dela e indo embora do escritório batendo os pés com força.

Diana foi até a cozinha pedir um pouco de comida. Todos insistiram que ela comesse na privacidade de seu quarto, mas fez questão de beliscar a refeição ali mesmo. De certa forma, Diana estava com medo de encarar Liam novamente e aproveitou para conhecer melhor os cozinheiros que foram extremamente atenciosos com ela.

Quando voltou ao quarto, percebeu que estava vazio. Talvez ele tivesse ido refrescar a mente no gramado, ela não sabia, mas ouviu um barulho vindo do banheiro, a porta estava entreaberta. Diana olhou pela fresta e viu Liam tomando banho, o vidro estava um tanto embaçado, então ela teve uma visão nítida. O rei estava de costas lavando seus cabelos escuros, as costas eram fortes e bonitas. Era fácil se distrair com a visão, mas Diana notou algo brilhante na mão esquerda dele, que estava difícil de identificar. Liam se virou e acabou pegando Diana o espiando, ele abaixou a mão rapidamente e tentou se esconder.

— Quer se juntar a mim?

Imediatamente, Diana saiu envergonhada, sentando-se na poltrona do quarto para ler um pouco mais do panfleto a respeito de Horizon, afinal, a qualquer momento Liam poderia fazer alguma pergunta sobre a cidade. Diana já conhecia um pouco de Horizon dos pergaminhos que leu em Norisea, mas não o suficiente para convencer que era uma cidade em que viveu por anos. Liam saiu do banho com uma toalha enrolada na cintura e a mão esquerda coberta por uma luva.

— Pode usar a banheira também. — Ele fez uma pausa. — Se você quiser, é claro.

Diana escondeu o livreto e foi para o banheiro sem falar nada. Ela entrou e lá estava a banheira. O mais comum seria ligar a água quente, fazer espuma e colocar aromas, mas Diana ligou na água gelada, tirou do bolso um saquinho de sal que pegou na cozinha e despejou na banheira, então entrou e finalmente conseguiu se sentir um pouco em casa.

Diana demorou no banho propositalmente, esperava terminar e o rei já estar dormindo para que ela pudesse apunhalá-lo enquanto dormia, e, de fato, assim que ela saiu coberta por um roupão azul-royal, notou que Liam dormia profundamente na cama de casal.

Diana tirou de seu cabelo o apetrecho mágico, recitou as palavras da língua antiga e se aproximou do corpo tranquilo do rei. Com a adaga em mãos, ela levantou os braços, se preparando para acertá-lo. E então agiu.

Mas antes que a adaga perfurasse a garganta de Liam, Diana parou. Ela não podia matá-lo, não naquela noite. Não se importava se por acaso morresse na missão, mas algo havia entrado em seu caminho — algo que havia sumido de sua mente durante o dia e retornou ao tentar tirar a vida de seu marido.

Raon.

Diana não poderia partir sem saber o que aconteceu com seu irmão, sem saber mais sobre a mulher por quem ele havia se apaixonado e tido um filho. Se ela matasse o rei agora, jamais descobriria a verdade, mas se esperasse mais um pouco, poderia entender as motivações do seu irmão. Ela guardou a adaga e se sentou na cama.

— Não é por você, Santo Espírito, é por Raon.

Ela então se ajeitou na cama, tomando cuidado para não se mexer e acordar Liam. Fechou os olhos e pegou no sono.

9

Liam abriu os olhos e o rosto de Diana estava bem à sua frente. O sono dela parecia tranquilo, por isso ele se aproximou mais ainda de seu rosto para ver as características de perto. Ele estava deitado ao lado da mulher mais linda que já havia visto e nem ao menos a tinha beijado ainda. Ele continuou distraído com seus traços até que Diana murmurou:

— Raon...

Imediatamente o rei se afastou, olhou no pescoço da esposa e viu que ela ainda usava a corrente que acreditava ser de seu antigo amor. Ele não queria se sentir ameaçado, afinal, não havia motivos para ficar enciumado, mas imaginar aquela mulher amando outro homem o incomodou; ao mesmo tempo não havia nada que pudesse fazer, já que ele mesmo disse que a esposa não deveria esperar nada dele. Não era justo ele exigir nada dela.

Liam se sentou na cama pensativo enquanto observava a respiração lenta da rainha dormindo ao seu lado. Com quem ela estaria sonhando? Será que amava esse Raon tanto assim? O que ele fizera para se tornar tão inesquecível? Mas aquilo não importava, Diana era livre para amar quem quisesse, desde que suas intenções não traíssem o trono. Liam então levantou da cama, se trocou e saiu do quarto.

No mesmo instante em que o rei se retirou dos aposentos, a rainha abriu os olhos com o coração acelerado. Ela havia sonhado com seu irmão, mas em algum momento do sonho, Liam apareceu e Diana sentiu que havia sido beijada. Ela se sentou na cama com os dedos na boca. A sensação havia sido estranha no sonho, nunca beijara ninguém em toda sua vida ou sonhara com essa possibilidade, mas bastou uma noite com o rei para sonhar com ele a desejando. Ela levantou inconformada,

A sereia sem dons

afinal, aquele homem não a amava de modo algum, e nem queria que amasse, tinha apenas um objetivo naquele reino: matá-lo e tomar o trono de Enellon.

Diana se trocava na frente do espelho e ficou observando os dois pingentes em seu pescoço. O colar de fertilidade, que ganhara de presente, e o colar do irmão.

— O que essa chave abre? — perguntou a si mesma em voz alta. Mas então a empregada Anne bateu na porta, e Diana permitiu que ela entrasse.

— Majestade... — Era a primeira vez alguém se referia a Diana dessa forma. Era estranho, nunca imaginou que quando recebesse esse título seria em terra. — O rei está solicitando sua presença para a refeição.

— Tudo bem. Por acaso é hoje que iremos para a cidade?

— Isso mesmo, Majestade.

— Obrigada, Anne.

A empregada se retirou com um sorriso, e Diana abriu a mala que Mag havia preparado para ela. Não havia muitos funcionários, a intenção era dar ao rei e a rainha um ambiente mais reservado para que eles desenvolvessem intimidade, então Diana precisou se arrumar sozinha.

Apesar de ter se incomodado com o uso de vestidos no início, começou a apreciar o costume. Acabou escolhendo um modelo rodado e florido, colocou um sapato baixo e confortável, finalizou o penteado com um laço e foi para a sala de jantar da casa.

Assim que entrou no aposento, alguns guardas se olharam admirados com a aparência de sua nova rainha. O rei, que já se sentava à mesa, percebeu os olhares e limpou a garganta, chamando a atenção deles. Diana se acomodou na outra ponta da mesa, onde uma vasilha de mingau a aguardava. Ficou aliviada, pois até aquele momento era a única refeição humana que havia gostado de verdade — apesar de tê-la vomitado na noite anterior.

— Você parece gostar bastante desses vestidos rodados e femininos — observou o rei.

Diana não sabia onde ele queria chegar.

— Não acha que combino com eles?

— Achei que seus gostos eram diferentes da maioria das meninas.

— Meu rei, eu não acredito que será por meio de uma calça ou de um vestido que me destacarei das outras garotas. O que me torna diferente é quem eu sou, não o que visto.

Liam não respondeu, percebeu que não valeria a pena continuar o argumento. Parecia que sua esposa tinha sempre uma resposta pronta, preparada para qualquer assunto. Talvez tenha sido ensinada dessa forma, mas era estranho como os dois eram parecidos nesse ponto. Liam ouviu a vida toda que um rei nunca se cala em argumentações. Era como se Diana também tivesse ouvido o mesmo. Sua personalidade forte ainda o incomodava, e ele sabia o porquê.

— Como era a educação na escola de damas? — perguntou Liam, tentando manter o ritmo da conversa.

— Perdão?

— A sua escola em Horizon, era apenas para mulheres, não?

— Ah... — Diana tinha lido brevemente sobre a escola, lembrava de ter visto algo sobre etiqueta à mesa. — A educação era muito rígida sobre nossa postura à mesa de jantar, por exemplo — inventou ela.

O rei ficou observando Diana comer. Ela não era grosseira, mas também não tinha modos delicados. Deveria ter causado muitos problemas a seus professores.

— Seria de seu agrado visitar a escola?

— Não! — exclamou rápido demais. Percebendo que se excedeu, ela continuou: — Digo... não, obrigada. Eu não era uma aluna apreciada na instituição, com certeza ficaram felizes com minha partida — tentou desconversar.

— Imagino — disse ele, desconfiado.

— Para onde iremos agora? — perguntou para mudar de assunto.

— Para sua antiga escola.

— O quê? Mas eu disse que...

— Eu só perguntei se seria de seu agrado visitar o lugar, a decisão não é sua.

Diana respirou fundo, já se arrependendo de não ter matado o rei na noite anterior.

Mag batia os pés inquieta. Diana estava sozinha em Horizon, ninguém a conhecia naquele reino. E se forem visitar a escola? O plano de Norisea poderia ser desmascarado a qualquer momento.

Sentada à escrivaninha, Mag se apressou para criar documentos falsos de matrícula. Seu quarto era bem maior que os dos outros servos e, por ser a acompanhante da rainha, era também bonito e arejado. Era um quarto digno de uma princesa. Ela pegou a mochila para guardar os papéis e encontrou o caderno que Diana havia pedido que escondesse. Sentiu a tentação de abri-lo, mas decidiu respeitar a privacidade da amiga e o trancou em uma gaveta.

Ela saiu do quarto e foi em busca de informações, precisava do roteiro da lua de mel do rei e da rainha. Mas quem teria tal conhecimento? E como o conseguiria? Então ela lembrou, detestava o que teria que fazer, de que havia alguém que poderia ajudá-la.

Ela esbarrou em uma moça que passava pelo corredor e pediu direções. Correu para o lugar apontado. Chegando aonde queria estar, avistou um rapaz cochilando debruçado sobre uma mesa cheia de papéis. Estava bem cedo, o sol havia acabado de nascer, então ela entendia o cansaço. Soltou uma tosse falsa e o rapaz acordou assustado, com receio de ser o chefe. Começou a se desculpar sem sequer ver quem era. Quando enfim olhou para quem estava à sua frente, ele sorriu.

— Você veio.

— Sim, eu vim, Miguel — disse Mag com as mãos trêmulas.

O rapaz se levantou e tratou de puxar uma cadeira.

— Não será necessário — recusou ela.

— A que devo o prazer de sua companhia, Senhorita Kernighan? — indagou ele, enquanto voltava a se sentar.

— Vou direto ao ponto. Imagino que, como guarda, você possua uma informação da qual preciso muito.

Miguel percebeu o tom sério de Mag.

— Do que precisa?

— Preciso saber por onde a rainha vai passar durante sua lua de mel. Você saberia me dizer?

— Eles viajarão por três reinos: Horizon, Priton e Algerne.

— Sabe me dizer exatamente onde eles irão passar em Horizon?

— Sei, mas... — Miguel por um segundo. — Por que quer saber?

Mag estava pronta para usar seu dom de manipulação para fazê-lo falar, mas ele levantou antes que pudesse agir.

— Desculpa, acho que isso não é da minha conta. Imagino que deva estar preocupada com sua irmã.

— Ah... — Mag ficou surpresa por não precisar usar seus dons. — Isso, minha irmã.

— Então você veio até aqui porque sabe de minhas intenções e sabia que eu acabaria cedendo aos seus pedidos.

Mag não quis negar.

— Sim.

— Então está me usando — provocou Miguel.

— Estou — respondeu Mag, sem conseguir olhar para ele.

— Posso te usar também? — perguntou ele com um sorriso.

— O quê? — Ela levantou o rosto.

— Você está me usando para conseguir o que quer, então gostaria de te usar para conseguir o que eu quero. Assim ficamos quites, o que acha?

— O que você quer? — perguntou ela receosa.

— Um encontro.

Mag ficou surpresa, não esperava por essa.

— Só isso?

— Posso pedir mais? Um be...

— Não! — interrompeu ela abanando as mãos. — Negócio fechado. Um encontro está ótimo. Eu... Eu nunca fui em um antes mesmo.

O rapaz riu.

— Até parece, muito engraçado.

Mag ficou olhando para ele sem entender.

— Espera... O quê? É sério? Por quê? Você é linda! — Miguel não conseguia acreditar. Qualquer homem que deixasse de notar a beleza de Mag certamente seria um tolo.

Mag não respondeu, ficou apenas olhando para o rapaz de sorriso radiante à sua frente. O esforço de Miguel para conquistar a afeição dela era diferente de tudo que Mag tinha vivido. Ela já havia se apaixonado antes, mas para o tritão que ela amava, Mag não passava da melhor amiga da princesa fracassada. Ela abriu mão de muita coisa para servir ao trono, e toda vez que pensava um pouco em si mesma, se sentia culpada. Ela sabia que aquele rapaz nunca a amaria de verdade, mas pelo menos viveria a sensação de ser desejada.

— Muito bem, um encontro pelo mapa de Horizon e o trajeto da rainha no reino — disse ela ligeiramente empolgada para o encontro.

O rapaz estava satisfeito, para ele era uma troca mais do que justa, mas era óbvio que Magnólia estava levando vantagem. Ele abriu uma gaveta atrás dele e pegou um pequeno objeto. Ativou o aparelho e uma imagem holográfica do reino de Horizon surgiu, então marcou dois pontos vermelhos com uma caneta especial.

— Eles vão passar na escola de damas de Horizon primeiro, a rainha de lá financia a escola e, portanto, a apresentação deles será neste local. Depois passarão o dia na cidade cumprimentando os aldeões e voltarão para a casa de campo. Partirão com uma despedida no porto e seguirão de navio para Priton.

Mag pegou o apetrecho e guardou em sua mochila.

— Obrigada, Miguel. Agora preciso ir.

— Pretende ir para Horizon agora? São quatro horas de viagem até lá — apontou ele.

Na verdade, Mag pretendia ir nadando para o outro reino.

— Meu turno acabou. Eu posso te levar — ofereceu Miguel.

— Não precisa — respondeu Mag de costas, já se afastando.

— Comigo, você chega lá em três horas!

Ela se virou para ele.

— Consegue em duas?

O rapaz sorriu.

— Você vai precisar de um capacete.

O reino de Horizon se parecia mais com aquilo que Diana imaginava ser um reino humano: carroças, cavalos e enormes campos de grama. Ela estava com medo, qualquer passo em falso poderia entregá-la. Sua mente estava tão fora do ar que nem percebeu quando Liam a chamou para sair do carro.

— Você quer ficar aí dentro? — perguntou ele impaciente.

Diana apenas assentiu com a cabeça e se preparou para sair do carro. Quando o rei ofereceu a mão para ajudá-la ela parou.

— Por que não me oferece sua outra mão?

Liam ficou incomodado com a pergunta, a mão esquerda estava sempre coberta pela luva de couro.

— Você é uma rainha independente, não precisa de minha ajuda — respondeu ele e se retirou, fugindo da pergunta.

— O que você esconde, Majestade? — insistiu ela em um sussurro.

Eles haviam estacionado em frente à escola, uma construção grande e tradicional, de onde algumas meninas saíam com seus uniformes e cadernos. Suspiraram ao passar pelo rei e cochicharam umas com as outras. Liam, por sua vez, foi atencioso e cumprimentou todas. Com qualquer outra pessoa, ele era amigável e gentil, mas parecia fazer questão de ser indelicado com a esposa.

Diana acelerou o passo para alcançar o rei. Foram recebidos pela rainha de Horizon.

— Elena! — exclamou Liam, era nítido que tinham certa intimidade. — Que alegria te reencontrar!

— Digo o mesmo, Majestade — observou a mulher com um sorriso sedutor.

— Lamento imensamente não ter comparecido no velório do rei George. Espero que o envio de Drakkar em meu lugar tenha sido do agrado de vocês.

— Não se perturbe com isso, querido Liam, afinal, você também estava de luto. — A rainha fitou Diana e pareceu ficar desconcertada com a beleza da moça. — Imagino que esteve ocupado com a escolha de sua esposa.

Imediatamente Liam se virou para Diana, completamente envergonhado por ter esquecido de apresentá-la.

— Me perdoe, minha rainha — disse para ela, então pegou em sua mão. — Elena, essa é Diana, a nova rainha de Enellon.

— É um prazer conhecê-la, Majestade — disse Diana enquanto se curvava.

— Você achou uma peça rara, Liam. É provavelmente a mulher mais linda das redondezas. Tome cuidado com os rapazes ao redor dela, uma moça com essa aparência é uma companhia perigosa.

Liam apertou a mão de Diana com força sem perceber. Imaginar outros homens desejando-a o incomodou, mas assim que notou estar quase machucando as mãos de sua esposa, soltou, desculpando-se com um sussurro.

— Minha rainha possui atributos que vão muito além da beleza, e acredito que a senhora tenha certa parcela de culpa nisso.

— Como eu poderia? — perguntou Elena intrigada.

— Diana já estudou nesta instituição — informou ele com orgulho.

O estômago de Diana embrulhou, acabara de chegar e provavelmente seria desmascarada. A rainha de Horizon a olhou um tanto confusa.

— Engraçado, não me lembro da senhora.

— Eu era uma aluna muito discreta. — Diana tentou desconversar.

A rainha deu uma gargalhada.

— Acha mesmo que com essa aparência você não teria chamado atenção? Querida, nem se você quisesse passaria despercebida!

Diana não tinha mais desculpas, Liam a olhou esperando uma resposta.

— Acho que sua rainha se enganou — continuou Elena. — Nesta escola nós nunca...

Ela parou de repente. Liam permaneceu olhando para Elena por um tempo, esperando que terminasse a frase, mas ela não se mexeu, até que piscou e sorriu para Diana.

— Como sou tola, claro que lembro de você, uma aluna exemplar, aliás. Meus parabéns, Liam, escolheu sua companheira com excelência.

Liam sorriu, mas logo desfez o sorriso quando percebeu que a esposa o olhava de relance. Ele coçou a garganta e agradeceu o elogio. Diana ficou confusa, não acreditava no que havia acabado de acontecer, parecia que nem era Elena quem estava pronunciando aquelas palavras.

— Então, minha querida, do que você mais gostava quando estudou aqui?

— Ah... — Diana tentou ganhar tempo, lembrando do que gostava de estudar em Norisea. — Eu apreciava o estudo da origem das guerras.

— Temos aqui uma jovem estrategista! Cuidado para ela não querer roubar seu trono, Liam.

Os dois riram, somente Diana permaneceu imóvel, assustada por pensar que "roubar o trono" era exatamente o que ela queria fazer ali.

— Vamos entrar agora. Peço perdão pela imprensa, mas após sua apresentação, eles esperam um pronunciamento meu.

— E do que se trata? — perguntou Liam curioso.

— Sobre quem herdará Horizon. Como você sabe, George e eu não tivemos herdeiros.

Liam apenas assentiu com pena.

Foram recebidos pelos repórteres e fotógrafos que os aguardavam ansiosos. Elena subiu ao palanque e se preparou para falar.

— Muito obrigada a todos pela presença. Hoje recebemos um parceiro comercial muito estimado por nós: Rei Liam Gribanov, juntamente com sua esposa, Rainha Diana Gribanov.

Os dois se levantaram e foram aplaudidos. Os fotógrafos tentaram capturar o melhor ângulo da bela rainha.

A sereia sem dons

— Se acalmem, vocês terão muito tempo para registrar os melhores momentos da rainha Diana, já que eles nos agraciarão com sua presença durante todo o dia. Liam, pode nos dirigir algumas palavras, por favor?

O rei se aproximou do microfone com um sorriso gentil, o sorriso que Diana nunca viu sendo direcionado para ela, sempre para os outros.

— É uma grande honra poder visitar este belíssimo reino novamente, acredito que nossa parceria ainda se estenderá por muitos anos. Espero também trazer mais do nosso conhecimento tecnológico para esta terra, para que assim prosperemos juntos, dividindo nossos recursos e, principalmente, nossa amizade.

O discurso de Liam foi bonito e eloquente, mas para Diana não passava de hipocrisia. Se Enellon era um reino tão benevolente com seus vizinhos, por que não poderia ser assim com Norisea? Aquela guerra não teria fim enquanto o rei inimigo não fosse morto. Ela estava tão concentrada em seus pensamentos vingativos que não percebeu quando Liam terminou. Só notou o que estava acontecendo quando a rainha de Horizon se preparou para seu pronunciamento.

— Obrigada pelas palavras, Rei Gribanov. Agora imagino que vocês anseiam por informações a respeito do futuro de nosso reino. Meu amado marido, que os Espíritos o tenham, nos deixou cedo demais. Tradicionalmente, a linha de sucessão ao trono passaria para o familiar mais próximo, e como todos vocês especularam, sim, seria o primo de meu marido, Edward. — O salão foi tomado por murmúrios. — Neste momento, ele se prepara para estar aqui em nosso reino, deve chegar na próxima semana para tomar o trono que seria seu por direito. Assim deixarei o grande fardo que é carregar essa coroa e me juntarei a vocês.

Era fácil notar que a rainha não sentia aquilo, ela não estava contente voltando a ser plebeia.

— Porém! — exclamou ela para dar entonação. — George nos surpreendeu. Antes de sua partida, ele conseguiu me presentear com tudo o que sempre pedi aos Espíritos. Edward não poderá tomar o trono porque eu carrego em meu ventre o herdeiro de Horizon.

Todos os repórteres no salão levantaram para fazer perguntas, gerando imensa algazarra. Elena sinalizou para um dos jornalistas, permitindo que falasse.

— Há quanto tempo Vossa Majestade sabe de sua gravidez?

— Descobri logo após o falecimento de meu marido. Parte meu coração pensar que ele nunca soube que seria pai, era seu sonho. Peço que os cidadãos cuidem de sua rainha, meu ventre agora é sagrado, eu almejo de todo o meu coração que essa criança venha ao mundo para honrar o nome do rei George.

O salão se encheu de aplausos, George foi um rei querido pelo povo, portanto, era de alegria geral que o reino tivesse um herdeiro dele. Diana sorria enquanto assistia à comemoração. Ela se virou para Liam e o viu sério, sem reação, notando sua desconfiança com o discurso.

A rainha permitiu que mais um repórter falasse.

— E se for uma menina?

De repente, todos ficaram quietos.

— Mesmo que seja uma garota, assim como George sempre sonhou, lutarei para que nossa filha tenha direito a esse trono. — Todos voltaram a cochichar entre si. — Eu sei que não é o costume, mas um herdeiro é um herdeiro! A criança nascerá com sangue real, é injusto privá-la de seu direito de nascimento. Porém, vocês se enganam e me subestimam, caro povo. Se for uma menina, serei justa com a tradição e a linhagem. O primo Edward tem um lindo filho de apenas três anos, e nós já acertamos que quando o herdeiro de George nascer, se for menina, será prometida ao filho de Edward, mantendo assim a linhagem que vocês tanto prezam.

O povo pareceu convencido, mas, Liam não. Na verdade, até Diana estava intrigada. Nunca houve casamento forçado em Norisea, mas parecia que em terras humanas eles tirariam o direito de escolha de uma criança que nem havia nascido ainda por puro capricho.

Todos foram convidados a se retirar para a festa de boas-vindas dos convidados e celebrar a esperança de um novo herdeiro, onde uma belíssima orquestra os aguardava do lado de fora.

Liam e Diana se acomodaram em seus assentos reservados e então a música começou. Apesar da agradável composição, Liam parecia desconfortável. Diana sabia que era uma ótima oportunidade para saber mais dos pontos fracos do marido.

— Há algo que lhe incomoda, meu rei? Existe alguma coisa que eu possa fazer para aliviar sua frustração?

Liam pigarreou.

— Nada que esteja ao seu alcance, minha rainha — respondeu sem olhar para ela.

— Talvez você ainda não saiba do que sou capaz de alcançar.

Antes que Liam pudesse reagir, uma nota desafinada e aguda incomodou os ouvidos da plateia, era um novato no trompete. Liam riu e se aproximou do rosto de Diana para fazer algum comentário maldoso que ela não conseguiu ouvir.

— O quê? Não entendi — falou Diana incomodada com o som alto, mas ainda mantendo o olhar para o pobre novato com o rosto vermelho de vergonha.

— Eu disse... — mais uma nota aguda e desafinada.

— O quê? — Ela virou seu rosto para ver os lábios dele se mexendo, talvez assim ela entendesse melhor.

— Pelos espíritos, você é surda? — Ele se virou para cochichar no ouvido de Diana.

O rosto do casal estava tão próximo que seus narizes quase se tocaram. Num reflexo, os dois se afastaram assustados, e Liam sentiu seu coração disparar de ansiedade. Diana tentou disfarçar, como se aquele momento não tivesse acontecido e abaixou a cabeça enquanto pensava no que dizer.

Liam não conseguia tirar os olhos dela. Diana era irritante, tinha uma resposta para tudo, isso o tirava do sério constantemente. Aquele relacionamento era uma bagunça, mas para o rei de Enellon, parecia ser uma bagunça confortável. Ele ainda não sabia se poderia chamar o que eles tinham de relacionamento, afinal, estavam em lua de mel e ainda não haviam tido uma noite de intimidade — só de pensar na possibilidade daquilo o fez suar de nervosismo. Liam precisava melhorar a relação com a esposa e talvez, para isso, também precisasse deixar alguns traumas de lado. Ainda sem tirar os olhos dela, ele pegou em sua mão.

— Diana, olhe para mim, por favor.

A rainha levantou o rosto, mas os olhos focaram em algo distante. Pareceu ter reconhecido alguém.

— Eu... Eu preciso ir. — Tirou sua mão da dele.

— O quê? Por quê? — questionou Liam.

— Volto logo. Onde será a próxima programação?

— Na praça, mas... aonde você vai?

— Eu acho que vi uma amiga que não encontro há anos.

— Então a convide para se sentar conosco.

— Ah, não, ela é muito tímida.

— Leve um guarda com você.

— Não precisa, serei breve.
— Diana, você não pode...

Diana se retirou apressadamente, sumindo em meio à multidão. Liam coçou a cabeça, as bochechas fervendo.

— Não será tão simples como pensei — disse consigo mesmo.

Diana corria entre os becos procurando o rosto familiar, até que uma mão pequena e delicada fez um sinal de dentro de uma tenda. Ela foi até lá.

— Mag! O que está fazendo aqui?
— Você pode começar me agradecendo, isso, sim.
— Foi você naquele momento com a rainha, não foi? Você me salvou, obrigada, mas como chegou aqui? Tem mais algum dom que eu não saiba? Teletransporte talvez?
— Na verdade, alguém me trouxe. — O rosto de Mag ficou vermelho.
— Quem?

Mag não conseguiu falar, estava envergonhada.

— Pelos espíritos, o guarda na entrada do reino?! — testou Diana.
— O próprio.
— Qual é o nome dele mesmo? Michael?
— É Miguel! — corrigiu Mag.
— Entendi, mas por acaso ele viu você... sabe... usando seu dom?
— Ele não viu nada, só sabe que eu queria vir te ver. Em determinados momentos, pedi para ele buscar alguma coisa para mim, agora mesmo ele deve estar procurando uma tenda do que os humanos chamam de sorvete.
— Obrigada por se preocupar comigo, Mag. E obrigada por ter vindo me ajudar, sem você eu estaria ferrada. Mas eu acredito que agora você deve ir, não quero que se arrisque.
— Tudo bem, apenas fique atenta com a rainha de Horizon, ela tinha uma mente fraca, estranhamente manipulável.
— Você conseguiu ler seus pensamentos?
— Não, somente telepatas fazem isso.
— É verdade. Mag, eu preciso ser breve aqui, mas tem algo que preciso te contar quando voltarmos para Enellon, tem a ver com meu irmão.
— Como assim?

— Não posso falar agora, logo o rei sentirá minha falta.
— Tem certeza de que não vai mais precisar de mim?
— Nossa próxima parada será em Priton, estou bem agora, obrigada.

Diana saiu da tenda deixando Mag sozinha, mas a solidão não durou muito. Miguel entrou segurando duas casquinhas de sorvete.

— Aquela era a rainha? Ela é bonita mesmo, olhando-a mais de perto — ele observou.

— Claro que é, não reparou quando chegamos ao reino?

— Eu não estava reparando nela — disse Miguel com um sorriso meigo.

O coração de Mag bateu acelerado. Ela colocou uma mecha trançada atrás da orelha e tentou não olhar para o rapaz à sua frente.

— Você faz muito isso — ele comentou fascinado.

— O quê?

— As tranças atrás da orelha. É muito fofo.

Mag não respondeu, ela ia tocar nas tranças de novo quando interrompeu o movimento.

— Bom, nós podemos ir embora agora. Já resolvi o que precisava resolver.

Miguel ofereceu uma casquinha de sorvete para ela, Mag agradeceu e pegou.

— Podemos ir... ou podemos ficar até anoitecer. Soube que o encerramento será com fogos de artifício — disse ele.

Mag o observou intrigada.

— Você nunca viu um show de fogos de artifício?

Ela fez um sinal negativo com a cabeça.

— Então está decidido, vamos ficar.

Mag sabia que precisavam ir embora para não correr o risco de serem vistos. Na verdade, ela poderia facilmente usar seu dom de manipulação para convencê-lo a partir, mas não queria. Então apenas concordou e sorriu de volta, esperando ansiosamente pelo evento da noite.

Diana chegou à praça em que todo o povo celebrava e dançava. Esteve tão ocupada com seus pensamentos que mal reparou na linda decoração que Horizon havia preparado para recebê-los. Ela sabia que não deveria estar perambulando pelo reino sem a guarda real, mas tentou aproveitar um pouco sozinha a festança. No ambiente, várias tendas serviam comidas típicas do reino, o aroma era tão delicioso que o estômago dela roncou alto. Diana se aproximou de uma tenda que servia um tipo de crepe.

— Olá, quanto é? — Apontou para o crepe com um recheio esverdeado.

A vendedora a reconheceu imediatamente e respondeu prontamente:

— Para a nossa convidada, não custará nada. Aqui, pegue. — E entregou a comida com um sorriso gentil.

Antes que a rainha pudesse pegar, alguém interferiu.

— Dois, por favor. — Era Liam.

A mulher pegou mais um crepe e entregou para ele, que ofereceu quatro moedas de rubrio.

— Ah, não, Majestade, isso é muito mais do que vale. Já falei que é cortesia da casa.

— Eu insisto — disse Liam com um olhar suave.

Ela ficou sem graça de recusar, então agradeceu e pegou as moedas. Liam se despediu com um sorriso, pegou na mão de Diana e saiu a puxando de lá.

— Minha rainha, não importa se for presente, você sempre paga o povo.

— Mas por quê? A ideia do presente não é justamente não pagar?

Liam a soltou e se virou para ela.

— Diana, nós somos afortunados. Essa gente tem menos que nós, como eu poderia tirar deles a única coisa que têm? Essas quatro moedas não farão diferença para mim, mas para aquela família fará.

Diana não conseguiu falar nada, esse era um lado do rei que ela definitivamente não conhecia. Liam era bondoso, de verdade. Mas tamanha bondade machucava o coração da rainha — se ele era tão bom, por que tratava o povo dela com tamanha crueldade? Não tinha como não odiar sua hipocrisia.

— Posso comer agora?

— Depende, você vai vomitar em mim de novo?

— Apenas se me excluir de outra reunião importante.

— Não era tão importante, só mais uma reunião sobre a caçada.

Era isso, ela o odiava. Raon havia morrido em uma caçada e para o rei aquilo não importava.

— Eu perdi a fome — disse, já se retirando da presença do rei.

— Ah, Diana, por favor! Por que você sempre tem que ser tão difícil?

Ela se virou para ele com os olhos cobertos de fúria.

— Eu não sou difícil! *Você* é difícil! Não faz ideia do quanto é difícil! Eu carrego um peso que você jamais entenderá!

— Como não? Eu carrego uma coroa! Carrego o fardo de governar um povo desde que nasci! É você que nunca entenderá isso!

— Você não sabe o que diz.

— Que peso é esse que você lamenta tanto carregar?

Ela não podia responder aquilo com sinceridade, então apenas se afastou ainda mais do rei.

— Por acaso se trata de seu antigo amor?

Ela voltou seu olhar para Liam.

— Sempre será sobre ele — respondeu Diana com os olhos marejados e sumiu na multidão.

Liam sabia que era uma causa perdida, não importava o quanto ele lutasse, Diana jamais superaria aquele amor. Apesar de ser de seu conhecimento desde o início que não era um casamento com intenções românticas, ele ainda tinha uma pequena esperança que fosse. Liam ardia de ciúmes, como queria saber quem era aquele homem que havia tomado o coração de Diana por completo. Ele se virou para os guardas que o esperavam alguns metros atrás.

— Vão procurar a rainha, ela não pode sair sozinha assim.

— Entenderam? — A mulher falou com a voz firme.

— Sim, Majestade — dois homens responderam em uníssono.

— Aproveitem que ela e o rei estão dispersos, se separaram diversas vezes durante o evento. Vocês não podem atacá-la enquanto ela estiver com ele, o rei é muito forte e bem treinado. Matem apenas ela!

— Não será difícil — um deles comentou. — É só mais uma plebeia que teve a sorte de ser coroada.

— Então não enrolem. Sejam rápidos e façam com que pareça um trágico acidente, o rei não pode ver vocês.

— Sim, Majestade.

Horas já haviam se passado desde a discussão do jovem casal, Liam precisou passar o restante de sua tarde se desculpando com diversos jornalistas por não estar acompanhado da bela esposa — a desculpa era sempre a mesma: "ela não estava se sentindo muito bem".

Já estava anoitecendo e alguns aldeões carregavam em carroças um amontoado de fogos de artifício para o encerramento. Liam estava cansado e extremamente frustrado, sentou-se em uma cadeira e começou a passear os olhos pela praça cheia de luzes, comida, cor e muitos casais aproveitando a celebração para tornar a noite mais romântica. Em um relance, viu Diana caminhando sem rumo perto de alguns becos escuros. Será que ele deveria ir falar com ela? Talvez ele apenas devesse buscar entendê-la um pouco mais. Quem sabe, perguntar o que houve em suas costas durante a competição? Talvez ela não se sentisse à vontade para falar ou talvez tenha tentado e ele não quisera ouvir. Liam se sentiu um idiota.

E se ele começasse compartilhando um segredo? Será que melhoraria a relação? Liam olhou para a mão esquerda coberta pela luva de couro, mas desistiu. Ele ainda não estava pronto para falar sobre aquilo, mas talvez houvesse algo que ele poderia contar.

Levantou para ir ao encontro da rainha e acabou presenciando uma cena aterrorizante. Sem tirar os olhos de Diana, ele a viu ser arrastada por dois homens para dentro do beco escuro. A respiração de Liam ficou ofegante, correu esbarrando em todos a sua volta até alcançá-los. Tirou do bolso a adaga que sempre carregava consigo e entrou na escuridão.

A lua iluminava um ponto específico do beco. Foi ali que ele avistou os dois homens desmaiados no chão e Diana em pé, de costas para Liam. Ele riu por dentro e guardou a adaga.

— Você sabe mesmo se virar sozinha.

Liam se aproximou e colocou a mão direita no ombro dela, mas em um reflexo Diana segurou seu braço e com um golpe o derrubou no chão.

— Diana, sou eu! — gritou Liam. — Seu marido!

Diana o soltou assustada.

— Majestade...

Ele levantou limpando a sujeira da roupa.

— Francamente, mulher. Eu... — Assim que virou o rosto para ela, viu que estava chorando. — Diana! Esses homens tocaram em você?

Ela não conseguia responder, as lágrimas caíam sem parar. Liam a segurou pelos braços.

A sereia sem dons

— Eles te violaram? Te machucaram? Por favor, me diga!

Ela só conseguiu acenar negativamente com a cabeça.

— Foi só um susto então...

A rainha apenas concordou, sem conseguir dizer nada.

— Ah, Diana... — E então Liam a abraçou. Era a primeira vez que abraçava sua esposa. — Eu vou avisar aos guardas sobre esses homens.

Liam se preparou para soltá-la, mas Diana o impediu. O abraço dele era forte e acolhedor, era tudo de que ela precisava.

Ele entendeu que aquele não era o momento de deixá-la sozinha. Com cuidado, pegou-a no colo e a levou até o carro, onde encontrou com seus motoristas.

— A rainha está indisposta no momento, a levarei para a casa.

— Eu os levarei, Majestade — respondeu um dos motoristas.

— Eu agradeço, após nos deixar lá, pode voltar para a festa, temos guardas na casa, preciso acertar umas coisas agora.

O jovem motorista agradeceu em silêncio.

— E avisem aos seguranças da praça que tem dois homens abatidos no beco perto da terceira tenda. Precisam levá-los para interrogatório, cometeram crimes contra a coroa, solicitarei uma investigação com Elena.

— Avisarei, Majestade.

Liam caminhou com Diana no colo, ela estava com a cabeça abaixada, segurando fortemente em sua roupa. Ele sabia que ela era mais que capaz de se virar sozinha, aqueles homens burros claramente não sabiam das habilidades de autodefesa da rainha. Mas, mesmo ela saindo sem nenhum arranhão, com certeza o susto foi grande.

O rei abriu a porta do carro e colocou Diana no banco de trás, acomodando-a gentilmente ali. Entrou no veículo e o motorista dirigiu para levá-los até a casa de campo. Diana se mantinha em completo silêncio, completamente atordoada.

— Por favor, não ande mais sozinha, Diana — pediu Liam suavemente enquanto segurava em sua mão. — Eu preciso mesmo que entenda que agora você é a rainha, infelizmente não terá mais a liberdade de andar livremente em lugares desconhecidos. Você é a mãe do futuro rei. Eu não queria colocar ordens para cima de você, mas está proibida de sair pelos arredores do reino sem uma guarda.

— Eu... — Diana tentou se defender, mas as palavras morreram em sua boca.

— Eu sei que você consegue fazer qualquer coisa sozinha, eu sei. Mas não significa que precise, não agora, não mais.

A rainha de Enellon não estava acostumada com esses cuidados, em Norisea não existiam atentados contra a coroa, ela não precisava de guardas ou escolta. Diana podia nadar tranquilamente sozinha pelo reino, mas por descuido ela esqueceu como funcionava o reino dos humanos, foi quando percebeu que enquanto ela tinha planos de matar Liam, talvez outras pessoas tivessem o mesmo intuito, e como ela era sua esposa, também seria um alvo. Cumprir sua missão não seria tão fácil quanto imaginava.

O motorista estacionou o carro em frente à casa de campo, e Liam levou Diana para o quarto, onde a sentou na cama, pegou uma coberta e cobriu suas costas.

— Como está se sentindo? — perguntou ele preocupado.

— Não sei ainda. — Ela estava com os olhos vermelhos de tanto chorar.

Liam se acomodou ao seu lado.

— Onde aprendeu a lutar assim?

— Minha família me ensinou.

— Foi impressionante, nunca conheci uma mulher como você.

— Não sou tão diferente, só sei lutar. Qualquer mulher poderia fazer o mesmo se devidamente treinada.

Liam ficou pensativo.

— Você pode sugerir essa pauta em nossa próxima reunião do conselho.

— O quê? — perguntou Diana sem entender.

— Me perdoe ter te excluído da reunião sobre a caçada. A partir de agora, sua presença será obrigatória em qualquer discussão sobre o reino.

Diana lhe ofereceu um sorriso tímido e tentou mudar de assunto.

— Você parecia incomodado com o pronunciamento da rainha Elena.

— Ah... Eu queria mesmo falar sobre isso com você.

Diana ficou com atenta.

— O rei George era meu amigo, e de fato seu maior sonho sempre foi ser pai.

Ela sorriu ao lembrar do irmão que sempre dizia que queria ter uma filha como ela.

— Elena é uma mulher interessante, mas sempre me pareceu que George a amava mais do que ela o amava e não sofreu muito com a partida dele, talvez porque já estivesse sofrendo com a perda do trono, não sei.

— A gravidez veio no momento certo.

— Esse é o ponto... George era estéril.

Diana colocou as mãos na boca espantada.

— Ele mesmo me disse isso em segredo, chorando amargamente por não poder dar herdeiros ao trono. Não sei de quem Elena está grávida, mas não é de George.

Diana não conseguia achar palavras para o que acabara de ouvir.

— Ela já estava com tudo preparado, tinha se armado até para a possibilidade do bebê ser uma menina e não correr o risco de perder o trono. Me faz desconfiar que talvez tenha planejado até a morte do próprio marido, mas isso não posso afirmar com tanta convicção, são apenas teorias.

— Compreendo — foi a única coisa que Diana conseguiu dizer.

Liam a puxou para mais perto dele, fazendo-a olhar diretamente em seus olhos.

— Diana, eu prometo que jamais tocarei em você sem sua permissão. Você sempre terá máximo respeito da minha parte. Acredito que você, de todas as mulheres que já conheci, é a que mais tem perfil para governar uma nação. Mais até que as princesas dos reinos vizinhos. Por isso, tome o tempo que precisar até sentir que pode confiar em mim, até ter certeza de que meus toques jamais terão a intenção de te ferir. Precisamos trabalhar juntos para que Enellon possa prosperar.

Por alguma razão, aquelas palavras fizeram Diana se sentir vil. Seu plano ainda estava de pé, ela ainda pretendia matar o rei, usurpar o trono e tomar o reino de Enellon à força, mas quanto mais tempo ela passava com seu marido, mais difícil era imaginar o trabalho sendo feito. Liam escondia bondade sob uma carcaça ferida, ela queria conhecer seus segredos, seus desejos e a causa de seus ferimentos. Mas também sabia que, à medida que descobrisse mais do rei, teria menos coragem de matá-lo. Sereias não eram assassinas, não apreciavam a violência, só o faziam em casos extremos. Ela ia contra a própria natureza apenas por pensar em causar alguma morte e, embora o sentimento de vingança a motivasse, a recente simpatia de Liam não ajudava.

O quarto estava escuro e silencioso, a maioria dos funcionários da casa estava na celebração no centro de Horizon, era o ambiente perfeito para uma noite de intimidade. Liam se aproximou mais um pouco e tocou nos cabelos de sua rainha.

— Você tem um cheiro tão bom.

— Eu achei que cheirava a peixe.
— Eu menti.
— Eu sei.

Eles riram. O rapaz aproximou mais o rosto do dela e Diana não recuou. De repente, um clarão colorido acompanhado de um estrondo invadiu o quarto. Ela cobriu o rosto assustada.

— Pelos Espíritos, o que é isso?
— Ah, são os fogos de artifício. É possível ver da sacada, vamos lá! — disse Liam, já a puxando para fora do quarto.

Os olhos de Diana foram enfeitiçados pelo show das cores que dançavam no céu.

— Majestade, que lindo! Que lindo! Que lindo! — exclamou ela, sem acreditar no que via.

Liam a admirava com um sorriso enquanto ela apreciava o céu e, por longos minutos, foi assim que permaneceram.

No castelo de Horizon, a rainha Elena se contorcia na cama ao sentir o vazio ao seu lado. O homem com quem compartilhara a cama se vestia a alguns metros de distância.

— Não acredito que já vai partir.
— Tenho afazeres em meu reino, Majestade.
— Eu imagino. Ah, para te manter informado, os dois rapazes que contratei foram presos.
— O quê? — perguntou ele revoltado.
— Você me arranjou problemas, querido. Liam solicitou uma investigação, não vai ser fácil encobrir isso. Se descobrirem o que fizemos, podemos levantar uma guerra entre reinos. Você disse que seria fácil matar a rainha, mas os homens foram encontrados no chão de um beco, cheio de ferimentos. Parece que alguém deu uma surra neles.
— Mas eles não iam sequestrar Diana?
— Pois é. Ou o rei Liam apareceu e a salvou como um herói, ou ela se livrou deles sozinha. É estranho, porque Liam não é violento.
— E não é mesmo. Só pode ter sido ela.
— Mas é difícil acreditar que uma mulher tenha revidado dois homens sozinha.

— Só existe um lugar no mundo que treina mulheres com esse tipo de habilidade.

— E qual seria?

Ele não respondeu, apenas abotoou a camisa e se preparou para pular a janela.

— Espera! Não vai se despedir do bebê?

O homem revirou os olhos e pulou para fora do quarto.

— Tchau tchau, papai Drakkar — sussurrou a rainha de Horizon.

10

A luz entrava delicadamente por uma janela de madeira surrada. Pássaros agitados do lado de fora serviram como um chamado para o despertar. Os olhos se abriram devagar, até Mag perceber que não estava em casa. Em um pulo, sentou-se na cama e avaliou o ambiente, que não lhe era familiar. Uma batida suave na porta a tirou do transe e, mesmo confusa, permitiu que entrassem. Era ele, sempre com o mesmo sorriso faceiro.

— Bom dia, Mag, gostaria de comer alguma coisa antes de ir?

— Miguel? — perguntou enquanto coçava os olhos. — Nós dormimos aqui?

— Sim! Quer dizer... você dormiu aqui, eu dormi no meu quarto.

— Onde estamos?

— Em uma pousada. Ainda estamos em Horizon.

— Pelos espíritos! — exclamou Mag, levantando depressa. — Por que ainda estamos nesse reino?

— Ah, fomos ver os fogos, estávamos sentados nos banquinhos da praça e você adormeceu em meu ombro, então te trouxe para cá.

— Por que não me acordou? — indagou ela, calçando os sapatos.

— Não sei. — Ele deu de ombros. — Você estava tão linda dormindo tranquilamente em meus braços.

Magnólia agradeceu aos espíritos por estar de costas para que Miguel não visse seu rosto corado. Ela ajeitou o cabelo e se virou para ele.

— É melhor voltarmos logo. Você tem sorte de que o rei e a rainha estão viajando, a segurança do palácio poderia notar sua ausência.

— Sobre isso... — Miguel parecia nervoso.

— O que foi? — Mag se preparou para o pior.
— O rei e a rainha estão voltando para Enellon neste momento. Parece que surgiu um assunto urgente que exigia a presença do rei no palácio.
— Miguel! — gritou Mag, totalmente inconformada. — Deveria ter vindo me acordar imediatamente!
— Mas é o que eu vim fazer.
— Você deveria ter vindo me acordar desesperado, não me oferecendo café da manhã!
— Você não gosta de café?
— Eu... — Mag percebeu que seria inútil argumentar. — Precisamos ir! Naquele mesmo esquema, tá bom?
— A gente chega antes deles. — Miguel deu um sorriso confiante enquanto jogava o capacete para Mag.

Liam batia os pés com força, absolutamente irritado por ter tido sua lua de mel interrompida justamente quando a relação com a esposa estava melhorando. Diana o olhava desconcertada, correndo para acompanhar seu passo apressado.
— Está chateado?
— Claro que estou!
— Mas por quê? Tinha alguma coisa importante que queria fazer nos outros reinos ainda?
O rei parou e fitou Diana dos pés à cabeça.
— Sim, tinha! — respondeu ele com um sorriso revolto.
— Compreendo. — Diana tentou acalmá-lo.
Liam retomou a caminhada até a sala do trono, sem conseguir dizer mais nada. Ele abriu a porta esperando resolver o assunto com rapidez, mas assim que entraram e viram o que os aguardava, a respiração de Diana travou, suas mãos começaram a suar imediatamente e ela teve a sensação de que começaria a chorar.
Rage estava acorrentado, dois guardas o escoltavam. Ele quem fizera a arma que ela sempre carregava no cabelo e agora estava ali à sua frente, sem saber o que fariam com sua vida.
— Quem é este? — perguntou Liam.
Drakkar saiu das sombras para responder.

— Um tritão, Majestade. Foi encontrado produzindo apetrechos mágicos com nossa tecnologia. Ele tem uma parceira, mas ela conseguiu escapar.

Sobre a mesa estavam os chamados apetrechos, Liam se aproximou para observar com atenção. Pegou uma pequena bola de metal e a jogou para cima, mas ela não caiu, permaneceu pairando no ar.

— Incrível... — sussurrou ele.

— Majestade! — Rage gritou, olhando diretamente para Liam. — Veja o que podemos produzir quando unimos nossas forças!

Imediatamente, Drakkar deu um soco tão forte no rosto de Rage que ele caiu no chão. Diana apertou o colar em seu pescoço.

— Cale-se, aberração! — gritou Drakkar. — Não tente nos enganar com esses discursos mentirosos.

— Se acalme, Drakkar — mandou o rei. — Já iremos resolver isso.

— Chamarei uma serva para acompanhar a rainha até seus aposentos — disse Drakkar, tentando tirá-la da reunião.

Liam segurou a mão da esposa.

— A rainha fica. É de seu desejo contribuir com as decisões na corte, assim... assim como minha mãe fazia. — O final da frase deixou Liam desconfortável.

Diana sorriu para o marido. Drakkar arqueou a sobrancelha e fitou o casal, não era exatamente o que esperava de Liam, tão pouco de tempo de casado e ele já estava sendo manipulado pela esposa.

— Pois bem... — observou Drakkar. — Também não há muito a ser discutido, já temos uma lei.

— Perdoe a minha ignorância, que lei? — perguntou Diana, com medo da resposta.

— Imaginei que soubesse, Majestade. A virtude que mais exaltaram de sua pessoa era a inteligência — comentou Drakkar com sarcasmo.

— Acredito que essa lei tenha me escapado, considerando que temos tantas outras questões mais relevantes para tratar no reino. Mas é claro que como caçador nato, o senhor não deixaria uma lei como essa passar despercebida. Por favor, peço que me relembre.

Drakkar franziu o cenho, coçou a garganta e atendeu ao pedido da rainha.

— Esta lei existe desde os anos de Mihá. Qualquer criatura mística dos mares encontrada em terras humanas deve ser executada.

Diana estremeceu.

— Mas nosso reino estabeleceu que as execuções precisam ser autorizadas pelo rei, por isso estamos aqui — completou Liam.

— Ah, então é proibido executar sereias sem sua permissão? — perguntou Diana, olhando para Drakkar.

— Exatamente.

Diana lembrou do dia em que Drakkar a torturou, ele havia ameaçado matá-la e provavelmente teria feito se descobrisse que ela era uma sereia. A rainha ficou imaginando quantas sereias e tritões Drakkar deveria ter matado sem o aval do rei. Ela poderia contar a Liam naquele momento se quisesse, mas sabia que não era a hora certa. Não era ela quem precisava ser salva ali, e sim Rage.

— Majestade. — Drakkar se virou para Liam. — Essa aberração estava produzindo armas em nosso reino, não podemos relevar isso.

Liam bufou, não era exatamente esse o clima que esperava em sua lua de mel.

— Você está certo. Assinarei a execução — disse ele, girando o anel real que carimbaria o documento.

— Espere! — disse Diana sem se conter.

— O rei já tomou sua decisão, Majestade — disse Drakkar irritado.

— E eu não estou aqui para contrariá-lo de forma alguma. — Ela tentou manter a postura. — Mas vejam o que essa criatura produziu. — Apontou para os apetrechos sobre a mesa. — Executá-lo será um desperdício de potencial. Podemos mantê-lo conosco. Prendam-no na cela que for, mas o façam produzir esta tecnologia inusitada para Enellon.

— É um bom argumento... — comentou Liam, pensativo.

— Majestade, temos uma lei! — reclamou Drakkar.

— De fato, mas é a primeira vez que temos um prisioneiro como ele. É uma situação incomum.

— Convocarei o conselho então — disse Drakkar, já se retirando da presença deles.

Liam fez um sinal aos guardas para que levassem Rage como prisioneiro. O rapaz olhou para Diana com um ar agradecido e ela finalmente suspirou aliviada. Como sua futura rainha em Norisea, ela jamais permitiria que alguém de seu povo fosse morto pelo reino inimigo — não se pudesse impedir, pelo menos.

O jovem casal enfim se dirigiu aos aposentos reais. Diana seguiu Liam para dentro do quarto porque queria tirar algumas dúvidas sobre o conselho, mas se assustou ao ver o marido tirando a camisa com extraordinária casualidade.

— O que está fazendo? — perguntou ela indignada.

— Estou suado da viagem, vou tomar banho. Você pode vir junto se quiser, em vez de ficar me espiando como da última vez.

— Seu senso de humor é realmente esplêndido, Majestade. Mas prefiro procurar por minha irmã no momento.

Diana saiu do quarto, deixando Liam sozinho e frustrado.

— Eu estava falando sério — lamentou o rei consigo mesmo.

Pelos corredores do palácio, Diana avistou Drakkar, então respirou fundo para se dirigir a ele. Era difícil intimidar a herdeira de Norisea, mas Drakkar a amedrontava com facilidade. Odiava que ele tivesse tamanha influência sobre ela.

— Senhor Drakkar... — Diana começou.

Ele se virou com o olhar carrancudo.

— Majestade, a que devo a honra? — disse ele, mas ela sabia que não estava honrado coisa nenhuma.

— Gostaria de saber quando se dará a reunião do conselho para discutirmos sobre o destino do prisioneiro.

— Certamente esta reunião só vai acontecer amanhã, convocar todos os conselheiros leva algum tempo.

— Excelente — disse ela, já se retirando.

Drakkar sorriu para a imagem da rainha se afastando e correu para fazer algumas ligações.

Diana passava os olhos pelas portas do palácio esperando encontrar o nome da amiga, e assim que encontrou, nem se deu ao trabalho de bater na porta, apenas abriu. Mag estava sentada na cadeira fazendo algumas anotações, pareceu não se importar com a entrada repentina da rainha.

— Mag, precisamos conversar.

A amiga não respondeu.

— Mag? Está me ouvindo? — Silêncio.

Diana se aproximou para tocar no ombro de Mag, mas sua mão passou direto pelo ombro, como se Mag fosse uma miragem.

— Pelos espíritos, será que estou enlouquecendo?

Uma risada interrompeu seus questionamentos. Mag saiu de trás de um armário.

— Mag, não tem graça! — exaltou-se, irritada com a situação

— Claro que tem. — Mag deu de ombros.

— Como fez isso? Parece uma projeção perfeita de você.

— É uma nova técnica que tenho aperfeiçoado. É difícil manipular pessoas com mentes fortes, então eu precisei achar um ponto fraco. Por isso manipulei a visão.

— Está dizendo que minha visão é fraca?

— A visão de qualquer indivíduo é vulnerável. Tudo que vemos pode nos enganar. — Mag fez um movimento circular com a mão direita e a miragem sumiu.

— Preciso admitir que isso é genial.

— Eu sei. O que queria falar comigo?

— Acho melhor se sentar.

— Tudo bem... — Mag obedeceu, com medo do que viria a seguir. Diana se sentou ao lado dela.

— Mag, pegaram Rage.

— O quê? — ela perguntou assustada.

— Liam iria mandar matá-lo. Mas terá uma reunião do conselho para avaliarem a decisão, vou interceder por ele. O rei ficou um pouco do meu lado, tentarei convencê-lo.

Mag começou a caminhar nervosa pelo quarto.

— Di, isso é muito arriscado. Podem desconfiar se você defendê-lo.

— Não posso deixá-lo morrer, Mag!

— Quando é a reunião do conselho?

— Amanhã.

— Está certo, vou tentar bolar um plano essa noite. Talvez eu precise manipular alguns guardas, mas se formos discretas pode dar certo.

— Tem outra coisa ainda.

— Pelos espíritos...

— Mag, eu... — Era difícil falar sem parecer completamente insana. — Eu vi o Raon, Mag.

— O quê? Quando? — perguntou Mag incrédula.

— Eu o vi estampado na face de um adolescente. O menino é igual ao Raon, o cabelo loiro e encaracolado como o dele. Um pouco antes de me casar.

— Ah, Diana... — lamentou Mag, triste pela amiga. — Deve ter sido alguém muito parecido com ele, só isso.

— Não, Mag, era ele! Quer dizer, não *exatamente* ele, mas uma parte dele.

— Como assim?

— Aquele caderno que você trouxe escondido em sua mochila para mim era de meu irmão. Tinha algumas anotações e escritos interessantes e um deles era uma declaração de amor para uma garota, uma garota chamada Sara.

— Sara? Mas esse nome é humano.

— É, eu deveria ter percebido na hora...

— Diana, aonde você quer chegar com isso?

— Eu encontrei essa Sara, ela tem um filho chamado Ramon! *Ramon*! Ele tem treze anos e nunca conheceu o pai...

— Raon morreu há treze anos. — Mag sussurrou, juntando os pontos. — Pelo Santo Hanur, Raon teve um filho com uma humana?

— Eu acredito que sim.

— Será que ela sabia?

— Eu não sei, Mag. Eu queria voltar ao quarto dele para tentar encontrar mais alguma coisa, mas não posso.

— É por isso ainda não matou o rei?

— Eu não consegui — disse Diana envergonhada. — Preciso confirmar se aquele menino é meu sobrinho primeiro. — Sem perceber, Diana estava sorrindo. — Meu sobrinho... O filho do meu irmão... Se uma parte dele ainda vive, Mag, eu não posso deixar escapar.

— Está tudo bem — disse ela, pegando na mão da amiga. — Eu faria o mesmo. — Depois de uma pausa, ela continuou. — Mas por acaso já se deitou com o rei?

— Ele é diferente de tudo que eu imaginava. Era cruel no início, mas agora parece se importar com o que eu sinto, com o que eu acho. O cuidado que ele tem com o povo dele é genuíno, o que é admirável, mas ainda tem pouca consideração pelos seres dos mares... De qualquer forma, disse que não vai se deitar comigo até que eu queira. Então, não, não aconteceu nada ainda.

— Você parece decepcionada...

— Claro que não, Magnólia. — Diana se levantou da cama impaciente.

— Não me chame assim aqui! — Mag alertou — Só tenha cuidado, ele pode parecer bondoso, mas no fundo sempre será um humano. Humanos não se importam com criaturas como nós.

— Talvez... gostaria de saber o que o povo pensa sobre a caçada, será que concordam? Aquele rapaz, Miguel, por exemplo. Ele parece gostar de você.

Magnólia corou imediatamente ao ouvir o nome dele.

— Pelos espíritos, *você* gosta dele.

— Pare, Diana! — gritou Mag. — Assim você me machuca! Estamos aqui por um único objetivo, esperar o momento que o rei mais estará vulnerável e matá-lo, tomar o trono e acabar com a caçada. Essa é nossa missão. Não posso me dar ao luxo de tais trivialidades, eu sirvo ao trono, eu sirvo a você! Meu coração pertence a Norisea — finalizou com olhos vermelhos.

Diana permaneceu um tempo imóvel. Mag nunca havia falado com ela daquela forma.

— Me perdoe, eu havia me esquecido de que o peso dessa missão também está em suas costas. Você tem se esforçado tanto quanto eu.

Mag passou as mãos no rosto tentando não chorar.

— Bom, você disse que gostaria de ir até o quarto de seu irmão, certo?

Isso era típico de Mag, quando não queria se estender em uma questão, simplesmente mudava de assunto. Diana, já conhecendo sua amiga, decidiu responder.

— Ah, sim, mas eu sei que não é possível.

— Na verdade, é sim. — Mag retirou da mochila uma concha branca do tamanho da palma de sua mão.

— É a concha do lapso? Mag, foi muito arriscado trazer um artefato mágico com você! E se nos descobrissem?

— Tem uma coisa que você não sabe sobre a concha do lapso — disse Mag ignorando as preocupações da amiga. — A magia só existe dentro dela, por fora não tem nada. A própria concha protege seu interior para que não descubram seu poder. Ela se destrói para sempre depois de usada.

— Entendi. Mas você a trouxe como um último recurso. Para escaparmos.

— Exato. Se formos usá-la, não teremos mais um plano de fuga.

— Por que está oferecendo usá-la então?

— Porque, pela primeira vez, talvez você esteja seguindo seu sangue, não seu coração. Raon é seu sangue. Rei Liam tem sido bondoso com você, ainda temos tempo até a próxima caçada e tenho a sensação de que as revelações sobre seu sobrinho poderão nos guiar para o fim dessa matança.

— Obrigada, Mag, mas não sei se posso fazer isso.

— O que seu coração diz? — perguntou ela seriamente.

— Para matar o rei imediatamente.

— E o que seu sangue diz?

— Para encontrar uma resposta.

— Então vamos atrás dela.

Com força, Mag abriu a concha e imediatamente uma onda se ergueu, formando uma parede de água salgada.

— Temos que entrar juntas. Pense no quarto do seu irmão, só funciona se você conhecer o lugar.

Diana assentiu e fechou os olhos e deu o primeiro passo através da parede de água. Quando abriu os olhos era uma sereia, Admete novamente, mas ainda vestia as roupas humanas. Estavam em Norisea, especificamente no quarto de Raon.

— Muito bem, por onde começamos? — perguntou Magnólia.

— Meu irmão era muito estudioso e aplicado. Ele deve ter alguns escritos a respeito do Santo Espírito.

— Por que quer saber do Santo Espírito?

— Ele falou comigo em sonho, me pediu para não matar o rei.

— O quê? Sério? Mas...

— Eu sei, dizem que é uma lenda, mas acho que ele sabia do filho de Raon e estava tentando me alertar — disse Admete, enquanto vasculhava o armário. — Achei alguma coisa!

— Admete, fale baixo! Ninguém sabe que estamos aqui!

Ela abriu o pergaminho em cima da cama e passou o dedo entre as palavras.

— Mas o que é isso? — perguntou Magnólia. Não reconheceu o dialeto.

— Está escrito na língua antiga. Muitos a consideram inútil, então pararam de ensinar ao povo, mas mantiveram aos reis e rainhas por pura tradição.

— Então você saber ler o que está escrito aqui.

— Não tanto quanto Raon, mas, sim, entendo bem — disse Admete, sem tirar os olhos do pergaminho. — Espera, isso é interessante...

— O quê? — Magnólia se aproximou curiosa.

— Aqui fala sobre três Espíritos de Sangue.

— *Três*? Mas, pela lenda, somente o Santo Espírito é um espírito de sangue. Hanur e Callian são espíritos de água e terra, não de sangue.

Admete ficou um pouco pensativa.

— Diz aqui que os três espíritos juntos possuem o maior dos dons: a ressurreição. Aparentemente, eles adormecem as almas que partiram para o dia da restauração da terra de todos os santos.

— Onde moram todos os espíritos?

— Não sei, não entendi direito. Eu nem sabia que existiam tantos santos nem nunca ouvi falar deste dom.

— E o que acontece depois do dia da restauração?

— Aqui chamam de "O grande reencontro de sangue".

— O que isso quer dizer?

— Eu não faço a mínima ideia. Esse pergaminho é bem antigo, o dialeto aqui é mais rebuscado do que eu normalmente lia em aula, está difícil de entender.

De repente, a porta do quarto de Raon se abriu e as duas olharam para trás assustadas.

— Admete?

— Rillian! — exclamou Admete. Por algum motivo, seu nome do mar pareceu desconfortável para ela.

— O que estão fazendo aqui? Vocês não deveriam estar em Enellon? — Ao pensar um pouco, o pequeno garoto sorriu. — Você já matou o rei?

— Não. Quer dizer, quase... O que veio fazer no quarto de Raon?

— Eu venho para cá quando canso dos pensamentos dos outros, é bem silencioso.

Rillian ainda estava aprendendo a controlar seu dom de telepatia e portanto, muitas vezes ouvia pensamentos que não queria. O garoto ficou imóvel, encarando a irmã incrédulo.

— Raon teve um filho?

As duas amigas se olharam desesperadas, Admete nadou até ele e apertou seus braços.

— Rillian, você não pode contar para ninguém que estive aqui, entendeu?

O garoto manteve os olhos fixos na irmã mais velha, se soltou e saiu nadando do quarto. Admete colocou as mãos no rosto irritada.

— Pelos espíritos, até eu conseguir explicar para os meus pais isso tudo...

— Você acha que ele vai contar?

— Com certeza ele vai contar para Vereno, e meu irmão caçula é um grande fofoqueiro.

— E ele ainda foi abençoado com o dom de uma superaudição. — Magnólia riu por dentro. — Um fofoqueiro nato.

— Precisamos de outra concha, temos que voltar agora!

— Admete, não é tão simples assim. Somente a realeza e alguns servos possuem essa concha, eu só consegui uma porque meu pai me deu. Se quisermos outra teremos que procurar aqui no palácio ou ir para a minha casa.

A herdeira de Norisea resmungou.

— Até lá todos já vão saber que estivemos aqui.

Elas ouviram o barulho de água em movimento no corredor, alguém se aproximava.

— Pronto, meus pais estão aqui. Vão ficar furiosos. O que direi quando minha mãe ler meus pensamentos sobre o filho de Raon? Quando ela descobrir que ainda não matei o rei por causa de um sonho?

Mas era apenas Rillian novamente, ao entrar ele já se encarregou de fechar a porta para que ninguém os visse. Fez um sinal chamando Admete e ela estendeu a mão, mesmo sem entender as intenções do irmão mais novo. Ela olhou os artefatos em sua mão, eram duas conchas do lapso e um cristal mensageiro.

— Rillian, como...

— Eu percebi que vocês não tinham como voltar para os humanos. Aqui tem uma a mais, para o caso de precisarem escapar. Eu tenho o outro par do cristal, fale comigo quando descobrir mais sobre Raon, ou quando precisar passar algum recado para o papai e a mamãe. Ou... — ficou envergonhado — quando sentir minha falta.

Admete o abraçou.

— Obrigada, mas não sei se podemos levá-lo, esse cristal não esconde a magia. Podem nos descobrir.

— Talvez não seja má ideia — Magnólia comentou — agora já entramos no palácio, você já é rainha, dificilmente vão vasculhar suas coisas agora. Ter essa comunicação com Norisea pode nos ajudar.

Admete concordou e olhou para o irmão.

— Você seria um ótimo rei.

— Eu não quero ser rei! Trate de concluir a missão e voltar para casa!

— Sim, senhor — falou Admete, acariciando o rosto do irmão.

Abriu a concha e desta vez levantou uma parede de ar. Diana segurava consigo o pergaminho que encontrara no quarto de Raon e o cristal mensageiro.

— Pense no meu banheiro! Senão vai molhar todo meu quarto — comentou Magnólia.

— Eu nunca estive no seu banheiro.

— Ah, droga... Tudo bem, para o meu quarto então — concordou por fim, já se lamentando ao pensar no tempo que passaria limpando toda a bagunça.

Admete se despediu do irmão com um sorriso singelo que ele retribuiu. Elas entraram na corrente de ar e foram empurradas com força para o quarto de Magnólia. Caíram no chão completamente ensopadas.

— A parede de ar tende a ser um pouco mais violenta — falou Mag.

— Percebi — disse a rainha, enquanto tentava se levantar. Ela olhou para fora e viu que estava escuro. — Já é noite?

— O tempo passa diferente quando usamos a concha, por isso não é indicado que a usem com frequência.

— Finalmente te encontrei, Majestade! — exclamou Esmeralda, entrando no quarto de Mag sem bater e surpreendendo as duas sereias. Estava visivelmente cansada e ficou um tempo olhando as meninas, até enfim perguntar. — Por que estão encharcadas?

— Caímos no lago do chafariz — respondeu Mag rapidamente.

— Aham...

— Estava me procurando, Esmeralda? — perguntou Diana, tentando distraí-la.

— Ah, o conselho esteve aqui, o rei solicitou sua presença para a reunião, mas ninguém te encontrou, então tiveram que fazer sem você.

— O quê? Drakkar me falou que a reunião do conselho seria somente amanhã! Você sabe o que foi decidido?

— O tritão será executado.

Diana colocou a mão sobre a boca, recusando-se a acreditar. Sem dizer nada, saiu correndo até o quarto que compartilhava com o rei. Esmeralda se virou para Magnólia.

— O que há com ela?

— Você não entenderia — respondeu Mag com o olhar triste ao pensar que mais alguém de seu povo perderia a vida.

Liam estava sentado na cama lendo um livro com um óculos discreto, mas foi interrompido quando a porta se abriu violentamente. Ele encarou Diana confuso.

— Por que está molhada?

— Decidiram executar o tritão? — perguntou ela ao mesmo tempo.

— Diana, eu te procurei para a reunião, mas não te encontrei. Inclusive, eu já estava começando a ficar preocupado.

Ela sabia que não poderia culpá-lo por isso.

— Por que permitiu que o executassem? Se eu estivesse lá...

— Se você estivesse lá não mudaria nada. Acredite, eu intercedi para que mantivessem o prisioneiro vivo, mas os conselheiros já haviam tomado uma decisão antes mesmo da reunião começar.

— Drakkar os convenceu.

— Sim, ele é bem tradicional quando se trata das leis da caçada.

— Você não podia ir contra os conselheiros? Você não é o rei?

— Eu não posso desrespeitar a decisão do conselho e a decisão foi unânime! Não posso perder a confiança deles por um tritão — disse Liam começando a se irritar.

— Quando ele será executado? — perguntou Diana com medo da resposta.

Liam abaixou o olhar com receio de falar.

— Foi executado essa tarde.

As pernas de Diana ficaram bambas, e ela caiu no chão. Lágrimas caíram de seu rosto sem parar, ela agarrou o tapete com força. Liam foi correndo até a esposa.

— Eu garanti que a morte fosse rápida e indolor. — Liam tentou confortá-la.

Diana soluçava de tanto chorar, o sentimento de perder Rage era semelhante ao de perder Raon, pois mais uma vez não conseguiu fazer nada. Ela tinha falhado com um dos seus. Memórias estavam vindo à tona e seu coração estava despedaçado.

— Por que matar sereias? Por quê?! — gritou ela, olhando para Liam.

— Eu... Eu não sei. — Foi o que Liam disse, o que só deixou Diana ainda mais indignada.

— Aposto que mais ninguém sabe! Pergunte ao povo! Toda aquela gente boa, não consigo acreditar que todos sejam a favor de tanta matança.

Ela se levantou e saiu do quarto correndo, chorando. Liam permaneceu sentado no tapete ensopado pelas roupas e lágrimas da esposa. Pela primeira vez ele sentiu peso de assinar a morte de um ser das águas. Pela primeira vez se permitiu questionar: *por que matamos sereias?*

Em seu quarto pessoal, Diana chorava perto da janela, imaginando como Rage devia ter se sentido abandonado e traído quando viu que sua rainha não estava lá para interceder por ele. Ela apertou as pernas contra o peito, era uma péssima rainha.

Levantou o olhar e avistou o pergaminho que pegara no quarto do irmão. Ao lembrar do que havia lido, imediatamente se ajoelhou com a cabeça encostada no chão.

— Santo Espírito, se pode me ouvir... — Mais uma lágrima escorreu. — Receba Rage na terra de todos os santos, por favor. O coloque em sono profundo aguardando o dia do Grande Reencontro de Sangue. Receba Rage! Eu te imploro, Santo Espírito! Receba Rage. Receba Rage. Receba Rage — ficou repetindo sem parar.

Uma brisa suave passou pelo ouvido de Diana e sussurrou.

— Eu o recebo.

O sussurro foi como uma calmaria para seu coração agitado. Sem perceber, ela caiu no sono ali mesmo, no tapete de seu quarto.

11

Alguns dias se passaram desde a morte de Rage. Diana não conseguia se perdoar, o julgamento dele havia sido uma das suas primeiras funções como rainha e ela não pôde protegê-lo. Mesmo que Diana não fosse rainha de Norisea ainda, o peso da coroa de Enellon também era real, por isso a culpa a machucava tanto.

Ela evitava os corredores, não saía nem para comer, só dormia no quarto pessoal da rainha e evitava Liam a todo custo, estava com medo dele. Liam havia condenado à morte alguém do povo dela e nem se sentia culpado por isso. O que ele faria com ela se descobrisse que era sereia também?

Durante a lua de mel havia abaixado a guarda, esquecido de onde tinha vindo, estava vivendo uma fantasia. Ela não era humana e qualquer um que descobrisse não pouparia sua vida, nem mesmo Liam.

Naquela manhã cinzenta, estava deitada na cama, no escuro de seu quarto, admirando o artefato que Rage havia feito para ela — magia com tecnologia. Ela sempre andava com o adereço no cabelo e olhar para ele só causava mais sofrimento, mas, apesar da dor, ela lembrava do que a brisa dissera e então ficou um pouco mais em paz.

O que a prendia no quarto não era mais o medo de não encontrar Rage na terra de todos os santos, agora temia a morte. Desde o início da missão, ela sabia dessa possibilidade, mas nem mesmo quando foi testada por Drakkar teve tanto medo como agora. Sua falta de dons a protegeu naquele dia, mas ela não sabia mais se a protegeria no futuro. Seus pensamentos melancólicos foram interrompidos quando Esmeralda entrou no quarto — como sempre, sem bater.

— Bom dia, Majestade! — Ela foi abrindo as cortinas, fazendo com que Diana resmungasse com a luz que vinha de fora.

— Feche isso, Esmeralda — mandou mal-humorada.

— Você sabia que perdeu em torno de doze reuniões do conselho esses dias que ficou aí se lamentando por sei lá o quê?

— Você não entenderia.

— Não estou nem aí — retrucou Esmeralda irritada.

Diana se sentou na cama ao perceber o tom.

— Vai falar assim com sua rainha?

— Diana, me poupe! Eu ouvi sobre você nos corredores, todos falavam como você era uma rainha inteligente e disposta a participar ativamente das decisões do conselho, assim como a mãe de Liam. Você tem noção de que a rainha é a única mulher no conselho? Você é a nossa voz! É nossa esperança de melhorar as coisas para gente em Enellon.

Diana não se importava com Enellon, mas enquanto fosse rainha daquele reino, precisava demonstrar que prezava pelo povo também, e, de certa forma, bem no fundo de seu sangue, sentia que devia ajudar o povo daquele reino, mesmo que não quisesse.

— Como era a antiga rainha? A mãe de Liam...

— Ah, a rainha Amélia.

— Que nome bonito.

— Não tanto quanto a personalidade dela — disse Esmeralda revirando os olhos e se sentando na cama com ela. — A rainha Amélia era um pouco complicada e misteriosa. Demorou muito para engravidar e, quando finalmente conseguiu, não contou para ninguém. Sofreu muitos abortos e a pressão por um herdeiro era gigantesca. Com tantas perdas, preferiu esconder toda a gravidez, por segurança. Mas quando Liam nasceu... — Esmeralda ficou pensativa —, por alguma razão, ela quis esconder ele também. Ninguém sabe o motivo. De uns anos para cá, o rei e a rainha Gribanov foram ficando cada vez mais distantes do povo, não apareciam mais em público, sempre se escondiam atrás de representantes. E, quando precisavam, somente o rei aparecia, a rainha não. Por isso que quando solicitaram candidatas para uma nova rainha, todos tiveram certeza de que a rainha Amélia havia falecido, e a nova esposa era para o rei Zeriel Gribanov.

— Então ninguém sabia da existência de Liam?

— Na verdade, nós conhecíamos Liam. Mas ele agia como se fosse um conselheiro de confiança do rei, não o príncipe. Fazia contato com os outros reinos e aparecia quando necessário. Alguns desconfiaram por ele ter certa semelhança física com a rainha Amélia, mas como fazia anos que ela se recusava a aparecer para o povo, acabamos não ligando o parentesco dos dois. Quando Liam se revelou rei confirmamos as suspeitas e entendemos que seus pais tinham morrido, mas ninguém sabe como.

— E aquela luva... — Diana fez um sinal com a mão esquerda.

— Eu acho que nunca o vi sem ela. Só sei que poucos conselheiros sabiam que Liam era o herdeiro de Enellon.

— Ele me disse que seria apresentado quando fizesse dez anos, mas teve a caçada naquele ano...

— Ah, sim! — disse Esmeralda, como um lapso de memória do que seu pai lhe contara. — Mataram o herdeiro de Norisea e ficaram com medo de que viessem atrás de Liam, então o esconderam ainda mais.

— Certo... — Diana tentou não pensar muito em Raon.

— O que quero dizer, Majestade — disse Esmeralda gentilmente, mesmo que fosse contra sua natureza —, é que nosso povo conviveu demais com uma rainha ausente, queremos te ver agora.

— Tenho me sentido muito deprimida — desabafou Diana.

— Não há nada que possa revigorar suas forças?

Ela pensou em Sara.

— Na verdade, talvez tenha, mas eu estava adiando tratar desse assunto porque poderia me trazer muita dor.

— Então vá resolver essa questão, quanto mais adiar, mais dor irá lhe causar.

Diana acenou com a cabeça baixa. Esmeralda se levantou e saiu do quarto. A rainha então percebeu que não era o momento de lamentar, seu povo ainda contava com ela. Quanto antes descobrisse sobre seu sobrinho, mais cedo poderia terminar sua missão e sair daquele lugar. Ela se aprontou rapidamente e abriu a porta do quarto. Para sua surpresa, Liam estava com a mão posicionada, prestes a bater em sua porta.

— Ah, acordou cedo hoje, minha rainha — disse ele, tentando parecer amigável. Ele não entendia porque Diana havia se afastado tanto, achou que a relação dos dois estava progredindo.

— S-sim — gaguejou ela.

Liam se preparou para pegar em sua mão, mas Diana desviou. Estava tremendo.

— Está... está com medo de mim? — perguntou ele, sem acreditar que causava esse tipo de sentimento em sua esposa. Até pouco tempo atrás ele havia sido seu porto seguro depois do que acontecera no beco em Horizon, e agora ele se sentia como um dos criminosos que a atacaram.

— De modo algum, Majestade! Eu só estou com pressa para resolver um assunto. Podemos nos encontrar mais tarde?

— Te encontro à noite em seu quarto então?

— Claro, preciso ir. — Diana saiu com o passo apressado, afastando-se dele o mais rápido possível.

Caminhou pelo palácio perguntando aos funcionários sobre uma mulher de cabelo loiro e sorriso simpático. Aos poucos, Diana foi se aproximando mais das informações que a levariam para o amor de Raon, até que finalmente parou em frente a um quarto do palácio, afastado do salão principal, mas bem cuidado. Liam era amado por sempre oferecer boas acomodações para os funcionários que moravam no palácio. Ela bateu na porta um tanto receosa. Uma bela mulher de olhos azuis como o mar e cabelo dourado atendeu.

— Majestade! — exclamou ela. — Me perdoe a aparência, eu estava lavando a roupa do meu filho. Ele brincou na lama e deixou o uniforme imundo.

— Não se preocupe com isso. Sara, não é mesmo?

— Isso, Majestade — respondeu a mulher, surpresa pela rainha lembrar de seu nome.

— Ah, por favor, me chame de Diana!

— Como eu poderia?

— É uma ordem! Prefiro que me chame de Diana.

— C-certo, Majes... rainha Diana — corrigiu Sara.

— Excelente. Posso me juntar a você?

— Absolutamente. — Sara abriu a porta para a rainha. O quarto era singelo, mas muito organizado. — Posso servir um chá?

— O que você tem?

— Sabores tradicionais e um mais incomum, especial.

— E do que seria?

— Não é do agrado de quase ninguém, mas eu aprendi a gostar. Chá de algas marinhas.

Diana lembrou de Raon imediatamente, ele amava chá de algas, principalmente de um em específico.

— Seria de alga dourada? — perguntou para Sara com um nó na garganta.

— Você conhece os chás de algas?

— Conheço alguém que amava.

— É, eu também — disse Sara com um sorriso melancólico enquanto colocava as xícaras na mesa.

Diana respirou fundo, sabia que não poderia perguntar diretamente, pois talvez Sara não soubesse que Raon era tritão e então ela acabaria entregando sua identidade. Precisava ser sutil e esperava que Sara reconhecesse sua sutileza.

Sara colou as algas na xícara e a água quente em seguida, a cor do chá com um tom semelhante a ouro.

— Eu amo a cor desse chá, me sinto parte da realeza tomando — observou ela com um sorriso tímido.

A rainha só conseguiu pensar que Sara era mais da realeza do que imaginava. Observando mais de perto, Diana conseguiu entender porque Raon havia se apaixonado por ela. Finalmente entendia qual era o tipo do seu irmão, e estando ao lado de Sara, Diana acabava se sentindo mais perto dele também.

— E o pai de Ramon? Eu o conheço? — Diana arriscou.

A pergunta pegou a outra mulher de surpresa, já fazia muito tempo que não perguntavam isso a ela.

— Ninguém o conheceu, foi um amor proibido. Um dia, ele simplesmente partiu, me deixando grávida e sozinha.

— Sinto muito. Se permite a pergunta, por que era proibido?

— Ele... — Sara pausou, tentando achar as palavras certas. — Ele não era daqui, de Enellon, e no reino dele era proibido se relacionar com... estrangeiros.

Diana lembrou que, de fato, os mais tradicionais de seu reino não gostavam dessa ideia e, portanto, os jovens sempre tentavam se relacionar dentro do próprio povo, mas não existia nenhuma lei que proibisse realmente o relacionamento entre reinos diferentes — se bem que estavam falando de um relacionamento entre humanos e sereias, isso seria muito mal visto, para dizer o mínimo. Diana percebeu que a abordagem de jogar conversa fora não funcionaria, Sara sempre daria um jeito de desviar do assunto, então a solução era dar um ar mais ameaçador para a conversa, fingir que sabia de tudo para assustá-la. Ela levantou.

— Compreendo. Seu filho é muito bonito.

— Todos dizem isso mesmo. — Sara estranhou a mudança de postura da rainha. — Ele é muito parecido com o pai.

— Imagino. Já vi beleza como essa antes, a aparência dele se assemelha a dos tritões de Norisea.

O rosto de Sara perdeu a cor, a garganta ficou seca e as mãos frias apertavam o vestido.

— Nunca reparei, Majestade.

— É Diana, querida — falou com um sorriso perverso.

— É claro. Me desculpe, rainha Diana.

— Qual é o nome do pai dele?

— Ra-Ramon, assim como meu filho — respondeu Sara com os lábios trêmulos.

— Era esse nome mesmo?

Sara não conseguiu responder.

— E o sobrenome?

Sara não sabia como agir. Pela primeira vez, o assunto sobre o pai de seu filho chegara tão longe. Normalmente paravam de perguntar quando ela dizia que havia sido abandonada na gravidez, já que as pessoas não queriam ser indelicadas com sua dor. Mas a rainha parecia não se importar com isso. Na verdade, Sara já sabia, havia sido descoberta. Mas como? Tantos anos escondendo aquele segredo, até mesmo de seu filho, como a rainha Diana descobriu?

— Não me recordo do sobrenome, foi há muito tempo, um amor rápido.

— Um homem sem sobrenome? Mais uma semelhança com o povo de Norisea! — Soltou uma risadinha sem graça. — Daqui a pouco terei que solicitar os testes de magia em Ramon.

— Não! — gritou Sara no impulso. — Quer dizer... seria uma perda de tempo. — Ela tentou rir da situação, distrair a rainha, mas Diana permaneceu séria. — Majestade, por favor — suplicou ela com os olhos marejados.

Diana não disse nada, apenas começou a caminhar em direção à porta. Sara se jogou nas barras do vestido da rainha com o rosto coberto de lágrimas.

— Puna a mim, Majestade! — gritou Sara. — Meu filho não sabe de nada, ele não sabe sobre o pai, nem o conhece. Fui eu que traí meu povo, fui eu! Puna a mim, não meu filho, eu imploro!

Sem pensar duas vezes, Diana se agachou e abraçou Sara enquanto uma lágrima insistia em escapar.

— Me perdoe, Sara. Eu precisava ter certeza de que você sabia, apenas isso.

— O quê?

— O pai de seu filho se chama Raon, não chama?

— Sim... — Mais lágrimas caíram.

— Você sabia que ele era um tritão e o amou mesmo assim?

— Eu o amei como todo meu coração. Raon era tudo para mim — disse Sara olhando para baixo.

Diana não percebeu quando as lágrimas escaparam de seus olhos. Raon era tudo para Sara, assim como era para ela. Imaginou como deveria ser doloroso ver o rosto de seu amor todos os dias no garoto que deu à luz.

— Sara, eu não sei quanto você sabe, mas... — Diana hesitou, estava com medo de falar. — Eu sou Admete.

Ela levantou o rosto abruptamente.

— Admete? — Sara não podia acreditar. Diana apenas acenou com a cabeça. — Pelos espíritos, a irmãzinha de Raon!

— Naquela época, era irmãzinha mesmo. — Sorriu.

Sara permaneceu em choque no chão. Diana esperava que ela fosse se surpreender ao descobrir que era sereia também, mas a reação foi outra.

— Você é a tia de Ramon! Tem um sobrinho, Majestade! — Um sorriso largo se abriu no rosto de Sara.

— Por que está tão feliz?

— Eu sou filha única, Majestade. Meus pais partiram muito cedo e fui acolhida no palácio. Eu e meu filho só temos um ao outro, sem parentes a quem recorrer. Meu maior medo sempre foi o momento que eu partisse, ele ficaria sozinho... — Ela olhou para Diana com esperança. — Mas agora ele tem você.

As palavras de Sara foram um alento ao coração.

— Não se importa de eu ser uma sereia?

— Amará menos Ramon por ser sereia?

— De forma alguma.

— Então não faz diferença para mim.

Diana sorriu. Será que existiam mais humanos que pensavam como Sara?

— Agora eu sei porque Raon se apaixonou por você.

Sara retribuiu o sorriso. Desde Raon, era a primeira vez que sentia ter encontrado sua família.

— Imagino que Ramon não saiba que é metade tritão — observou Diana.

— Precisei esconder esse segredo para protegê-lo.

— Não a julgo, provavelmente faria o mesmo.

— Por favor, me conte mais sobre Raon. — Sara pediu empolgada. — Como ele era em Norisea?

Dividir aquele momento com Sara foi uma experiência interessante. Todos em seu reino conheciam o irmão de Diana, tinham o visto crescer, se tornar o líder que estava destinado a ser, mas a mulher bem à sua frente não conheceu esse lado de Raon. Ela nunca imaginou que um dia estaria compartilhando memórias sobre ele com uma humana.

— Meu irmão... Bom, ele era a pessoa mais bondosa que este mundo já conheceu. Ele... — A voz de Diana ficou embargada. — Ele era forte, destemido, corajoso, bonito, amável... Todas as coisas mais belas do mundo não se comparam a gentileza de meu irmão. Raon era tudo que eu mais amava, ele era meu porto seguro e meu amigo. — Lágrimas escorreram por seu rosto. — Ele era meu irmão mais velho. *Ele* era o mais velho, Sara, não eu. Era ele! Meu irmão mais velho. Quando eu era pequena, me queimei com águas-vivas, cheguei gritando e chorando em casa. — Diana riu da lembrança. — Eu falei que odiava as águas-vivas e logo Raon veio me corrigir me dizendo que "ódio" era uma palavra muito forte. Ele não quis me culpar, mas falou que a pobre da água-viva estava apenas se protegendo, se eu me queimei era porque havia chegado perto demais, então porque odiar aquela criatura? A culpa não era dela.

"Foi ele quem me ensinou a amar a vida, todas as formas de vida. Alguns dias depois, ele fez uma água-viva de brinquedo para mim, com conchas e cristais. Ficou pelo menos uma hora me mostrando a beleza dela e o medo e ódio pela criatura se foram substituídos por admiração. Ele sabia reverter qualquer situação para o bem."

— Sabia mesmo — observou Sara enquanto ouvia atentamente.

— Eu sempre amei cavalos-marinhos, Raon sabia disso. E enquanto todos os colegas da idade dele estavam aprendendo a manipular seus dons para a batalha, ele ficava praticando como criar a forma de um cavalo-marinho com fogo. Quase reprovou em uma lição por isso, mas não importava para ele, sabe? Eu era mais importante que tudo aquilo. O dia que ele fez o primeiro cavalo-marinho para mim, eu quase chorei de emoção. Desde aquele dia, eu pedia de novo e de novo para que ele fizesse outros. Para muitos, meu pedido insistente não passava de uma irritação, mas Raon não se importava, sempre que eu pedia, ele fazia.

— Eu lembro disso!

— O quê?

— Eu lembro dele me mostrando o cavalo-marinho, disse que o usava para te chantagear.

— C-como assim? — indagou a rainha, confusa com o que acabara de ouvir.

— Ele me contou sobre a sua dificuldade em liberar seus dons e fazer amigos, você se escondia e evitava as pessoas. Não treinava mais na ilha de Norisea e estava se afastando até mesmo da família. Ele imaginou que se fizesse algo que você gostasse muito, sempre que pedisse, ele colocaria uma condição. "Eu faço o cavalo se tentar fazer amigos."

Diana não acreditava naquilo, era um lado da história que ela nunca soube. Tudo que Raon fez por ela foi para que se enturmasse, se dedicasse e treinasse bastante para se tornar uma extraordinária sereia. Ela lembrou de todas as vezes que ele a chantageou com o cavalo. Realmente, a forma do cavalo só acontecia com uma condição dada por ele, a última lembrança que ela tinha de sua chantagem do bem foi no dia de sua morte. Até mesmo em seu último momento Raon a protegeu.

— Ele era único... — concluiu Diana com a cabeça baixa. — Quando Raon se foi, eu tive que substituí-lo. Mas como? Eu nunca seria como ele, Sara. Todos amavam meu irmão, ansiavam por seu reinado. Quando perceberam que eu seria a rainha, houve um desapontamento tão grande. Raon que deveria ser rei. Eu queria vê-lo reinar tanto quanto os outros. O que eu não daria para ver o nome de meu irmão na tábua da história dos reis...

Ao levantar o olhar, viu o rosto de Sara pálido e imóvel.

— Sara? O que houve?

— Raon era o herdeiro de Norisea?

— Era. Pelos espíritos, você não sabia que ele era o herdeiro do trono? Ela negou com a cabeça enquanto processava a informação.

— Raon era da realeza, assim como eu — insistiu Diana.

— Se... Se Raon seria rei, então nosso filho seria...

— Exatamente, Ramon é o príncipe de Norisea. — Com um estalo, Diana percebeu. — Ramon é o príncipe... — Levantou eufórica. — Se Ramon é o príncipe herdeiro de Raon, então o trono de Norisea é dele por direito! Meu irmão teve um herdeiro, portanto, o trono não é meu! Por Hanur... — Ela se virou para Sara. — Ramon precisa saber de seu sangue real.

— Majestade, isso é muita coisa para processar. Meu filho não pode ser um príncipe.

— Em Norisea, ele é!

— Nós nem sabemos se ele tem dons, para começar. Ele nunca demonstrou.

— Certamente porque não foi estimulado.

— Mas a senhora não tem dons, meu filho poderia não ter também.

— Eu sou a única sereia em todo o mundo que não possui dons, duvido muito que seja o caso de Ramon. Meu irmão era poderoso demais, com certeza entregou uma generosa herança genética para o filho.

— Me perdoe, Majestade. Ainda estou tentando aceitar isso tudo.

— Me impressiona como a coroa te afetou, mas o fato de eu ser uma sereia, não.

— Com sereias e tritões estou acostumada, dei à luz a um. Só não esperava que tivesse parido um príncipe.

Diana soltou uma gargalhada alta.

— Raon sabia que seria pai?

— Eu estava grávida de três meses quando ele morreu, estava ansioso para conhecer nosso bebê.

O coração de Diana apertou ao pensar nos momentos que seu irmão havia perdido por partir tão cedo.

— Quero falar com meu sobrinho.

— Majestade, eu... Eu tenho medo. Ramon é tudo o que eu tenho.

— Assim como Raon fez por mim, darei minha vida para salvar meu sobrinho se algo acontecer. É uma promessa.

Mesmo com relutância, Sara assentiu. Ela a levou pelos corredores até o setor que os homens solteiros se acomodavam. Ramon já era um adolescente, portanto não podia mais ficar no quarto com sua mãe. Chegaram à porta do quarto, e Sara hesitou ao abri-la.

— Não quero forçá-la a nada, se você não quiser falar, também manterei segredo — disse Diana.

— É o momento. Ele precisa saber sua verdadeira história. Meu receio não passa de inseguranças de uma mãe preocupada. Um dia a senhora entenderá.

Sara abriu a porta, e Diana entrou primeiro. O quarto do garoto estava repleto de pinturas, gravuras e fotografias do mar. No canto da escrivaninha, o jovem rapaz manuseava um pincel enquanto trabalhava em uma nova peça.

— Ramon sempre foi fascinado pelo mar — observou Sara.

— Claro, todo tritão é — afirmou Diana, com um sorriso de satisfação.

Foi então que Ramon se virou e assustou-se ao ver a rainha em seu quarto. Prontamente se levantou da cadeira e se curvou.

— Majestade...

Diana se curvou também.

— Alteza...

Ramon levantou o rosto com um olhar curioso.

— Me perdoe por... A senhora disse "alteza"?

— Não é assim que devo me referir a um príncipe?

O rapaz olhou para a mãe pedindo socorro. Sara sabia que as palavras que seu filho tinha que ouvir precisavam sair da boca dela.

— Ramon, você é o herdeiro de Norisea.

12

O rapaz ficou atordoado após ouvir toda a explicação da rainha e de sua mãe. No começo, achou que não passava de uma piada, que estavam tirando sarro dele, mas então percebeu o tom sério da conversa. Como processar que seu pai era tritão e, mais que isso, herdeiro do trono de Norisea? Nunca esperaria por aquilo — um dia estava colhendo feno para os cavalos, no outro descobria que era o próximo na linha de sucessão de um reino inteiro.

Ouviu sobre como o pai estudou a vida toda para herdar o trono, enquanto Ramon era apenas um servo no palácio, sem estudos, sem preparação para ser rei. Por outro lado, muita coisa fazia sentido agora: sua obsessão pelo mar, seus gostos culinários incomuns, e até mesmo a sensação borbulhante em seu sangue quando ouvia sobre a caçada. Ele não gostava da ideia de caçar criaturas místicas do mar, e a rainha estava dando a entender que talvez ele pudesse acabar com a guerra junto com ela, mas como? Quem era ele para impedir algo dessa magnitude? Ele sabia agora que era um herdeiro, mas seu coração ainda era de um camponês.

— Ramon, você entende o que está acontecendo aqui? — perguntou Diana, preocupada.

— Estou tentando entender, Majestade. — Ele se virou para a mãe. — Eu achava que o nome do meu pai era Ramon, assim como o meu.

— Filho, eu não poderia te dar um nome de tritão, mas eu teria feito, se pudesse.

— Como você o conheceu? — perguntou ele curioso.

Essa era uma história que Diana também gostaria de ouvir.

— Nos conhecemos em uma de suas missões em terra, éramos jovens, bem jovens. Um dia ele se feriu e, por coincidência, eu estava perto e o ajudei a se curar. Ele se apaixonou por mim, então quando vinha para Enellon, sempre tentava me encontrar. Eu não sabia que ele era tritão, é claro. Descobri no dia que decidi segui-lo, foi quando vi seu corpo se transformando na água. Eu não tive medo, fiquei fascinada, àquela altura eu já o amava. Declarei meu amor, e apesar da alegria dele ao ser correspondido, percebi que ficou temeroso com minha reação quando eu descobrisse a verdade, por isso admiti que já sabia quem ele era. Raon não esperava ser aceito tão prontamente por uma humana, ele estava tão feliz. A partir daquele momento, passou a me visitar com ainda mais frequência. Uma coisa levou a outra, até que engravidei.

— Por isso, ele se prolongava em suas missões na terra — observou Diana rindo. — Mamãe ficava furiosa.

Ramon olhava para sua tia com certo interesse, era uma mulher belíssima, uma criatura do mar. Isso significava que ele também poderia visitar Norisea?

— Por acaso eu também tenho cauda e poderes?

— Na verdade, não sabemos como é a fusão de um ser das águas com um ser da terra, acho que nunca aconteceu.

— Como eu faço para descobrir se tenho alguma habilidade? Qual era o poder do meu pai?

— Ah, Raon tinha o dom mais raro de todo o reino: o fogo do mar. Era um dom poderoso, combinava com ele. Mas não se preocupe, existem muitos outros dons, você pode acabar herdando qualquer um. Meus irmãos...

— Tenho mais tios? — perguntou ele animado.

— Sim! — respondeu Diana. — São da sua idade, inclusive, alguns meses mais novos. Tenho certeza de que seriam ótimos amigos. — Sorriu para a possibilidade. Seus irmãos mais novos não haviam tido o privilégio de conhecer o primogênito, mas talvez, por meio de Ramon, pudessem ter a oportunidade. — Eles se chamam Rillian e Vereno, gêmeos com dons distintos, pode acontecer o mesmo com você.

— E qual é o seu dom, Majestade? — perguntou, ansioso para saber o que os espíritos haviam reservado para ela.

— Eu... — Diana pensou e, com um sorriso melancólico, respondeu com sinceridade. — Eu sou uma sereia sem dons. — Pela primeira vez o fardo daquelas palavras não parecia tão pesado.

— Sinto muito — disse Ramon ao perceber que era um assunto delicado.

— Está tudo bem. — Diana tirou o desconforto do sobrinho. — Se não fosse por isso, eu jamais teria vindo para Enellon, os testes teriam me descoberto, e eu não poderia estar aqui. Se não fosse pela minha falta de dons, eu não teria te conhecido, nunca veria a parte do meu irmão que ainda vive bem na minha frente. Portanto, hoje sou grata aos espíritos pela oportunidade de conhecer o próximo rei de Norisea.

— Majestade, eu sou apenas um servo. — Ramon ainda estava relutante ao aceitar sua posição na corte marítima.

— Seu coração pode ser de um servo, Ramon, mas seu sangue é real. O mesmo sangue que circula em mim, circula em você. E esse sangue tem poder.

— Como descubro se meu sangue tem magia?

— Eu, infelizmente, não sou capaz de te ensinar isso, mas conheço alguém que é.

Em um estábulo abandonado, o jovem menino aprendia a lutar. Mag o ensinava pacientemente o que havia aprendido desde a infância. Começou tentando ensinar movimentos básicos de autodefesa e, apesar do garoto aprender com certa velocidade, ainda era muito fraco e inseguro. Em dado momento, Ramon caiu no chão, já cansado de apanhar de sua professora. Sua testa suava e a frustração era nítida em seu olhar. Mag se aproximou para tentar confortá-lo.

— Você terá mais dificuldade mesmo, Ramon. Está aprendendo somente aos treze o que aprendi aos cinco. Ao mesmo tempo, sereias aprendem rápido, como você é um de nós, não tenho dúvida de que em breve suas habilidades estarão mais afiadas. — Mag apontou para um dos acessórios de treino. — Vamos, treine esses movimentos sozinho.

Ela levantou o rapaz e o deixou praticar o que havia conseguido ensinar naquela primeira aula. Sentou ao lado de Diana, que observava o treino.

— Eu fico tentando fingir que eles não são parecidos, mas é impossível. Sara gerou uma cópia do seu irmão.

— Percebi pela sua cara quando o levei até você — disse, com um sorriso de canto.

— Então parece que temos alguém na sucessão do trono antes de você — observou Mag, esperando qualquer reação da amiga, buscando entender o que ela estava pensando daquela situação toda.

Diana levou alguns segundos para responder. Mesmo neste pequeno período, uma infinidade de lembranças inundaram o mar de pensamentos caóticos da rainha de Enellon.

— Quando finalmente eu estava ganhando o respeito do meu povo, surge alguém que merece o trono mais do que eu — falou Diana ainda sem tirar o sorriso do rosto, ele carregava uma estranha sensação de libertação.

— Você merece o trono tanto quanto Ramon. Ele pode ser o herdeiro por direito, mas você se empenhou todos esses anos para atender às expectativas do povo.

— Eu estou em paz, Mag. Estou mesmo, há anos não me sentia tão próxima de meu irmão, eu trocaria todos os tronos do mundo exatamente por esse momento que estou tendo agora. A coroa de Norisea pertence ao filho dele, e eu lutarei para mantê-la assim.

— Acredita mesmo que nosso povo aceitará Ramon? Ele ainda é parte humano.

— Com certeza haverá resistência. Pior do que uma sereia sem dons no trono é um humano sentado nele. Quero prepará-lo para a rejeição, porque ela machuca, mas sempre andei de mãos dadas com o desprezo, então a pele já está tão ferida que não sinto mais nada. Ramon não possui essa casca grossa para protegê-lo, infelizmente ainda sentirá muita dor.

O garoto caiu no chão tentando acertar um monte de feno pendurado no teto, estava ficando cansado. Olhou para as duas lindas mulheres à sua frente e ficou com vergonha por penar tanto com algo que elas sabiam fazer com tanta naturalidade.

— Você tem certeza de que sou filho de um tritão da realeza?

Diana levantou quando percebeu que ele poderia estar prestes a cometer o mesmo erro que ela. A jovem rainha se aproximou de seu sobrinho, se agachou e lhe ofereceu um sorriso acolhedor.

— Ramon, você não é seu pai e não está aqui para substituí-lo. Por mais que eu queira, você não é ele e jamais será. Seu sangue contém a bondade de sua mãe e a força de seu pai, você é único, assim como meu irmão era. Ter você comigo é um vislumbre do que eu gostaria que você vivesse com seu pai, mas você só tem a mim e eu só tenho você. Não temos outra escolha a não ser nós mesmos.

Ramon apenas assentiu, e Diana o ajudou a se levantar.

— O que acha de encerrarmos por hoje? Acredito que você tenha muita coisa para processar.

— De fato — concordou ele, desanimado por não ter evoluído tanto.

— Ramon, preciso perguntar uma coisa: você está feliz por saber que é um tritão?

O garoto ficou olhando para sua tia sem saber o que dizer, e, antes que pudesse falar qualquer coisa, lágrimas escorreram de seus olhos brilhantes e azuis. Ele colocou a mão no rosto sem entender porque estava chorando.

— Você está bem? — perguntou Diana, preocupada.

— Eu... — A voz dele embargou. — Eu estou feliz por ter uma família. — Ele sorriu. — Se ela pertence ao mar, então farei o possível para caber nela.

O coração de Diana apertou, agora ela havia percebido que apesar de ele ter uma mãe amorosa e presente, talvez o garoto tenha sentido muito a falta de um pai, e que pai maravilhoso seu irmão teria sido.

— Você já cabe, Ramon.

O pôr do sol deixou o céu laranja e cor-de-rosa, um feixe de luz quente e deleitoso tocava o tapete do quarto da rainha. Diana estava deitada em sua cama segurando o cristal mensageiro rindo com a imagem de seu irmão Rillian que era refletida ali.

— Mas qual é o nome dela?

— Eu não vou contar, Admete! Pare de insistir, que chata!

A irmã mais velha revirou os olhos.

— Não é justo você ler meus pensamentos, mas eu não ler os seus.

— Eu não queria conseguir ler. Se mamãe descobrir que eu sei do que sei, ela me coloca de castigo *pra sempre*! — disse Rillian com um leve tom dramático.

— Cuidado, ela também é telepata — alertou Diana.

— Ela sempre prometeu que não usaria seu dom em nós, mas eu sei que se ela suspeitar muito de algo, vai usar. Por isso preciso agir naturalmente, não quero levantar suspeitas. O mais difícil é não poder contar para Vereno — lamentou Rillian, como se carregasse o peso de todo o reino nas costas.

Diana gargalhou.

— Você consegue ler meus pensamentos pelo cristal?

Ele negou com a cabeça.

— Só a mamãe consegue, mas estou praticando.

— Pratique comigo agora — falou Diana animada.

— E descobrir mais um segredo que pode cortar minha mesada? Nem pensar.

— O que o reino tem comentado ultimamente?

— Ah, isso você deveria perguntar para o Vereno, ele saberia te responder com mais propriedade, aquele fofoqueiro.

Diana riu, todos em Norisea concordavam que o filho caçula do rei e da rainha não passava de um intrometido, sempre usando seu dom para bisbilhotar a vida e segredo dos outros.

— Ele não te disse nada?

— Apenas que você está demorando.

— Ah... — sussurrou Diana perdendo o ânimo. — Então estão comentando mesmo.

— Acham que aconteceu alguma coisa para você não ter matado o rei ainda. Estamos com poucos espiões em Enellon, eles só conseguem dizer se você está viva ou não, mas não sabem como está indo a missão. Quem repassava essas informações com mais propriedade era Rage e Olina, mas perdemos o contato com eles.

A garganta de Diana secou. Rillian não sabia o que havia acontecido com Rage, e naquele momento ela agradeceu aos espíritos por ele ainda não saber ler pensamentos pelo cristal.

— Admete... — chamou Rillian, um tanto acanhado. — Se você já encontrou o filho de Raon, por que não mata o rei?

— Bom, sobre isso... — Não havia muitas desculpas. — Eu apenas sinto que não é o momento ainda.

— Você está gostando dele?

— Não! — respondeu imediatamente. — Mas estou com medo, estou com muito medo dele. E também... — Diana ouviu batidas na porta e interrompeu sua fala. — Um segundo, Rillian — falou enquanto cobria o cristal com a coberta. — Pode entrar!

A porta se abriu lentamente e Liam saiu de trás dela com o olhar perdido. Diana deu uma última verificada para garantir que o cristal não estava visível.

— Tem mais alguém aqui com você?

— Não, Majestade — respondeu Diana com o olhar indiferente.

— Achei ter ouvido a voz de um rapaz. — Liam tentou não esboçar emoção.

— Está imaginando coisas, Majestade. Eu estava falando sozinha. — Diana mentiu. Claro que mentiu.

— Você faz muito isso?

— Mais do que imagina.

— Pode conversar comigo.

— Não creio que possamos manter uma conversa por muito tempo.

— De fato — anuiu Liam. — Eu só gostaria de saber quando foi que passei a ser tão repulsivo para você.

— Vossa Majestade não me causa repulsa de forma alguma.

— Pare com essa de "Vossa Majestade", eu sou seu marido, me chame pelo nome!

— Como quiser, *Majestade*.

Liam colocou as mãos no rosto, parecendo nervoso.

— Escute, Diana, eu estou tentando. Estou tentando de verdade... Eu acreditei que tínhamos nos aproximado durante a viagem a Horizon.

— E eu acredito que tenha se enganado, não me senti da mesma forma. — A mentira foi tão grotesca que nem mesmo Diana se convenceu do que havia dito.

— Por que me trata com desdém?

— Você me tratou com desdém desde o início da competição! — disse ela, levantando o tom de voz.

— Supere isso! — Foi a vez de Liam falar mais alto. — Tratei todas as mulheres da mesma forma, eu não podia me apegar a vocês enquanto não escolhesse uma esposa!

Diana manteve os olhos fixos nos de seu marido, sua mente buscava uma resposta rápida, mas não foi o suficiente para responder o argumento do rei.

— Olha... — disse Liam, desistindo daquela discussão e se preparando para se retirar do quarto. — Estarei no jardim. Se aceitar minha companhia, tem algo que eu gostaria de te mostrar.

Ele fechou a porta atrás dele com força.

Diana retirou o cristal de seu esconderijo improvisado. Avistou Rillian com a cabeça baixa e um tanto envergonhado por ter ouvido a discussão.

— Me perdoe por isso, irmão — Diana falou um pouco sem jeito.

— Você vai encontrá-lo no jardim?

— Claro que não, Rillian.

— Sabe, Admete... se você continuar evitando seu marido, daqui a pouco ele irá desconfiar do motivo. Eu sei que não deve ser fácil, mas você poderia tentar ser mais zelosa com o rei.

— Você esqueceu que esse rei é nosso inimigo?

— Eu sei, mas ele não sabe disso e muitas coisas têm fugido do plano original. O filho de é um exemplo, talvez a relação de vocês seja outra questão a ser reavaliada.

— Que relação, Rillian? Você não sabe do que está falando, só tem treze anos — falou Diana cansada daquela conversa.

— Eu sei que não passo de um adolescente que ainda tem muito para viver, mas eu também sei quando um garoto gosta de uma garota.

— E como sabe disso?

— O jeito que ele falou na sua presença, fico igual quando me encontro com Naga.

— A-há! — disse Diana, apontando para o cristal. — Então esse é o nome dela.

Rillian a olhou com aquela expressão de "não mude de assunto". Sabia que o irmão estava certo, nos últimos dias ela havia aberto muitas brechas para desconfiarem de sua identidade — a tristeza que sentiu com a morte de Rage foi percebida por todos os funcionários do palácio —, e se ela não mudasse de postura, logo começariam a inventar teorias sobre a rainha. Precisava urgentemente reverter a situação que ela mesma causou. Diana respirou fundo.

— Muito bem, eu vou até o jardim.

A noite estava quente, uma brisa suave deixava o clima fresco e revigorante. O céu tinha poucas nuvens, portanto, as estrelas estavam quase tão nítidas quanto a lua, que brilhava lindamente no alto. A grama verde e úmida dava ao jardim um toque especial e, como sempre, estava bem aparada. Liam ficou pensando que talvez devesse agradecer ao cortador de grama pelo excelente serviço. Tirou uma caderneta do bolso e anotou sugestões para presentear o funcionário habilidoso, um jantar, ou quem sabe um dia de folga.

— Se quer agradar o jardineiro, poderia oferecer um salário maior a ele. — Diana observou após ler discretamente o que Liam estava anotando.

O rei se virou surpreso, já que não esperava que a rainha fosse realmente aparecer. Desconcertado, ele tentou continuar a conversa naturalmente.

— Ah... certo. Então uma bonificação em dinheiro o deixaria mais feliz do que um jantar com o rei?

Diana soltou uma risada abafada.

— Não tenho dúvida. O dinheiro que você gastaria no jantar, pode oferecer para ele cuidar de sua família ou financiar seus sonhos — falou ela, sentando ao lado dele em um banco. — Creio que esse reconhecimento o fará ainda mais grato e fiel a coroa.

Liam riscou as anotações de sua caderneta.

— Então está decidido.

Diana detestava admitir como Liam era bom. Ele tinha seus mistérios e, quando decidia ser sarcástico, era simplesmente insuportável, mas seria mentira dizer que não fazia um bom trabalho, pelo menos não para o povo dele. Seria muito mais fácil matá-lo se ele fosse um homem ruim, ela sentiria que estaria até fazendo um favor a Enellon. Mas não. Liam era bom. Um rei atencioso e extremamente generoso. Ela sabia que no momento que matasse esse rei, o povo de Enellon jamais perdoaria o povo de Norisea.

— Liam...

Ele a olhou com um sorriso discreto ao perceber que finalmente Diana estava voltando a chamá-lo pelo nome.

— Diga, minha rainha.

— O que você queria me mostrar?

— Na verdade, são duas coisas — disse ele, se levantando do banco. — Mas só poderei mostrar uma hoje. Me acompanha? — Ofereceu a mão direita para a esposa.

A rainha estava entendendo porque ela era tão difícil com o marido — quanto mais ele era gentil e amável, mais culpa ela sentia ao pensar em sua morte. Diana sabia que ele estava se esforçando, justamente por ver nela um potencial presente na realeza. Ele havia sido duro e ríspido durante a competição, e por um momento questionou se o rei realmente queria uma rainha. Mas, após a viagem para Horizon, Liam pareceu ter baixado a guarda. Esmeralda contou de um lado dele que ela não conhecia, e Diana, por alguma razão, queria saber mais.

Por que o esconderam quando nasceu, já que a rainha havia dado à luz um filho homem? Havia conflitos dentro da dinâmica familiar? Por que ele nunca falava de seus pais? E pelos espíritos, o que ele escondia debaixo daquela luva?

Diana tentou afastar suas indagações naquele momento, aceitando que a mão do rei a conduzisse. O jardim do palácio era gigantesco, com muitas esculturas de arbustos e pequenos chafarizes, algumas árvores tinham balanços enfeitados com lindas rosas brancas e vermelhas. Apesar da noite estrelada, gradualmente o céu era encoberto por nuvens densas e escuras, um temporal estava próximo. Liam segurava firme na mão da rainha, e aos poucos eles se afastaram da área comum do jardim.

O jovem casal se aproximou de um portão de ferro, então o rei retirou do bolso uma chave e o abriu. Permaneceu em silêncio, tentando conter o nervosismo. Tudo aquilo era tão novo para ele quanto para Diana.

Adentraram o ambiente e, após alguns minutos de caminhada, chegaram a uma parede de folhagens caídas. Ali já estava bem escuro e Diana começou a ficar desconfiada, afinal, Liam ainda era o homem que assinara a morte de Rage e poderia fazer o mesmo com ela. Talvez ele tivesse descoberto tudo e decidido levá-la para um lugar isolado, sem testemunhas. Naquele momento, Diana se arrependeu por ter aceitado o convite.

— O-onde estamos, Majestade? — perguntou com a voz trêmula.

— Na única coisa mais próxima de magia que Enellon possui — respondeu Liam com um sorriso sereno.

Ele abriu a cortina de folhagens e revelou o que estava escondido. Centenas de borboletas planavam naquele esconderijo do jardim, suas asas reluziam uma cor dourada intensa e acolhedora. O brilho era semelhante ao fogo e, quando elas voavam, pareciam deixar um rastro de luz no céu.

— Liam, o que é isso? — Ela estava maravilhada com o que via.

— É o meu refúgio. Eu me escondia aqui quando era criança.

— Por que você precisava se esconder?

O rei não conseguiu responder, apenas se calou e Diana percebeu que não era o momento de se aprofundar naquele assunto, claramente provocava sentimentos dolorosos.

Uma borboleta pousou na cabeça de Diana, e Liam começou a rir.

— O que foi?

— Alguém achou seu cabelo confortável, só isso — disse ele, se aproximando para tirar a borboleta dos fios sedosos de sua esposa.

Liam estendeu o indicador, e a borboleta pulou nele. Diana ficou admirada com a familiaridade que ele tinha com elas. As pequenas borboletas pareciam o conhecer mais do que qualquer outra pessoa no mundo. Se aquele era seu esconderijo, devem ter ouvido muitas lamentações e choros desesperados de uma versão mais jovem e inocente do rei.

— Diana, eu acho que já entendi tudo — falou Liam de modo despretensioso.

— Do que está falando? — perguntou ela ainda distraída, admirando o esconderijo reluzente.

— Eu sei quem você é — disse ele com um tom mais sério.

Naquele instante, Diana não conseguiu disfarçar o olhar assustado. O que Liam queria dizer com aquilo?

— O dia que decretei a morte daquele tritão você ficou muito abalada, e isso me fez questionar seus motivos. Sua chateação foi tamanha que você não queria mais me ver.

— Eu... — Ela tentou arrumar uma justificativa rápida e convincente, mesmo que nem tudo fosse verdade. — Morte é algo que me abala, Majestade. Nunca tinha passado por algo assim. O senhor já deve estar acostumado, mas deve lembrar de que estou aprendendo a ser rainha e tomar essas decisões de sentença de morte ainda não são fáceis para mim.

— Eu sei que não foi isso, Diana. Eu sei que não. Você possui uma conexão com o povo místico das águas.

Ela havia sido descoberta, Diana tinha certeza disso, estava prestes a pedir por misericórdia quando o rei continuou.

— Você se apaixonou por um tritão, não é mesmo?

— O-o quê? — Não era bem isso que ela esperava.

— Você amou um tritão chamado Raon, não amou?

O rei pronunciar o nome de seu irmão a pegou de surpresa.

— Como sabe o nome dele? — perguntou ela com um tom de voz desesperado.

— Em uma manhã você sussurrou o nome, provavelmente estava sonhando. Também notei que esse nome não é humano, é nome de sereia. Imagino que ele te deu esse colar que você nunca tira do pescoço.

Diana apertou o colar contra o peito, com medo do que viria a seguir. Ela sabia se proteger, mas dessa vez havia esquecido em seu quarto o apetrecho mágico feito por Rage, portanto, não possuía armas consigo. O rei era um guerreiro treinado e sempre carregava uma adaga, não seria fácil fugir se precisasse.

— Você deve saber que qualquer envolvimento com esses seres místicos é considerado traição à coroa.

Diana engoliu em seco e acenou com a cabeça. Liam havia entendido tudo errado. Ele acreditava que Diana não era sereia, mas que havia se apaixonado por um ser das águas. Ficou tremendamente aliviada ao perceber que sua identidade não corria perigo. Liam continuou:

— Pois bem, apesar de suas atitudes, eu pensei na questão que você colocou: "Por que matamos sereias?". — Ele fez uma pausa. — A vida com esse Raon devia ser muito mágica.

— Era mágica mesmo — falou Diana com os olhos marejados.

— Onde ele está?

— Ele morreu, Majestade.

— A caçada?

— Sim, Majestade. — Uma lágrima escapou.

— Compreendo. — Liam baixou o olhar. — Sinto muito pela sua perda, mas é assim que nosso reino funciona. A caçada sempre foi um período de celebração, muita festa e comida. Imagino que para você não seja a mesma coisa.

— Não é, de forma alguma — falou Diana com o tom aflito ao ouvir a palavra celebração se referindo à matança de seu povo.

— Decidi que não vou te julgar por quem seu coração decidiu se apaixonar. Portanto, não, em nenhum momento passou pela minha cabeça delatar seu envolvimento com a criatura dos mares.

— Você não pode parar a caçada?

— Eu não posso, Diana, a caçada é uma tradição milenar. Não posso pará-la somente porque a rainha se apaixonou por um tritão uma vez. Eu deveria ter uma boa razão para interromper tamanha tradição, mas não existe, não ainda. Drakkar tem muita influência sobre o conselho e ele venera a caçada como ninguém. E eu o respeito também.

Diana fechou os olhos com força, culpando-se amargamente por ter negligenciado seu povo.

— Acredito que você tenha amado imensamente esse homem. Tritões são encantadores, eu sei. Não estou pedindo que me ame, apesar de... — Ele fez uma pausa desconfortável, no fundo queria que a rainha o amasse. — Eu só... — Liam coçou a garganta e olhou firmemente em nos olhos de Diana. — Eu só estou ficando impaciente.

— Impaciente?

— Preciso dar herdeiros ao trono, Diana — falou, desviando o olhar. — E eu quero poder me deleitar com você na cama também.

O rosto de Diana ficou ruborizado imediatamente, envergonhada com a ideia de se deitar com o rei. Ela sabia que não deveria se sentir daquela forma, afinal, já fazia algumas semanas que estavam casados e ainda não haviam tido uma noite sequer de intimidade, por isso, a impaciência do rei era justificável.

— Eu quero que descubramos o prazer juntos. Eu... — Dessa vez o rosto do rei que ficou ruborizado. — Eu acredito na santidade desse momento, eu me guardei para isso, eu me guardei para você.

— Liam... — sussurrou Diana, espantada com a sinceridade das palavras do rei.

— Falei sério quando prometi que jamais te forçaria a fazer algo que não quisesse, mas continuarei esperando pelo momento em que estiver pronta. Por favor, apenas não me faça esperar demais.

Diana permaneceu alguns minutos encarando o rei e decidindo o que dizer, mas nenhuma palavra saía de sua boca. Ela não esperava tamanho comprometimento de Liam com o casamento, e toda essa entrega só a fazia se sentir ainda mais culpada ao pensar em suas verdadeiras intenções. A rainha percebeu que se continuasse a agir daquela forma, o rei poderia se cansar dela, então precisava tomar atitudes que não estavam em seus planos. Ela colocou a mão no rosto do rei e aproximou seu rosto do dele, quando seus lábios estavam quase se tocando, Liam a impediu.

— Não — falou ele com a voz firme.

— Mas eu achei que... — disse Diana um pouco confusa.

— Eu quero, Diana. Mas não quero assim. Eu preciso que seja sincero.

— É sincero — mentiu.

— Não se atreva a enganar meu coração, minha rainha. Eu já disse que posso esperar — falou ele, tirando delicadamente a mão dela de seu rosto.

Liam virou de costas para ela, fazendo um sinal para se retirarem do santuário de borboletas. Diana apenas obedeceu e o seguiu para fora do local mágico.

O retorno aos quartos foi ainda mais silencioso e constrangedor. Liam a deixou em frente ao quarto da rainha e já estava se preparando para se retirar quando Diana o chamou.

— Liam, eu posso dormir com você hoje? — perguntou relutante.

— O quê? — Ele se espantou com o pedido.

— Acredito que os funcionários têm notado que não passamos muito tempo juntos no quarto do casal nas últimas semanas, isso pode gerar rumores negativos a nosso respeito. — Estava nervosa com sua fala. — E mesmo que eu não esteja pronta ainda, passar mais tempo juntos pode acelerar o processo.

Liam sorriu ao notar o esforço de Diana. Ele pensou que talvez a sinceridade tivesse valido a pena. Talvez ele devesse ser sincero em relação aos outros aspectos de sua vida também.

— Está certo, minha rainha. Por favor — disse ele, oferecendo o braço.

Diana aceitou e os dois, por fim, seguiram juntos para o quarto do casal.

13

Um feixe de luz que insistia em escapar das cortinas incomodou os olhos da rainha, que acordou acomodada nos braços de Liam. Ela não se lembrava deles terem dormido abraçados, cada um havia se deitado em um canto da cama, mas talvez no meio da noite os corpos se aproximaram e acabaram se encontrando.

O encaixe dos dois era perfeito, Diana se sentia confortável nos braços fortes de seu marido. Liam normalmente dormia sem camisa, portanto ela sentia o peito contra suas costas. Ela notou que a mão esquerda dele continuava coberta pela luva. Diana aproximou seus dedos para tocá-la, a tentação de tentar tirar a luva e revelar o que escondia era gigantesca, mas se ela fizesse isso, provavelmente perderia totalmente a confiança do rei. Para matar a curiosidade, ela se levantou com cuidado, para não acordá-lo, e foi ao banheiro para tomar o banho de banheira frio que tanto gostava.

Dentro da banheira, percebeu como sentia falta de seu corpo de sereia, ficar tanto tempo fora da água era desagradável. A última vez em que ela esteve com seu corpo original foi quando usaram a concha do lapso. Mesmo desejando se transformar em uma sereia ali mesmo em seu banho, ela sabia que não poderia correr esse risco, então logo se retirou da água gelada que a acolhia, se enrolou em um roupão e saiu do banheiro. Liam já estava acordado, sentado na cama lendo alguma coisa, de costas para a rainha.

— O que está fazendo? — perguntou Diana, curiosa sobre o que ele segurava.

— Ah, você está aqui ainda. Achei que tivesse ido para o seu quarto.

— Acordei mais cedo e tomei um banho.

— Poderia ter me acordado também.

— Não poderia, Vossa Majestade parecia estar tão sereno em seu sono.

Liam ofereceu um sorriso de canto enquanto a fitava da cabeça aos pés. Ela ficava linda até mesmo com o cabelo molhado e os olhos inchados da manhã.

— Recebemos um convite, minha rainha.

— E do que se trata?

— Drakkar nos convidou para almoçar na casa dele.

O coração de Diana disparou rápido, nada era mais pavoroso para ela do que ter que encontrar aquele homem cruel novamente.

— Muito bem, vou para meu quarto me arrumar então, Majestade.

— Muito obrigado, minha rainha. Em breve, passo lá para te buscar.

Mag estava em seu quarto fazendo um relatório. Ela anotava todo o progresso da missão, também escrevia planos e reflexões a respeito do povo da terra. Desenhou mapas, cenários e rotas de fuga, também fez o retrato de alguns humanos — um desses retratos era de Miguel. Ao tirar os olhos do relatório, ela acabou se distraindo com o desenho que havia feito do rapaz. Mag chacoalhou a cabeça quando percebeu que estava encarando demais e decidiu sair para tomar um pouco de ar fresco.

Ela foi até a entrada do palácio e se sentou em um canto escondido para que ninguém a visse. Dois oficiais guardavam os portões e Mag decidiu desenhá-los, tentando não fazer barulho para que não fosse notada em seu esconderijo improvisado. Enquanto traçava a página, acabou ouvindo a conversa dos oficiais.

— Tudo está saindo conforme o combinado? — cochichou o primeiro oficial.

— Recebi a confirmação que o rei e a rainha estarão sem escolta na casa do conselheiro Drakkar — respondeu o outro.

— Então não teremos problemas, o rei confia nesse conselheiro cegamente.

— Sorte a nossa.

— Como faremos quando estivermos lá?

— O plano é invadir a casa de Drakkar. O rei não deve levar armamento pesado, então será fácil matá-los. Mandaram até em bater em Drakkar com força para deixar hematomas, assim ninguém irá desconfiar dele.

— Certo, então ele estará nos esperando.

— Isso, e assim que concluirmos a missão, fugiremos para Horizon. Drakkar garantiu que receberíamos refúgio lá.

— Ainda bem.

A respiração de Mag estava ofegante, certamente não deveria ter ouvido aquilo. Se ela se mexesse ou fizesse qualquer barulho para sair dali, os oficiais a veriam e poderiam matá-la. Mag só tinha um lápis e papel em suas mãos e usar seu dom estava fora de cogitação, aqueles oficiais possuíam armas e lanças, ela estava em desvantagem. A jovem sereia se encolheu ainda mais em seu canto, clamando ao Espírito Hanur para que não fosse vista por aqueles conspiradores.

Para o alívio de Mag, poucos minutos se passaram até outra dupla de oficiais se apresentar no posto de guarda para a troca de turno. Assim que eles se afastaram, Mag saiu correndo para encontrar Diana. Arrombou a porta com a respiração ofegante. Diana deu um grito agudo com o susto.

— Mag! Pelos espíritos! — repreendeu a amiga.

— Diana, me escuta! — disse Mag, enquanto ainda recobrava a respiração. — Estão planejando matar você e o rei!

— O quê? Como assim? — perguntou Diana, assustada com o que acabara de ouvir.

— É Drakkar! Planejam matar vocês na casa dele hoje!

— O quê? Você tem...

— Não tenho provas, mas juro que é verdade! Ouvi a conversa de dois guardas que fazem parte do esquema. Você precisa acreditar em mim.

— Santo Hanur, temos que fazer alguma coisa, Mag — disse Diana, preocupada. — Se o rei morrer sem herdeiros... quem é o próximo na linha de sucessão ao trono?

— Pelas leis de Enellon seria o primeiro conselheiro.

— Drakkar é o primeiro conselheiro. — Diana caminhou de um lado para o outro no quarto. — Mag, como eu não percebi antes? Drakkar quer o trono! E se nosso povo já corre perigo com um rei bondoso, imagina nas mãos de um caçador? Não teremos chances!

— Temos que impedir os conspiradores, mas não podemos fazer nada com Drakkar. O plano deles é que ele saia como inocente. Será a minha palavra contra a dele.

— Precisamos capturar os conspiradores em flagrante e levá-los a julgamento. Serão obrigados a falar. É assim que vamos pegar Drakkar.

— A armadilha se voltará contra ele. Eu sei quem pode ajudar. Quando estiver na casa de Drakkar fique atenta, leve a adaga de Rage com você.

— Vou levar, ele pode tentar nos prender antes de nos matar.

— Quando você sai?

Duas batidas na porta interromperam a conversa.

— Agora, Liam chegou. Por favor, se apresse!

Diana pegou o apetrecho em cima da cama e saiu do quarto. Se deparou com Liam a esperando com uma singela rosa da mesma cor da cauda de Admete.

— Eu não sei porquê, mas quando vi essa flor achei que combinaria com você.

— Achou certo, Majestade — disse Diana, tentando disfarçar sua angústia.

Os dois seguiram juntos para fora do palácio. Diana olhou para trás fazendo um sinal para Magnólia correr.

Mag foi até a única pessoa em quem confiava naquele reino. Desde a viagem para Horizon, ela visitava Miguel com certa frequência, ele era uma agradável distração de toda aquela bagunça em que ela estava imersa. Apesar das constantes investidas do rapaz, Mag sempre manteve um limite, e o jovem oficial estava começando a se cansar. Miguel deixara bem claro suas intenções desde o início, então ele sabia que estava sendo enrolado por Mag.

Mag chegou ao posto em que o rapaz trabalhava e gritou:

— Miguel, preciso de você!

O jovem oficial ajeitava alguns arquivos em suas devidas gavetas e se assustou com a afobação da moça por quem estava apaixonado.

— Mag? Achei que te veria mais tarde, meu turno só acaba no final do dia.

— Miguel, por favor, me escuta, é muito sério! Estão conspirando para a morte do rei! *Hoje*! Matarão Liam hoje!

— O quê? De onde você tirou isso? — perguntou Miguel um tanto incrédulo.

— Eu ouvi dois oficiais conversando sobre o plano, o rei estará indefeso na casa de Drakkar e planejam matá-lo lá mesmo. Você precisa acreditar em mim. Vão matar minha irmã também!

— Você sabe que essa é uma acusação muito séria, não sabe? Tem certeza disso?

— Eu nunca tive tanta certeza em toda a minha vida — afirmou Mag, com o olhar desesperado.

Miguel sabia que ela jamais brincaria com uma situação assim, entendia a gravidade e as consequências daquilo. Ele esfregou os olhos e grunhiu.

— Vamos logo então, o rei e a rainha já devem estar na casa de Drakkar — disse enquanto pegava as chaves de seu veículo. — Meu chefe vai me matar!

— Muito, muito obrigada, Miguel. Nem sei como te agradecer — falou Mag.

— Que tal me agradecer com um beijo? — sugeriu em um tom de brincadeira como sempre fazia.

— Fechado — disse Mag sem prestar muita atenção no que havia acabado de fazer.

O rapaz sorriu de orelha a orelha e então se apressou para finalizar logo aquela missão.

— Que honra recebê-los em meu humilde lar — disse Drakkar, se curvando na presença do rei e da rainha.

A casa do conselheiro não tinha nada de humilde. Era grande e suntuosa, com pilares e grades de prata que revelavam a todos sua relevância na corte. Sobre a porta estava o brasão de Enellon, um lobo. Claramente, Drakkar se orgulhava de ser o melhor caçador da região e ele faria de tudo para manter esse posto por muitos e muitos anos.

— Agradeço pelo convite, caro amigo. É sempre um prazer estar em sua presença. — Liam carregava um sorriso singelo, certamente apreciava a companhia de Drakkar.

— Vossa Majestade está esplêndida, como sempre — disse ele para a rainha.

— É uma pena não poder dizer o mesmo do senhor — retrucou ela.

— Diana! — repreendeu Liam.

Drakkar gargalhou.

— Minhas cicatrizes são meu fardo, mas também minha vitória. Cada uma delas pertence às caçadas — revelou, aproximando seu rosto do dela.

— Se sua vida não girasse ao redor da caçada, talvez fosse mais bonito e veria que temos assuntos mais relevantes para tratar em Enellon.

— Peço que Vossa Majestade me passe suas dicas de beleza para que eu possa amenizar o que tanto lhe desagrada — debochou Drakkar, finalizando com uma piscadela.

— Sinto lhe desapontar, mas eu nasci assim — revidou Diana com um sorriso sarcástico.

Liam soltou uma risada abafada e se recompôs com um aperto mais forte na mão de sua esposa.

— Pois bem, o que preparou para nós, Drakkar?

— Começaremos pelas entradas. Seremos servidos neste ambiente e então partiremos para o seu prato favorito, cordeiro assado.

— E a sobremesa, meu amigo? — perguntou Liam com um ar de zombaria.

— Ah, essa parte é surpresa, Majestade.

O coração de Diana disparou, ela sabia qual surpresa os aguardava. O casal se acomodou em um sofá aconchegante e Drakkar se sentou em um poltrona do outro lado da mesa de centro. Logo uma serva apareceu com uma bandeja e quando retirou a tampa, Diana sentiu um enjoo na hora e fez o máximo para disfarçar.

— Canapés de camarão, Majestade — apresentou a serva.

— Ah, meus favoritos — disse Drakkar. — Eu adoro frutos do mar — finalizou, enquanto encarava Diana.

— Curioso, nunca foi muito do meu agrado — falou Liam, pegando um dos pequenos canapés. — Mas não farei essa desfeita.

— E a senhora, Majestade? Não irá experimentar?

Diana coçou a garganta, de forma alguma que ela comeria um animal das águas. No mar, outros seres vivos nunca foram opção de alimento. Toda vida era tão sagrada quanto a deles. Ela estava fazendo o possível para caber naquele mundo, mas aquilo já era demais.

— Camarão não me cai muito bem. — Tentou não olhar para a mesa.

— Prefere então algum tipo de peixe? — retrucou Drakkar.

— Eu...

— Atum? Salmão?

— Se for possível...

— Ah, já sei! Essa receita é especial, posso pedir que façam caldo de cavalo-marinho para Vossa Majestade.

— Não! — exclamou Diana, assustada com a possibilidade de comer seu animal favorito. — Qualquer coisa sem carne, eu aceito.

— Ah, não me disse que sua rainha era vegetariana, Majestade.

— Na verdade, eu não sabia — falou Liam, desistindo de comer o canapé.

— Pois bem. — Drakkar fez um sinal para a serva. — Prepare algo para a rainha, pode ser com tomate ou ervilhas, não sei, apenas seja criativa.

— Sim, senhor — respondeu a serva.

— Posso me juntar a você na cozinha? — perguntou Diana para a mulher.

A pobre moça ficou tão atordoada com a pergunta que nem soube o que responder.

— Vossa Majestade quer cozinhar? — foi a única coisa que saiu da boca dela.

— Eu nunca cozinhei, mas adoraria ver como faz. A senhora me permite?

A serva olhou para Drakkar esperando aprovação, e ele fez um sinal indiferente dando o aval.

— Pode me seguir então, Majestade.

Diana saiu de lá, aliviada por não ter mais que ficar encarando as entradas de camarão por mais tempo. Drakkar colocou mais um canapé na boca antes de falar com o rei novamente.

— Agora entendi porque a escolheu.

— O quê? — questionou Liam, sem entender onde o amigo queria chegar.

— Ela é molenga com o povo assim como o senhor.

Liam riu.

— Ela é. — Abriu um sorriso fascinado ao pensar em Diana.

— Eu admiro sua bondade, mas devo lembrá-lo que sua coroa é soberana e nosso reino poderia ser muito maior, conquistar mais terras e...

— Drakkar. — Liam o interrompeu. — De novo esse assunto? Antes de conquistar novas terras, preciso garantir que meu povo tem tudo de que precisa. Temos sofrido com a infertilidade e essa é a questão mais importante no momento. Não adianta conquistar reinos se não pudermos prosperar neles.

— A infertilidade é um sinal de que devemos expandir.

— Não acredito nisso, ainda estou levantando alguns dados.

Drakkar se recostou na poltrona, frustrado com a falta de interesse do rei em seus planos para o reino. Em seu coração, tinha cada vez mais certeza de que faria esse trabalho melhor de que ele.

Na cozinha, Diana cortava a massa para fazer pequenas tortilhas de tomate e pesto.

— Tem um cheiro tão bom — observou, admirando a massa.

— Ah, é uma receita de família, Majestade — contou a serva, com um sorriso orgulhoso.

— Qual é o seu nome, querida?

— É Ana, Majestade.

— Ana, você tem filhos?

O sorriso da serva se desfez.

— Eu... Eu sou estéril, Majestade.

— Ah, eu sinto muito. — Esse assunto era delicado para qualquer pessoa do reino. — Isso tem afetado tantas mulheres.

— Homens e mulheres, Majestade.

— Você tem alguma ideia do motivo? Alguma teoria?

— Dizem que é uma maldição de Hanur, mas eu discordo. Acho que é um aviso do próprio Callian.

— Como assim?

Ana se aproximou de Diana para sussurrar, pois falar sobre isso poderia irritar profundamente seu senhor.

— Eu acho que Callian é contra a caçada e está tentando nos avisar.

— Por que acha isso? — Diana sussurrou de volta, curiosa para ouvir sua teoria.

— Porque... — foi interrompida por um sino.

— É Drakkar, preciso levar mais entradas.

— Eu levo essas aqui. — Diana apontou para uma fornada pronta em cima da mesa.

— Não é necessário, Majestade.

— Eu insisto.

Ana agradeceu e saiu da cozinha. Diana permaneceu ajeitando as tortilhas na travessa e então se preparou para deixar o cômodo também. Ao sair dali, notou um corredor largo, iluminado por uma fraca lamparina amarela, penduradas nas paredes haviam algumas honrarias. Curiosa, decidiu explorar rápido antes que sentissem sua falta. Ainda segurando a bandeja de comida, ela entrou no corredor e viu medalhas, homenagens do rei falecido e centenas de fotos de Drakkar voltando vitorioso das caçadas. As imagens lhe causavam repulsa.

Ela se virou para uma parede com destaque maior, e assim que bateu os olhos na maior conquista de Drakkar, deixou a bandeja cair.

Liam ouviu o barulho da prata caindo e chamou por Diana, mas ela estava paralisada, então correu juntamente com Drakkar atrás dela. A encontraram no corredor, de frente para a imagem que faria parte de seus piores pesadelos a partir daquele dia.

— Ah, Vossa Majestade encontrou meu maior troféu — falou Drakkar.

Lá estava o corpo de seu amado irmão Raon, empalhado e pendurado na parede como símbolo de sua vitória. Como um flashback, Diana voltou para aquela noite, a grande criatura de metal que matou Raon era manipulada por um homem, ela enfim lembrou do rosto que vira naquele dia, era Drakkar. Aquele homem havia matado o herdeiro de seu reino; foi aquele homem que tirou dela a pessoa que mais amou em toda a sua vida.

Como era doloroso ver o rosto de seu irmão pálido e sem as expressões risonhas que ela guardava com tanto carinho em suas memórias. Pior ainda era pensar que Drakkar não deixou nem mesmo seu corpo descansar em paz. Seu irmão não era um troféu, um objeto de exposição. Ele merecia mais do que ninguém um enterro digno.

— Talvez Vossa Majestade não saiba, mas há séculos existe um desafio entre os caçadores para capturar um herdeiro do reino dos mares. Quem conseguisse tal feito seria nomeado o conselheiro mais próximo do rei. Foi assim que consegui meu posto — disse Drakkar orgulhoso.

Diana se lembrava do que havia lido nos pergaminhos. Tudo aquilo era para que Drakkar finalmente estivesse próximo do rei o suficiente para tirar a sua coroa. A morte de seu irmão não passava de um longo plano egoísta para tomar o trono.

A culpa nunca foi do povo de Enellon, mas sim de homens gananciosos que sempre buscavam algo que não os pertencia. A vida de Raon não pertencia a Drakkar. A vida da pobre princesa descrita nos pergaminhos não pertencia àquele rei. Por que os humanos insistiam em ter aquilo que não lhes cabia?

A rainha baixou o olhar e viu uma foto que a aterrorizou ainda mais. A imagem de Drakkar dentro da criatura de metal, segurando o corpo sem vida de Raon, comemorando sua conquista.

— Eu era criança nessa época — observou Liam. — Lembro apenas vagamente desse dia.

Liam pegou na mão de sua esposa, mas ela estava gelada e tremia.

— Minha rainha, você está bem? Não tem problema ter derrubado a bandeja.

Diana não conseguia tirar os olhos do corpo do irmão. Ela sonhava com o dia que veria o rosto alegre e jovial de Raon novamente, mas jamais imaginou que o veria de novo daquela forma, essa não era a última imagem dele que ela queria em sua mente, mas não tinha volta. Aquilo a perseguiria por toda a sua vida.

Sem perceber o que estava fazendo, ela empurrou Drakkar contra a parede, segurando na gola de sua camisa, repleta de fúria.

— Diana! — Liam a advertiu.

— Você... — a rainha murmurou com os dentes trincados.

O conselheiro lhe lançou um sorriso maquiavélico.

— Quanta ousadia! Sua Majestade deve estar em seu dias, claramente está com as emoções alteradas. Mas com esse preparo físico você poderia participar da próxima caçada ao meu lado.

Diana o soltou, as mãos trêmulas. Não queria se igualar a Drakkar, seu sangue fervia de ódio e de uma tristeza desesperadora que tomava todo o seu corpo. Liam tocou em seu ombro tentando entender a reação da esposa, ele olhou para o tritão empalhado curioso e se voltou para sua esposa novamente. Batidas estrondosas soaram na porta. Ela lembrou de que ainda existia uma conspiração contra a vida do rei, e seria naquela casa. Torcia para que Mag tivesse conseguido buscar ajuda.

Diana tirou o apetrecho do cabelo e o segurou com força em suas mãos ainda trêmulas. Drakkar e Liam desceram rapidamente para atender as batidas na porta que não paravam, Diana deu uma última olhada no corpo de seu irmão e desceu atrás deles.

Drakkar estava com um sorriso no rosto, era exatamente esse o horário combinado para que o plano desse continuidade, até o fim daquela semana ele seria coroado rei. Assim que abriu a porta, pronto para encenar uma reação assustada, acabou encontrando seus dois homens desmaiados no chão e um jovem oficial que nunca vira antes em frente a porta.

— Senhor Drakkar. Majestades. — O oficial fez uma reverência. — Descobrimos que esses dois homens estavam conspirando contra a coroa e planejavam matá-los quando estivessem indefesos na casa do conselheiro. Graças a Callian os peguei antes que algo pior acontecesse.

Liam estava em choque, mas admirado com o jovem oficial. Diana percebeu que o plano com Mag havia funcionado e a avistou logo atrás dos homens caídos. Drakkar, frustrado, questionou Miguel.

— E que provas você tem, pequeno rapaz, para culpar esses homens?

— Assim que recebi a denúncia procurei onde se escondiam e os segui até aqui, gravei toda a conversa deles.

Drakkar percebeu que estava em perigo.

— E o que conseguiu gravar?

— Não falaram muita coisa, apenas descreveram como matariam o rei e a rainha, mas acredito que já seja o suficiente.

— Isso é mais do que suficiente — disse Liam, irritado. — Agora sabemos que devemos levar uma escolta até mesmo para essas visitações mais privadas. Vamos levá-los para a prisão e julgá-los amanhã, logo depois do nascer do sol.

Mag que estava a alguns metros de Miguel, correu para abraçar Diana.

— Que alívio te ver bem.

— Mag... — murmurou Diana, com a voz trêmula.

— Diana? O que houve?

Liam se prontificou para dar o suporte que sua esposa precisava naquele momento.

— Ela deve estar assustada com toda essa situação, a levarei para o palácio imediatamente. Drakkar, leve esses homens para a cadeia. Por favor, acompanhe-o bravo rapaz. Depois quero falar com você a sós.

— Como quiser, Majestade. — Drakkar tentou disfarçar a raiva.

Liam amparou sua rainha e a levou cuidadosamente para o veículo. Miguel também se afastou para buscar algumas algemas que havia guardado na moto, deixando Mag e Drakkar a sós. Quando Drakkar se agachou para ver os homens caídos mais de perto, Mag o impediu.

— Eu sei que foi você — disse ela com o rosto sério.

Drakkar lhe ofereceu um sorriso assustador.

— É muita audácia fazer uma acusação tão grave contra um conselheiro real sem provas. Posso me livrar de você em um mero segundo.

— Faça isso e verá a fúria de minha irmã o rondar para sempre. Ela não vai descansar até descobrir o que fizeram comigo se eu sumir por acaso.

— Sua inocente irmãzinha não faria mal nem a uma pulga — disse ele com desdém.

— E essa é a maior prova de que você não sabe nada sobre ela. Machuque quem ela ama e você vai achar a morte mais agradável que a vingança que o aguarda. Não teste o sangue dela — alertou Mag num tom ameaçador.

— Vai se arrepender por falar comigo dessa forma — rebateu Drakkar, com um imenso desejo de matá-la naquele exato momento. — Não se esqueça que sou o tipo de homem ao qual você deve reverenciar!

— Eu jamais me curvaria aos seus pés.

Miguel deixou Mag na porta de seu quarto pronto para se despedir. O dia havia sido agitado, e os dois estavam bastante cansados.

— Bom, você estava certa. Estavam mesmo conspirando contra o rei — disse ele, sem graça por ter duvidado dela.

— O importante é que deu tudo certo e amanhã, com o julgamento, pegaremos quem estava por trás dessa conspiração.

— Acredito que eu tenha sido de muita ajuda.

— Foi mesmo, obrigada de novo, Miguel.

— Agora eu quero minha recompensa — falou ele, ansioso por aquele momento.

— Recompensa?

— Você disse que me daria um beijo se eu te ajudasse nessa missão.

— O quê? Eu não disse isso!

— Disse sim! Não é uma mulher de palavra? Vamos logo. — Fechou os olhos enquanto esperava o beijo.

Mag pensou em manipulá-lo para fazê-lo desistir, mas ela estava grata, verdadeiramente grata por ele. O pobre rapaz provavelmente levaria uma repreensão de seu superior por ter abandonado seu posto, ela queria que valesse a pena o castigo. Mag agarrou sua camisa e o puxou, lhe oferecendo um beijo intenso e apaixonado.

Ela percebeu naquele momento que estava muito encrencada, porque definitivamente estava apaixonada por aquele ser humano de sorriso radiante. Assim que ela o soltou, Miguel a encarou abismado.

— O que foi? Não queria o beijo?

— Eu não achei que você faria mesmo — falou ele, impressionado com o que acabara de acontecer.

— Perdão! Você não queria...?

— Queria! Queria, sim! É que eu acho que fiquei tão surpreso que nem consegui aproveitar direito, sabe?

Mag sabia que aquilo era só uma desculpa para que ele pudesse beijá-la novamente. Mas não aquilo não era problema, ela também queria mais.

— Vamos entrar, então — convidou Mag, com um sorriso tímido.

Miguel entrou no quarto atrás dela e fechou a porta, extasiado por finalmente ser visto por Magnólia não apenas como um amigo, mas como um homem que a desejava de todo o coração.

Esmeralda entrou nos aposentos da rainha para deixar alguns vestidos que fizera nos últimos dias — a maioria era azul, sabia que era a cor favorita de Diana. Abriu o guarda-roupa e ajeitou os vestidos no cabide. No fundo do armário, avistou um objeto brilhante. Deu uma rápida olhada para ver se não estava sendo vigiada e tirou o objeto de lá para admirá-lo mais de perto. Era um cristal pesado.

— O que é isso? — Cutucou o cristal com o dedo indicador.

A imagem de Rillian apareceu.

— Admete, está aí?

Com o susto, Esmeralda soltou o cristal o deixando cair no chão. Assim que Rillian percebeu que não era a irmã, desligou a conexão com o outro mundo. Esmeralda permaneceu em choque, ela havia visto tudo, um pequeno e belo tritão chamando por uma garota.

— Admete? Pelos espíritos... Diana?

14

O dia estava nublado, cinzento, mas apesar do clima melancólico, Miguel estava de ótimo humor. Revivia os momentos com Magnólia continuamente em sua cabeça. Quando voltou para casa mais tarde, sentiu falta dela em seus braços e se preparava para ir visitá-la com um buquê de flores.

Apesar de estar empolgado com o romance, seguia confuso sobre os acontecimentos do dia anterior. Eles haviam alcançado os conspiradores na porta de Drakkar e Miguel não fazia ideia de como iria enfrentá-los sozinho com uma única pistola no bolso e um bastão — os dois homens estavam fortemente armados. Mas Mag não hesitou nem por um segundo. Ela o tranquilizou e orientou para que se aproximasse por trás e batesse com força na cabeça deles com o bastão que levara consigo. Ele pensou por um segundo, mas confiou nela. Quando se aproximou dos homens, percebeu que estavam paralisados. Mesmo assim, ele decidiu não perder muito tempo com a curiosidade e os golpeou.

A missão foi um sucesso fácil demais, o que deixou Miguel um tanto desconfiado.

Já era perto do meio-dia quando ele recebeu uma visita inesperada do rei. Prontamente levantou para prestar reverência a ele, mas Liam o impediu.

— Se tem uma pessoa que deve se curvar aqui, sou eu — disse o rei, fazendo uma reverência para o jovem guarda. — Sua lealdade com a coroa não será esquecida, insisto em prestar uma homenagem pública a você, para que os jovens se inspirem em seu caráter e comprometimento. Aprecio sua coragem, se não fosse por você, eu poderia não estar mais aqui. Cumpriu sua função com excelência, protegendo a mim e a minha rainha, por isso o agradeço imensamente. Sua bravura será lembrada para sempre nas escrituras da história de Enellon.

Miguel ficou sem graça por ouvir tamanhas palavras vindas do próprio rei, nunca havia sido notado por qualquer pessoa na corte, então sabia o privilégio que estava tendo naquele momento.

— Majestade, eu não tenho palavras para descrever minha gratidão com tamanho reconhecimento. Mas preciso lhe dizer que quem conduziu a missão para proteger sua coroa foi a irmã da rainha. Foi ela quem descobriu a conspiração e se apressou em buscar minha ajuda. Naquele dia, eu só cumpri as ordens dela.

— Sua honestidade e modéstia também me cativam, quero esse tipo de guarda protegendo a corte. Farei um pedido especial ao seu superior.

Os olhos de Miguel brilharam.

— E sobre a irmã da rainha — continuou o rei —, tomarei as devidas providências para que ela receba as honrarias que merece. — O rei se curvou novamente em despedida e se retirou. Miguel permaneceu em seu posto, extasiado.

Diana estava inquieta, mal dormira aquela noite. Toda vez que pegava no sono, sonhava com o rosto morto de seu irmão pendurado na parede daquele homem cruel. Diana tinha certeza de uma coisa, borbulhava em seu sangue: ela tiraria o corpo do irmão de lá e daria o enterro marinho que ele merecia. Não teve a chance de se despedir, enfim poderia dizer um último adeus.

Como entraria na casa de Drakkar sem ser notada?

Precisaria de ajuda. Ainda não havia contado a ninguém sobre o que estava guardado na casa de Drakkar, não sabia como Sara reagiria ao ver seu amado empalhado daquela forma, mas Diana não tinha escolha, não havia muitas pessoas em quem pudesse confiar, então teriam que ser ela, Sara e Mag na invasão.

Alguém bateu em sua porta, ela permitiu que entrasse. Era Esmeralda.

— Me perdoe o incômodo, Majestade — disse ela um pouco nervosa.

— Ah, você não me incomoda, Esmeralda. Do que precisa?

O jeito atencioso da rainha a deixou desconfortável, mas ela sabia que precisava ir direto ao ponto.

— Majestade, temo que sei coisas demais.

Diana não estava entendendo aonde a jovem queria chegar.

— Seu nome verdadeiro é Admete, não é?

A pergunta fez as pernas de Diana oscilarem.

— Por... — Ela coçou a garganta. — Por que me pergunta isso?

— Achei um cristal mágico em seu quarto quando trouxe seus vestidos novos, e um pequeno tritão apareceu chamando por esse nome. Pela aparência dele, imaginei que fosse seu parente, vocês são parecidos. O que ele é seu? Irmão? Primo? Sobrinho?

Diana sabia que já havia sido pega e não adiantaria mentir naquele momento.

— É meu irmão — admitiu.

— Por Callian, então é verdade, você é mesmo uma sereia!

— Sou — confirmou com o olhar caído, pensando como escaparia daquela situação.

— Como os testes não entregaram você?

— Os testes diferenciam uma sereia de um ser humano através da magia contida no sangue de meu povo. Toda sereia tem magia, então é fácil reconhecer. Mas eu nasci sem dons, não tenho magia, portanto os testes de reação não me identificaram. — Levantou um olhar assustador. — Então, mesmo que você me entregue, não terá como provar. Os testes não funcionam em mim, será minha palavra contra a sua.

Esmeralda entendeu que aquilo era uma ameaça.

— Se acha que vim te confrontar está enganada. Eu nunca quis ser rainha, você sabe. Tudo que eu queria era liberdade, fugir da minha casa. Aqui sou livre para ser quem eu quiser e amar quem eu quiser. Sou mais feliz sendo serva do que governante. Não quero o peso da coroa sobre minha cabeça.

— Então o que quer? — perguntou Diana, sem tirar o tom ameaçador da voz.

— Quero entender, Diana. Enellon ainda é minha casa. Se você veio para cá para nos destruir, então, mesmo que não acreditem em mim, vou avisar ao rei. Pode ter certeza disso.

A rainha engoliu em seco. Esmeralda continuou.

— Por favor, explique a razão de estar aqui. Seu povo que te enviou? O que você fará com Enellon?

— Esmeralda... — Diana procurou as palavras certas. — Eu estou aqui para acabar com a caçada. Norisea sofre com essa tradição bárbara.

Eu não posso mais ver meu povo morrer por um mero capricho de vocês — falou com a voz firme. — Eu estou aqui porque roubaram algo que me pertence e eu só quero que isso acabe.

Esmeralda sentiu seus olhos arderem e a garganta fechar, ela sabia a sensação de ter algo tirado dela — as perdas eram diferentes, mas a dor ainda era a mesma.

— Se você acha que é comprometida com o povo de Enellon, é porque não faz ideia do tanto que prezo pela segurança de Norisea. Eu faria qualquer coisa para salvar minha família. E se eu tiver que passar por cima de você, então o farei.

A garota colocou uma mecha ruiva atrás da orelha e respirou fundo.

— Como eu posso ajudar? — disse, enfim.

— E por que eu confiaria em você? — retrucou Diana desacreditada.

— Já ouviu aquele ditado "mantenha os amigos perto e os inimigos ainda mais perto"? Suas motivações são genuínas, e a caçada divide opiniões dentro de nosso reino. Sem contar que... — Esmeralda pensou um pouco, refletindo se queria mesmo entrar naquele assunto. Por fim, decidiu ser sincera. — Meu pai era um caçador, então eu quero ajudar. Mas me certificarei de que seu plano não vai prejudicar o reino.

— Vai ficar de olho em mim então? — indagou Diana em tom debochado.

— Basicamente — anuiu Esmeralda com a voz confiante.

— Essa é uma relação um tanto arisca, você sabe?

— Eu sei. — Fingiu não ser nada de mais. — Então, qual é o plano?

Diana abriu um sorriso determinado. O resgate não seria mais realizado por um trio, agora ela tinha um quarteto.

Liam estava no salão real quando Drakkar chegou, curioso para saber o motivo de sua presença ter sido solicitada.

— Como posso lhe servir hoje, Majestade?

— Drakkar, tenho duas missões para você — disse Liam com um ar sério e pensativo.

— Do que se trata, meu rei?

— Você já deve saber que não pudemos realizar o julgamento dos dois traidores.

— Eu soube, Majestade. Chegou até a mim que eles foram encontrados mortos em suas respectivas celas.

— Exato, preciso descobrir quem os matou. Quem fez isso certamente era o mandante do assassinato e sabia que o pegaríamos com o julgamento. Preciso que investigue isso. Acredito que tenha relação com o ataque em sua casa.

— É claro, Majestade. — Por fora, Drakkar estava sereno, mas por dentro ele carregava um sorriso ardiloso. Com ele no comando da investigação, jamais seria pego pelo rei.

— Sua segunda missão está mais para um conselho, na verdade.

Drakkar se animou ao ouvir as palavras do rei, talvez agora ele finalmente desse a atenção que seus planos de expansão mereciam. Liam continuou:

— O que seria correto fazer a alguém a quem o rei quer homenagear?

Drakkar pensou consigo mesmo: *é claro que o rei está falando de mim, de qual outra pessoa seria?* Estava acostumado a receber homenagens frequentes do pai de Liam, portanto, imaginou que ele queria seguir os passos do antigo rei. Drakkar encheu o peito e falou com orgulho:

— Faça o seguinte ao homem a quem o rei quer homenagear: mande trazer uma das vestimentas reais ao homenageado, assim como o carro real. Ponha a coroa em sua cabeça e faça o homem mais nobre do reino dirigir o carro da corte, proclamando em alto e bom som: "É assim que se faz ao homem a quem o rei quer homenagear!".

— Quanta pompa — observou Liam. — Pois bem, faça exatamente assim, apenas peça as vestimentas reais da rainha, na verdade.

— O quê? — A expectativa de Drakkar se desfez naquele momento.

— Não perca tempo. Pegue a roupa, a coroa e o carro. Mag normalmente está no jardim desenhando. Não se esqueça de nenhum detalhe.

— Mas, Majestade... — murmurou Drakkar, com o estômago embrulhado.

— Ah sim! Drakkar, você é o homem mais nobre e honrado do meu reino, conduzirá o carro e fará a proclamação — disse Liam, caminhando para a saída do salão real. — Depois me conte o que o povo achou. Preciso ir agora. — O rei partiu deixando Drakkar sozinho, permitindo que a raiva e o ódio o consumissem por inteiro.

O carro era um modelo conversível, justamente pensado para os desfiles reais. Mag vestia um belo vestido de linho branco, dando destaque ao seu tom de pele escuro. O manto da realeza acompanhava a cor do linho e a coroa, que costumava estar na cabeça de Liam, agora repousava sobre a cabeça de Magnólia.

Ela estava sentada no banco de trás, cujo assento era um pouco elevado para que ela ficasse alta o suficiente e o povo todo pudesse vê-la. Drakkar dirigia e passava pelas ruas do reino com o olhar carrancudo. Tinha um microfone ao lado do volante que reproduzia sua fala nos alto-falantes:

— É ASSIM QUE SE FAZ À MULHER A QUEM O REI QUER HOMENAGEAR! — esbravejava com toda a fúria que continha em seu peito.

Mag acenava para o povo com um sorriso largo, tentando disfarçar o riso. As poucas crianças que Enellon ainda tinha a admiravam com os olhos brilhantes. O povo parava o carro para falar com a homenageada, era costume do reino sempre dar presentes à pessoa que o rei honrava dessa forma, e pela primeira vez uma mulher recebia tal honraria, portanto, muitas garotas saíram de suas casas pedindo a bênção de Mag, clamavam por fertilidade.

Sempre que uma garota fazia o pedido, Mag chamava o marido para dar a bênção a ele também. Com todo o coração, ela orava em silêncio, pedindo a Hanur que abençoasse aquelas famílias.

Quando o desfile acabou, Mag decidiu não se dar ao trabalho de provocar Drakkar. Sabia que o silêncio seria mais perturbador do que qualquer provocação sem sentido. Então apenas saiu do carro com um sorriso no rosto e cantarolou de volta para seu quarto a passos largos.

Drakkar correu para sua casa enfurecido, tentando esconder a humilhação que estava sentindo. Aproveitou a solidão de seu lar para gritar sem medo de ser ouvido:

— EU SEI QUEM ELAS SÃO! Eu sei! Eu vou pegar essas malditas! Vou dizimar esse povo em pedaços! Elas sentirão o poder da minha espada e vão se arrepender por tudo que me fizeram passar. Ah, essas malditas!

Jogou a mesa de centro de sua sala para o alto, quebrando o vaso e as decorações apoiadas sobre ela. Assistindo a tudo se despedaçar, teve uma ideia sombria.

— Preciso adiantar a caçada — falou consigo mesmo, desesperado. — É o único jeito.

Dessa vez, a noite não estava estrelada, nuvens cobriam o céu. Diana estava sentada na beirada de sua janela, que ela considerava grande demais para qualquer quarto. Apesar de gostar muito da luz que entrava todo nascer do sol, a grandeza da paisagem lhe dava uma sensação de solidão.

Ela tocou o vidro e soltou o ar pela boca, deixando a área abafada. Desenhou uma água-viva com os dedos e aos poucos a imagem vaporizada foi desaparecendo até voltar a ser só vidro. Por um segundo, a rainha desejou que a vida fosse fácil assim, que, aos poucos, o que estivesse errado desaparecesse, ou o que estivesse fora do lugar voltasse para seu posto, ou porque não, o que era seu retornasse.

Pertencimento. Diana sentia constantemente que não pertencia a nenhum lugar. Apesar de amar seu reino, ela não se achava merecedora do trono, e depois que descobriu o verdadeiro herdeiro de Norisea, a sensação que não pertencia ao reino do mar cresceu em seu coração. Mas na terra ela não passava de uma farsa, pois não podia ser ela mesma ali e quanto mais tempo passava naquele reino, mais pessoas poderiam descobrir sua mentira e toda a jornada chegaria ao fim.

Diana nunca havia mentido tanto em toda a sua vida e, se precisava mentir constantemente para caber em um lugar, é porque ela não pertencia àquele espaço também. Se nem as águas e nem as terras a queriam, o que lhe restava? Talvez o céu.

Ela encostou o rosto na janela olhando para o alto. Talvez o seu lugar estivesse no infinito, na terra de todos os santos.

Seus pensamentos foram interrompidos pela entrada de Liam no quarto.

— Me desculpe, está ocupada?

— De forma alguma, meu rei — disse Diana com um sorriso sincero. Ela sentia que estava se aproximando dele. — Obrigada pelo que fez a Mag hoje, o povo não fala de outra coisa. Fazia tempos que eu não a via tão feliz.

Liam riu enquanto tirava uma mecha de franja dos seus olhos. Diana não havia reparado antes, mas Liam sempre estava com o cabelo bagunçado e um pouco comprido demais para o padrão dos humanos, o corte o fazia parecer mais jovem do que realmente era, e ela pensou como ele ficaria elegante com os fios aparados.

— Era o mínimo que eu poderia fazer.

— Você não precisava fazer nada, mas agradeço imensamente por isso.

— Preciso te mostrar uma coisa — disse ele animado.

— Do que se trata? — perguntou ela.

O rei tomou a liberdade de se sentar ao lado de Diana na beirada da janela, ele estava feliz por ter alguém com quem compartilhar o que descobrira.

— Já faz um tempo que tenho um projeto de consulta a opinião pública, mas por alguma razão sempre o deixava de lado. Desde... — Liam sabia que era um assunto delicado. — Desde a morte daquele tritão espião. — Diana baixou o olhar. — Eu fiquei pensando no que você disse e decidi colocar o projeto em prática. Coletei alguns dados e, mesmo ainda sendo insuficientes, podem significar o fim da caçada.

Diana levantou o rosto espantada, desacreditada com o que havia saído da boca de seu marido.

— Do que está falando, Liam? — falou ela com a voz trêmula.

— Veja isto. — Ele abriu um aparelho que reproduziu a imagem holográfica de um gráfico. — A caçada pode ser a causa da infertilidade. A cada sete anos, justamente nos anos das caçadas, os nascimentos em nosso reino diminuíram menos de um por cento, mas como era uma porcentagem pequena, o povo não notou a diferença. Mas no ano da morte do herdeiro de Norisea, houve uma queda drástica de nascimentos, em 67%. Já na última caçada, em que Norisea fez a barreira protetora e não conseguimos entrar propriamente no reino, esse número estabilizou. Não aumentou, nem diminuiu, apenas permaneceu como estava. É claro que uma coisa pode não ter nada a ver com a outra, mas seria uma incrível coincidência.

— Esses dados podem mesmo acabar com a caçada? — perguntou Diana com um tom apressado.

Liam acenou negativamente com a cabeça.

— A relação da infertilidade com a caçada não passa de uma teoria minha, precisaríamos de algo mais concreto.

— Tipo o quê? Do que precisa? — Agora ela já parecia desesperada.

— Eu ainda não sei, Diana. Apesar de ser a minoria, ainda existem grandes apoiadores da caçada em Enellon, e a maioria é do exército. Se eu simplesmente acabar com a tradição, posso estar cavando minha própria cova. Se cairmos em um golpe militar, aí, sim, a caçada nunca mais terá fim. O trabalho de um rei também se trata de controlar os danos.

Diana engoliu em seco.

— Compreendo. — Ela olhou para Liam admirada. Estava descobrindo qualidades em seu marido que não havia notado antes. No início do casamento, ele estava muito na defensiva e Diana não tinha desistido de descobrir o motivo, mas agora Liam estava leve e confiava plenamente em sua esposa. Essa certeza a machucava, estava cansada de mentir, principalmente para ele. — Você é um homem bom, Liam — disse ela, não conseguindo pensar o mesmo sobre si mesma. — É estratégico e cauteloso, Enellon tem sorte em ter você. — Diana respirou fundo, sabia que havia tomado uma decisão. Percebeu que não poderia mais executá-lo. Seu marido merecia ser rei, merecia governar. Ela não teria coragem de impedir seu reinado de forma alguma. — Eu não poderia te tirar de seu povo, jamais.

Liam pareceu confuso com a declaração. Às vezes, Diana dizia coisas sem sentido para ele, mas para ele já era melhor que as brigas e desentendimentos.

— Certo... Te deixarei a sós então, minha rainha.

Diana o olhou rápido, não queria que ele partisse, queria compartilhar mais alguns minutos em sua companhia. Não precisavam falar sobre estratégia de governo ou de possíveis guerras, ela só queria conhecê-lo melhor. Queria que ele contasse sobre seus pais, queria saber sua cor favorita, queria vê-lo sorrir para algo trivial e tirar a bendita mecha de cabelo de seus olhos escuros penetrantes.

Diana não sabia ainda porque sentia esse desejo de estar com ele, mas definitivamente não queria que ele fosse embora tão cedo.

Quando Liam se levantou, Diana segurou sua camisa com os olhos fixos nele. O rei sorriu e se aproximou de sua mulher.

— Sim? O que deseja? — perguntou ele com uma voz rouca e serena.

O sangue de Diana parecia ferver dentro dela, seu rosto estava quente e ela sabia que precisava pedir para que ele ficasse, mas nada saiu de sua boca — ela era uma covarde. Como podia ter tanta coragem para arriscar sua vida em uma missão tão perigosa como aquela, mas quando se tratava de seus sentimentos era incapaz de agir? Era uma covarde.

Aceitando a forma como se enxergava, Diana apenas soltou a camisa de Liam e fez um sinal negativo bem discreto com a cabeça. O rei pareceu frustrado, por um breve momento uma faísca de esperança se acendeu, mas foi bruscamente apagada por sua esposa.

Então ele se afastou e se ajeitou novamente.

— Muito bem — disse, se dirigindo até a porta. — Até amanhã. — E saiu sem olhar para trás.

Diana viu a porta se fechar com uma pontada de decepção e arrependimento. Pela primeira vez ela desejava genuinamente estar na companhia de Liam, mas enquanto seu sangue clamava pelo rei, seu coração orgulhoso a fez ficar.

15

O baile de verão se aproximava e o palácio estava agitado com os preparativos. Servos corriam de um lado para o outro garantindo que tudo fosse do agrado do rei. Eram muito gratos por sua bondade e generosidade, portanto, um baile impecável era a melhor forma de retribuir. Liam não precisava pedir, sabia que seria perfeito. Por onde passava, todos sorriam para ele, perguntavam se a decoração estava boa, se as flores estavam bonitas, se a louça dourada o deixaria mais feliz e se a cortina estava limpa o suficiente. Muitas vezes, Liam ficava sem graça com tanta atenção, sabia que uma parcela disso era também por pena. Ele havia sido escondido por tantos anos que às vezes esquecia que era o rei.

Diana andava perdida em pensamentos pelos corredores agitados quando avistou Sara e Ramon correndo com os preparativos também. Não conseguiu falar muito com eles, mas sabia que Mag treinava com Ramon todos os dias, mas sem muito progresso.

Mag o consolava dizendo que poderia levar mais tempo que o normal, mas o garoto era determinado e estava fazendo de tudo para se encaixar na sua família dos mares.

Diana também estava tranquila em relação ao seu plano. Combinara com Sara o que fazer quando todos estivessem distraídos no baile. Tudo deveria correr perfeitamente.

Mais alguns passos adiante e Diana deu de cara com Liam, que estava indo para seu quarto provar o traje da noite.

Os últimos dias haviam sido um pouco estranhos, eles não se provocavam nem brigavam mais, eram gentis e educados um com o outro. Às vezes até compartilhavam algumas risadas entre uma refeição ou outra,

A sereia sem dons

quando Liam fazia algum comentário sarcástico sobre alguém — esse lado dele lembrava um pouco o irmão caçula de Diana, Vereno.

Mas, desde aquele dia no quarto dela, sentiu um afastamento da parte do rei. Será que estava cansado de esperar e foi buscar o prazer em outras mulheres? Ela não deveria se sentir tão mal com a possibilidade. Na verdade, deveria estar aliviada. Afinal, não precisaria se deitar com ele.

Diana queria muito sentir alívio, mas se ela era boa em mentir para os outros, definitivamente era péssima mentindo para si mesma. Liam lhe ofereceu um sorriso desinteressado e continuou seu caminho. Isso a machucou mais do que se ele tivesse gritado ou brigado com ela.

Em seu quarto, o rei não conseguia esconder a frustração em seu olhar — quando achava que havia avançado dois passos com Diana, regredia outros três. Ele ficou pensando que talvez precisassem retomar a viagem de lua de mel, mas a agenda dele estava tão lotada que não conseguia achar uma brecha para abandonar seu posto por uma semana que fosse.

O alfaiate aguardava Liam subir no pequeno palanque em frente ao espelho para fazer os últimos ajustes de seu traje de gala. Era preto e dourado e levava uma pesada túnica vermelha — a cor de seu reino. O vermelho estava bastante presente nas ruas e no palácio, até mesmo nas roupas. Muitas vezes, insistiam que Liam usasse pelo menos uma bela gravata vermelha quando vestia sua camisa branca favorita, mas detestava ter que usar aquele acessório por muito tempo, era desconfortável e ele se sentia como um aluno de escola quando a usava. Por isso, sempre fugia quando corriam atrás dele com a gravata que não o agradava nem um pouco.

No meio da prova, Drakkar entrou no quarto, interrompendo os pensamentos tumultuosos do jovem rei.

— Drakkar, a que devo a honra? Já sabe o que vai vestir no baile?

— Majestade. — Ele fez uma reverência. — Meu traje já está separado, aguardando o momento de nossa celebração. É claro que não estarei tão bonito quanto o senhor, mas acredito que vai servir — disse em tom de gozação.

Liam deu uma risada abafada e olhou para Drakkar pelo reflexo do espelho.

— Pois bem, certamente não veio aqui para falar de roupa. Diga-me o que quer.

— Majestade. — Drakkar respirou fundo. — Há um povo intruso espalhado pelo reino, eles não deveriam estar aqui. Seus costumes e crenças são diferentes dos nossos. Além do mais, não respeitam nossas leis e por isso tenho os considerado uma ameaça. O reino não deveria tolerá-los. Se for de seu agrado, determine que adiantemos a eliminação deles. Eu mesmo me encarregarei das despesas.

— Deve ser algo de imensa importância para você mesmo querer custear a operação — observou um pouco distraído com a aparência do traje.

— E é, meu rei. Me permita a honra de proteger nosso reino — falou, se curvando.

— Esse povo intruso... — murmurou.

— Sim, descobrimos que tem relação com os conspiradores que atacaram a rainha em Horizon.

Agora Drakkar tinha total atenção do rei. Liam se virou para encará-lo.

— Se é assim, não deve arcar com nada, prossiga a operação e descubra de onde vieram os conspiradores.

— Com todo o prazer, Majestade. Eu gostaria de pedir a ajuda dos reinos vizinhos para essa missão.

— Certo, aproveite que teremos convidados dos outros reinos em nosso baile para conversar sobre os conspiradores.

— Farei isso. — Drakkar fez uma pausa. — Eu só preciso do... — Olhou para uma joia brilhante e vermelha no dedo do rei.

— Ah, claro. — Liam tirou seu anel e o entregou a Drakkar. — Apenas seja cauteloso, por favor. Nada de medidas drásticas. Somente a você confio o anel real.

— Sua confiança é minha dádiva.

Mal sabia o rei que acabara de assinar a morte do povo de sua mulher.

Esmeralda fazia os últimos ajustes no vestido da rainha, orgulhosa da peça que havia feito — era sua obra prima. Estava ansiosa que todos vissem seu trabalho no baile. Mas ficou insegura quando percebeu que Diana não parecia muito encantada com o modelo.

— Não gostou, Majestade? Tenho outros vestidos... — disse Esmeralda um pouco desanimada ao pensar na possibilidade de mudar o traje da rainha.

— Ah não, não! — exclamou Diana saindo do transe. — Me desculpe, eu só estava distraída. Amei tudo! É o vestido mais lindo que fez até agora, obrigada por manter o azul.

— Ah, sim! — suspirou Esmeralda aliviada. — Sendo sua estilista, há uma infinidade de tons de azul que podemos usar, já que a Majestade só gosta *dessa* cor.

Diana entendeu a reclamação ácida de Esmeralda.

— Prometo provar outras cores na próxima vez. Que tal cor-de-rosa? Esmeralda fez um sinal negativo com a cabeça.

— Na próxima, você vai usar a cor de nosso reino.

— Claro... — disse Diana pensativa. — A cor de Enellon.

Esmeralda percebeu o nervosismo em sua voz.

— Está tudo certo com o plano de hoje à noite, Majestade?

— Não, mas farei mesmo assim.

— Não se esqueça de que estarei de olho em você — alertou Esmeralda com um sorriso cínico.

— E eu em você. — Diana retribuiu o sorriso.

A relação das duas era complicada, ficavam esperando o momento que uma passaria a perna na outra, precisavam se manter constantemente em alerta, mas apesar das diferenças, elas gostavam uma da outra, e muito.

Para Esmeralda, era tudo novo. Sempre esteve rodeada por seus irmãos e seu pai abusivo, nunca teve a chance de fazer amigas mulheres. Mesmo que sua dinâmica com Diana fosse bem específica e arriscada, no fundo ela não queria perder a única oportunidade de ter uma amiga, mesmo que fosse uma sereia.

— Eu te dou um sinal durante o baile quando for a hora — disse Diana.

— Ah, eu não vou ao baile, Majestade — respondeu Esmeralda em tom melancólico.

— O quê? Por quê?

— Eu não fui convidada, sou apenas uma serva do palácio.

— Ora, mas que besteira. Considere-se convidada, pegue seu melhor vestido, te espero no baile.

— O quê? Não, Diana! Meu nome teria que estar na lista e não sei se é fácil conseguir colocar...

— Qual é a vantagem de ser uma rainha se não tenho o poder de convidar minhas amigas para dançar comigo? Não se preocupe, darei meu jeito, apenas escreva seu nome completo em um papel e te colocarei na lista, entrará como minha dama de companhia, assim como Mag.

— Bom, se é assim... — começou Esmeralda, com medo de abusar da generosidade da rainha. — É deselegante uma dama ir desacompanhada para um baile.

— Pode chamar o rapaz que te faz ficar ruborizada e com o sorriso bobo.

Esmeralda ficou vermelha ao lembrar dele.

— Qual é o nome do cavalheiro?

— É Chris, Majestade.

A conversa foi interrompida quando Magnólia entrou no quarto usando um belo vestido verde e brilhante.

— Que lindo, Mag! — exclamou Diana encantada.

— É, foi a ruivinha aí que fez. Você também está bonita. Me ajudem a fechar aqui atrás, por favor! — Ela se contorceu tentando amarrar as cordas do vestido.

A estilista se apressou para ajudar. Magnólia estava de cara fechada e evitava olhar para Esmeralda.

— Eu não confio nela, Diana — sussurrou para a amiga.

— Eu ainda consigo te ouvir, querida — disse Esmeralda com a voz suave.

Mag revirou os olhos e fez birra. Diana sabia que ela não gostava muito da ideia de incluir Esmeralda nos planos, mas afastá-la seria pior.

— Qual o seu dom, Mag? — perguntou Esmeralda, curiosa.

— Ah, eu que não vou te entregar todas as cartas. Descubra sozinha!

— Mag! — exclamou Diana, chamando a atenção da amiga.

— Tá bom! Eu paro! — Mag estava irritada mesmo com a situação.

— Mag, pelo menos fui eu que descobri, não outra pessoa, que certamente entregaria vocês — disse Esmeralda, tentando convencer a sereia a confiar nela.

O argumento era válido, mas Mag não daria o braço a torcer tão fácil. Estava profundamente magoada com Diana por ter permitido que Esmeralda soubesse tanto, sentia que a amiga estava baixando a guarda e prezava pela segurança delas. A convivência com o rei talvez estivesse amolecendo o coração da rainha e isso a assustava. Será que também estava amolecendo por estar apaixonada por Miguel?

— Vou indo, encontro vocês à noite — resmungou ela e foi para a porta.

— Miguel vai com você? — perguntou Diana antes que Mag saísse.

— Vai. — Respondeu de modo ríspido e se foi.

— Como vai querer o cabelo, Majestade? — perguntou Esmeralda, tentando quebrar o clima constrangedor.

— Pode arrumar como achar melhor.

— É sério? — Esmeralda ficou animada.

— Sei que está cansada de ver meu cabelo sempre do mesmo jeito — disse Diana com um sorriso de canto.

Esmeralda foi saltitando para a penteadeira. Era exatamente esse o tipo de experiência que ela queria ter tido na infância. Ela pegou os acessórios necessários e correu para terminar de arrumar a rainha.

Chris estava em frente à mesa de comida escolhendo o que mais ele colocaria em seu prato já lotado. O baile estava cheio, a maioria dos convidados eram reis e rainhas de reinos parceiros. Os boatos da beleza da rainha de Enellon haviam viajado pelas fronteiras e todos estavam ansiosos para confirmar a veracidade das histórias.

Enquanto o rapaz pegava mais um docinho da mesa, seu amigo chegou por trás.

— Fico pensando o que seus pais achariam disso.

— Miguel! — Chris deu um pulo de susto. — Por favor, não conte para eles.

— Eu não vou contar nada, eles são muito exigentes com açúcar.

— Só consigo comer o que eu quero quando saio com meus amigos ou venho nesses eventos sem eles — disse Chris enquanto ajeitava os óculos no rosto.

— Faz tempo que não te vejo, esta armação é nova?

— Ah é, precisei comprar outra.

— Levou um soco no rosto e quebrou os óculos, é? — provocou Miguel, tentando caçoar do amigo.

Chris abaixou o rosto com vergonha.

— Por Callian, te bateram mesmo — constatou em choque. — Quem foi?

— Não gosto muito de falar sobre isso, passei essa vergonha na frente da rainha.

— Sinto muito — lamentou Miguel, arrependido por ter começado a brincadeira.

— Tudo bem, já passou.

— Como tem sido trabalhar com seus pais? — Miguel tentou mudar de assunto.

— É bom ser filho dos médicos mais respeitados da região, mas às vezes sinto que eles esperam demais de mim. Estou pensando em falar para eles que quero montar meu próprio consultório.

— Eles podem ficar chateados no início, mas com o tempo vão entender. É bom para você criar independência e seguir o próprio caminho.

— Eu sei, não quero depender deles pra sempre. Mesmo que eu receba um salário do consultório, sinto que ainda é o dinheiro deles. — Chris respirou fundo. — E tem essa garota...

Miguel olhou animado para o amigo ruborizado. Conhecia Chris desde a infância, mas a escolha das profissões acabou separando os dois, e, ao contrário de Miguel, que sempre havia sido extrovertido e popular, Chris era mais reservado e tímido, não costumava falar de garotas justamente por ter vergonha de falar com elas. Então, mencionar uma era um grande avanço, com certeza.

— Quem é ela? Como ela é? É bonita?

— É linda — revelou Chris com um olhar apaixonado. — Trabalha no palácio, é próxima da rainha e tem os olhos verdes mais bonitos que já vi.

O coração de Miguel parou por um segundo. Trabalhava no palácio, era próxima da rainha e tinha olhos verdes? Ele só podia estar falando de Mag.

— Qual... — Ele engasgou. — Qual é o nome dela?

— É Esmeralda — respondeu Chris com um sorriso tímido.

Miguel suspirou aliviado, sentindo-se um idiota. É claro que Mag não era a única de olhos verdes do reino, mas havia se tornado tão especial para ele que o rapaz sentia que seus olhos eram os únicos no mundo. Essa tal de Esmeralda poderia, sim, ter belos olhos verdes, mas ainda não seriam como os de Mag.

— Ela vem?

— Vem. Vou ficar feliz em apresentá-la a você. Estou planejando pedi-la em casamento.

— Casamento? — perguntou Miguel assustado. — Não sabia que estavam tão sérios.

— Na verdade, não nos conhecemos há muito tempo, mas minha família é bem tradicional e já devem saber que estou namorando. Não disse que vou propor agora, mas quero me preparar para isso. Eu realmente gosto dela.

Miguel percebeu que Chris falava de Esmeralda com o mesmo sentimento que ele falava de Mag. O rapaz a amava muito, mas mesmo com a aproximação deles, sentia que Mag ainda escondia alguma coisa.

— Trouxe alguém para o baile? — perguntou Chris, curioso.

— Na verdade, ela que me trouxe.

— É, comigo foi a mesma coisa. É sua namorada?

Não sabia como responder. O que eles eram? Namorados? Amigos? Tudo que Miguel teve foi um beijo, nenhuma declaração de amor havia acontecido ainda. Talvez aquele fosse o momento e lugar ideal para isso.

— Sim... minha namorada — foi o que decidiu responder.

Chris assentiu e falou:

— Ah, você já namorou bastante, não deve estar sendo difícil. Todo dia com Esmeralda é um desafio, tudo é novo para mim, fico pensando se estou fazendo as coisas do jeito certo.

— Com essa é diferente — declarou. — Quando estou com Mag parece que tudo que eu sei vai por água abaixo. Me sinto um novato no amor, assim como você.

— Ah! — Chris ficou surpreso com a declaração. — Finalmente encontrou a garota que te fisgou, hein?

— Temo que sim — disse Miguel inseguro.

— Consegue vê-la como sua esposa?

Miguel gargalhou.

— Se já foi difícil conseguir um beijo, imagino como será conseguir sua mão.

Ele se lembrou de que todo avanço com Mag era fruto de um acordo — ele a ajudava e ela retribuía com um pedido travesso. O que Miguel teria que fazer para que ela aceitasse se casar com ele? Aquilo o deixava nervoso. Ele precisava saber urgentemente o que Mag pensava sobre ele, se não enlouqueceria.

Um homem no topo da escada fez um sinal para anunciar a entrada do rei, a orquestra parou de tocar.

— Vossa Majestade Real, rei Liam Gribanov.

Liam estava estupendo. Suspiros ecoaram pelo salão com sua chegada. O rei teve os fios do cabelo penteados para trás e seu traje preto trazia medalhas de honra douradas. O manto vermelho não era muito comprido e tinha uma tonalidade vibrante. Todos se curvaram ante a sua presença.

Um servo lhe ofereceu uma taça e Liam a pegou para fazer o brinde.

— Muito obrigado a todos pela presença em nosso baile de verão. Sei que não sou a estrela da noite, pois já chegou aos meus ouvidos quem vocês anseiam ver hoje em nossa celebração. Ela logo estará aqui. No mais, que este ano nos traga ainda mais prosperidade. A Enellon! — bradou, levantando a taça.

— A Enellon! — todos exclamaram, juntando-se a ele.

A música voltou a tocar e todos voltaram às suas conversas. O jovem rei acabou avistando Miguel e foi em sua direção.

— Oficial Miguel! — disse ele com um sorriso.

O rapaz ficou tímido.

— Ma... Majestade. — Miguel se curvou. — Espero que minha carta de agradecimento tenha chegado até o senhor.

— Sim, ela chegou! Espero que esteja gostando de sua nova posição.

— Minha família está muito grata por seu reconhecimento, Majestade.

— Veio acompanhado da irmã de minha mulher?

Chris olhou para Miguel chocado. Era da irmã da *rainha* que estavam falando?

— Sim, Majestade — confirmou ele com o rosto vermelho.

Liam olhou para o prato de Chris que estava cheio de doces e aperitivos.

— Imagino que a comida esteja agradável.

— Está incrível, Majestade.

— Só cuidado para não comer demais e passar mal durante seu treinamento — disse Miguel, importunando Chris. — Você ainda treina, né?

— Treino sim!

— Onde vocês treinam? — perguntou Liam, bastante interessado.

— Na verdade, nós paramos de treinar juntos há algum tempo, mas agora que meu horário está mais flexível poderíamos voltar, não é Chris?

— Ah sim! Consigo me organizar para isso. — Chris se virou para o rei. — Nós gostávamos de treinar ao ar livre, descobrimos um espaço ótimo para isso ao norte do reino, tem até um lago para se refrescar depois do treino, vale a pena a caminhada.

— E o que vocês treinavam lá?

— Fazíamos de tudo um pouco. Gostávamos de montar um circuito com vários desafios e então cronometrávamos para ver quem fazia em menos tempo — respondeu Miguel.

— E o que ganhava o vencedor?

— Na maioria das vezes, nada. Só o gostinho da vitória bastava. Eu gostaria de que o prêmio fosse um copo de cerveja, mas os pais desse pobre garoto infartariam se descobrissem que ele esteve em um bar.

Chris fez uma expressão de desânimo tão engraçada que nem Liam conseguiu conter o riso.

— Aproveite então para conhecer nossa cerveja artesanal, está do outro lado do salão. — Liam apontou para um pequeno bar montado em um canto.

— Com certeza, Majestade! — respondeu Chris, animado com a ideia.

— O senhor também treina, Majestade? — Assim que Miguel fez a pergunta, sentiu-se um idiota novamente. Pelo porte físico do rei, era evidente que parado ele não ficava.

— Treino aqui na propriedade real mesmo. De todas as atividades, minha favorita é o arco e flecha.

— Eu adoro essa modalidade, mas minha pontaria é péssima — observou Chris.

— No que você é bom?

— Na esgrima, Majestade.

— E você, Miguel?

— Prefiro a luta livre.

— Bom, fica o meu convite para um dia treinarem aqui no palácio também.

Os rapazes se olharam espantados.

— Será um prazer, Majestade! — exclamou Miguel.

— Excelente, avisarei aos guardas para liberarem a entrada de vocês dois, depois podemos combinar dia e hora.

Eles concordaram, entusiasmados com o convite. Por fora, Liam parecia calmo, mas por dentro estava desesperado, nunca teve amigos, sempre foi proibido pelos pais de conversar e socializar com as outras crianças do palácio. A única pessoa que o acompanhou desde sua infância foi Drakkar, mas Liam o via mais como uma figura paterna, então não contava. Estava aliviado por ter conseguido manter a conversa sem transparecer nervosismo.

A música da orquestra parou novamente, e o homem no topo da escada anunciou a rainha.

— Vossa Majestade Real, rainha Diana Gribanov, e suas damas de companhia.

Os três rapazes se viraram calmamente para ver a entrada delas, assim como todos no salão. Estavam sem palavras. Esmeralda usava um belíssimo vestido vermelho e sexy, o que fez Chris pensar que jamais daria conta daquela mulher. O cabelo dela estava penteado para o lado e seu olhar se fixou nele, o coração tímido do rapaz acelerou.

Magnólia usava joias até em suas tranças, e o vestido verde a fazia brilhar como uma cristal. Miguel acabou engolindo em seco e desejou fortemente que ela de fato fosse sua namorada quando avistou dois rapazes claramente cochichando sobre sua beleza.

Diana estava digna de uma rainha, o vestido azul-marinho brilhava com os detalhes dourados bordados à mão. Era justo na cintura e a saia se abria com muito volume e movimento. Dessa vez, usava um penteado alto, deixando alguns fios enquadrarem seu rosto. Ela estava tão linda que a única reação de Liam foi caminhar em sua direção.

Assim que estava frente a frente com sua esposa, ele se curvou e ela copiou o gesto. O rei estendeu a mão, Diana aceitou e então ele a conduziu para a pista de dança. A música voltou a tocar e os outros dois rapazes se aproximaram das meninas, as convidando para a pista também. Assim que o rei e a rainha começaram a dançar, todos se juntaram a eles. Diana estava tímida e quase não conseguia erguer o rosto, evitando contato visual com seu marido.

— Olhe para mim — pediu Liam com carinho.

Ela levantou o olhar devagar e sentiu que seu coração iria explodir. Liam estava belíssimo, o cabelo para trás permitia que enxergasse melhor suas feições, a deixando ainda mais vermelha. O rosto ruborizado de sua esposa fez Liam a desejar por completo.

— Você está linda, minha rainha — observou ele com brilho no olhar.

— Obrigada, Majestade. Você... — Era difícil falar, Diana nunca tinha feito um elogio assim para o marido. — Você também não está nada mal.

Liam a puxou para mais perto dele e Diana sentiu o corpo todo arder.

— Está dançando muito bem. Andou praticando com alguém? — perguntou ele com medo de que Diana estivesse na companhia de outro homem.

— Uma amiga se dispôs a me ensinar para o baile — disse, lembrando de Sara gastando horas de seu dia para lhe ensinar a dançar.

— O rosto daquele pobre rapaz está mais vermelho que o vestido de Esmeralda — falou Liam, apontando para Chris, completamente desconcertado com a beleza de sua companheira.

Diana riu ao ver a cena e Liam percebeu que era seu fim. O sorriso espontâneo de sua esposa o desmontava, eram raros os momentos em que Diana ria assim na frente dele e ele gostava de olhar com atenção para seu sorriso, considerando que não sabia quando o veria de novo. Diana virou seu rosto para Liam novamente e ele corou.

— Você está bem? — perguntou a rainha.

— Estou — respondeu ele enquanto se recompunha. — Só um pouco pensativo.

— No que está pensando?

Como ele iria responder? Desde que se casaram, só tinha uma coisa que rodava a mente de Liam. Ele detestava se ver preso nesses pensamentos, pois havia prometido que esperaria por ela pacientemente, mas sua esposa o estava enlouquecendo e nos últimos dias já havia percebido que se afastar não era a solução.

Então como ele deveria agir? Liam não tinha experiência com essas coisas, nunca esteve com uma mulher antes. Como deveria se comportar? Como fazer com que ela o desejasse tanto quanto ele a desejava?

— Estou pensando no clima — mentiu. — Parece que vai chover.

— A típica chuva que marca o início do verão — completou Diana.

A música terminou, alguns casais se retiraram da pista para outros entrarem e continuarem no ciclo de danças. Diana saiu se abanando com as mãos, o verão era difícil para qualquer sereia — o mar era sempre frio, mas a terra, principalmente na região de Enellon, era sempre quente. Liam percebeu o desconforto da esposa e se aproximou de seu ouvido.

— Quer que eu pegue alguma coisa para você beber? — sussurrou ele.

Diana sentiu um arrepio subir a espinha com os lábios do marido tão perto de seu rosto. Conseguiu apenas assentir com a cabeça. Ele estava prestes a se afastar quando Diana o segurou pelo manto. Nem entendia porque tinha feito aquilo. Liam olhou para trás confuso.

— Liam, eu... — O que ela diria? — Eu queria saber...

Ele pegou a mão da rainha e então beijou sua palma. Com a mão dela em seu rosto, ele fechou os olhos, desfrutando do cheiro e do toque da pele de sua esposa. Diana ficou completamente desconcertada.

— O que quer saber, minha rainha? — Liam abriu os olhos lentamente.

Diana estava prestes a responder a primeira coisa que passasse pela sua cabeça quando avistou Mag sinalizando que precisavam ir.

— Tenho que ir ao banheiro, Majestade. Levarei minhas damas para me ajudarem com o vestido.

— Certo — anuiu, mais uma vez decepcionado. — Estarei te esperando.

— Não precisa, vá aproveitando a festa sem mim.

Diana se retirou com pressa.

Liam estava acostumado com os comportamentos estranhos de sua esposa, mas algo o dizia que dessa vez fora diferente — não havia sido só estranho, havia sido suspeito.

Sara dirigia a caminhonete, Diana estava no banco do passageiro e as outras meninas brigavam por espaço no banco de trás.

— Que maldição, Esmeralda! Vai pra lá! — exclamou Mag.

— Você está querendo ocupar um espaço que não existe aqui, minha querida! — retrucou a outra com sarcasmo.

— Parem vocês duas! — disse Diana já sem paciência. Ela se virou para Sara. — Está tudo bem mesmo para você?

— Bom — disse Sara, um pouco nervosa. — Não vejo o rosto de Raon há treze anos, com certeza não era assim que eu gostaria de vê-lo uma última vez. Mas eu quero me despedir, preciso me despedir. — Ela tentava conter as lágrimas.

— E o que vamos fazer com o corpo quando pegarmos? — perguntou Esmeralda.

— Há um rito de passagem no mar — respondeu Diana. — Eu precisarei pensar em uma forma de levá-lo para Norisea, mas por enquanto teremos que esconder o corpo...

— Na verdade — interrompeu Sara. — Eu gostaria de enterrá-lo no túmulo da minha família. Desde que ele se foi, eu separei um espaço para ele lá.

Diana ficou relutante.

— Mas ele é um tritão da realeza, precisa de um funeral tradicional do mar.

— Compreendo seu ponto, mas a família que ele escolheu é da terra.

— Mesmo assim...

— Quero o túmulo de Raon ao lado do meu e de nosso filho quando partirmos. — Sara estava firme na sua decisão. — E também quero um lugar para Ramon visitar quando pensar no pai.

Diana não queria abrir mão, mas sabia que nessa batalha ela não sairia vencedora. Sara estava certa, Raon havia escolhido sua família e precisava ser velado ao lado dela.

— Está certo — concordou, mesmo não gostando da ideia.

Sara parou o veículo há alguns metros de distância da casa de Drakkar.

— Vamos a pé a partir daqui — disse ela. — É mais seguro.

As quatro mulheres saíram do veículo e de repente ouviram um barulho. Diana sentiu o medo invadi-la. Alguém as seguira?

Mag foi discretamente até a carroceria da caminhonete, de onde vinha o som, para pegar o espião de surpresa quando removesse a lona. Mas assim que levantou, preparada para um ataque, viu apenas um garoto.

— Ramon! — gritou Sara furiosa. — Eu falei para ficar no seu quarto!

— Eu quero ver meu pai! — o menino gritou de volta.

— Não. Não. NÃO! — enfatizou ela. — Não é assim que você deveria ver seu amado pai!

— Eu não me importo! Quero vê-lo!

Sara colocou as mãos no rosto, desesperada. Diana se aproximou do sobrinho com muita tristeza.

— Tem certeza, Ramon? — perguntou Diana com um olhar acolhedor.

O garoto fez um sinal afirmativo com a cabeça. Ela se voltou para sua cunhada.

— O garoto tem o direito de se despedir, Sara. Ainda mais ele, que nunca teve a oportunidade de conhecê-lo.

Algumas lágrimas já escorriam do rosto da mulher. Ramon sentiu uma pontada de culpa por ter feito a mãe chorar, mas se recusava a perder a oportunidade de olhar para o rosto de seu pai. Sara cedeu e então os cinco foram andando em silêncio até a porta da casa de Drakkar.

— Ele está no baile, certo? — perguntou Esmeralda temerosa.

— Está, eu o vi no pátio com uma mulher alta e loira — respondeu Sara.

— Mag, consegue abrir a porta, não consegue? — perguntou Diana.

A amiga ficou observando a fechadura e pensando como faria.

— Esse objeto parece complexo demais para manipular, pode levar um tempo.

— Me deem licença — disse Esmeralda tirando os grampos de seu cabelo ruivo.

Mag cruzou os braços indignada.

— É especialista em arrombar portas agora?

— De certa forma, sim — disse ela enquanto colocava o grampo na fechadura.

— Pelos espíritos, você invadia casas?

— Na verdade, eu só arrombava a porta do meu quarto mesmo, às vezes a janela... — explicou Esmeralda concentrada na fechadura.

— O quê? Por quê? — Mag perguntou.

— Mag, não. — Diana já havia percebido sobre o que se tratava.

A porta abriu como um passe de mágica, nem mesmo havia feito barulho. Os anos de prática fizeram Esmeralda aprender a abrir qualquer fechadura em completo silêncio.

— Onde está o corpo? — perguntou Sara para Diana.

— No corredor, perto da cozinha.

O grupo correu para o cômodo, evitando acender as luzes para não chamar a atenção dos vizinhos ou dos funcionários de Drakkar. Antes de entrar no corredor, uma tensão preencheu o ar, ninguém queria ver o que tinha ali. Quase em uníssono, respiraram fundo e foram de encontro ao corpo de Raon. Assim que Sara colocou os olhos em seu amado, começou a chorar.

— Pelo Santo Espírito, o que fizeram com você, meu amor? — Ela correu na direção do corpo empalhado.

Mag se virou para Diana.

— Se em mim dói mesmo tendo sido preparada, imagino quanto tenha doído para você ver essa imagem de surpresa.

— Foi horrível, Mag. Eu desejei a morte.

— Venha, meu filho. — Sara chamou Ramon em meio às lágrimas. — Venha ver seu pai.

O garoto se aproximou do corpo devagar, totalmente atônito. Parou em frente a caixa de vidro que protegia o troféu mais importante de Drakkar e sorriu.

— Eu pareço com ele, mamãe. — Uma lágrima escorreu. — Eu pareço com alguém.

Nem mesmo Esmeralda conseguiu conter a emoção.

— Me perdoe, Diana — disse ela em um sussurro.

— Pelo que, Esmeralda?

— Por isso... — Ela apontou para a cena. — Meu povo nunca havia pensado nas consequências da caçada, apenas cumpria o que a tradição e as histórias diziam, que tolice! Olha o que fizemos...

Diana sorriu de modo melancólico.

— Eu te perdoo — disse, com um sentimento de paz.

Sara permaneceu alguns minutos chorando, até Ramon se pronunciar.

— Como tiramos meu pai daqui? Parece que Drakkar fez essa caixa de vidro sem fechadura, para não ser aberta.

— Isso é comigo — disse Mag se aproximando da caixa. — Afastem-se.

Todos obedeceram e Magnólia abriu a mão em direção a caixa de vidro, respirou fundo para se concentrar e então fechou a mão com força. Imediatamente o vidro se quebrou por completo. Ramon ficou admirado, Mag olhou para ele e deu uma piscada. Ele queria fazer o mesmo, queria ter dons assim como seu pai.

Sara se apressou para tirar o corpo com cuidado da estaca, sua pele se arrepiou ao tocar no corpo. Não era assim que ela queria senti-lo. Raon era um homem cheio de vida e paixão, vê-lo assim tão... morto, partia seu coração em pedaços. Ainda mais vendo que ele não passava de um objeto de decoração na casa de Drakkar. Esmeralda a ajudou a enrolar o corpo no tecido branco que trouxeram. A missão estava praticamente concluída.

Quando estavam quase saindo da casa, Diana avistou uma sombra na janela e obrigou todos a pararem e se esconderem. Duas pessoas conversavam do lado de fora.

— Temos que ser rápidos, antes que o rei sinta minha falta no baile.

Diana reconheceu aquela voz, era Drakkar.

— Como és importante para a Vossa Majestade — disse uma voz feminina sedutora. A rainha já sabia que era Elena.

— Em breve, Vossa Majestade será a pessoa bem à sua frente.

— Então, vida longa ao rei — falou ela e deu um beijo intenso em Drakkar.

O casal tropeçava agarrado enquanto tentava alcançar a porta da casa. Assim que Drakkar percebeu que já estava aberta, empurrou Elena. Vasculhou a entrada com aflição e então percebeu. Sim, ele sabia. Correu em direção ao corredor e viu o que já esperava: havia sido roubado.

— NÃO! — gritou com uma fúria descomunal.

Foi ao quarto e pegou sua melhor espingarda. Quando saiu da casa, encontrou Elena desmaiada no chão. Avistou ao longe uma caminhonete acelerando para a floresta. Ele correu até seu veículo e começou a perseguição.

16

— Ele está se aproximando, Sara! — gritou Mag.

— Esse carro não é para isso! — disse Sara aterrorizada.

Diana olhou para as amigas em desespero e viu o sobrinho encolhido ao lado de Esmeralda, claramente apavorado. Ela havia feito uma promessa, protegeria o garoto com sua vida, estava na hora de agir.

— Pare o carro, Sara.

— O quê? Não!

— Pare o carro! — gritou.

Mesmo relutante, Sara obedeceu sua rainha. Diana se virou para Mag.

— Mag, manipule a visão de Drakkar, não permita que ele nos reconheça.

— Eu nunca fiz isso com tantas pessoas e...

— É uma ordem!

Mag cedeu rapidamente.

— Sim, Majestade.

— Sara, fique no carro e proteja Ramon a todo custo. Esteja pronta para partir quando eu der o sinal.

A mulher concordou com a cabeça.

— Esmeralda, fique ao lado de Mag, ela estará ocupada com a manipulação e não poderá fazer outra coisa além disso, você precisa protegê-la! Se a manipulação falhar e Drakkar nos ver será nosso fim!

— Farei isso, Majestade.

Mag não gostou da ideia, mas não se atreveria a contrariar Diana naquele momento.

— E você, Majestade? — perguntou a amiga preocupada.

— Eu vou lutar. Me passe esse bastão no chão do carro.

— É só um cabo de vassoura quebrado, minha rainha! — disse Sara.

— Vai servir.

Diana, Mag e Esmeralda saíram do veículo. O carro de Drakkar estava quase lá.

— Mag, tem que ser agora! — exclamou Diana.

Mag centralizou suas mãos no peito e fechou os olhos com força, quando abriu novamente, seus olhos estavam completamente verdes e brilhantes. Drakkar, que já estava perto o suficiente, só avistava vultos. Soube na hora que alguém manipulava a sua visão.

— Essas sereias desgraçadas, as queimarei vivas!

Diana tirou de seu cabelo o apetrecho de Rage, recitou as palavras na língua antiga que desbloqueavam o encanto e recebeu em sua mão uma adaga perfeita e prateada. Ela se virou para Esmeralda com um olhar de pedido de desculpas, e então cortou a saia volumosa e comprida do vestido, o deixando completamente curto. A rainha se posicionou, mirou no carro de Drakkar e atirou a adaga que acertou perfeitamente o pneu da frente, obrigando-o a parar. O homem saiu do carro com sede de sangue e apontou a espingarda para os vultos.

— Ele está armado! — gritou Diana. — Se abaixem!

Drakkar atirou cegamente, sem parar. A falta de nitidez o deixou profundamente irado. Antes que Diana pudesse impedir, uma bala atingiu a caminhonete com Sara e Ramon dentro.

— Não! — gritou desesperada.

A bala atingiu em cheio o ombro de Sara, a fazendo agonizar de dor.

— Mãe! — gritou Ramon. — Não, por favor!

Sara continuava agonizando no carro, ver a mãe naquele estado fez o garoto se enfurecer como nunca havia acontecido em toda sua vida. Ele saiu do veículo, totalmente descontrolado.

— Ramon! Não! Ramon, volte para o carro! — Diana gritava, chamando sua atenção.

De repente, os olhos do garoto perderam a cor azul e ganharam um tom arroxeado. Ele fez um movimento com as mãos e lançou uma bola de fogo em Drakkar, que por pouco conseguiu escapar do ataque.

— O fogo do mar... — sussurrou a rainha espantada. Mesmo ele sendo filho de seu irmão, Diana não esperava que Ramon herdasse o mesmo dom do pai, considerando que era uma habilidade raríssima. Ver o que o garoto podia fazer era uma maravilhosa surpresa.

Diana então bateu com força o cabo de vassoura na espingarda de Drakkar, a lançando para longe. A rainha correu na direção do inimigo.

— Venha, peixinho — sussurrou Drakkar posicionando-se para a briga.

Ele estava esperando um golpe alto e certeiro, mas Diana se jogou por baixo de suas pernas, golpeando o joelho dele com um soco e o fazendo grunhir de dor. Ela pegou a adaga no pneu do carro e se preparou. Havia decidido que não mataria Drakkar, ela queria entregá-lo para o rei e então vê-lo cair pelas mãos de Liam. Se o matasse agora, não teria como provar a conspiração de Drakkar e poderia acabar colocando seus amigos em perigo.

Notou a ironia e a hipocrisia da situação. Ela estava em Enellon justamente para usurpar o trono matando o rei, exatamente como Drakkar planejava fazer. O processo a fez mudar de ideia, mas o que realmente a diferenciava de seu inimigo? Ela olhou para a caminhonete onde estava o corpo do irmão, ela ainda não era uma assassina e não precisava ser.

O homem correu mancando em direção ao vulto, mas Diana o evitou com certa facilidade. Mag se mantinha concentrada na manipulação de Drakkar, mas sua cabeça latejava de dor — nunca havia feito algo assim antes e estava exigindo extremo esforço da parte dela. Esmeralda notou o incômodo de Mag ao no suor e nas mãos trêmulas da sereia, sabia que a manipulação não duraria muito tempo.

Para a felicidade de Drakkar, o vulto estava começando a ficar mais nítido. Ainda não conseguia ver o rosto nem o que vestia, mas já conseguia definir o movimento que os braços e as pernas faziam. Não seria tão difícil atacar.

Um estrondo e um clarão irromperam no céu, e antes que Drakkar pudesse pensar em alguma coisa, Ramon o atacou por trás, tentando segurar os braços daquele homem gigante. Foi ingenuidade do garoto achar que poderia vencê-lo assim. Como se não fosse nada, Drakkar o pegou pelos cabelos e o atirou para longe. Ramon bateu a cabeça em uma árvore e desmaiou.

— Vá pegar Ramon! — ordenou Mag para Esmeralda. — Eu dou conta!

A garota de cabelo ruivo hesitou por um mero segundo, mas então tomou coragem para ir. Pelos espíritos, no que havia se metido? Apressada, chegou até onde Ramon estava e tentou acordá-lo, mas o jovem rapaz estava completamente inconsciente.

A chuva começou a cair com força — tempestades de verão nunca eram tranquilas. Esmeralda lamentou ser tão fraca enquanto arrastava o garoto pelos pés. Estava encharcada e com frio quando avistou Drakkar atacando a rainha. Diana o evitava e golpeava para desnorteá-lo.

Outro clarão no céu, o estrondo viria em breve. Esmeralda colocou o garoto na caminhonete e então viu o ferimento de Sara. Em desespero, correu para avisar Mag.

— Mag, Sara precisa de ajuda! — gritou. — Temos que levá-la a um médico agora! Está sangrando muito!

— Sabe dirigir?

— S-sei? — Na verdade não sabia.

— Então vá! Eu fico com Diana.

— Mas...

— Vá logo! Se Sara morrer, Diana morrerá junto, não aguentará tamanha tristeza.

O trovão chegou com tanta força que Esmeralda deu um grito agudo, correu para a caminhonete e, com muito esforço, colocou Sara, já desacordada, no banco do passageiro. A garota olhou para o volante à sua frente sem saber o que fazer.

— Muito bem, não deve ser muito difícil, vi meu pai fazendo isso e se aquele idiota consegue, eu também consigo!

Esmeralda ligou o carro e acelerou, aos trancos ela pegou o jeito com a marcha e conseguiu sair de lá. Olhou para Sara com angústia, para onde a levaria sem que perguntassem o que havia acontecido? E então lembrou: Chris! A garota acelerou ainda mais, clamando aos espíritos para que Sara aguentasse até receber ajuda.

A chuva engrossava e o vento, frio e cortante, arrepiava a pele de Mag. Com menos pessoas, manipular a visão de Drakkar deveria ficar fácil, mas ela já estava exausta. Sentia que poderia apagar a qualquer momento. Mag jurou proteger a coroa quando era criança; Diana era sua coroa. Ela não iria desistir.

Em dado momento, Drakkar conseguiu prever os golpes de Diana e então a segurou pelo braço com força. Diana não conseguiu resistir, aquele homem era um caçador experiente, não possuía nenhuma fraqueza física. Ele a jogou contra seu carro e ela gemeu de dor. Os vultos ficavam cada vez mais nítidos e Drakkar sorriu ao conseguir avistar alguém ao fundo, ele sabia que era essa pessoa que controlava sua visão. Sacou de seu bolso uma pequena pistola e apontou para Mag.

— NÃO! — Diana gritou.

A rainha se jogou em cima de Drakkar, fazendo-o errar o tiro.

— Maldição! — gritou ele, enquanto Diana atrapalhava seus movimentos.

Ele a empurrou contra a grama molhada e colocou a arma a alguns centímetros de sua cabeça.

— Essa é minha última bala, a reservei somente para você — disse com um sorriso maquiavélico.

A chuva caía forte no rosto de Diana, o inimigo a havia imobilizado completamente, a mão de Drakkar segurava seu pescoço quase a enforcando e seu corpo estava por cima do dela, impedindo-a de se defender. Um relâmpago iluminou o céu mais uma vez. A rainha sabia que não tinha mais como escapar e, apesar de estar com medo, estava aliviada por Esmeralda ter conseguido escapar com Sara e Ramon. Drakkar puxou o gatilho. O estrondo do céu ressoou com o barulho da bala que acertaria Diana. A rainha fechou os olhos com força esperando a morte, mas não sentiu nada. Abriu os olhos novamente e viu uma mão fechada sobre o bico da arma que impediu que a bala a atingisse.

— Mas o quê...? — perguntou Drakkar confuso.

Com um único golpe no pescoço, o herói de Diana nocateou Drakkar que caiu sobre seu corpo. A rainha o afastou assustada e levantou o olhar.

Lá estava Liam, totalmente encharcado e cheio de fúria. Fios de cabelo grudavam em sua testa molhada e franzida. Ele ergueu a rainha sem delicadeza alguma.

— Vamos para casa, Diana — disse com a voz firme enquanto puxava seu braço para fora da floresta.

— Mi-minha irmã! — conseguiu dizer.

Liam olhou para o outro lado e viu Mag inconsciente no chão. Ela havia gastado toda a energia com o dom, havia entregado tudo de si. O rei foi em sua direção. Não teria outra escolha senão soltar o punho da esposa. Pegou Mag no colo.

Eles fizeram o trajeto todo para fora da floresta em completo silêncio. Quando chegaram ao carro de Liam, ele colocou Mag deitada no banco de trás. Diana entrou no carro, dessa vez com medo do marido. Liam fechou a porta com tanta força que ela prendeu a respiração. O rei segurou o volante como se fosse quebrá-lo em pedaços.

— Eu realmente gostaria de saber — começou, com uma voz terrivelmente assustadora — porque meu conselheiro mais importante estava em cima de minha esposa com uma arma apontada para a cabeça dela.

— Liam, eu... — tentou falar, com a voz embargada.

— NÃO SE ATREVA A CHORAR — gritou ele.

Diana engoliu o choro.

— Foi somente isso que você viu? — perguntou ela, com medo de ele ter visto os poderes de Ramon.

— E tinha mais para ver? — indagou em tom sarcástico.

— Como nos achou?

— Sua "ida ao banheiro" — disse com ironia. — Você demorou demais. Quando não te encontrei em nenhum lugar do palácio, peguei meu carro e dirigi pelas redondezas. Vi marcas de pneus entrando na floresta e segui. Aí vi a cena: Drakkar prestes a matar você — terminou, ainda tentando conter a raiva dentro do peito.

— Obrigada por ter me salvado — disse Diana baixinho.

— Era ele, não era?

— O quê?

— Veio buscar o corpo na casa de Drakkar. O corpo era do tritão que você amou, não era?

Diana baixou o olhar.

— Sim, era.

Liam escondeu o rosto entre as mãos, Diana não se moveu. Ela ficou olhando para a mão esquerda do marido, que ainda estava coberta com a luva, mas agora tinha um furo no centro que Liam tentava esconder. Fora com aquela mão que ele havia impedido que a bala a atingisse.

— Como você...

— Não te interessa, Diana.

— Drakkar não nos reconheceu, Liam. — Ela tentou acalmá-lo.

— E como você sabe?

— Ele não mataria a própria rainha e não me chamou pelo nome nenhuma vez, certamente não nos reconheceu. — Engoliu em seco. — Acredito que os espíritos tenham nos protegido.

Liam gargalhou.

— Não tente se safar apelando para os espíritos — disse ele, lhe oferecendo um olhar cortante.

Diana se encolheu no banco e tentou não falar mais nada, não queria irritar Liam ainda mais.

— Conseguiram o que queriam, pelo menos?

A rainha o olhou um pouco surpresa.

— Sim, o corpo foi levado.

Segundos de silêncio que mais pareceram horas tomaram o ambiente.

— Então será que agora você consegue seguir em frente? — Liam perguntou, quase que implorando.

Diana entendeu aonde ele queria chegar.

— Agora que sei que seu corpo descansa em paz, sim, posso seguir em frente.

Liam não respondeu, apenas seguiram o restante do trajeto em silêncio.

Diana estava imersa na banheira do quarto do casal. Assim que chegaram, Liam se trancou no quarto dele e ela aproveitou para se limpar na banheira que tanto gostava. Mag havia sido colocada em seu quarto, ainda desacordada, então só poderiam conversar sobre o que fariam com o corpo de Raon no dia seguinte. Quando Miguel a viu totalmente molhada e febril, se prontificou a cuidar dela. Outras criadas a ajudaram também. Esmeralda havia deixado um recado no quarto da rainha avisando que Sara já estava sendo tratada, na intenção de tranquilizar a amiga.

O baile perdera o sentido para os próprios anfitriões, que não retornaram para a festa. Um dos conselheiros da corte assumiu o posto de anfitrião, ele era muito sociável e divertido, então lidou bem com a situação inesperada.

— Ah, o rei e a rainha? Por favor, meus senhores. São jovens e recém-casados e isso é uma festa! Acham mesmo que eles não fugiriam? Vossas Majestades têm a idade de meus filhos, e é exatamente o que eles fariam em um baile como esse. Aproveitem que não estão aqui para fazerem o que quiserem! — E com as piadas e gracinhas, ele arrancava gargalhadas dos convidados, distraindo-os da ausência do rei e da rainha.

Diana saiu do banho demorado com a toalha enrolada no corpo e quase a deixou cair quando foi pega de surpresa por Liam sentado na beirada da cama. O rei usava uma camisa preta aberta e pelo cheiro, também tinha tomado banho. Diana apertou ainda mais a toalha sobre o corpo. Liam direcionou seu olhar para a esposa e tentou ignorar que ela estava quase nua bem na sua frente. Ele levantou para poder falar com ela.

— Me desculpe por ter gritado com você — disse.

— Melhor eu sair daqui. — Diana apressou o passo quando passou por ele.

Liam a segurou pelo braço, impedindo-a de deixar o quarto.

— Não podemos conversar?

— Não quero te irritar, Majestade — disse ela, dando alguns passos para trás.

— Eu ainda estou irritado, Diana. E pelos espíritos, me chame de Liam!

A rainha abaixou a cabeça apreensiva.

— Você poderia ter pedido minha ajuda.

Ela riu.

— Como se você fosse me ajudar a roubar o corpo do homem de quem morre de ciúmes!

— Você me subestima, minha rainha. Se fosse sincera comigo, tivesse explicado seus sentimentos, sua história, eu te ajudaria!

— Com o que poderia me ajudar, exatamente?

— Ora, toda essa confusão aparentemente aconteceu porque Drakkar as pegou no flagra! Eu poderia muito bem tê-lo distraído durante o baile para evitar que voltasse para casa. Ninguém teria se ferido, ninguém teria uma arma apontada na cabeça e ninguém teria quase morrido!

— Você iria tramar contra seu conselheiro favorito? Duvido muito!

— Iria! Ele é estimado por mim, praticamente me criou, esteve ao meu lado em meus maiores momentos de sofrimento.

Diana franziu o cenho sem conseguir acreditar naquelas palavras, não conseguia imaginar Drakkar sendo bondoso, ele queria matar Liam, não fazia sentido. Ao ver a relutância da esposa, ele prosseguiu.

— Mas mesmo assim, a partir do momento em que coloquei essa aliança dourada em meu dedo, você passou a ser mais importante. Não concordo com roubos, mas, por você, ajudaria sem pensar duas vezes. Agora você é minha prioridade, por isso peço que confie em mim! Seja sincera comigo!

Diana tentou reverter a situação.

— Você fala de sinceridade... Por que não me conta como me protegeu do tiro? Como segurou uma bala com a própria mão? O que esconde nessa luva, Vossa Majestade?

Ela reparou que o rei havia colocado uma luva nova, já que a outra havia sido danificada. Liam apertou a mão esquerda.

— Eu só tenho medo, Diana.

— E você acha que eu não tenho?

— Não parecia quando te vi jogada no chão, como se a vida de todos importasse mais que a sua! Por que sempre age como se estivesse compensando alguma coisa?

Desde a morte de seu irmão, Diana cresceu com o seguinte pensamento: *deveria ter sido eu, não ele*. Todos em Norisea pensavam dessa forma, portanto, para ela, a morte era questão de tempo — a qualquer momento apareceria para corrigir seu trabalho, já que na última vez claramente havia se enganado. Ela não queria ouvir Liam falar, suas palavras de confronto estavam desencadeando memórias dolorosas demais.

— Apenas me deixe em paz, Liam! — disse ela impaciente. — Deu tudo certo no final das contas!

— Tudo certo? Você quase morreu, Diana! Quase te perdi para sempre!

— Por que você se importa?! — berrou ela.

— Porque eu te amo, Diana! — vociferou irritado. A rainha arregalou os olhos. — Eu te amo desde o dia que te vi tropeçando naqueles vestidos bregas e coloridos. Eu te amo desde sua primeira teimosia comigo. Eu te amo porque você pode ser totalmente insuportável e mesmo assim permanece deslumbrante. Eu te amo! Eu quero você, eu quero seus sorrisos, seu carinho, sua inteligência, sua bondade, seus mais pavorosos defeitos. Eu desejo você. Desejo tocar em você. Somente os espíritos sabem o quanto eu quero tocar você. Eu anseio por seu corpo e todas as belíssimas curvas que você insiste em esconder de mim. Eu quero pertencer a você. E quero que você pertença a mim.

— Eu não sou uma posse para pertencer a alguém — disse, tentando ignorar que Liam acabara de declarar seu amor por ela.

— Eu sei! Eu sei... mas eu gostaria de que essa noite você pertencesse.

— Eu não compreendo...

— Eu só quero deixar claro que estou disposto a ser seu homem. Mas não sei quanto tempo mais consigo esperar até que você decida se deseja ser minha mulher.

— Já somos casados.

— Ainda não.

Diana estava atônita, não conseguia nem mais olhar para seu rosto. Liam a amava, e ele queria desfrutar dos prazeres do casamento com a mulher com quem sonhava todas as noites. Ela não sabia o que dizer, ainda não tinha coragem de declarar o que sentia quando estava ao lado do marido.

Não entendia direito seus sentimentos, mas sabia que gostava de estar com ele. A presença de Liam era como um refúgio da dor que sentira por tantos anos. Ela o queria também, mas não iria admitir.

Liam deu um passo para frente.

— Eu vou te beijar agora — disse com a voz firme.

Diana levantou o rosto em choque, ainda sem conseguir dizer nenhuma palavra. Ele a avisou com tanta naturalidade que ela não era capaz de pensar em uma resposta rápida.

— Se você não me impedir, eu vou te beijar. — Deu mais dois passos para frente, quase colando seu corpo ao dela.

Ela apertou ainda mais a toalha grossa e felpuda envolta do corpo. Seu coração pulsava rapidamente, e se ela fosse ouvi-lo, sairia correndo dali, mas as pernas não se mexiam. O sangue a controlava dessa vez, todo o seu corpo ardia e agora ela sabia por quem. Nunca em um milhão de anos ela havia se imaginado com um humano.

Quem a havia direcionado até ele? O Santo Espírito? Quando olhava para a coroa do rei, ela via apenas um inimigo, mas quando olhava para Liam, via o próprio amor — um presente dos céus. Seu casamento era um presente, ela não poderia deixar isso escapar de suas mãos por mero orgulho.

— Tudo bem — respondeu Diana.

Seus músculos relaxaram e Liam percebeu. O rapaz segurou o rosto de sua mulher como se fossem as flores mais delicadas do jardim, aproximou seus lábios dos dela e então a beijou com tanta paixão que precisou segurar nas costas de Diana para que ela não caísse para trás. Era o primeiro beijo dos dois, o encaixe funcionava perfeitamente.

Diana levantou as mãos e acariciou a cabeça do marido enquanto passava os dedos entre os fios de seu cabelo, ele sentiu seu corpo inteiro arrepiar com o toque da esposa e então a levantou para que pudesse levá-la para cama. A deitou nos lençóis de linho e sorriu para Diana, a jovem rainha retribuiu com um sorriso tímido. Ele se aproximou de seu pescoço e a beijou ali mesmo. Diana acabou soltando um riso travesso.

— Tem cócegas aqui? — ele perguntou com um sorriso.

— Tenho, sim — respondeu dando risada.

Liam agora entendia o que era compartilhar um leito nupcial. Não se tratava apenas de uma relação carnal, mas de intimidade — a intimidade mais pura, bela, alegre e santa. Sem isso, ele nunca descobriria que Diana era frágil em algumas regiões do corpo ou que, dependendo da forma como a segurava, poderia provocar reações diferentes nela.

O rapaz queria que ela o sentisse também, ele não queria pertencer a mais ninguém que não fosse ela. Somente sua esposa também teria acesso a suas fragilidades. Ele tirou a camisa e ficou pensativo sobre a luva, Diana segurou sua mão esquerda.

— Não precisa. Faça quando estiver pronto — disse ela.

— Obrigado — respondeu constrangido.

Ele realmente ainda não estava pronto, mas sabia que estaria depois daquela noite. Diana não se importava com a luva naquele momento, seu marido a havia esperado pacientemente, ela poderia fazer o mesmo por ele.

Liam voltou a beijá-la e passar a mão por todo o seu corpo, queria remover a toalha logo, mas sua inexperiência o deixava nervoso.

Como faria isso sem ofendê-la? Ele colocou a mão na dobra da toalha, mas hesitou. Fechou os olhos com força, envergonhado. Tudo que ele queria era saber o que fazer, mas ao mesmo tempo, estava feliz. Suas reações e embaraços seriam vistos apenas por Diana, não tinha porque ter medo. Ele sabia que ela não o julgaria.

— Preciso ser sincero com você... — Liam coçou a garganta. — Quero tirar esse tecido que te cobre, mas não sei como fazer isso — admitiu com as maçãs do rosto vermelhas.

Naquele momento, Diana percebeu que o amava. Ele era cuidadoso e atencioso com seus sentimentos, como nunca havia reparado antes? Roupas não eram necessárias no mar, afinal, as escamas já cobriam o que precisava ser coberto. Naquele momento não havia nada para esconder de seu marido. A rainha era uma mulher de personalidade forte e queria agir como tal — até mesmo na cama.

— Apenas tire a toalha, meu rei — disse ela com um sorriso terno.

Liam não esperava por aquela resposta, mas assentiu mesmo com o nervosismo tomando todo o seu coração. Sua respiração estava agitada. Ele pegou a ponta do tecido e começou a puxar bem devagar. Diana estremeceu ao sentir o tecido roçar em sua pele e por um breve momento ficou insegura.

Ela tinha as características que o agradavam? Poderia dar o prazer que ele tanto queria? Seu marido já havia admitido que a desejava, mas e se acabasse decepcionado? Como um reflexo, ela segurou a mão de Liam, impedindo que ele continuasse.

— O que foi? — perguntou ele preocupado.

— Eu... — Era vergonhoso admitir. — Tenho medo de não atender às suas expectativas.

— É nossa primeira vez, Diana — falou Liam com uma voz acolhedora. — Não tem que ser primoroso.

A rainha assentiu, ainda com a sensação de insegurança soando forte em seu peito. Mas mesmo com os sentimentos sabotadores a invadindo, decidiu soltar a mão de Liam, dando permissão para retirar a toalha.

O rapaz sorriu na tentativa de acalmar o coração da rainha e, para seu alívio, acabou funcionando. Liam então removeu o tecido por completo e a imagem que seus olhos receberam era como uma pintura divina. O perfume de Diana era agradável como areia molhada. Seus seios eram formosos como os lírios, seu quadril era como a montanha da mirra. Seu rosto brilhava como se estivesse através do véu, seus olhos eram como pérolas e seus lindos lábios eram como fitas vermelhas da mais pura seda.

— Você é perfeita, Diana. Não há defeitos em você, meu amor — declarou, completamente apaixonado pela esposa.

A rainha corou ainda mais com as palavras de seu amado, mas não teve tempo de reagir, seus lábios foram tomados pelos beijos e carícias do rei. Liam foi cortês e delicado, não se apressava de forma indevida, ouvia atentamente quando sua esposa dizia que algo a incomodava e Diana, da mesma forma, mudava seus movimentos quando o marido aparentava desconforto. Eles não ficaram chateados ou acanhados com os erros da primeira vez. Muito pelo contrário, em meio às descobertas do leito, acabaram rindo e se divertindo um com o outro.

Com Liam ao seu lado, Diana compreendeu que pertencer não significava posse, mas, sim, entrega. E naquela noite, ela havia se entregado para ele, e ele para ela.

17

O vento batia forte nas janelas do castelo, os corredores estavam vazios e melancólicos, ao fundo, era possível ouvir uma criança chorando e uma mulher aos berros.

— Cale a boca, aberração! — gritou a mulher.

— Amélia! — repreendeu o rei. — Não fale assim! Ele ainda está aprendendo a usar! Tenha paciência!

— Paciência, Zeriel? Você quer paciência? Os espíritos devem me odiar, fui amaldiçoada com certeza!

— Ele é uma criança perfeitamente normal! Nasceu bem e saudável.

— Normal? Ele me dá nojo! — disse, com o rosto cheio de aversão pelo menino.

Zeriel pegou a criança no colo e a consolava com tapinhas nas costas.

— Não podemos escondê-lo para sempre! Vários funcionários já sabem da existência dele.

— Mate-os então!

— Perdeu o juízo, mulher?

— Eu perdi tudo no dia que dei à luz a isso. — Apontou para o menino que se escondia nos braços do pai. — Eu preferia que tivesse morrido como todos os outros.

— Amélia! — gritou o homem. A criança chorava ainda mais. — Ele ainda é o herdeiro de Enellon! Será um rei excelente, tenho certeza! Terá uma bela esposa e filhos sábios e amáveis, não tenho dúvidas!

A rainha gargalhou, se aproximou do rosto do filho, apertou suas bochechas e falou com a voz cheia de ódio.

— Preste muita atenção no que vou te dizer agora, Liam Gribanov, não se esqueça dessas palavras: nenhuma mulher vai te amar, você morrerá sozinho. Mesmo que ame alguém e tente esconder isso, quando ela descobrir, vai ter repulsa e horror a você e certamente fugirá, entendeu? — Apertou ainda mais o rosto da criança e gritou:

— Ninguém vai amar você!

Como um salto, Liam acordou de seu pesadelo, uma lembrança tenebrosa. Ele se sentou na cama com a respiração ofegante, estava suando, então olhou pela janela e viu que já era de manhã.

— Liam? — sussurrou Diana enquanto esfregava os olhos, ela havia acordado com o agito de seu marido. — Está tudo bem?

O rapaz a olhou com os olhos lacrimejando. Quanto tempo até Diana o abandonar também?

— O que houve, meu rei? — perguntou ela, colocando a mão em suas costas.

Como um reflexo, Liam a abraçou com força. Ele a apertou como se fosse desaparecer a qualquer momento. Diana ficou sem reação com o abraço repentino, mas então retribuiu o gesto, acariciando o cabelo do marido.

— Não quer me contar o que te atormenta? — indagou ela com um tom preocupado.

— Tenho receio de te soltar e você ir embora.

Diana não sabia ainda o que se passava no coração conturbado do rei, mas a frase veio com uma entonação que ela conhecia bem, de perda. Ele havia perdido alguma coisa e estava sofrendo.

— Eu não vou a lugar algum, ficarei aqui com você.

— Mesmo que eu te cause repulsa? — perguntou o rei, ainda sem olhar para a esposa.

— Você não me causa repulsa, Liam. — Estava inconformada com o que havia acabado de ouvir. — Por você eu só tenho os sentimentos mais deleitosos e agradáveis que alguém poderia ter.

Ela o abraçou mais forte. Liam a ajeitou melhor em seu corpo, fazendo Diana corar e lembrar da noite encantadora que tiveram juntos. Seu corpo nu tocava o dele. Liam respirou fundo perto de seu pescoço e sentiu Diana arrepiar.

— Você é tão linda — murmurou enquanto acariciava suas costas até descer suas mãos para o quadril da esposa.

Diana o fez levantar o olhar, pegou em seu rosto e lhe deu um beijo doce e suave. Ele a segurou com mais força e a encaixou perfeitamente em cima dele. O dia mal havia começado e eles estavam prontos para se amarem mais uma vez.

Mag abriu os olhos devagar, eles estavam pesados. Percebeu que estava em sua cama no quarto do palácio. Olhou para direita e levou um susto: Miguel dormia todo desengonçado na poltrona. Mag olhou para suas roupas e ela usava um moletom grande. Quando havia se trocado? Ela cheirou o moletom e corou, tinha o cheiro do Miguel. Por acaso ele havia vestido ela? O rapaz acabou acordando e sorriu assim que viu que Mag estava bem.

— Bom dia! — saudou, com um sorriso cansado. — Se sente melhor?

— O-O que aconteceu?

— Nem eu sei ao certo, só me entregaram você desmaiada e molhada. Pedi ajuda para as criadas e te trouxemos para seu quarto, aí... — ele ficou vermelho. — Eu juro que não vi nada! Foram as criadas que te trocaram, ofereci meu moletom para você ficar confortável e quentinha. — Ele explicou rapidamente.

Mag olhou para o chão e viu seu belo vestido jogado, sentiu um arrepio. Miguel poderia ter feito qualquer coisa enquanto ela estava desacordada, mas então ela olhou bem fundo nos seus olhos e já sabia que ele não havia feito nada de errado. Miguel a respeitava muito, era possível notar a quilômetros de distância.

— Pretende me contar o que aconteceu?

Mag o olhou apreensiva. Ela podia confiar nele de verdade?

— Fui fazer um favor para a rainha, apenas isso — respondeu de modo seco.

— Você sabe que pode pedir minha ajuda.

— Suas ajudas sempre vêm com um preço.

Miguel sentiu um arrependimento instantâneo, o flerte do suborno não havia sido uma boa ideia a longo prazo.

— Me desculpe se eu passei essa impressão, mas eu realmente me preocupo com você, Mag — disse ele. Ela não conseguia olhar em seus olhos. — É mais que isso. Eu gosto de você. Gosto mesmo. Por favor, me conte o que aconteceu.

— Eu não posso contar, Miguel! — gritou irritada.

— Certo... — assentiu ele, incomodado com a reação dela. — Posso então saber o que você pensa de mim?

— O quê?

— Não é segredo que estou apaixonado por você, Mag. Você sabe disso muito bem. Quero saber se o sentimento é recíproco.

Mag apertou as cobertas, ela queria dizer que o amava também, mas tinha medo de fraquejar. Além disso, se ficasse com ele, seria difícil escolher entre Miguel e a coroa. Ela não poderia permitir se apegar assim, não a um humano.

— Vá embora, Miguel. — Uma lágrima escorreu pelo seu rosto.

— Mas, Mag...

— Por favor, vá embora. — Chorou ainda mais.

O sorriso radiante do rapaz havia se perdido, e ele não sabia quando o encontraria de novo. Ele se levantou, pegou suas coisas e se retirou do quarto. Mag permaneceu sozinha em meio às lágrimas.

A chaleira apitava com furor, Esmeralda desligou o fogo e colocou a água quente nas ervas para fazer um chá para Chris. O rapaz havia passado quase a noite toda acordado cuidando de Sara. Quando já era de madrugada, Esmeralda a levou para casa junto com Ramon, que já estava consciente e iria se encarregar de cuidar da mãe no restante do dia.

— O que vocês vão fazer com o corpo, Ramon? — perguntou Esmeralda.

— Bom, ele vai ficar na caminhonete da minha mãe até ela acordar. Me certifiquei que ninguém abriria a carroceria, tranquei com um cadeado. Acho que não vai demorar muito para ela despertar e então iremos enterrar meu pai no túmulo da família.

A garota estava pensativa sobre as palavras de Ramon e nem percebeu quando deixou água quente escorrer da xícara.

— Ah! — exclamou. — Maldição...

Ela limpou a bagunça e levou o chá para onde Chris estava. O pobre rapaz roncava baixinho enquanto cochilava com os braços em cima da escrivaninha. Havia sido uma noite bastante longa.

— Chris — chamou ela o tocando com cuidado para não assustá-lo, mas não adiantou. O jovem médico levantou o rosto tão aterrorizado que fez Esmeralda derrubar a xícara de chá no chão, que se partiu em pedaços.

— Pelos espíritos! — exclamou, envergonhado pelo acidente. — Me perdoe, Esmeralda — pediu, se agachando para pegar os cacos espalhados.

— Tudo bem, devia estar ruim mesmo. Tudo que faço na cozinha é um horror. — Riu por dentro.

— Como está a mulher e o menino?

— Parece que estão bem agora, graças a você — disse com um sorriso agradecido.

— Demos sorte de meus pais terem viajado a trabalho.

— Muita coisa foi sorte ontem — observou ela.

— Acredito que eu não possa perguntar o que aconteceu.

Esmeralda acenou negativamente com a cabeça.

— Ainda não, mas eu prometo te contar em breve.

— Ok, então, eu espero. — Chris deu de ombros.

Esmeralda o observou enquanto ele estava concentrado catando todos os caquinhos da xícara, sua gentileza era um afago para o coração machucado de Esmeralda, estava tão acostumada a ser negligenciada na infância, que a tranquilidade daquele relacionamento a fez pela primeira vez se sentir em um lar. Não precisava mais fugir, nem arrombar portas e janelas para se proteger, ela tinha encontrado sua casa.

Liam levava Diana pelos corredores do palácio, segurando sua mão. A rainha desconhecia aquela ala do castelo e estava curiosa para saber a intenção daquilo tudo.

— Para onde estamos indo?

— Já está na hora de eu te mostrar uma coisa — disse ele, com medo das próprias palavras.

Chegaram a um trecho bem afastado e escondido do castelo e Liam apertou um dos tijolos que abriu uma passagem que dava para uma escada. Diana olhou para a cena admirada e acabou lembrando da magia que sempre esteve imersa no mar. Os dois subiram juntos e chegaram a uma porta trancada, Liam tirou a chave do bolso e abriu. Diana deu um passo à frente, a luz batia forte em seus olhos e quando ela conseguiu entender onde estava, seu coração palpitou. Era uma gigantesca biblioteca, alta e cheia de janelas.

Eles estavam no topo do castelo, a parte mais alta — a biblioteca particular do rei Gribanov.

— Liam, isso é maravilhoso! — exclamou, encantada com o que via.

— Fazia tempo que eu não vinha aqui, não me traz boas lembranças.

— Como um lugar como esse pode te trazer memórias ruins? — perguntou Diana enquanto passava os dedos pelas prateleiras.

— Eu estudava aqui, tinha uma professora particular, eram muito exigentes com meu ensino.

— Pega bastante sol aqui, não é? — observou ela distraída.

— Sim, deveria cobrir os livros para que não envelhecessem por conta da luz. — Ele tirou um livro velho da prateleira. — Mas, não sei porquê, eu gosto muito desse tom amarelado e surrado que o livro fica depois de algum tempo exposto ao sol.

Diana foi andando e admirando cada prateleira, os livros iam até o teto e era necessário uma escada para alcançá-los. A biblioteca privada parecia um comprido cilindro na vertical. Era única. A rainha avistou uma prateleira mais inusitada, não tinha livros, apenas objetos e bugigangas do mar.

— O que é isso tudo?

— Só minha coleção de antiguidades e objetos perdidos.

— Tem muitas coisas do mar aqui.

— É, quando eu não estava no meu jardim secreto, eu estava na praia — confessou ele aos suspiros. — Comecei a colecionar tudo que eu achava por lá. Sempre que algo me feria, eu pegava uma concha na areia.

Diana olhou para a estante e viu a quantidade enorme de conchas coloridas que havia ali.

— São muitas conchas.

— Foram muitas feridas.

A rainha passou mais um tempo olhando para todas até que pousou os olhos em uma concha grande azul. *O quê?*

— Ah, achou minha favorita. Essa eu ganhei — falou ele pegando a concha e tirando o pó dela. — É especial pra mim.

— De... — Ela pigarreou. — De quem você ganhou?

— Você vai me achar maluco se eu disser que foram os espíritos?

Ela sinalizou negativamente.

— Eu não sei se foram eles, mas foi um presente do mar. Callian deu para mim, e o espírito dos mares só abençoa um humano quando está em união com o espírito da terra, mas para isso acontecer, eles precisam se tocar através do...

— Do sangue! — Diana completou sem acreditar. — Pelo Santo.

— Acredita no Santo Espírito também?

— Você acredita?

— Passei a acreditar depois disso — disse ele levantando a concha azul.

Diana sorriu para ele. Liam então pegou alguns livros de sua biblioteca particular e pousou em cima da mesa. Diana não conseguia acreditar que seu marido era o garoto humano que tinha conhecido tempos atrás, era mesmo ele. Por anos, ela ficou imaginando que o jovem menino tinha virado um caçador horrível, mas era o completo oposto — tinha virado um homem gentil, forte e governante. Ele era o rei daquela terra e, por causa dela, ele teve um verdadeiro encontro com os espíritos.

Os dois abriram um dos livros. O rei pousou a mão em uma das páginas e Diana se juntou a ele para ler.

— Os três espíritos de sangue — disseram em uníssono.

Liam se virou para a esposa espantado.

— Você sabe ler a língua antiga?

Ela congelou. Por força do hábito, lera em voz alta. Ela tentou reverter a situação.

— Eu que estou chocada, achei que mais ninguém conhecia o idioma dos espíritos.

O rei deu de ombros.

— Todo herdeiro ao trono deve saber interpretar o idioma, estou surpreso que uma plebeia tenha estudado isso por conta própria.

— Ah, sempre fui muito curiosa. — Ela tentou desconversar.

Liam sorriu. Cada dia que passava, se impressionava mais com a mulher ao seu lado.

— Você realmente nasceu para reinar — observou ele. — Fico feliz em ter te escolhido.

O coração de Diana apertou, Liam não iria escolhê-la, foi forçado por Mag. Quando a lembrança voltou, sentiu que estivesse roubando a vida de outra pessoa, assim como sentia ter roubado a vida do irmão.

— Quem você quase escolheu?

— O quê? — Liam perguntou apreensivo.

— Você não gostava muito de mim, Liam. Com certeza eu não era sua única opção.

— Tenho medo de contar e você ficar chateada comigo.

— Não vou ficar chateada — mentiu ela.

— Eu ia escolher Esmeralda — admitiu ele.

Diana baixou o olhar, não conseguiu esconder a tristeza.

— Ela é bonita mesmo... — foi o que conseguiu dizer.

— Eu não deveria ter contado.

— O que te fez quase escolhê-la?

— Bom, em termos de qualificação para o cargo, você sempre esteve em primeiro lugar, era sem dúvida a mais qualificada para ser rainha. Sua personalidade que me preocupava.

— Como assim? — perguntou ofendida.

— Meu amor, convenhamos... — Liam levantou a sobrancelha esquerda. — Você é bem difícil de lidar. É mandona e controladora — disse ele, enquanto sorria para Diana. — Sempre tem que estar certa.

Ela virou o rosto e cruzou os braços.

— Deveria ter escolhido Esmeralda então.

Liam riu.

— Você disse que não ia ficar chateada.

— Não estou chateada! — Claramente uma mentira.

Liam a segurou por trás e Diana tentou escapar de seu abraço.

— Ah, e você também é dramática — provocou ele, enquanto a impedia de escapar de seus braços fortes.

O rapaz estava se divertindo com a situação, apesar de se sentir mal por gostar de ver a esposa com ciúmes.

Diana estava pensativa, quem deveria estar ali era Esmeralda, não ela.

— Mudou de ideia em cima da hora? Você pareceu indeciso.

— Sim, mas uma voz dizia em meu ouvido sem parar que eu deveria escolher você.

Imediatamente, Diana sentiu um remorso pela manipulação de Mag, mas ainda não estava pronta para admitir isso a ele. Liam continuou:

— No fundo, eu queria escolher você, mas eu tinha medo da sua personalidade forte ser a minha ruína, assim como aconteceu com meu pai.

Ela se virou para ele sem entender.

— Do que está falando, Liam? — Diana teve medo da resposta.

O rei respirou fundo. Estava na hora de ela saber — se o aceitaria, não importava mais, ele só precisava ser sincero e não esconder mais nada de sua mulher. Ele a convidou para se sentar no sofá verde que tinha perto de uma janela. Posicionou a mão esquerda na frente dela.

— Pode tirar — falou.

— Você tem certeza? — Ela não queria forçá-lo.

— Tenho, sim, seja o que tiver de ser.

Diana engoliu em seco e abriu o botão da luva, foi tirando devagar e com calma. Liam olhava para baixo, esperando a reação da esposa. A luva foi saindo e revelando o que havia ali, o brilho do metal ficou evidente com a luz do sol refletida nele. Diana tirou toda a luva e viu a mão de prata do rei.

— Isso é... — Ela estava tentando entender o que estava vendo.

— É uma prótese, minha rainha. Muito boa por sinal — disse um tanto acanhado.

— Não é sua mão então.

— Não.

— O que aconteceu? Perdeu a mão em uma batalha ou duelo?

Liam soltou uma risada abafada.

— Eu só nasci assim, Diana — disse em tom melancólico.

— Ah... então qual o problema?

Liam levantou o rosto, surpreso com a reação.

— Como assim qual é o problema?

— Por acaso te machuca?

— Não, doeu apenas para colocar, as cirurgias também.

— Pelos espíritos... Cirurgias?

— Minha mãe queria uma prótese impecável, uma que funcionasse tão bem que ninguém perceberia que eu era assim. Fui submetido a algumas cirurgias para que meu sistema nervoso se conectasse com excelência à prótese. Aplicaram a mais alta tecnologia em mim.

— E funcionou?

— Até que sim, tudo que eu penso em fazer com essa mão eu consigo. — Movimentou os dedos devagar. — Mas evito usá-la o máximo que posso.

— Por quê?

— Porque eu não consigo sentir nada com ela ainda.

— Sentir?

— Tive dificuldade em me adaptar, quebrei muitos copos de vidro ao longo do caminho. — Liam riu de si mesmo. — Não sinto nada quando toco em você com essa mão, não sinto calor, frio, arrepios... nada

— Há quanto tempo usa essa prótese?

— Uso próteses diferentes desde criança. Quando parei de crescer, conseguiram desenvolver uma permanente para mim. É um metal resistente, por isso consegui impedir que aquela bala te atingisse.

— Isso é incrível, Liam! — falou Diana fascinada, enquanto tocava nos dedos de metal do marido.

— Incrível? — Ele ainda estava desacreditado. — Você não se importa?

— Me importar com o que, meu rei?

— Com isso. — Apontou para a mão esquerda.

Diana riu, sem entender onde o rei queria chegar

— Você é engraçado, Liam.

Ela continuou a passar os dedos e admirar a mão de metal. A tecnologia humana era fascinante, Diana ficava pensando o que poderiam fazer se unissem os povos para criar apetrechos como aquele ainda melhores, quantas pessoas eles ajudariam.

Um pingo caiu em cima da mão de metal, ela levantou o rosto e então viu os olhos de Liam deixarem cair as lágrimas que ele segurava.

— Meu rei! — exclamou assustada, nunca tinha visto Liam chorar. — Eu disse algo de errado?

— Aquela desgraçada... — disse ele com os olhos vermelhos. — Fez eu acreditar que nunca seria amado por ninguém...

— Quem?

— Minha mãe, aquela bruxa! — Soluçou ao chorar. — Ela me odiava.

Diana ficou horrorizada.

— Por que ela odiava você?

— Porque eu não era perfeito, Diana! — exclamou Liam inconformado. — Eu não era completo...

A rainha passava as mãos no rosto do marido, tentando enxugar suas lágrimas, mas foi em vão. Elas não paravam de sair.

— Me conte mais sobre seus pais.

— Minha mãe... — Liam tentava se acalmar para formar a frase. — Ela era bem peculiar. Uma excelente rainha, estrategista e cuidadosa ao tomar decisões para o reino, mas era um lixo de mãe e esposa. — A voz carregada de desprezo. — Ela ficou com tanto nojo de mim quando me viu nascer que só fui conhecê-la quando tinha dois anos. Ela me evitou por dois malditos anos! Quando me via, ela passava mal e reclamava aos espíritos por terem a amaldiçoado. Ela só aceitou conviver comigo com a condição que dessem um "jeito" em mim. A partir daquele dia, eu passei a morar em salas brancas e solitárias, apenas aguardando minha próxima cirurgia.

— Seu pai não fazia nada?

— Meu pai era um frouxo. — Ele soltou uma risada sarcástica. — Um fantoche da minha mãe. No final, ela sempre tinha tudo que queria. Eu prometi para mim mesmo que não deixaria jamais que isso acontecesse comigo quando fosse escolher uma esposa. Quando saiu o concurso, entrei em desespero, não queria uma rainha. Só de pensar nisso eu lembrava de minha mãe. Gostei de você desde nosso encontro nos corredores do palácio, mas sua personalidade às vezes me lembrava a dela e eu tinha medo de acontecer comigo o que aconteceu com meu pai. É claro, te conhecendo melhor sei que são totalmente diferentes. — Ele segurou na mão dela. — Eu sei que são.

— O que houve com seus pais? — perguntou Diana enquanto acariciava o rosto do marido, inchado de tanto chorar.

— Bom, nada importava mais no mundo para minha mãe do que ela mesma. Só agradava o povo para que falassem bem dela. Quando cresci e comecei a ser respeitado na corte, não como filho, mas como conselheiro, ela quis se aproximar de mim. Obviamente, eu recusei a aproximação e a esnobava na frente dos outros. Não preciso nem dizer o tanto que ela surtou com isso. — Ele fez uma pausa, não sabia se deveria contar a próxima parte. — Surtou tanto que matou meu pai.

Diana colocou a mão na boca assustada.

— Em seguida foi condenada à morte por traição. E foi assim, Diana, que me tornei rei.

Diana se sentia culpada, também havia ido para Enellon para matar o rei, se ela tivesse feito isso, Liam teria tido o mesmo destino do pai. Ela se odiava por isso.

— Liam... Eu não fazia ideia de que você estava sofrendo desse jeito.

— Eu cresci ouvindo que algo me faltava, que eu tinha um defeito, uma falha, que os espíritos haviam me castigado por algum pecado. Cresci ouvindo que era menos merecedor de amor simplesmente por ter nascido diferente. Como uma criança lidaria com tudo isso?

A sereia sem dons

Liam voltou a chorar e dessa vez Diana se juntou a ele. Ela conhecia muito bem o sentimento. Uma sereia nascer sem dons era o mesmo que nascer sem um membro, a magia fazia parte do mundo dela, qualquer criatura sem isso só poderia ser defeituosa. Ela compartilhava a mesma dor do marido e ela o havia aceitado como era. Será que ele a aceitaria também?

Diana o abraçou com força, tinha medo do que poderia acontecer se revelasse sua verdadeira identidade. Liam enxugou as lágrimas e olhou firme para a esposa.

— Meu amor, eu prometo nunca mais esconder nada de você. Terá acesso a tudo a meu respeito. Não haverá mais nenhum segredo entre nós, tudo bem?

Ela assentiu com um sorriso, mas por dentro estava destroçada. Liam havia aberto todo o coração para ela, e ainda assim, Diana se escondia do marido. Será que ela teria a mesma coragem? Se arriscaria a revelar quem era, mesmo com a chance de ser condenada à morte?

Diana estava com medo. De morrer? Não. Estava com medo de decepcionar o rei quando revelasse que o estava enganando esse tempo todo. Só tinha uma coisa que Diana detestava mais que a morte: o olhar de desprezo.

18

O quarto da rainha estava lotado — pelo menos ao ver de Diana. Ela nunca esteve em um aposento com mais de uma amiga, que sempre era Mag. Ali, Esmeralda, Mag e Sara conversavam casualmente em cima da cama enquanto comiam algumas castanhas que Sara havia trazido da cozinha.

— Mas como é, Sara? — perguntou Esmeralda.

— Como assim?

— Ah, você sabe... — disse Esmeralda, fazendo um gesto estranho com as mãos. Assim que Sara entendeu, ela corou.

— Esmeralda! — Mag chamou sua atenção. — Você não tem escrúpulos?

— Eu os perdi há muito tempo — revelou, não se importando com a repreensão. — E aí? Tritão ou humano? — Olhou para Sara, empolgada com a resposta.

— Na verdade, eu só estive com Raon, então não tenho como comparar.

A ruiva revirou os olhos entediada, viu Diana escrevendo alguma coisa em sua escrivaninha e sorriu de modo malicioso.

— E você, Majestade? Tritão ou humano?

Diana se virou para as meninas um tanto envergonhada. Mag ainda não sabia que ela havia dormido com o rei.

— Também não sou capaz de comparar, só estive com Liam — respondeu, tentando não olhar para o rosto espantado de Mag.

— Aff — bufou. — Nem vou perguntar pra Mag, aposto que não esteve com ninguém.

— Não estive mesmo! — exclamou irritada.

— Que chatas! Uma humana que nunca dormiu com um humano e uma sereia que nunca dormiu com um tritão.

— Perdão por desapontá-la — falou Mag de modo irônico.

— Vou deixar passar. Conta então como é sua Majestade Real na cama, Diana.

— Pelos espíritos, Esmeralda! — Mag queria jogá-la pela janela.

Diana decidiu se juntar a elas e se sentou com um olhar brilhante.

— Ele foi muito bom e paciente. Eu quis parar no tempo para que nunca acabasse.

— Parece que está gostando dele — disse Esmeralda com um sorriso.

— O quê? Não! — Negar foi sua primeira reação. — Quer dizer, sim. Talvez?

— Como pretende finalizar a missão? — Mag perguntou, quase como um confronto.

— Tenho pensado em contar para Liam a verdade — admitiu Diana.

— O quê?! — As outras meninas exclamaram juntas.

— Vai mesmo contar a Liam que o plano inicial era matá-lo? — Mag usou um tom um tanto quanto sarcástico.

— Vou. — Ela tentou conter a ansiedade.

— Diana, ele pode te matar se souber que é sereia — observou Mag.

— Eu sei. — Ela abaixou a cabeça. — Mas eu sinto que preciso fazer isso.

— E quando pretende contar? — Esmeralda estava curiosa com o desfecho da história.

— Preciso esperar mais um pouco, para ter certeza que posso confiar nele.

— Esperar mais quanto, Diana? — Mag estava impaciente e claramente mal-humorada. Seria por causa de Miguel? — A caçada é em alguns meses! Precisamos correr!

— Eu sei, Mag! — exclamou. — Eu penso nisso o tempo todo! Muitas coisas saíram do planejado e estou me adaptando a essas mudanças repentinas. Preciso usar todas as cartas que tenho a meu favor, inclusive Ramon.

— Como pretende usar meu filho? — Sara tinha medo de perdê-lo também.

— Bom, precisamos que ele reivindique seu lugar em Norisea primeiro, ninguém no reino sabe da existência do herdeiro — respondeu Mag.

— Norisea é exigente quando se trata de tradição e legitimidade de herdeiros. Temos que convencê-los de que Ramon é legítimo e então exigir o direito pela coroa — completou Diana.

— E por que vocês teriam dificuldade em torná-lo legítimo? — Sara perguntou confusa.

— Por que será, né, Sara? — Esmeralda resmungou. — Qualquer filho fora de um casamento é bastardo. Pode ser que não considerem Ramon como herdeiro legítimo.

Sara permaneceu olhando para as meninas; havia percebido que tinha deixado um detalhe escapar em sua história.

— Mas... — começou a falar. — Eu e Raon nos casamos, Ramon foi concebido dentro do casamento.

Todas ficaram em completo silêncio, atônitas. Nem mesmo Diana esperava essa confissão. Sara ficou desconfortável.

— Não sei porque está chocada, Majestade. Nem parece que conhece seu irmão mais velho. Acha mesmo que ele tomaria minha virtude sem antes tomar minha mão? — falou como uma mãe repreendendo as filhas.

Diana levou alguns segundos para voltar a si.

— Você está certa — concluiu. — Raon não faria isso.

— Muito bem, eu sou viúva. Casamos em uma capela, escondidos é claro, mas casamos! Tenho nossa certidão, inclusive. Ramon é legítimo.

Diana apenas assentiu, percebendo que havia magoado Sara.

— Um problema a menos para resolver! — exclamou Esmeralda tentando quebrar o clima desagradável. — Qual é o próximo passo já que essa carta está garantida?

— Não ser morta pelo rei — disse Diana temerosa.

— Liam não faria isso — disse Sara, tentando acalmá-la.

— Ele mandou matar Rage. — Mag falou por cima. — Então pode mandar matar Diana.

Mag estava certa, a morte de Rage havia perturbado a rainha profundamente — seu corpo estremecia de medo apenas ao ouvir o seu nome. Sim, Liam havia mandado matar um tritão. E ele autorizou sua morte como se autorizasse o corte da grama. Será que a vida de Diana poderia ser considerada uma trivialidade também?

— Se eu tiver que morrer, então morrerei — concluiu ela. — Se Liam ficar do nosso lado, Enellon também estará, o povo é fiel a ele.

— Está certo... — Mag detestava a ideia de confiar a vida de seu povo na decisão de um rei humano.

Diana percebeu que a amiga estava inquieta e segurou em sua mão.

— Você, mais do que ninguém, sabe que eu vim para cá com um objetivo muito claro. Meu coração estava tomado pelo desejo de vingança, mas reencontrar um pedaço de meu irmão aqui me fez ouvir meu sangue. Nem sempre consigo escutá-lo, mas estou tentando.

Mag assentiu ainda receosa, sempre havia desejado que Diana seguisse os anseios de seu sangue, mas nunca imaginou que seria daquela forma, colocando a vida de seu povo em risco.

— Falando em Raon. — Sara se virou para Diana. — Quando pretende visitar o túmulo de seu irmão, Majestade?

Diana foi pega de surpresa.

— Já o enterraram? — Mag perguntou.

— Sim, Ramon fez praticamente tudo, preparou o túmulo com excelência. Ele ficou feliz por ter um lugar para visitar o pai. Acho que meu filho está se tornando um homem, Raon ficaria orgulhoso. — Seu olhar remetia à saudade, mas Sara não queria se distrair de sua verdadeira intenção naquela conversa. — Você precisa dizer adeus, Diana.

— Eu não sei porque não consigo — disse com a voz embargada. — Olhar para seu túmulo é a certeza de que ele se foi. No fundo, bem no fundo, eu acreditava que o veria vivo aqui, passeando pelas ruas de Enellon. — Ela riu de sua própria ingenuidade. — Mas agora sei que eu não vou encontrá-lo mais, nunca mais. Sou grata aos espíritos por ter você, Sara, mas ainda é doloroso demais.

— Leve o tempo que precisar. — Sara a confortou. — Mas não demore muito, tudo em nosso reino pode mudar do dia para a noite, não deixe de fazer algo por medo, isso te trará imenso arrependimento.

A conversa estava deixando Mag inquieta, ela se levantou da cama pensativa, sabia que precisava esclarecer alguns assuntos ainda referentes a Ramon. Ela tinha muito o que estudar a respeito da sucessão do trono de Norisea e também sobre as brechas na lei para validar um humano assumindo a coroa dos mares.

Ela se despediu das meninas, Esmeralda e Sara também aproveitaram para voltar aos afazeres no palácio. Diana permaneceu em seus aposentos, estudaria sobre os pergaminhos que havia conseguido na biblioteca particular de Liam.

Magnólia se apressava para chegar ao quarto, queria tirar aqueles pensamentos conturbados da mente o quanto antes, mas o que ela recebeu quando abriu a porta foi justamente o contrário. Em pé, na frente de sua escrivaninha, estava Miguel com um buquê de margaridas nas mãos, concentrado na leitura do caderno que estava aberto na mesa de Mag.

— Miguel? O que faz aqui? — Ela fechou a porta atrás de si.

— Magnólia... — disse ele, sem desviar o olhar do caderno.

A garota se espantou, ele havia dito seu nome, seu verdadeiro nome.

— Magnólia, você é sereia? — perguntou Miguel com um olhar terno. Um turbilhão de sentimentos invadiu seu coração.

— Estava mexendo nas minhas coisas? — Mag se aproximou da escrivaninha um tanto temerosa, fechando todos os cadernos e livros.

— Mag, por favor me responda — pediu ele com a voz calma.

A jovem sereia tentou ignorá-lo enquanto ajeitava sua bagunça.

— Vou solicitar uma chave para este quarto imediatamente — resmungou ela.

Miguel tocou no braço de Mag, e ela parou, o olhar lacrimejado.

— Você é sereia? — A ternura na voz dele deixava Mag ainda mais desconfortável.

— Por que veio aqui, Miguel? — indagou ela, tentando fugir da pergunta.

— Acho que é meio óbvio. Vim tentar te conquistar pelos meios tradicionais, já que a barganha não funciona mais com você.

Ela não conseguiu evitar o riso, mas era uma risada triste — o conto de fadas que estava vivendo com Miguel teria um fim definitivo dessa vez.

— Por que estava mexendo nas minhas coisas?

— Bom, estava tudo aberto aqui em cima, decidi ficar te esperando para fazer uma surpresa e vi essas anotações.

— O que você viu? — perguntou, com medo da resposta.

— Vi que você é sereia e tem o dom da manipulação. Consegue manipular cores, objetos e também ações. — Ele a olhou com medo. — É verdade?

— Qual parte?

— Que você é uma sereia que consegue manipular as ações da pessoa que quiser.

— Se você já confirmou na leitura, por que me pergunta?

— Porque eu quero ouvir da sua boca. — Ele fez uma pausa perturbadora. — Você me manipulou para gostar de você?

A pergunta foi como uma facada no peito de Mag.

— Miguel... Não acredito que...

— Manipulou ou não? — Dessa vez ele estava mais sério.

— Não tenho esse poder — disse, enfim. — Não consigo manipular sentimentos ou emoções. Consigo no máximo fazer você falar algumas palavras ou mexer a mão direita ou...

— Paralisar — sussurrou Miguel lembrando do dia que capturou os conspiradores. Era por isso que havia sido tão fácil.

— Isso. — Ela abaixou a cabeça.

— Consegue me manipular para esquecer dessa conversa?

— O quê? — Ela levantou o rosto confusa.

— Consegue me fazer esquecer?

— Esquecer de que?

— Dessa conversa, dos beijos... De você.

Magnólia estava entendendo aonde ele queria chegar.

— Não, eu sinto muito. Somente telepatas conseguem fazer o que está me pedindo.

— Entendi. — Um pouco atordoado, ele largou o buquê em cima de sua cama e se dirigiu até a porta. — Então essa é outra coisa que terei que fazer do jeito tradicional.

— E o que seria? — Mag estava se segurando para não chorar.

— Te esquecer. — Miguel finalizou com um olhar solitário e então fechou a porta.

Era uma noite típica de verão. Drakkar estava sentado em sua cama numa ligação com os conselheiros de outros reinos. Ele virava o pescoço com dor por causa do impacto. Não sabia quem havia salvado as sereias, mas estava pronto para matar o metido a herói também.

— Receberam minha carta? — disse Drakkar com a voz rouca.

— Nós não sabíamos que era de interesse de Enellon abrir a caçada para outros reinos — disse uma voz no outro lado da linha.

— Bom, agora é. Como expliquei no baile, nosso reino tem sido infectado pelos ideais errados, o inimigo está infiltrado na corte. É eliminar esse mal antes que se espalhe.

— Você é muito enigmático às vezes Drakkar.

— Apenas quando necessário — respondeu enquanto se esticava, tentando ignorar a dor.

Drakkar acordara no dia seguinte no mesmo lugar da batalha, seu rosto ainda estava coberto de lama e o corpo cheio de hematomas. Levantou um pouco atordoado — o que havia acontecido? A última lembrança era de ter a arma na cabeça do inimigo. Ele atirou? Ela morreu? Elas fugiram? Drakkar olhou ao seu redor, estava sozinho na floresta, certamente haviam fugido. O responsável pela fuga se arrependeria amargamente.

— Como a carta veio assinada pelo próprio rei, não podemos ignorar. Mas o que ganhamos nos aliando a outros reinos? — disse a voz do outro lado da ligação. Queria negociar.

— Ora, tudo que quiserem do reino dos mares é de vocês. Ouro, pérolas, pedras preciosas... — Drakkar fez uma pausa. — Sereias.

— Elas são lindas como dizem?

— São uma tentação. — Ele ajeitou a perna em cima da cama, o joelho doía ainda pelo golpe de Diana.

— A proposta tem ficado cada vez mais interessante, Drakkar. Mas falta alguma coisa.

— O que seria?

— A recompensa. Queremos um prêmio.

Drakkar abriu um sorriso pernicioso.

— Que tal uma mulher?

— Teria que ser uma mulher e tanto.

— A irmã da rainha. Está solteira, e é simplesmente a coisa mais bela dentro de nosso reino, apenas atrás de Vossa Majestade, é claro.

Drakkar conseguiu ouvir uma risada abafada do outro lado.

— Fechado.

19

O chão estava repleto de pergaminhos e livros, todos espalhados pelo aposento da rainha. Algumas páginas soltas estavam penduradas na janela, e Diana fazia anotações em um caderno. Todas as imagens pareciam fragmentos de algo incompleto, como se existisse uma continuação, mas não estivesse ali. Em um dos rabiscos era a figura de uma asa, em outro pergaminho tinha o desenho de um mar agitado, mas um desenho em específico chamava a atenção de Diana: uma ilustração pela metade de um tritão que gesticulava e algo poderoso saía de suas mãos, mas não era possível identificar o que era. Pelos livros e anotações poderia ter relação com os espíritos de sangue, mas a rainha não tinha certeza.

Diana continuava sua busca por uma resposta que nem sabia qual era. O que esperava encontrar? Uma fórmula para o fim da caçada? Todos aqueles escritos, em sua maioria na língua antiga, não passavam de lendas, histórias que ouviam antes de dormir.

Talvez os espíritos de sangue não fossem reais e ela estivesse perdendo tempo nessa busca enquanto deveria estar planejando outras estratégias para dar um fim à caçada. Mas ela sentia tão forte em seu sangue que deveria continuar com a pesquisa... Diana revirava mais algumas páginas quando Magnólia entrou no quarto. Parecia cansada e estava com os olhos inchados.

— Está bem, Mag? — perguntou preocupada.

— Estou, só não dormi muito bem.

— Aconteceu alguma coisa?

— Não, só estou cansada mesmo — respondeu Mag com um sorriso.

A rainha conhecia muito bem aquele sorriso. Era o que a amiga usava quando não queria falar sobre o assunto.

— Entendi.

— Por que toda essa bagunça? — perguntou Mag, curiosa com os papéis espalhados.

— Estou procurando alguma coisa, mas ainda não sei o que é.

— É sobre os espíritos de sangue?

Diana assentiu e continuou lendo os pergaminhos. Notou que nos de Enellon, Callian era exaltado como o espírito da terra. No pergaminho de Norisea, Hanur era descrito como o espírito das águas. Mas os dois arquivos não chamavam o Santo Espírito de espírito do sangue.

— É estranho — murmurou Diana. — Parece que existe um espírito do céu, do ar.

— E quem seria ele? O Santo Espírito?

— Eu achava que o Santo era o espírito de sangue, mas na verdade é um espírito celeste.

— O que isso quer dizer?

— Nesse livro aqui — falou Diana abrindo na página que havia marcado—, contém uma profecia. A profecia do horizonte.

— E o que ela diz?

A rainha se levantou para ler.

— "Dado o dia que o céu, o mar e a terra se tocarem, o portador de espíritos terá poder sobre o sangue e o horizonte será restaurado". Ou seja, os três espíritos juntos, terra, mar e céu compõem o espírito de sangue.

— Eu não entendi, Diana. Quem é o portador de espíritos?

Com um relance, Diana se voltou para aquele desenho curioso. Então percebeu.

— Mag, esse é o portador! Veja essa sequência de movimentos! Ele está invocando os espíritos de sangue!

— Quantos portadores existem?

— Vamos ler a genealogia. — Diana voltou algumas páginas.

— Por Hanur! — disse Mag. — Um capítulo inteiro só de genealogia?

— Parece que eles mencionam todo o parentesco até chegar no portador. — Diana passava os olhos rapidamente pelos nomes nas folhas. — Os portadores existem há tantos anos que não se tem um registro exato de quando surgiram.

— Então quem escreveu esse livro?

— Um profeta chamado Gelihá.

— Nome de tritão.

— Ele começa a genealogia falando assim: "Pela voz do sangue me foi dada essas palavras. Mataiê foi mãe de Elimeque, que foi pai de Buruã, que foi pai de...

— Ai, já chega! — reclamou Magnólia. Árvores genealógicas a deixavam confusa, sem paciência. — Vai direto pra parte do portador.

— Bom, esse capítulo de genealogias é bem grande por uma razão. Fala de pelo menos seis gerações de portadores. Um nasce a cada mil anos.

— Mil anos? Tem certeza?

— Sim — confirmou Diana, ainda sem tirar os olhos do livro. — E somente seres místicos das águas podem ser portadores. "Aquele de imenso poder herdará o sangue dos espíritos". — Ela levantou o rosto. — Mag, você está com aquele caderno do meu irmão?

— Estou, eu vim aqui justamente para te entregar o caderno. Meu quarto ainda não tem chave, eu tive medo de alguém entrar e pegar — disse tirando o caderno da bolsa e entregando para Diana.

Imediatamente, a rainha começou a folhear as páginas e rabiscos do irmão mais velho, ela abriu em um desenho e comparou com o livro que estava lendo. Ficou paralisada com o que via.

— Diana? O que aconteceu?

— O último portador nasceu há mil anos...

— Então deve existir um portador na nossa geração! — exclamou Mag esperançosa. — Alguém com tamanho poder certamente pode acabar com a caçada.

A rainha baixou a cabeça desanimada.

— O que houve? — perguntou Mag, preocupada.

— Era Raon, Magnólia. Meu irmão era o portador da nossa geração.

— Como você sabe?

— Aqui. — Diana apontou para os rabiscos do caderno. — Ele estava estudando a conjuração do sangue, estudando e praticando minuciosamente os movimentos para invocar os espíritos. Raon era o tritão mais poderoso de Norisea, sempre soube disso. Ele lia muito sobre o Santo Espírito e com certeza encontrou a profecia do horizonte. Ele sabia que era o escolhido. Era ele quem restauraria os povos. Perdemos nossa única chance.

— Não, Diana! Não pode ser isso!

— Era ele, Mag! Só ele poderia restaurar a paz entre as nações. É isso que a profecia simboliza, entendo agora. Hanur é das águas, Callian é da terra e o Santo Espírito é do céu. São diferentes, por isso não percebemos antes, mas juntos eles são um só. Juntos eles formam o horizonte e podem ser chamados de espíritos de sangue.

— Como nunca soubemos disso?

— Nós sempre os separamos! Dividimos os espíritos de acordo com nossos interesses. Esses espíritos só trabalham em harmonia se são vistos e contemplados juntos.

— Bom, ainda temos Ramon... — Mag observou de forma desprentenciosa.

Diana arregalou os olhos surpresa.

— Ramon! E se for ele?

— Espera, Di. Não foi exatamente o que eu quis...

— Ele herdou os poderes de meu irmão, talvez consiga invocar os espíritos também! Preciso falar com Liam sobre isso — ela falou pegando os papéis no chão. — Eu sei que Liam vai acreditar em mim, Mag. Eu sei!

Mag abriu a boca para argumentar contra, mas sabia que a rainha já tinha tomado uma decisão, então apenas se calou enquanto assistia Diana juntar os papéis. Ela esqueceu de um e Magnólia o pegou para ajudá--la, mas a imagem no pergaminho chamou sua atenção.

— E o que é isso? — Magnólia apontou para o desenho de uma fera gigante.

— Ah... É a forma dos espíritos. Eles se apresentam como criaturas selvagens de fogo e asas.

— Tipo dragões? Eles não foram extintos?

— Foram, mas segundo a história dos espíritos, a cada ciclo eles assumem uma nova forma. Já foram o sol, já foram uma chama ardente, agora são dragões. Só isso pode vencer a caçada, criaturas poderosas que exterminarão por completo o exército inimigo. Ramon deve ser a chave para o portal dos espíritos. Se Raon não pôde ser o portador, seu filho será.

— Mas Di... Pare para pensar um pouco nisso. Talvez não seja Raon, nem Ramon esse portador, talvez seja...

— Não seja tola. — Diana a interrompeu de imediato. — Não sou mais criança para ficar me iludindo com coisas que não me pertencem. Vou atrás de Ramon. Finalmente poderemos ter a vitória contra essa caçada.

Mag suspirou frustrada ao entregar o papel para sua amiga e vê-la correr para fora do quarto.

— Quando vai perceber que essa história é sobre você?

Diana procurava Liam pelo palácio. Tentou o quarto dele, mas não ele estava lá. Correu para o quarto do casal e nada. Imaginou que o rei estivesse no salão real e apressou o passo para encontrá-lo. Chegou à enorme porta do salão e ouviu vozes.

— Drakkar, isso não justifica! — Liam estava irritado, aparentemente estavam discutindo.

Diana desistiu de entrar no salão para ficar ouvindo por uma fresta na porta.

— Majestade, eu fui encarregado de cuidar do caso dos conspiradores. O que descobri também me chocou e agi o mais rápido possível. Convoquei os outros reinos para nos ajudarem.

— Você abriu a caçada para todos! — vociferou o rei.

Diana prendeu a respiração.

— Sim, eu fiz isso, Majestade. Os conspiradores estão se espalhando como uma praga, infiltrados até mesmo na nossa corte! — exclamou Drakkar.

— Não levante o tom para mim! Eu sou o rei!

Drakkar ficou em silêncio por alguns segundos.

— Vossa Majestade confiou seu anel a mim por uma razão. Porque confia em meus julgamentos.

— Não quando se trata de dizimar um povo por completo.

— O único povo que importa é o nosso.

— Está me dizendo então que os conspiradores eram tritões?

— Exatamente. Solicitei uma autópsia, o DNA deles continha magia! O povo do mar está se erguendo para nos destruir, se não agirmos logo, vão tomar sua coroa.

Com certeza Drakkar havia forjado aquela autópsia.

— Isso ainda não justifica ter colocado a irmã da rainha, minha cunhada, como prêmio.

Diana ficou espantada.

— Ela é solteira, Majestade, é comum oferecer os parentes da corte em matrimônio por alianças em outros reinos.

— Perguntou para ela o que achava sobre isso?

— Não foi preciso, Majestade. Com certeza será uma honra para ela servir ao senhor e ao reino.

— Você está maluco, Drakkar! Ela pode não querer se casar!

— E a vontade dela importa, meu rei?

— Claro que importa!

— O que importa é o crescimento de Enellon. Essa caçada em parceria com os reinos vizinhos dará abertura para que nosso reino se expanda e...

— CHEGA DE EXPANSÃO! — o rei gritou tão alto que Diana deu um passo para trás com o susto.

— É esse povo místico que está contaminando nossa fertilidade, o dia que nos livrarmos deles...

Drakkar foi interrompido de novo.

— Qual é o desafio para conseguir o prêmio de casar com Mag?

— A tradição de sempre. Aquele que matar o herdeiro ganha.

— *Você* já matou o herdeiro.

— Mas existem outros na linha de sucessão.

Liam respirou fundo.

— Devolva meu anel, Drakkar.

— Meu rei...

— DEVOLVA JÁ! — Liam tinha alcançado o ápice de sua paciência.

Drakkar tirou o anel de sua mão e entregou ao rei. Liam o colocou de volta totalmente enfurecido. De repente ouviram o barulho da porta abrindo, era Diana segurando o choro.

— Ah, meu amor! — Liam abriu um sorriso doce ao ver sua rainha, nem parecia que tinha acabado de gritar com o homem ao seu lado. — Estava me procurando?

— S-sim. — Ela se recusava a aparentar fraqueza na frente de Drakkar desta vez.

— Me diga o que precisa. — O rei se aproximou dela.

— Eu... Eu vim convidá-los para um jantar — falou a primeira coisa que veio em sua mente.

— Convidá-los? — O rei perguntou curioso.

— Isso, Drakkar também deve comparecer. Quero retribuir o convite dele.

— Ah! — exclamou Liam surpreso. — Pode ser amanhã?

— Pode, sim.

— Será uma honra, Majestade. — Drakkar conseguiu dizer.

— Está certo, estarei aguardando vocês. — Diana se retirou do salão com as mãos tremendo.

Correu até seu quarto com a respiração ofegante. Magnólia não estava mais lá. Ela vasculhou o guarda-roupa e pegou seu cristal mensageiro.

Ouviu passos rápidos vindo na direção de seu quarto, a rainha escondeu o cristal com medo de virem alguma coisa. Era Esmeralda.

— Majestade. — Ela se curvou segurando um papel. — Você viu isso?

— Se trata da caçada, não é? — perguntou, já com os olhos marejados.

— Sim.

— Por favor, leia para mim.

Esmeralda obedeceu a sua rainha.

— "Pela ordem do rei Liam Gribanov, todos os reinos em comum acordo estão convidados a estarem presentes na grande caçada de Enellon. A ordem é esta: no dia 13 do mês de Adar, todo caçador deve eliminar o povo dos mares e confiscar todos os seus bens. Crianças, adultos e idosos, ninguém deverá ser poupado. O caçador que capturar o herdeiro de Norisea será prometido a princesa de Enellon, Vossa Alteza Real Mag Kernighan, irmã da rainha Diana."

— Mas é daqui a seis semanas! — exclamou Diana desesperada.

— O que vai fazer?

— Não há como voltar atrás com esse decreto?

— A proclamação foi selada com o anel do rei. É para sempre, Majestade. Não pode ser revogada.

Diana pensou enquanto olhava para o chão. De repente, levantou-se e pegou o cristal mensageiro.

— Vá falar com Mag, ela precisa saber que dessa vez a caçada inclui seu nome. Diga a ela que vamos lutar.

— Mas, Diana... São *todos* os reinos vizinhos contra Norisea. Como podem vencer?

— Nós vamos vencer, eu sei que vamos. Liam saberá toda a verdade, amanhã à noite ele saberá.

— Ele pode te matar, Diana.

— Que assim seja então. Minha vida pertence aos espíritos, se quiserem tirá-la de mim, que o façam. Chega de mentiras.

Esmeralda assentiu e saiu. Diana chamou por seu irmão pelo cristal. O garoto apareceu como se estivesse dentro de seu quarto.

— Admete! Eu estava tão preocupado! — O rosto de Rillian estava vermelho. — Uma pessoa achou seu cristal e pensei que tivessem te matado. — A voz dele embargou.

— Estou bem, meu irmão. Uma humana boa o encontrou. Descobri que existem muitos humanos bondosos aqui.

— O que quer dizer?

— Nosso inimigo não é Enellon, não é o rei. O inimigo é nossa ignorância, é isso que têm nos feito perecer. Precisamos eliminar tudo o que quer nos dividir.

— Admete, chegou até nós que uma proclamação da caçada foi distribuída para todos os reinos. É verdade?

— Sim, a caçada será daqui a seis semanas.

— Por Hanur... É o nosso fim.

— Não! Enellon lutará conosco!

— O quê? Como?

— Chame o papai e a mamãe.

O garoto apenas obedeceu a irmã mais velha, ela conseguiu ouvir o barulho da água se movimentando com mais força quando seus pais se aproximaram.

— Minha filha... — a rainha disse ao ver o rosto de Diana.

— Admete, minha pérola — chamou o pai. — A caçada foi adiantada? É isso mesmo?

— Sim, meu pai. Precisaremos lutar mais cedo do que esperávamos.

— Não temos como vencer todos os reinos da terra unidos. Somos um só e estamos sozinhos.

— E os reinos marinhos vizinhos?

— Eles não querem correr o risco de serem o próximo alvo, não querem se meter nessa guerra. Somos só nós.

— Não estaremos sozinhos, conseguirei aliados. Mas para isso, terei que contar ao rei que sou sereia.

— Não, Admete! — disse a rainha.

— Se o rei de Enellon morrer, um homem infinitamente mais cruel aguarda para tomar a posse do trono, foi ele quem fez a proclamação. Enganou o rei para que confiasse nele. — Diana abaixou o rosto. — Descobri que foi esse homem que matou Raon.

O rei e a rainha se olharam apreensivos.

— Eu tenho um plano. O reino humano possui uma tecnologia poderosa, quando unida à nossa magia pode se tornar indestrutível.

— Apenas isso não é suficiente para vencer todos os reinos unidos contra nós — observou o rei.

— Tenho algo que os humanos não esperam.

— E o que seria? — perguntou o rei.

— Tenho comigo o verdadeiro herdeiro de Norisea.

— Você é a verdadeira herdeira, minha filha — disse sua mãe.

— Raon teve um filho.

Um silêncio constrangedor se instaurou no ambiente.

— Nós saberíamos se tivesse — começou o rei, mas a rainha segurou em sua mão.

— Com uma humana, não foi? — disse a mãe de Admete.

— Você sabia, Bria? — perguntou o rei, incrédulo.

— Não, meu marido. Mas eu desconfiei, ele passava tanto tempo em terra firme durante as missões.

O rei ficou atordoado por alguns segundos. Perguntou para Diana:

— Como ele é?

— A cópia exata de meu irmão.

A rainha colocou a mão na boca querendo chorar, o rei a abraçou com força.

— Uma parte de Raon está viva, Orman — disse ela.

Diana se pronunciou.

— Ele tem o dom do fogo do mar. — Os pais se olharam imediatamente. — Seu neto tem seu dom, papai.

— Traga-o para cá, traga também a mulher que conquistou o coração do nosso filho. Eu e sua mãe queremos conhecê-los.

— Antes preciso falar com o rei.

— Mas, minha filha... — A mãe começou, mas Diana a interrompeu.

— Preciso fazer isso. Somente unindo os povos acabaremos com essa perseguição. Somente com a união da terra, do mar e do céu teremos paz novamente — afirmou ela, se referindo à profecia do horizonte.

— Qual é o plano então? — o pai perguntou.

— Chamem todo o povo para orar por mim. — Ela respirou fundo. — O rei aceitar quem sou é nossa última esperança. Ao pôr do sol de amanhã, vou me encontrar com ele.

— Clamaremos a Hanur por sua segurança.

— Não orem somente para Hanur, mas também para Callian. Orem ao Santo Espírito.

— Para Callian? — Dessa vez, era Rillian que estava confuso.

— Confiem em mim, clamem a eles, todos juntos. Orem para os espíritos de sangue. Eles são reais.

O rei e a rainha assentiram, ainda temerosos.

— Preciso ir agora. Por favor, façam isso.

— Nós faremos.

Rillian encerrou a conexão, e Diana permaneceu alguns segundos encarando o cristal em silêncio. Ela estava com medo.

Magnólia entrou no quarto com os olhos vermelhos, e o rosto coberto por lágrimas, segurando em suas mãos a proclamação. Diana percebeu que a amiga já sabia o que haviam feito com ela.

— Ah, Mag... — disse, estendendo os braços.

Magnólia se jogou no colo da rainha e voltou a chorar copiosamente. Diana não tinha a resposta para tudo, mas estava certa de uma coisa: não deixaria que ninguém tomasse Mag à força. Ninguém.

20

Drakkar se arrumava para o jantar especial da rainha, queria usar seu melhor traje e impressioná-la. Ouviu o toque de uma ligação chegando e atendeu, a imagem holográfica de Elena apareceu.

— Para onde vai tão arrumado? — perguntou ela com seu tom sedutor.
— Vou para um jantar especial. O convite foi feito pela própria rainha.
— Parece que você está ganhando a admiração dela.
Na verdade, Drakkar desconfiava do convite.
— Qualquer coisa pode acontecer, mas se ela for esperta ficará quietinha para salvar a própria pele.
— Fiquei sabendo que teve um desentendimento com o rei.
— Foi. Imaginei que aconteceria, mas não daquela forma. Perdi uma parte da credibilidade que tinha com ele, mas agora não faz mais diferença, está feito.
— O que planeja para Liam?
— Vou matá-lo durante a caçada, não será difícil.
— Ah, que desperdício — lamentou Elena de modo irônico. — O rapaz tem um rosto tão bonito.
— Se ele governasse nosso reino como cuida de sua aparência, talvez eu não precisasse tomar medidas tão drásticas.
— Não te dói nem um pouco? Você praticamente criou o rapaz.
— Só fiz tudo isso para conseguir a aprovação do rei na época. Ele quem abriu as brechas para que eu fosse um sucessor caso algo acontecesse com Liam.
— Como conseguiu isso? É bem incomum, normalmente procuram o parente mais próximo.

— O rei tinha medo de Amélia matar o próprio filho. Queria garantir que o reino estaria em boas mãos se algo acontecesse, já que os parentes mais próximos estavam do lado da esposa. Ele não queria mais ninguém da família dela no poder, então me colocou como sucessor, já que eu era o primeiro conselheiro.

— E por que demorou tanto para executar seu plano? Teria sido mais fácil ter matado Liam quando ainda era criança.

Drakkar contorceu os lábios.

— Foi difícil criar a armadilha perfeita para a rainha, e, quando achei que fosse conseguir, a doida matou o marido, colocando Liam automaticamente no trono.

— Que azar.

— E logo depois o garoto se casou. Preciso impedir um possível herdeiro o quanto antes. Falhamos em Horizon, mas não vamos falhar no dia da caçada. Precisa ser trágico e glorioso, uma história em que eu fiz de tudo para salvar a vida do rei, que eu lutei ao lado dele, como pai e filho. Assim, com sua morte, ninguém questionaria meu lugar no trono. Por isso precisa ser na caçada, a coroa sairá na cabeça de um homem e retornará na cabeça de outro. Histórias assim têm poder.

— Mesmo que sejam mentiras?

— Essas são as mais poderosas, minha querida.

— A rainha certamente sofrerá por ele.

— Vossa Majestade não terá tempo para sofrer o luto. Assim que eu assumir o trono, a tomarei como esposa.

— Ah, você quer tudo mesmo, inclusive a mulher dele.

— Tudo que estiver à minha disposição eu terei — disse Drakkar, terminando de ajeitar o cabelo. — Claro que ela não será minha única esposa, precisarei garantir que minha herança permaneça viva para sempre.

— Achei que isso fosse proibido em Enellon — comentou Elena.

— Como rei, posso alterar a lei.

— E eu que pensava que você gostava de tradições.

— Eu sigo a tradição quando ela beneficia meu poder, caso contrário, não faz diferença para mim. Apenas fique preparada e a postos. O rei pode cair a qualquer momento e eu preciso estar lá para tomar o trono.

— Sempre terá refúgio em Horizon, é minha dívida eterna com você.

— É bom que reconheça — falou Drakkar.

— Não se incomoda de não ser considerado pai da minha criança? Ele será visto para sempre como filho de George.

— Para mim, não passa de um bastardo. Meus herdeiros de casamento é que carregarão o título. E sei que você jamais contará a alguém senão perde a coroa.

Elena pareceu desconfortável, mas não quis demonstrar, então apenas assentiu.

— Muito bem, partirei agora. — Drakkar desligou sem se despedir.

Ele já tinha tudo esquematizado, ansiava pelo dia em que finalmente teria a coroa da qual ele se achava tão merecedor.

Havia acompanhado o nascimento de Liam e todo o processo conturbado com a família e sabia que se conquistasse a confiança dele, teria qualquer coisa, inclusive o trono. E se já teria tudo dele, por que não também ter sua mulher? Diana era bela e atraente, se divertir um pouco não faria mal a ninguém. Apesar de ele ter convicção de quem ela era, sabia como evitar problemas, bastava deixá-la estéril e não correr o risco de proliferar a raça que ele tanto odiava. Usaria as sereias somente para seu prazer, afinal, nada mais honroso que dar prazer a sua Majestade.

Saindo de casa, avistou sua pistola em cima da mesa. Por via das dúvidas a pegou e levou consigo.

Diana se preparava para o jantar. Seu coração batia tão alto que parecia que todos no palácio poderiam ouvi-lo. Havia passado o dia em oração e recusado todas as refeições. Liam tentou visitá-la para conferir se estava bem, mas ela inventou desculpas, prometendo a si mesma que seria a última vez que mentiria para ele.

No fundo, Diana tinha medo da reação de seu marido, no fim das contas, ele era um humano, e isso a aterrorizava. Será que ele a aceitaria quando soubesse a verdade? Ela já sabia que o amava e o desprezo de Liam partiria seu coração em pedaços. Percebeu então que estava com medo de duas coisas: morrer e ser rejeitada por quem amava. Ela podia continuar com sua farsa e deixar o povo de seu reino morrer, mas estaria colocando seu amor por Liam acima de seu amor por Norisea.

Como poderia assistir à extinção das sereias e dos tritões? Como suportaria a ideia de ver seus parentes massacrados? Diana não poderia, jamais faria isso.

Magnólia chegou ao quarto para conduzi-la até o jantar.

— Ficarei à espreita para garantir que não te farão mal.

— Espero que não seja necessário.

— Já deixei tudo pronto para nossa fuga caso algo aconteça.

Diana assentiu, com as mãos trêmulas.

— Nunca te vi com esse vestido — disse Mag, reparando no traje da rainha.

— Já estava na hora de usar a cor de meu reino.

A rainha usava um vestido longo e pesado de veludo, o decote em formato coração era harmonioso com as mangas levemente bufantes. Ela carregava o vermelho de Enellon, sentindo o peso da coroa. Não servia mais a um único povo, naquele momento respondia a duas coroas. Norisea era o povo em que havia nascido, e Enellon, o que ela escolheu. Seria fiel a ambos os reinos, mesmo que isso significasse a sua morte.

Os servos fizeram como a rainha ordenou, ajeitaram um belíssimo jantar no jardim do palácio, uma tenda de tecido fino e transparente cobria o local, luzes estavam espalhadas ao redor e dois oficiais guardavam a tenda, um deles era Miguel.

Liam e Drakkar já estavam à mesa esperando a rainha. Apesar da tensão do dia anterior, o rei agora estava mais sereno na companhia de Drakkar, mesmo ainda não o tendo perdoado pelo que havia feito.

Diana se aproximava da tenda, seu coração estava apavorado, ele implorava para que ela desistisse daquilo tudo e salvasse a própria vida, mas seu sangue era teimoso e agora que ela conhecia a verdade, não poderia mais voltar atrás — a verdade a libertara. Queria entregar essa liberdade a todos, inclusive Enellon.

Antes de entrar na tenda, Diana parou ao lado de Miguel, que tentava manter os olhos fixos em qualquer ponto a sua frente, menos a rainha.

— Boa noite, Miguel — cumprimentou ela com um sorriso.

— Bo-Boa noite, Majestade. — Ele estava tenso, já sabia quem ela era.

— Minha irmã tem estado bastante deprimida nesses últimos dias, você não fez nada que a magoasse, fez?

— De modo algum, Majestade — mentiu.

— Bom, não deve fazer muita diferença para você, já que ela está prometida em casamento.

Miguel se virou para a rainha assustado.

— Não estava sabendo? Por onde esteve? — questionou ela.

— Eu estava em uma missão em outro reino e voltei há poucas horas.
— Miguel parecia atordoado. Em apenas alguns dias, Magnólia havia superado e se comprometido com outro homem? Ele teve medo da resposta
— Quem é o cavalheiro?

— Ainda não sabemos. — Diana soltou uma risada suave e sarcástica. — Ela será o prêmio da caçada deste ano. Já imaginou? Minha doce irmã casada com um caçador? Não é a maior das honrarias? — Nem tentou disfarçar o tom irônico.

O jovem oficial engoliu em seco. Ele amava Magnólia, mas sabia que era proibido se envolver com seres místicos — a sentença era a morte. Miguel tinha família, irmãs e irmãos. O que fariam com eles se descobrissem que uma sereia havia tomado seu coração? Será que sua família pagaria o preço por sua paixão? O rapaz queria a moça, mas não poderia tê-la enquanto ela fosse do povo inimigo.

Os dias que passaram juntos foram prazerosos e cheios de alegria, ele nunca havia desconfiado. Os dois encaixavam, como se um ser da terra e um ser das águas tivessem tudo para dar certo. Quem havia criado as leis contra Norisea? Por que humanos e sereias não podiam viver em harmonia?

O jovem respirou fundo, frustrado com a realidade que vivia. Ele havia decidido tentar esquecê-la, mas ver Mag ser tomada contra sua vontade por um homem que desejaria sua morte se descobrisse a verdade sobre ela, fez seu corpo todo arrepiar. Ele não queria vê-la morta, de modo algum. Na verdade, não queria vê-la nem mesmo infeliz, e sabia que felicidade seria a última coisa em sua vida se casasse com um caçador.

— O que deve ser feito para conseguir a mão de Magnólia? — perguntou Miguel.

— Matar o herdeiro de Norisea. — Diana respondeu rápido.

— E se ninguém conseguir?

— Ah. Então talvez minha irmã não seja prometida a ninguém — ponderou ela.

— Entendi. — Miguel havia percebido naquele momento que estaria na caçada, mas não para matar sereias. Iria para proteger o reino.

Diana notou que o rapaz tinha conflitos internos com os quais precisava lidar sozinho, então o deixou em seu posto e enfim entrou na tenda, pronta para qualquer coisa que pudesse acontecer. Liam e Drakkar se levantaram imediatamente.

— Muito obrigada por terem comparecido ao meu banquete. Já devem saber que tenho uma intenção com isso, portanto não pretendo me alongar. Meu rei.— Diana se virou para Liam. — Tenho um pedido a fazer.

Liam andou até a esposa, pegou sua mão e a beijou delicadamente.

— Qual é o seu desejo, minha rainha? Mesmo que seja metade de meu reino, lhe será concedido — disse ele com um sorriso terno.

As palavras de Liam fizeram o corpo de Diana amolecer. Drakkar se manteve em silêncio esperando a palavra da rainha. Ela segurou as mãos do rei com força, Liam notou que ela estava tremendo e percebeu que o assunto era mais sério do que imaginava.

— Peço que poupe a vida da minha família e a minha também. — A voz estava perto de embargar. — Pois minha família foi enganada e vendida para a destruição, morte e aniquilação.

O rei ficou confuso. Diana prosseguiu.

— Se tivéssemos sido apenas excluídos deste reino eu ficaria em silêncio, pois os meus problemas jamais deveriam perturbar o rei.

Liam colocou a mão em seu rosto, acariciando-o.

— Minha rainha, seus problemas são meus também. Me diga quem se atreveu a te ferir. Onde ele está? Mandarei Drakkar prendê-lo imediatamente.

Diana respirou fundo e encarou o inimigo.

— O homem em quem você confia é quem me feriu. É Drakkar, esse perverso.

Diante disso, Drakkar ficou apavorado. Liam, que já estava sem paciência com o homem, se virou para ele com um olhar cortante.

— Consegue se explicar, Drakkar?

— Majestade, eu nunca fiz mal a ninguém de nosso povo. — Tentou se defender. — A não ser que sua rainha não seja daqui, não é mesmo?

— Do que está falando, Drakkar? — O tom de voz de Liam estava irritado. — Minha rainha é de...

— Ele está certo! — Diana o interrompeu, seu coração batia rápido — Não sou daqui.

— Meu amor?

— Majestade. — A voz de Diana estava trêmula. — Eu sou...

— Diga... — falou Drakkar com os dentes cerrados.

A rainha fechou os olhos tentando criar coragem, ela os abriu e como um ato de valentia, declarou:

— Eu sou sereia, Liam. Sou uma sereia de Norisea.

Liam ficou em choque com a declaração, soltou a mão da rainha como um reflexo e deu alguns passos para trás.

Drakkar abriu um sorriso cruel.

O homem foi rapidamente até Diana, a segurou pelo braço e a puxou, a fazendo tropeçar. Ela grunhiu de dor.

— Colocarei você em seu devido lugar, aberração! — Drakkar fechou o punho para socar Diana.

Ele não viu quando aconteceu, mas o golpe que esperava dar foi antecipado por Liam que o socou bem no meio do rosto. O homem cambaleou confuso para trás e caiu no chão. Liam o segurou pela gola da camisa, estava tão furioso que uma veia de seu pescoço saltava. Diana nunca o tinha visto daquele jeito.

— Se atreve a tocar em minha mulher, Drakkar? EM MINHA MULHER? — gritou enfurecido. — Teria a audácia de violentar minha rainha em minha própria casa?

— Ela é uma sereia, Majestade! Conhece a lei! — respondeu Drakkar, sem entender o que estava acontecendo.

— Eu decido quando cumpri-la. Guardas! — bradou Liam. Os oficiais entraram atordoados com tudo o que ouviram e imobilizaram Drakkar. Liam foi até sua esposa e segurou em seu rosto. — Você está bem, meu amor?

Diana encarou o homem que estava à sua frente, nunca havia estado tão grata por poder dizer que ele era seu marido. Começou a chorar e o abraçou com força.

— Liam, isso não é tudo. — Agora Diana estava mais confiante para dizer o que precisava. — Drakkar planeja tomar seu trono.

— O quê?

— Ela o está enfeitiçando, Majestade! — exclamou Drakkar, desesperado. — Com seus encantos de sereia!

— SILÊNCIO! — O rei gritou para o homem.

Liam se virou para Diana, esperando que ela terminasse.

— Foi ele, meu rei. Ele que chamou os conspiradores! Mag ouviu os guardas falando sobre o plano, foi assim que fomos salvos. Drakkar tem algum acordo com a rainha de Horizon, ela está dando todo o suporte que ele precisa para tomar sua coroa!

— Um acordo? — Liam perguntou. O rei reconhecia artimanhas com rapidez e imediatamente percebeu do que se tratava. — Você é o pai, não é mesmo, Drakkar?

— Majestade... — murmurou ele, tentando inventar alguma desculpa.

— Tirem ele da minha frente! — ordenou Liam, fazendo um sinal para levarem Drakkar para a prisão.

Os guardas ergueram Drakkar, mas o homem era forte e se soltou dos rapazes. Sacou sua pistola e atirou em Miguel e no outro oficial que caíram no chão. Diana agiu para acolher os guardas, mas Liam a impediu. Drakkar apontou para ele e foi se afastando da tenda sem tirar os olhos do rei, pronto para atirar. Liam esperou com o olhar sério, teria que ser rápido para impedir o tiro com sua mão de metal.

Assim que Drakkar apertou o gatilho, a arma se quebrou em pedaços e se desfez por completo na mão dele. Em um ato desesperado, ele correu e sumiu na escuridão do jardim. Imediatamente, Liam se virou para Diana.

— Vou chamar ajuda, fique com eles! — E saiu correndo.

Diana se aproximou do corpo de um dos oficiais, o tiro havia sido bem na cabeça. Infelizmente não havia mais vida nele.

— Espírito de sangue. — Diana murmurou. — Se esse homem teve uma vida justa, por favor, o guarde para a terra de todos os santos.

Um vento suave passou pela tenda. A rainha sabia que era assim que os espíritos falavam com ela.

Diana então se dirigiu para Miguel. A bala havia acertado o centro de sua barriga, mas o rapaz ainda vivia, mesmo agonizando de dor. Magnólia surgiu completamente aflita ao ver Miguel naquele estado.

— Foi você, não foi? — Diana disse se referindo à arma que se desfez.

— Foi. — Mag se agachou para ajudar Miguel.

O rapaz começou a tossir sangue e segurou firme na mão dela.

— Me perdoe — pediu, com uma lágrima escorrendo dos olhos.

— Não se atreva a morrer, seu idiota! — Magnólia exclamou irritada.

Miguel riu mesmo em meio às dores.

— O que eu ganho se fizer esse favor a você? — conseguiu dizer com um sorriso travesso.

— Cala boca, Miguel! — Ela odiava que o rapaz ainda fizesse piadas, mesmo perto da morte.

Mag então se concentrou e passou a mão por cima de sua barriga com o punho fechado. Imediatamente, Miguel parou de tossir sangue e desmaiou.

— Precisamos de um médico! Não consigo estancar o sangue para sempre, a ferida deve ser cicatrizada.

Naquele momento, Liam voltou com outros quatro oficiais. Mandou que dois fossem procurar Drakkar nas redondezas e outros dois ajudassem a levar Miguel para os médicos do palácio. Magnólia permaneceu ao lado do oficial o tempo todo, mantendo o máximo de concentração possível para evitar que ele perdesse mais sangue.

Assim que chegou aos cuidados médicos foi conduzido para a sala de cirurgia. Chris estava lá com seus pais, mas eles não permitiram que o rapaz participasse da cirurgia do amigo, só pôde assistir. Mag se recusava a deixar Miguel.

— Ele pode morrer se eu parar de controlar o sangue! — Magnólia implorava com o olhar.

— Mas como você... — a cirurgiã começou a dizer. Miguel não estava perdendo sangue, mas claramente estava gravemente ferido. A ciência deles não explicava o que estava acontecendo.

— Permitam que ela entre com o rapaz — ordenou o rei.

Os cirurgiões assentiram e fecharam a porta da sala de cirurgia. Assim que os ânimos se acalmaram, Diana se sentou no chão do corredor e ficou encarando a parede. Liam se juntou a ela. Alguns minutos constrangedores de completo silêncio tomaram o corredor até alguém se pronunciar.

— Então — começou ele. — Qual é o seu poder?

A rainha se virou para Liam ainda sem acreditar que ele não havia nem questionado sua origem.

— Não tenho poderes.

— Mas... Achei que toda sereia tivesse magia.

— E tem.

Liam tentou entender.

— Você perdeu em alguma batalha ou...

— Eu nasci assim, meu rei — confessou ela com um sorriso melancólico.

A conversa que eles haviam tido sobre a mão de Liam estava se repetindo, mas dessa vez sobre a magia de Diana. Todo o preconceito, rejeição e até exclusão que Liam tinha passado, Diana também experimentara.

— Que tipo de sereia você é, então?

Diana pegou em sua mão e o olhou com olhos marejados.

— Sou sua sereia da concha azul.

Liam arregalou os olhos.

— Era você?

Ela balançou a cabeça positivamente tentando segurar o choro, mas quando recebeu um abraço caloroso de Liam, as lágrimas se recusaram a se esconder.

— É claro que era você. Quem mais teria esse poder de acalentar meu coração? Obrigado, meu amor. Obrigado por ter se feito presente em minha vida mesmo quando não sabia quem eu era. Os Espíritos me trouxeram você.

Diana o apertou ainda mais e sussurrou em seu ouvido:

— Posso te levar a um lugar?

O rei concordou e eles se levantaram. Foram caminhando por fora do palácio. Sara já havia explicado onde estava o túmulo de seu irmão, Diana foi direcionando o marido, enquanto Liam dirigia o carro.

Quando chegaram ao local, Diana saiu temerosa. Já conseguia ver o túmulo de Raon ao fundo. Liam segurou em sua mão e se aproximaram juntos da sepultura. Eles ficaram alguns segundos em silêncio, Diana se ajoelhou ao lado da lápide onde estava escrito: "Filho, irmão, marido e pai". Liam estava de certa forma desconfortável, aquele era o homem que assombrava seus pesadelos — na cabeça do rei, bastava o tritão morto voltar a vida que perderia Diana para sempre.

— Uma vez você me perguntou se eu conseguiria seguir em frente — disse Diana com os olhos marejados —, mas a verdade, meu rei, é que eu nunca vou te amar como amei Raon.

Liam abaixou a cabeça decepcionado, jamais superaria aquele homem.

— Porque ele era meu irmão.

O rei olhou para Diana espantado.

— Mas ele era o herdeiro...

— E eu sou a princesa de Norisea — disse ela com um sorriso sereno.

As pernas de Liam ficaram bambas, e ele se sentou ao lado da sepultura. Colocou as mãos no rosto completamente envergonhado, se sentindo um idiota egoísta por desejar que aquele tritão nunca voltasse.

— Se ele morreu... você é a herdeira.

Diana fez um sinal negativo com a cabeça.

— Meu irmão teve um filho. Um menino, com uma humana.

Eram muitas informações para uma noite só.

— Por isso você veio para Enellon? Para buscá-lo?

O momento que ela mais temia havia chegado. Contar o plano original.

— Eu vim para tomar o seu trono.

Liam permaneceu paralisado ao ouvir a declaração da esposa.

— A caçada estava tirando muito de nós. Quando a seleção para a nova rainha saiu, eu me voluntariei para o serviço. Nasci sem magia, vocês nunca descobririam. Os testes não funcionaram em mim.

— Aquele dia, nas suas costas...

— Sim, foi Drakkar.

— E por que não me matou?

— Os espíritos não permitiram... E eu me apaixonei. — Os olhos de Liam brilharam ao ouvir aquelas palavras. — E aí fiquei pensando se existia outra forma de parar a caçada, sem dividir nossos reinos ainda mais. Não queria mais viver naquele ciclo, assim como não queria te perder para salvar meu reino. Por que não posso ter os dois? E então percebi que não posso fazer isso sozinha, não sem você. Não quero mais ter que fazer as coisas sozinha, Liam.

O rei a abraçou. Diana se sentia segura em seus braços.

— Enfim você cedeu — disse aliviado.

Naquela noite, finalmente Diana estava pronta para se despedir de seu irmão, porque agora ela sabia que não estava mais só.

— O que fará agora que seu plano foi descoberto? — perguntou Elena enquanto acariciava o cabelo de Drakkar, que estava deitado em seu colo.

— Pouco mudou. A caçada foi ordenada. Já fiz aliados que têm interesse nos recursos de Norisea, e apenas comigo no trono eles terão o que querem. Matarei o rei durante a caçada e tomarei seu lugar.

— E tomará a esposa dele também, certo?

— Não.

— Mudou de ideia?

— Talvez uma morte lenta e dolorosa combine com o tipinho dela.

— Você não faz ideia do tamanho da bagunça que fez, Drakkar. Recebi uma solicitação de Enellon para entregá-lo como prisioneiro ao rei junto a um pedido para encerrar a parceria entre nossos reinos.

— Não se preocupe, quando eu estiver com a coroa em minha cabeça você terá tudo de volta, em dobro.

— É bom mesmo.

21

Miguel abriu os olhos sentido-se tonto. Olhou para sua direita e Magnólia estava dormindo de bruços sobre a cama. Chris apareceu no quarto segurando uma prancheta.

— Vejo que já acordou. Como se sente?

— Horrível. — Miguel colocou a mão na barriga enfaixada.

— Sua família veio te ver.

— Ah, eu não queria que soubessem o que houve — disse ele, pensando na mãe super protetora que tinha.

— Uma hora iriam saber. Conheceram Mag. Eles acham que é sua namorada.

Miguel se ajeitou na maca com cuidado para não acordá-la, colocou a mão nas tranças de Mag e sorriu.

— Gostaram dela?

— Ficaram chocados, se perguntando como um filho feio desse conseguiu uma garota tão bonita.

Miguel riu. Algumas coisas não mudavam, especialmente as piadas entre amigos.

— Dei muito trabalho na cirurgia?

— Na verdade, deu sim. Se não fosse Mag impedindo a hemorragia, talvez você não estivesse acordado agora.

— Quanto tempo ficarei nesse estado?

— Sua recuperação será lenta, meu amigo. Sinto muito.

— Certo — assentiu Miguel, frustrado com sua condição.

Mag começou a murmurar barulhos sem sentido dando a entender que estava acordando.

— Deixarei vocês a sós — disse Chris, retirando-se do quarto.

A jovem sereia coçou os olhos, cansada das várias horas que havia passado acordada com Miguel. Assim que percebeu que ele a encarava, se afastou com um susto.

— Bom dia, Mag — falou ele um pouco tímido.

— Me desculpe — disse ela, se apressando para levantar. Afinal, o rapaz havia dito que queria esquecê-la.

— Não vá! — exclamou Miguel quando ela já estava na porta. — Por favor...

Magnólia o olhou com um aperto no peito, estava aliviada em vê-lo vivo e bem, mas isso não mudava o fato de que o rapaz havia partido seu coração.

— Mag, me perdoa. Eu fui um idiota. Estava com medo — disse, tentando se explicar.

— Eu sei.

— Obrigado por ter salvado minha vida.

Mag o encarou um tempo antes de responder.

— Ah, não foi nada. — Revirou os olhos. — Eu que te agradeço por ter cumprido sua parte do acordo.

Miguel lhe ofereceu aquele sorriso radiante, o mesmo que a fazia se perder em seus conturbados sentimentos.

— Se teve favor, então tem recompensa, não é? — Ele a provocou.

— Vai barganhar comigo até nisso, Miguel? — perguntou, levantando uma sobrancelha.

— E de que outra forma eu consigo te convencer a namorar comigo?

— Achei que quisesse me esquecer.

— Eu menti.

— Miguel... — Ela suspirou e se aproximou do rapaz. — Eu virei um prêmio. Quer mesmo correr o risco de ficar comigo e depois me ver ser entregue a outro homem?

— Não vou deixar que isso aconteça. — Miguel estava firme quanto a isso.

Ele fez um sinal a convidando para se deitar ao seu lado, a maca não era muito grande, mas os dois caberiam naquele espaço caso se apertassem bem. E naquele momento, tudo que Mag queria era diminuir ainda mais a distância entre eles.

Ela se acomodou ao seu lado com cuidado, evitando tocar no ferimento. Miguel a acariciava enquanto pensava que era um completo imbecil por quase ter deixado aquela garota escapar de suas mãos. Agora que ele a tinha em seus braços novamente, estava decidido a nunca mais soltá-la.

Liam estava acompanhado de sua guarda, pronto para entrar no quartel do exército. Os militares eram rígidos e tradicionais e ele tinha medo de como poderiam reagir. Mas Liam sabia que respeitavam a coroa, portanto, o obedeceriam, mesmo se fosse contra a vontade deles. O rei havia passado a noite toda pensando nos argumentos que usaria para justificar que deveriam proteger as sereias e se aliar ao povo de Norisea, mas nada era convincente o suficiente para ele. Chegou a um ponto que Liam simplesmente desistiu de tentar e decidiu colocar nas mãos dos espíritos. *Eles irão orientar minhas palavras*, ele pensou consigo mesmo.

Diana havia contado tudo para o rei, desde a profecia do horizonte até o portador de espíritos. Tudo se encaixava. Talvez o problema de fertilidade que Enellon enfrentava se resolvesse com a união definitiva dos povos. Ele havia passado noites em claro ao lado de sua mulher lendo os escritos na língua antiga e percebeu que seus reinos estavam interligados por alguma força maior. Quanto mais tempo passava na companhia de Diana, mais seu sangue confirmava quem ele era. Ela o havia aceitado, ele a aceitaria também. Assim como aceitaria sua fé e a defenderia até a morte se fosse preciso.

Contudo, os sentimentos do rei andavam em conflito. Ele amava Diana com todo o seu coração, já havia dito a ela que a amava, mas ainda não havia ouvido essas palavras saindo da boca de sua mulher.

Liam sabia que Diana tinha o próprio tempo. Às vezes, não acreditava que havia dormido com uma sereia, mas em outros momentos não via nela um ser místico das águas, via apenas a mulher por quem se apaixonou, a quem ele prometeu proteger e cuidar. E ele a amaria como os espíritos o amavam.

Muitas vezes, Liam quis desistir de sua vida. Ele achava que era um erro. Lembrado constantemente que *era* o pior dos erros, indigno da coroa que herdaria. Mas os espíritos o salvaram, o levaram até o jardim de borboletas, acalmaram seu coração rejeitado e o fizeram sentir que era aceito por eles. Na época, Liam achava que eram vozes que ele mesmo inventava em sua mente fértil e infantil, mas ao estudar os escritos antigos com Diana, entendeu que não. Os espíritos haviam lhe dado a vida, uma vida plena e abundante. Ele daria o mesmo para a esposa.

O rei chamou os militares para um pronunciamento. Todos eles se aprontaram para receber a Vossa Majestade. Liam se posicionou em um palanque, os homens estavam sentados a sua frente, aguardando pacientemente o que o rei tinha a dizer. Ele não ia ao quartel por motivos supérfluos. Não sabiam a razão de sua presença, mas se ele estava ali, era porque o assunto era de extrema importância.

Liam respirou fundo e foi direto em suas palavras:

— A rainha é uma sereia.

Imediatamente, o local foi tomado por murmúrios. O rei levantou a mão solicitando silêncio e foi obedecido.

— Vocês já devem saber sobre o pronunciamento a respeito da caçada. Bom, saibam que fui enganado, traído por Drakkar. Não posso revogar a lei, mas espero contar com meu exército para lutar em favor de Norisea.

Alguns minutos de silêncio dominaram o ambiente. Liam tentava aparentar confiança, mas ele suava em cada pedaço de pele que cobria seu corpo. Norisea sempre foi o reino inimigo, como convencê-los a lutar por eles e não contra o reino marinho? Liam já estava se arrependendo de ter confiado tão imprudentemente nos espíritos quando um homem alto, forte e de pele retinta se levantou.

— Eu lutarei por Norisea!

Todos ficaram espantados ao ouvir o general. Ele prosseguiu.

— Se a rainha é uma sereia, acredito que a irmã dela também seja.

Liam lembrou que todos acreditavam que Diana e Mag eram irmãs, mesmo sabendo que não era verdade, parte dele também acreditava naquilo. A sintonia das duas era tão boa que se tornava impossível desconfiar do contrário. Um laço forte as conectava, ninguém ficaria no caminho delas.

— Sim, a princesa é uma sereia também. Mas elas não são irmãs de nascimento, são irmãs de sangue — admitiu Liam, esperando uma reação negativa.

O homem aceitou a resposta do rei.

— Naquele dia em que a princesa foi levada pela cidade, minha esposa pediu sua bênção. Há dez anos tentamos ter um filho, dez longos anos.

A princesa nos tocou e nos abençoou. Naquela mesma noite, eu tive um sonho, um sonho glorioso em que eu lutava no mar, ao lado do povo místico. Alguns dias depois, minha amada esposa engravidou.

O rei ouvia com atenção.

— Tenho uma dívida com a princesa. Eu e minha mulher a respeitamos muito e por isso seremos eternamente gratos, não importa quem ela seja. Sereia ou humana, ela trouxe salvação para a minha casa.

Antes que Liam pudesse responder, outro homem se levantou.

— Eu tive o mesmo sonho! Eu e minha mulher fomos abençoados pela princesa e minha esposa ficou grávida!

— Aconteceu o mesmo com minha esposa! — Mais um se pronunciou.

— Em minha casa também! — Mais outro.

Liam permaneceu em silêncio, vendo homem por homem se levantar e testemunhar a bênção que Magnólia havia dado a eles. Todas as famílias que a princesa havia tocado tinham sido abençoadas com fertilidade. Foi naquele momento que o rei confirmou que esse era o caminho — a união dos povos seria percebida naturalmente.

Estava tão preocupado em convencê-los que tinha se esquecido que os espíritos já haviam feito todo o trabalho por ele. O rei tinha um exército pronto para a batalha e eles estavam dispostos a lutar contra qualquer um que quisesse ferir Norisea.

Diana andava de um lado para o outro no quarto do casal, ansiosa. E se o exército se rebelasse contra ela e viesse matá-la? Ela precisava confiar que os espíritos os guiavam, mas era difícil fazer isso depois de tantas perdas. A rainha tentava tirar os pensamentos negativos de sua mente quando Liam entrou no quarto com um sorriso largo.

— Meu rei! Eu estava tão preocupada, você...

Não deu tempo de terminar, ela foi interrompida por um beijo longo e ardente de seu marido. Quando se separaram, ele ainda a segurava na cintura. Diana ficou sem graça com a surpresa, mas feliz, as bochechas coradas entregavam seus sentimentos.

— Eu te amo, Diana Gribanov — disse o rei com ternura.

— Liam... — Ela estava tímida. — Para ter voltado assim, devo deduzir que tudo correu bem. Ou por acaso esse foi um beijo de despedida?

— Você nunca irá se despedir de mim, meu amor. Sempre estarei com você. — Ele beijou sua mão. — O exército lutará conosco.

— Pelos espíritos, é sério? Aceitaram bem assim?

— Bem assim — respondeu ele com um sorriso.

Diana o abraçou sem acreditar.

— E então? Qual é o próximo passo? — perguntou o rei.

— Já chamei minha família, os guerreiros de Norisea chegarão a qualquer momento. Temos que usar essas poucas semanas antes da caçada para treinar o povo, utilizar a magia e a tecnologia a nosso favor.

— E o portador de espíritos? Ele não é nossa arma secreta?

— Estou trabalhando isso com meu sobrinho. Eu sei que ele irá aprender a dominar o dom até o dia da caçada.

De repente, um barulho estrondoso tomou o lugar. Liam e Diana correram para o alto da sacada do palácio, de lá eles conseguiam ver boa parte do reino. A rainha sorriu. Era seu povo emergindo das águas para alcançar Enellon.

As sereias e tritões marchavam em terra firme, belos e gloriosos. O povo humano os olhava com fascínio, nunca haviam visto tantos seres místicos juntos. O rei e a rainha de Norisea conduziam seu exército.

Diana e Liam correram para encontrá-los no meio do povo que os rodeava, encantados com suas presenças.

— Mãe! Pai! — exclamou Diana tentando alcançá-los.

As pessoas deram passagem para a rainha, e ela os abraçou com força, os irmãos menores se juntaram a eles. Era bom se sentir em casa.

— Nós chegamos, minha pérola preciosa — disse o pai com o coração alegre.

Os líderes de Norisea perceberam a presença de Liam, e ele se aproximou um tanto tímido. Diana o apresentou à família.

— Majestades. — Liam se curvou.

— Este é o rei Liam Gribanov. Meu marido. — Diana o olhava com orgulho.

O rei e a rainha sorriram para o rapaz.

— Esperamos que essa aliança não seja uma exceção, Majestade — disse o rei Orman.

Liam segurou na mão de sua esposa.

— Enquanto eu for rei, Norisea e Enellon viverão em paz. E assim espero que seja perpetuado por nossos filhos, e os filhos deles, por toda a eternidade. Gerações após gerações serão educadas para nunca se esquecerem do dia em que sereias e humanos lutaram lado a lado.

Antes que a rainha de Norisea pudesse dizer alguma coisa, acabou paralisando o olhar em um ponto fixo. Diana se virou e viu para quem seus pais olhavam, era Ramon ao lado de Sara. Diana fez um sinal para que os dois se aproximassem.

— Mãe, pai... Conheçam seu neto primogênito. O verdadeiro herdeiro de Norisea.

Todos ao redor exclamaram espantados. Ninguém mais sabia que existia um herdeiro metade humano, metade tritão. Tanto os humanos quanto as sereias haviam sido pegos de surpresa com a informação. O rei e a rainha se aproximaram do neto. A rainha Bria começou a chorar ao perceber a semelhança com seu filho mais velho.

Ela teve que ser forte quando perdeu seu primogênito, mas a dor foi tão insuportável na época que achou que não sobreviveria. Os gêmeos vieram e a consolaram de sua perda, mas o buraco não havia sido preenchido, faltava uma parte sua. E agora, a última peça do quebra-cabeça estava bem à sua frente. O milagre da vida.

— Qual o seu nome, meu amado neto? — perguntou, tentando sorrir para ele.

— É Ramon... — Ele olhou para a sua mãe que fez um sinal positivo com a cabeça. — Minha avó.

A rainha abraçou o garoto em meio às lágrimas. O rei então se aproximou de Sara e lhe ofereceu um olhar acolhedor.

— Se meu filho a amou, então eu a amo também. Faz parte da família a partir de agora.

Desde que Raon havia partido, ela sentiu que sua família nunca passaria daquilo, um dia seu filho se apaixonaria, iria embora e ela voltaria a ficar sozinha. Sara aceitava bem sua realidade, sabia que seu filho precisava seguir o próprio caminho, mas não deixava de ser doloroso. Como ela sentia falta de Raon! Olhando agora para os pais do homem que amou, ela percebeu que sua família não era mais tão pequena — era maior do que imaginava.

Liam fez um sinal pedindo a atenção do povo.

— Hoje uma aliança é selada. Uma aliança eterna entre o povo da terra e o povo das águas. Nós servimos ao mesmo espírito, vivemos pelo mesmo sangue! Tudo que Enellon tiver será dado a Norisea. E tudo que

Norisea conseguir será dado a Enellon também. Somos uma só família e não permitiremos que agentes do mal nos separem. Será feita uma nova proclamação em resposta àquela na qual fui enganado. Norisea terá direito de usar qualquer artifício para se defender dos ataques do inimigo. Qualquer um que tentar tomar seus filhos, suas mulheres, seus guerreiros, sua casa ou pertences será condenado à morte. Pelo sangue! — exclamou.

— Pelo sangue! — todos gritaram de volta

Naquele mesmo dia, a proclamação de Liam foi selada com o anel real e entregue a todas as províncias e reinos vizinhos por seus veículos mais velozes — o quanto antes soubessem da informação, mais rápido conseguiriam aliados.

A tarde foi repleta de divisões e planejamento, Liam e Diana trabalharam juntos o tempo todo. Dividiram o exército por modalidades, alguns no arco e flecha, outros na espada e outros no setor de magia e tecnologia, descobrindo formas de otimizar suas armas para torná-las ainda mais resistentes e funcionais. Quem comandava esse setor era Olina, a antiga parceira de Rage.

— Olina — disse Liam se aproximando dela.

A jovem sereia ofereceu um olhar feroz para o rei.

— Obrigado por seus serviços — disse ele.

— Seria muito mais fácil com Rage aqui, ele era a mente por trás disso tudo.

Liam abaixou o rosto, arrependido pelo que fizera, mas logo se recompôs.

— Não espero que me perdoe.

— Eu não irei — falou ela com firmeza.

— Farei o possível para conquistar sua confiança.

— Consegue trazer Rage de volta?

— Não.

— Então não perca seu tempo comigo, Majestade. Estou aqui apenas para servir Norisea e acabar com a caçada.

— Eu admito que tenho medo de você se voltar contra mim.

— Sim, eu faria isso. Mas Rage, não. Ele o perdoaria. Meu amigo era melhor que eu em inúmeros sentidos, seu coração era bom, o meu que é rancoroso. Então, não se preocupe, Majestade. Em respeito a Rage, jamais te ferirei, mas não espere meu perdão.

Liam apenas assentiu e se retirou da presença de Olina. O peso da culpa por mandar matar Rage seria seu castigo eterno. Liam teria que aprender a lidar com isso. O olhar de desaprovação o perseguiria, assim como também perseguiria sua mulher. Ele sabia que a união dos povos não seria aceita por todos. Muitos caçadores que estavam a favor de Norisea agora, antigamente mataram familiares e amigos do povo dos mares. Nem todos teriam o coração aberto para o perdão e mudanças eram difíceis, em algum lugar iria doer.

22

Diana levava Magnólia, Esmeralda, Sara e Ramon para o centro de treinamento particular do rei. Ajudariam seu sobrinho a controlar seu sangue e liberar seus poderes como portador de espíritos. Chegando lá, Liam, Chris e Miguel os esperavam, os rapazes já estavam treinando há algumas horas no local, portanto, estavam suados e cansados, mas as garotas vieram como uma recarga de energia para eles. Liam se aproximou de Diana com um sorriso largo.

— Minha rainha, estava achando que não viria.

— Me perdoe a demora, eu estava coletando alguns materiais sobre o portador, estive praticando para ensinar Ramon.

— Certo. O que as meninas vão praticar?

— Bom, sou habilidosa no combate corpo a corpo. — Magnólia se gabou.

Miguel se aproximou como se tivesse ouvido um desafio — amava os combates de luta livre.

— Me mostre o que sabe fazer então — disse ele.

Magnólia olhou para a barriga de Miguel, que ainda estava enfaixada.

— Parece que os curandeiros do meu povo fizeram um bom trabalho em você.

— Ah sim, aceleraram minha recuperação, estou quase cem por cento.

— É o que veremos! — desafiou ela, chamando-o para o ringue.

Liam sorriu para o casal e se voltou para Esmeralda.

— Tem algum tipo de modalidade que você prefira?

— Majestade, por favor. — Esmeralda revirou os olhos. — É claro que não. Esqueceu que as mulheres de Enellon não são ensinadas a lutar?

— Claro — assentiu ele, percebendo seu erro. — O que pretende aprender hoje?

— Chris vai me ensinar a esgrima, certo? — perguntou ela, olhando para o namorado.

O rapaz apenas concordou. Sabia que não era louco em dizer o contrário. A bela garota ruiva se acomodou no braço dele e foram juntos para o espaço de treinamento. Liam se voltou para Sara e sua mulher.

— Então vou ensinar Sara o arco e flecha. Acredito que você já tenha planos com Ramon.

— Obrigada. — Diana agradeceu com um sorriso e lhe deu um beijo gentil nos lábios, deixando Liam completamente constrangido. Não estava acostumado a ser publicamente amado, mas por alguma razão, gostou muito.

Ramon e Diana se dirigiram a um espaço vazio, para que pudessem ficar mais à vontade.

— Então, Ramon, conseguiu liberar o fogo do mar desde aquele dia?

— Nada poderoso como daquela vez.

— Acho que não adianta você treinar nem mesmo com Mag. Precisa de alguém que conheça seu poder.

— Seria meu pai. — O garoto falou um tanto desapontado.

— Não, seria o *meu* pai! Seu avô também tem o fogo do mar.

Os olhos do menino brilharam.

— Logo eles estarão aqui, mas antes quero te ensinar a invocar os espíritos de sangue.

— O que deve acontecer quando eu os invocar?

— Isso é um mistério até mesmo para mim, mas vou te ensinar exatamente como aprendi nos escritos de Raon.

O rapaz sorriu. Tudo que envolvia seu pai o deixava motivado para aprender.

— Preste atenção nesses movimentos, Ramon, cada um simboliza um espírito. — Ela gesticulou. — Com o primeiro você invoca Hanur, o espírito das águas. Com o segundo, você invoca o Santo Espírito, o espírito do céu. E com o último movimento você invoca Callian, o espírito da terra. Eles só aparecem se você os invoca juntos. Formado o horizonte, você combina os espíritos através dos movimentos e libera o espírito de sangue.

— Parece complexo.

— Você tem algumas semanas para aprender, sei que vai conseguir. Eu não queria colocar tanta pressão sobre você, meu sobrinho, você é muito novo. Mas, infelizmente, a invocação do espírito de sangue é nossa arma secreta. Precisamos dela para garantir nossa sobrevivência.

— Não quero que ninguém morra, acabei de conhecer minha família.

— Você precisa entender que é o alvo principal do inimigo. Drakkar ainda não sabe que você é o herdeiro, então provavelmente vai atrás de mim primeiro. Use o tempo em que vou distrai-lo para tentar invocar os espíritos. Teremos guardas te protegendo.

— Não vou lutar?

— Não, sinto muito. Você tem pouca experiência em batalha e não posso correr o risco de te perder. Você é o portador, é nossa última chance.

Antes que pudesse dizer mais alguma coisa, ela viu seus pais e irmãos chegando.

— Papai, bem na hora! Venha, precisa ajudar Ramon.

O velho rei sabia tudo que precisava para dominar o fogo do mar com excelência. Havia ensinado tudo para seu filho, mas com o neto era diferente — ele era metade humano. Será que as técnicas de aprendizado funcionariam com ele também?

— Me mostre o que sabe fazer, Ramon.

O garoto estava tímido, fez um movimento com as mãos esperando que saísse uma enorme bola de fogo, mas tudo que viu foram faíscas arroxeadas. Ele abaixou a cabeça frustrado.

— Eu não sou bom como meu pai — disse tristonho.

Orman e Bria se olharam apreensivos. Não poderiam permitir aquilo.

— Eu te ajudarei a estimular seu dom. — Bria o acalmou. — Seu avô lhe ensinará a técnica e eu lhe darei a razão. Com meu dom, posso te ajudar a encontrar o que te faz liberar seu poder na sua mente. Rillian também ajudará nisso.

O garoto acenou com a cabeça, animado em aprender mais com sua família.

— O que te fez liberar o poder na última vez? — Rillian perguntou.

— Desespero, achei que minha mãe iria morrer.

— Sentimentos intensos tendem a liberar nossa magia. — Bria explicou. — Mas o perigo de trabalhar com esses sentimentos é que nós não temos controle sobre eles e aí eles é que acabam nos controlando. Temos que achar um ponto de razão em que você possa se concentrar. É você quem deve dominar seu dom, não o contrário.

Bria colocou a mão em cima da cabeça do neto e fechou os olhos, esperando encontrar um ponto estável na mente dele. Ela abriu os olhos um tanto frustrada.

— Humanos são emocionais — observou. — Achar o equilíbrio racional de Ramon não vai ser tão simples. Mas não será impossível, só talvez demore um pouco.

Toda essa situação deixava Ramon ainda mais desanimado. Diana percebeu que o garoto não iria evoluir se continuasse a achar que não era merecedor do que era seu por direito. Ela se identificava com os sentimentos conturbados do menino, pois passou a vida inteira se achando pouco merecedora da coroa.

Avistou de longe Liam ensinando Sara a manusear o arco, olhando para seu marido agora, ela tinha certeza de que estava sentada no trono certo — ela era merecedora, Ramon precisava ter essa mesma certeza sobre o trono de Norisea. Diana colocou a mão no peito, sentindo a textura do colar que havia encontrado no quarto de Raon por baixo da blusa.

— E se ele usar um amuleto? — sugeriu ela.

— Um amuleto? — Ramon perguntou.

— Pode funcionar — ponderou Orman. — Os amuletos são usados como ponto de equilíbrio temporário, muito usados por crianças com dificuldades de desenvolver seus dons.

— Sim, já tive muitos amuletos, apesar de nenhum ter funcionado comigo. — Diana lembrou e olhou para o garoto. — Mas com você é diferente, Ramon. Sabemos que tem dons, então o amuleto pode te ajudar.

— Que amuleto é esse? — o garoto perguntou intrigado.

Vereno se prontificou a falar.

— É qualquer objeto importante em sua vida, veja. — Ele tirou do bolso uma moeda de ouro de Norisea e derrubou no chão de propósito, gerando um tilintar enquanto a moeda parava de quicar. — Eu estava no palácio quando ouvi o barulho dessa moeda cair na ilha de Norisea. Eu fui atrás dela e a guardei. Eu era bem criança, mas foi o objeto que revelou meu dom. Virou meu amuleto, ajuda a me concentrar quando preciso ouvir alguma coisa com maior nitidez.

— Compreendo. — Ramon respondeu pensativo. — Mas eu não tenho um objeto importante assim para mim.

— Talvez você tenha — disse Diana, tirando o colar de seu pescoço. — Isso foi de seu pai.

Ramon sorriu ao se imaginar com algo que seu pai usava. Bria e Orman se espantaram ao ver o objeto que sua filha segurava.

— Diana, onde você conseguiu isso? — perguntou Bria, surpresa.

— No quarto de Raon, por quê?

Os líderes de Norisea se olharam apreensivos. Orman se aproximou de Diana.

— Essa chave é um portal de memória, minha filha.

— O que isso significa? Eu não sabia que tínhamos um objeto mágico assim.

— Portais de memória são raros e difíceis de produzir — respondeu Bria. — Deve ser confeccionado manualmente enquanto conjura a língua antiga com os feitiços estabelecidos. Por serem complexos e sem utilidade funcional, não são comuns em Norisea.

Diana apertou a chave.

— Por isso é a cara do meu irmão. Como funciona? — Estava determinada a descobrir o que o objeto escondia.

— O artesão da chave pode guardar qualquer memória de sua vida neste portal — respondeu Orman.

A possibilidade de reviver um momento com seu irmão fez o coração de Diana saltitar. Ela olhou a chave que segurava, a pedra azul no centro era brilhante e instigava sua curiosidade.

— Como abrimos o portal? — perguntou animada.

— Sabemos pouco sobre eles, minha filha — respondeu Bria. — Só sei que apenas uma pessoa pode abrir o portal.

— Talvez Magnólia consiga abrir. Mag! — gritou, chamando pela amiga.

Naquela hora, Magnólia estava com Miguel imobilizado em seus braços, o rapaz fazia sinal para que ela o soltasse. Assim que ouviu o chamado da sua rainha, o deixou respirar de novo. Miguel estava ofegante jogado no ringue.

— Tudo bem — disse ele enquanto passava a mão no pescoço. — Eu mereci.

Magnólia sorriu e foi ver o que Diana precisava. O alvoroço acabou chamando a atenção de todos no local e eles se juntaram para analisar a chave preciosa. Diana deu a chave para Mag.

— Consegue abrir o portal? — perguntou Diana com o coração ansioso.

A amiga passou a mão pelo objeto para sentir o poder de manipulação que tinha sobre ele.

— Esse portal está protegido. Somente o dono desta pedra pode abri-lo.

— Não... — Diana lamentou. — Essa pedra era de Raon, somente ele poderia abrir.

Sara se aproximou de Diana, curiosa com o que via.

— Essa é uma pedra do norte? — perguntou ela.

Liam pediu para segurar a chave e olhou atentamente a pedra que estava cravada no metal.

— É sim.

— O que é essa pedra? — perguntou Bria.

— Aqui em Enellon elas têm um significado simbólico, são usadas para abençoar nascimentos. — Liam respondeu. — Temos poucas dessas pedras na cidade, já que a taxa de natalidade diminuiu. O que tem andado popular no reino é a pedra branca da fertilidade. Você ganhou uma dessa em nosso casamento, Diana — explicou, se virando para a esposa.

— Sim, eu me recordo — respondeu, ponderando o que estava acontecendo.

— Majestade. — Sara se pronunciou timidamente. — Eu acho que essa pedra é minha.

— O quê? — A rainha a olhou incrédula.

— Comprei essa pedra para contar a Raon que eu estava grávida e abençoar nosso bebê. Alguns dias depois de eu revelar a gravidez para ele, a pedra sumiu. Talvez Raon tenha pegado para confeccionar a chave deste portal que estão falando.

— Ótimo! — Mag exclamou. — Talvez se Sara colocar o colar o portal se abra.

Liam foi entregar o colar para Sara, mas Diana o impediu, segurando em seu braço. Todos ficaram confusos com a atitude da rainha. Diana achava que também não sabia a razão para tal ato, mas no fundo ela sabia, sim.

Raon sempre havia sido dela, seu coração infantil não queria aceitar outra mulher na vida dele. Ela amava Sara verdadeiramente, mas naquele momento ficou com inveja e ciúmes. Era sua irmã! Merecia o esforço para confeccionar um objeto mágico mais do que qualquer um ali, mais do que Sara. Ela não queria ver o portal se abrindo no pescoço dela, não queria ver o portal se abrindo no pescoço de ninguém. Tinha que ser ela!

— Meu amor? — Liam perguntou intrigado.

— Ah! — Diana exclamou, tentando disfarçar. — É que eu quero colocar nela.

— Claro — anuiu, um tanto desconfiado.

Liam entregou o colar para Diana e, mesmo relutante, ela foi até Sara. Se sentia mal, seu sangue ansiava pelo portal, mas seu coração desejava que não funcionasse em Sara.

Diana colocou o colar no pescoço de Sara e todos ficaram esperando ansiosamente algo acontecer, mas não houve nada.

— Eu deveria fazer algo para abrir o portal? — Sara perguntou.

— Não...— Bria lamentou. — Era para abrir sozinho, assim que o proprietário da pedra a possuísse.

— Que pena! — Diana disse aliviada, já retirando o colar de Sara.

— Espera, Diana! — Mag exclamou. — Ainda pode funcionar nela, talvez falte alguma coisa. Raon pode ter colocado outro encantamento na chave.

— Não acho que seja isso. — Diana apertou a chave mais forte, não queria perder aquele colar.

Liam notou o comportamento estranho dela, mas ainda não sabia a origem do problema, apesar de desconfiar do que se tratava.

— Diana, por que está assim? — Mag perguntou, sem entender as ações da rainha. — A probabilidade de o colar funcionar em Sara é muito maior do que em você. Dê a ela.

— Não! — exclamou sem perceber. — Já basta ter o túmulo do meu irmão, querem a última coisa preciosa que restou dele também?

A tensão tomou o ambiente, logo Diana se arrependeu de ter dito o que estava preso em sua garganta. Sara se aproximou dela com o olhar acolhedor.

— Majestade... eu...

— O colar é meu. — Mas não foi Diana que disse aquilo.

Todos ficaram olhando para os lados para ver quem tinha se pronunciado.

— O colar é meu! — Ramon exclamou mais alto.

Eles olharam para o garoto que estava vermelho de vergonha, mas determinado a dizer o que precisava.

— Minha mãe comprou a pedra do Norte para abençoar meu nascimento, portanto, a pedra é minha.

Diana apertou mais o colar e antes que dissesse algo, sentiu Liam tocar em seu ombro.

— Meu amor, tenho certeza de que seu irmão já lhe deu imensuráveis presentes, mas este não é seu.

A rainha olhou para o rosto do marido, que tentava acalmar a situação. Ela estava cansada de perder tudo a que se apegava e amava. Mesmo com o coração teimoso e birrento por um objeto, ela entregou o colar a Sara. A mulher agradeceu e colocou no pescoço do menino. Ramon estava confiante, após alguns segundos de completo silêncio com todos esperando alguma coisa acontecer, a pedra azul reluziu. Uma porta de translúcida de vidro, que parecia se misturar ao ambiente, surgiu quase como se fosse uma ilusão de ótica. Um letreiro discreto em cima da porta dizia "Para você conhecer o amor em que nasceu".

— É para mim. — Ramon sorriu ao perceber que seu pai havia feito todo aquele esforço para deixar algo para ele.

O menino pegou a chave pendurada em seu pescoço e colocou na fechadura quase invisível. Girou a chave e o portal se abriu.

Ramon pegou na mão de sua mãe, pronto para entrar com ela. Sara olhou para trás e avistou Diana cabisbaixa e então disse com um sorriso convidativo:

— Quer vir conosco?

Diana apenas acenou negativamente.

— Esse momento é de vocês. Da família que meu irmão escolheu.

Sara sabia que não era fácil para Diana abrir mão desse momento, mas ficou grata. Segurou firme na mão do filho e entrou no portal.

23

Um rapaz forte e de cabelos castanhos que se escondia atrás de arbustos do jardim real tirou um pequeno cristal do bolso e fez contato com alguém do outro lado.

— Erlan, eu já falei que não tem nada aqui.

— Precisamos confirmar os boatos sobre o herdeiro de Enellon.

— Estamos rondando esse palácio há semanas, nada da rainha ou de qualquer criança. Nem mesmo choro eu consigo ouvir. Não tem herdeiro!

— Certo... — Erlan suspirou frustrado. — Vamos encerrar por hoje. Te encontro na costa.

Antes que o rapaz pudesse concordar, se viu estarrecido ao ver uma jovem loira de cabelo curto e ondulado saindo do palácio com um cesto de palha nas mãos. O dia estava bonito e sem nuvens, com um clima refrescante e agradável, típico de uma manhã de primavera. A garota se aproximou de um arbusto florido e colheu algumas flores que queria colocar em um vaso, presente de uma senhora gentil. O rapaz sentiu seu sangue ferver e o coração palpitar, que aparência doce a jovem moça tinha.

— Vou me atrasar um pouco para me encontrar com vocês — disse Raon com um sorriso, sem tirar os olhos da garota.

— Espera, mas... — Antes de Erlan pudesse terminar, Raon encerrou a conexão com os cristais.

O rapaz ficou um tempo pensando em como se aproximaria da bela garota que estava logo a sua frente. Ele olhou para a árvore onde se escondia e teve uma ideia. Subiu nela discretamente. A moça estava distraída demais colhendo as melhores flores para notar o movimento estranho nos arbustos, mas não conseguiu ignorar quando de repente um garoto caiu da árvore, gritando de dor. Largou o cesto com o susto e correu em direção a ele.

— Pelos espíritos! Você está bem?

— Ah, eu... — Raon gemeu, tentando encenar a dor que sentia. — Acho que torci meu pé.

— O que estava fazendo lá em cima? Acho que nunca te vi aqui no palácio, quem é você? — Ela se afastou do garoto. — Devo chamar os guardas?

— Sou um funcionário novo! Podo as árvores, sabe? — Ele tirou de seu suporte um facão prateado.

— Mas como...

— AI! — gritou. — Santo Callian, que dor!

— Oh céus, vou te levar para um lugar onde poderei cuidar de você. Venha, se apoie em mim.

O garoto obedeceu com um sorriso. Ela o olhou um tanto desconfiada, mas decidiu levá-lo a um lugar seguro.

Eles foram para uma sala branca e sem graça, o rapaz deitado em uma maca aguardava sozinho no local. A garota apareceu de trás da cortina que o separava das outras macas.

— A enfermeira não está aqui agora.

— Poxa, que decepção — disse ele, tentando disfarçar a alegria.

Ela pegou um pouco de gelo, colocou em um pano e pôs em cima do tornozelo do rapaz que claramente não estava nem um pouco inchado. Procurou o remédio com o sabor mais amargo que poderia encontrar e ofereceu para ele.

— Tome, para aliviar a dor.

— Pelo cheiro parece que pode me matar.

— Não tanto quanto a sua mentira. — Ela arqueou uma sobrancelha.

— Pelos espíritos! — exclamou o rapaz com o olhar radiante. — Encontrei a mãe dos meus filhos.

A garota corou imediatamente e deu um passo para trás. Ele era bonito, não podia negar, uma beleza diferente, deslumbrante. O formato de seu sorriso era tão encantador que se ela não se contivesse, poderia se perder na forma de seus lábios. Ela tentou disfarçar com uma risada abafada.

— Já está começando a delirar, a dor deve estar bem ruim com a queda.

— Feri meu coração quando mergulhei em seus olhos da cor do mar — flertou ele, sem conseguir tirar o sorriso do rosto.

— Garoto! — exclamou constrangida. — Eu sou uma dama!

— Me perdoe, você já é comprometida?

— Não... — sussurrou ela, sem olhar nos olhos dele.

— Então me casarei com você. — O rapaz falou com tanta convicção que a moça quase achou que estava noiva de verdade.

A jovem decidiu entrar na brincadeira dele para ver até onde ia. Ela pegou um lençol branco que estava na cama e colocou por cima de sua cabeça fingindo ser um véu.

— Conseguir minha mão não é tão simples como parece, meu senhor.

— O que devo fazer para ser digno de colocar um anel em seu dedo?

— Primeiro, o anel deve ser de pérolas.

— Fácil.

— Fácil? Pérolas são caras, sabia? Como um cortador de grama pagaria por uma joia dessas?

— Confia em mim. Trarei sua pérola.

Ela o fitou pensativa.

— Pois bem, quero morar em uma casa na beira do mar.

— Posso te levar para uma casa dentro do mar — sussurrou baixinho, para que ela não ouvisse.

— O quê?

— Claro, minha futura esposa, uma casa na beira do mar, anotado — desconversou.

Ela decidiu tentar ignorar a história de "futura esposa".

— Quero filhos, muitos filhos. Me dará isso? — No mesmo instante, a garota se arrependeu da pergunta travessa.

O rapaz suspirou apaixonado.

— Com você, eu faço quantos filhos desejar.

— Pelo nível das respostas rápidas, creio que já está se sentindo melhor. — Ela se apressou para sair.

— Não passei no teste?

A moça tirou o lençol da cabeça e olhou o belo rapaz timidamente.

— São várias fases, terei que avaliar seu desempenho novamente na segunda etapa.

O garoto sorriu de orelha a orelha.

— Qual é a próxima fase?

— Me chamar para sair devidamente em vez de fazer uma cena para falar comigo.

— Não gosta da emoção? — perguntou ele com um sorriso de canto.

— Talvez — ponderou ela. — Aliás, me chamo Sara — apresentou-se, lhe oferecendo a mão para um cumprimento.

O garoto a puxou delicadamente e beijou sua mão. Sara percebeu ali que estava perdida.

— Eu me chamo... — pensou rápido. — Ramon. Onde a encontro de novo?

Ela retirou sua mão rápido, tentando manter um pouco de indiferença. Não queria deixar explícito que havia gostado dele também.

— No lugar que estava recolhendo minhas flores, ainda pretendo aproveitar a primavera para enfeitar meu quarto.

Como um truque de mágica, ele retirou uma das flores que Sara havia recolhido da manga de sua blusa e entregou a ela. Os olhos da garota brilharam.

— Comecei bem?

— Irritantemente, sim. — O coração da moça estava em sincronia com as batidas aceleradas do rapaz.

Sara aceitou a flor amarela que ele segurava e se retirou do ambiente, tentando não mostrar para o rapaz que sorria. Assim que saiu, Ramon se deitou na cama, extasiado.

— Eu vou casar com essa mulher.

O portal se fechou, Ramon ainda segurava a mão de sua mãe, eles não tinham percebido que haviam retornado ao presente. Todos estavam no mesmo lugar, aguardando o retorno deles, ansiosos para saber o que Raon havia escondido no portal da memória. Lágrimas escorriam do rosto de Sara. O garoto olhou para sua mãe.

— Meu pai era confiante.

— Irritantemente confiante. — Ela ria em meio às lágrimas que não paravam.

— Eu acho que ele sabia que eu teria dificuldades com meu dom. Queria me ensinar a confiar em mim, a conquistar meu poder assim como conquistou você, mãe.

Sara abraçou o garoto.

— Ele queria te ensinar muitas coisas, meu filho.

O rapaz se afastou, olhou para a chave em seu pescoço e em seguida fechou os olhos com força enquanto apertava o objeto. Quando os abriu novamente, estavam arroxeados e sua mão esquerda dominava uma bola de fogo. Ele olhou para Diana com um sorriso empolgado.

— Tia, eu consegui! — exclamou orgulhoso.

Uma lágrima escapou dos olhos da rainha.

— Claro que conseguiu. Você é o herdeiro de Norisea, afinal.

Orman e Bria se olharam esperançosos, esse era mais um passo em direção à vitória do reino dos mares e o fim permanente da caçada.

O dia havia sido longo e emotivo. Liam e Diana voltaram ao quarto, cansados física e emocionalmente. O rei se voltou para sua rainha, ela ainda parecia estar digerindo as informações.

— Como se sente? — perguntou enquanto tirava a roupa do treino.

— Não sei dizer, Liam — respondeu pensativa. — A caçada está próxima. Será a última pela nossa vitória ou pela nossa exterminação.

— Drakkar sabe sobre o herdeiro?

— Tenho certeza de que ele não sabe sobre Ramon, mas talvez desconfie de mim.

— Acredito que não, de início ele vai atrás de um herdeiro homem.

— Certo, eu esqueço que funciona assim aqui — respondeu desconcertada.

— Isso te aborrece — afirmou.

— Você sabe que sim.

Liam permaneceu inquieto, procurando brechas dentro da lei.

— Bom, considerando que com a vitória nossos reinos se fundirão, então teremos que unir nossas culturas e nos adaptar.

— Onde quer chegar?

— Talvez Enellon tenha sua primeira rainha por direito se formos abençoados com uma menina.

Diana se aproximou delicadamente do rei, na ponta dos pés. Sorria ardilosamente para ele.

— Podemos tentar ter uma menina agora.

Liam gostou da provocação, mas decidiu prolongar a situação para ver o que mais a rainha poderia fazer para seduzi-lo.

— E que nome daríamos para nossa primogênita.
— Não sei, talvez meu nome de sereia, que tal?
— Espera, o quê?
— Pelos espíritos, você não sabia. — Diana lembrou que não havia contado a ele. Com um gracejo, a rainha se curvou. — Majestade, nasci como Admete, mas os espíritos me deram um nome de sangue, e, dessa forma, hoje me chamo Diana Gribanov.

O rei se achegou para mais perto de sua esposa, podia sentir sua respiração desejosa. Pegou em uma mecha de seu cabelo e permaneceu alguns segundos a admirando.

— Admete... — sussurrou o nome dela. — Quando poderei te ver como sereia?

Ela pegou em sua mão, acariciando os nós de seus dedos.

— Um dia te mostrarei, eu prometo. — Ela tinha medo do rapaz sentir repulsa ao ver sua cauda de peixe.

— Eu quero te ver em todas as suas formas.

Ela segurou o rosto dele e lhe deu um beijo doce, Liam a desejava e sabia que era correspondido. Estavam sujos e suados do treinamento, ele queria se lavar o quanto antes para aproveitar a noite com sua mulher.

— Você quer ir para o banho primeiro? — perguntou gentilmente.

— Na verdade... — ela estava com vergonha de falar — Podemos ir juntos, se você quis...

— Eu quero! — disse antes que ela pudesse terminar.

Diana riu e o puxou para o banheiro pela mão esquerda.

— Não vai tomar banho com essa luva, vai?

— Ah, não, claro que não...

O rei estava aprendendo aos poucos que não tinha porque se envergonhar de sua condição. Por que esconder? Por que usava a luva? Disseram a ele que era feio e ele simplesmente acreditou? Diana o fez perceber que as diferenças de cada indivíduo não os fazem menos merecedores de amor, muito pelo contrário, as diferenças justificam o amor. Liam retirou a luva e sua mão de metal ficou à mostra. Naquele momento, ele percebeu que não vestiria aquela luva novamente.

A água do chuveiro deslizava sobre as curvas da rainha. Liam tocava em todo o lugar que as gotas insistiam em cair. Tiveram que chegar em um acordo no começo do banho — nem muito quente, nem muito frio. A água morna era refrescante e não desagradava nenhum dos dois. O rei puxou o corpo nu da esposa para perto dele e sentiu seu sangue ferver, levantou as pernas da rainha a encaixando em seu quadril. Diana agarrou as costas do marido com as unhas e colou ainda mais seu corpo ao dele, ansiando senti-lo por completo.

Diana estava com as costas contra a parede, e Liam percebeu que o sabão o estava fazendo escorregar, então, sem soltar a esposa, os levou para fora, completamente ensopados. Ele a jogou na cama sem se importar com a umidade, agora já sabia o que a agradava, haviam aprendido juntos os prazeres um do outro. A franja molhada caía sobre seus olhos, uma parte era a água do chuveiro e outra era o suor que escorria em sua testa.

Os dois estavam ofegantes e ansiosos.

Os carinhos do marido faziam Diana perceber que estava chegando a algum lugar que ainda não sabia que existia, mas era bom, muito bom. Dividir tamanho deleite com a pessoa que havia prometido passar o resto da vida era talvez a maior das dádivas. Liam a tomava admirando o corpo da esposa. Ela era ainda mais esplendorosa com o corpo coberto de água, e ficou imaginando o brilho que ela tinha quando estava em sua forma original. Diana era um ser dos mares e ele tinha certeza de que era a mais bela de todas.

O rei estava se segurando, para ele alcançar o ápice foi relativamente fácil na primeira vez, mas sabia que ela não tinha conseguido, queria dar a esposa o que ele tinha sentido também. Havia aprendido que no casamento a vida parava de se tratar somente do "eu" e passava a se tratar do "outro" da mesma forma. Ele só estaria pronto quando ela estivesse.

Com uma mão só, Liam segurou os dois punhos da esposa para o alto para que ela se concentrasse nele. A rainha ficou surpresa, mas não teve tempo de processar a informação, uma onda de prazer tomou todo o seu corpo e Liam a acompanhou. Os dois se olharam ofegantes, trocando sorrisos.

— Eu te amo, Diana Gribanov — murmurava o rei que estava prestes a dormir.

A rainha não conseguiu responder, tudo que Diana declarava amar, ela perdia. Tinha medo de perder seu marido também, ainda mais com a

A sereia sem dons

guerra tão próxima. Só de pensar em não ter mais Liam em sua vida seu peito doeu. Diana não percebeu quando as lágrimas começaram a cair.

O choro durou alguns minutos, até que ela adormecesse nos lençóis úmidos, completamente exausta.

24

A noite anterior à caçada foi agitada. Metade do exército de sereias e humanos havia ficado em Enellon para proteger o trono e a outra metade partiu para a ilha de Norisea lutar ao lado das sereias.

Os humanos faziam fila enquanto uma idosa sereia lhes entregava uma vasilha com um líquido verde e cintilante. Assim que bebiam, já conseguiam sentir a respiração diferente — agora poderiam lutar debaixo da água também.

Os arqueiros estavam no topo da ilha, Liam os comandava de lá. Magnólia estava responsável pela linha de frente e o ataque direto. Miguel liderava o exército em Enellon, havia ganhado o respeito e confiança do rei, portanto ficou encarregado de guardar a coroa. E Diana estava na defesa dentro do mar juntamente com seus pais, protegendo os irmãos mais novos, já que Drakkar provavelmente procuraria os garotos.

Os primeiros raios de sol despontaram no horizonte — o dia havia começado, assim como a caçada. Não passou muito tempo até que barulhos estrondosos tomassem o ambiente, ao longe era possível ver um exército se aproximando pelas águas, mas não era um exército qualquer. As criaturas de metal que Diana se lembrava da infância com certeza haviam sido atualizadas: estavam maiores e mais eficazes. Como Drakkar era o principal apoiador das caçadas, financiou sozinho as armas de combate. Não seria fácil derrotá-los. Drakkar vinha com sua criatura na frente, a dele era a única dourada, da mesma cor da coroa de Liam. Claramente aquilo já era um aviso.

O rei fez um sinal para os arqueiros que ficaram a postos. Liam abaixou a mão e as flechas foram atiradas. A tecnologia de Enellon era poderosa, assim como a magia de Norisea, quando unidas poderiam ser imbatíveis e os arcos eram um experimento dessa união. As flechas se abriram como flores e então pararam ao mesmo tempo. De dentro delas um enorme raio de luz ultravioleta formou um muro. As flechas caíram no mar, e a barreira permaneceu em pé, mas não seria por muito tempo.

Liam pegou o cristal mensageiro em seu bolso para entrar em contato com Diana.

— A barreira funcionou, mas não vai aguentar por muito tempo, ainda mais com o exército que Drakkar trouxe com ele — disse temeroso.

— Libere o batalhão de Magnólia! Somos somente nós.

Os dias anteriores à caçada haviam sido muito estressantes. Diana contava com o poder do portador, somente os espíritos de sangue poderiam derrotar a crueldade de Drakkar. Mas apesar de seus esforços, Ramon não evoluiu, aprendeu a usar melhor seu dom de fogo, mas nada próximo de invocar os espíritos. Sem querer, às vezes a rainha descontava a frustração em Liam, o que acabou gerando alguns atritos ente os dois. O rei era paciente, mas também se sentia desgastado. Toda relação íntima que eles tinham, Diana terminava chorando, agarrada ao corpo do marido, como se ele fosse simplesmente escapar de seus dedos. Liam precisava ficar horas a acalmando de seus medos e pesadelos conturbados. Ele sabia que até a caçada, Diana não teria paz. Ver o sofrimento emocional de sua mulher o feria profundamente, mas a única forma de ajudá-la era vencendo aquela guerra.

Ele iria vencer, precisava vencer.

O exército de criaturas de metal batia na muralha mágica tentando quebrá-la, era possível vê-la rachando aos poucos. Drakkar acionou uma chama ardente saindo da mão direita da criatura. Aquilo fez um enorme buraco na muralha que então se quebrou e o grande exército de metal avançou, cada vez mais perto da ilha de Norisea. Se tomassem a ilha, certamente tomariam o reino.

Magnólia conduziu o batalhão de manipuladores. Esferas de prata estavam disponíveis em uma caixa, confeccionadas pelos humanos. Com a manipulação, eles levaram as esferas até o céu e em uma sequência de movimentos ensaiada as atiraram contra o exército inimigo. As esferas explodiram com o toque, derrubando assim algumas criaturas que não desviaram a tempo.

Não foi o suficiente, os inimigos eram fortes e se aproximavam da ilha com velocidade. Alguns estavam em grandes barcos de pesca, preparados para capturar qualquer sereia que tivesse a audácia de se aproximar deles.

Aquelas que tinham o dom de se comunicar com os animais emitiram um som peculiar e agudo. Um tubarão branco surgiu fazendo com que alguns homens se afastassem com medo. Em seguida, outro tubarão, e mais outro e assim por diante. Tritões com habilidades de condução da água se seguraram nos tubarões e foram levados rapidamente até os barcos — precisavam ser ágeis, os caçadores estavam atentos. Todos os tritões juntos criaram uma enorme onda que certamente faria um bom estrago nos barcos mais frágeis.

Os caçadores começaram a atirar lanças acertando fatalmente alguns tubarões, e como os tritões não nadavam tão rápido sem a ajuda daqueles animais, se apressaram com a condução da onda. Conseguiram atingir pelo menos uma frota inteira de barcos.

Como não conseguiam voltar com a velocidade necessária, alguns tritões foram capturados e puxados pelas redes. Mas então um raio de fogo violeta gigantesco atingiu os barcos, dando a oportunidade para que os tritões escapassem.

Lá estava o rei de Norisea, tomado pelas chamas, mas sem se queimar. Estava utilizando os últimos resquícios de seu dom e se ele acabasse, sabia que poderia partir tranquilamente, pois eles tinham um herdeiro que nasceu com o fogo do mar.

Apesar dos esforços para manter os caçadores longe, as artimanhas não os impediam de fato, só atrasavam o inevitável. Diana nadou até seu sobrinho e irmãos que se escondiam em uma enorme concha laranja.

— Eles estão se aproximando, tentamos manter uma luta à distância e derrotá-los assim, mas terá que ser frente a frente.

— Nos deixe ajudar! — exclamou Vereno determinado.

— Sim, Ramon já está mais forte. — Rillian complementou.

— Eu consigo, tia! — O herdeiro estava convicto.

Diana olhou para os três garotos à sua frente. Ramon ainda não tinha sua cauda e respirava na água somente por conta da poção. Ela sabia que um dia ele seria um tritão completo, mas ainda não era o momento.

— Parem! Vocês não vão lutar, são muito jovens!

— Isso é injusto! — exclamaram quase em uníssono.

A rainha de Enellon se sentiu voltando ao tempo, no dia que seu irmão havia sido assassinado pelas mãos de Drakkar. Agora ela assumia o mesmo papel e precisava que dessa vez nenhum dos meninos tentasse algum ato heroico de modo irresponsável.

— Precisamos proteger o herdeiro. Rillian e Vereno, vocês são os guardiões do futuro rei, a função de vocês é mantê-lo seguro aqui!

— Eu posso tentar invocar os espíritos! — Ramon tentou argumentar.

— Eu acredito verdadeiramente que você consegue, mas não agora.

— Se eles já estão se aproximando, não temos muito tempo. Meus poderes funcionam de acordo com minha emoção, talvez o calor da batalha traga os espíritos para mim.

Quando o sobrinho falava cheio de confiança, lembrava Raon como ninguém. Era difícil dizer não para ele, o herdeiro estava certo, somente o sangue dos espíritos poderia salvá-los da desgraça.

Um som violento chamou a atenção de Diana, os barcos haviam chegado na ilha de Norisea juntamente com as criaturas de metal, não levaria muito tempo até que começassem a matar tudo que vissem pela frente. Ninguém deveria morrer naquele dia.

Ela não tinha muita escolha, a arma secreta ainda era Ramon. Sentiu em seu sangue uma confirmação do que deveria ser feito. No momento certo, o rapaz seria o portador.

— Você lembra a sequência para a invocação? — perguntou para ter certeza.

— Lembro sim! —Ramon respondeu com rapidez.

— Vamos para a superfície. O combate corporal será lá, agora. Não saiam de perto de mim — disse, Diana frisando para os garotos.

A criatura dourada em que Drakkar se protegia era forte o bastante para evitar os ataques mágicos das sereias. Liam, que estava no topo da ilha, se jogou em cima da criatura. Usando toda a força da mão esquerda, abriu o compartimento que escondia Drakkar. O homem lhe lançou um sorriso tenebroso ao avistar a mão de Liam exposta.

— Cansou das luvas, Majestade?

— Estavam fora de moda — respondeu ele agarrando Drakkar para tirá-lo de dentro da criatura.

Drakkar o segurou e o puxou para bem perto de seu rosto.

— Você sabe do que seus pais morreram? De desgosto! Eles tinham nojo de você. Pensando bem, você e sua sereinha se merecem. Duas aberrações defeituosas! — Gargalhou no final.

Antes que Liam pudesse reagir, Drakkar acionou a emergência em seu compartimento e foi lançado para fora. Com o susto, o rei se desequilibrou e caiu da criatura. Liam sabia que a queda causaria danos consideráveis em seu corpo, fechou os olhos se preparando para o impacto, mas se surpreendeu ao sentir a água em sua pele. Havia caído no mar. Mas como? Nadou para a superfície e avistou Olina fechando o portal de teletransporte que havia criado para salvá-lo. Ela olhou para ele com um olhar indiferente e correu para voltar ao seu posto na batalha.

Liam sentiu alguém puxando-o para baixo e como um reflexo tentou lutar, parou de se debater quando viu que era a esposa que o chamava. Ele também havia tomado a poção, notando que além de respirar embaixo da água, podia falar e ouvir perfeitamente. Olhou para Diana e achou ter encontrado a própria personificação do paraíso. Ele não sabia que havia uma forma de sua mulher ficar mais bonita do que já era, mas ela conseguira. Sua forma original era deslumbrante e ele a beijaria naquele exato momento se não estivessem literalmente no meio de uma batalha.

Magnólia, que estava um pouco mais distante, se aproximou dos dois quando os viu junto com os garotos.

— Drakkar vai tomar a ilha, temos que fazer alguma coisa! — alertou ela.

— Mesmo que ele caia, os caçadores não vão parar — retrucou Liam. — Querem os tesouros de Norisea, e, acima de tudo, querem achar o herdeiro para receber o prêmio.

Mag coçou a garganta um tanto angustiada.

— Liam está certo. — Diana concordou. — Ele morrendo ou não, o decreto ainda é válido. Temos que fazer todos recuarem.

— Como faremos isso? — Mag estava ansiosa.

— Não consegue manipular a visão deles, certo?

— Sozinha é impossível, e não somos tantos manipuladores. Não temos poder suficiente para afetar todos os caçadores na ilha.

Com um lapso, Diana teve uma ideia.

— Eu já sei o que vamos fazer — avisou, com um sorriso destemido.

Os arqueiros estavam a postos, o rei Orman mantinha seu dom disponível para quando o rei de Enellon avisasse que estava na hora. De cima, Liam observava com atenção enquanto os aliados centralizavam um

A sereia sem dons

grupo específico dos inimigos em um só lugar. Ele se virou para Orman dando o sinal para que executasse o plano. Colocaram chamas do fogo do mar na ponta de suas flechas e atiraram ao redor da ilha, impedindo que os caçadores fugissem. Orman controlava a forma do fogo. Lá do alto, Liam acenou para Magnólia. O batalhão de manipuladores correu para a luta dentro do perímetro do fogo. Os caçadores com suas armas e espadas estavam prontos e sedentos pelo prêmio.

O grupo de sereias na defensiva não permitiam que fossem tocados, desviando dos ataques com agilidade. Mas, fugir da lança do inimigo não os derrotaria, em algum momento seriam pegos. Magnólia distraía um caçador de cabelo ruivo e comprido, preso por uma trança mal-feita. O homem era forte e rápido, mais do que esperava. Ele se aproximava cada vez mais dela com sua espada, até que a encurralou na coluna de fogo que haviam feito. O homem de cabelo vermelho sorriu de modo amargo.

— Parece que seu plano se voltou contra você — constatou ele, se preparando para matá-la.

— Espera! Eu sou a princesa! O prêmio que tanto querem.

O sorriso do homem ficou largo e assustador.

— Então você deve saber onde está o herdeiro.

Se aproximou para agarrá-la, mas quando passou a mão pelo braço de Magnólia, não conseguiu tocá-la — a mão passou direto. E então a imagem da sereia desapareceu. Ele se virou confuso e então viu todo o seu grupo de caçadores perto da barreira de fogo. Haviam sido enganados também, era uma armadilha.

— AGORA! — gritou Magnólia em cima de uma pedra.

Imediatamente, Orman desceu a coluna de fogo, queimando e matando todos os caçadores daquele grupo. Mag pegou o cristal para falar com Diana.

— Funcionou, Majestade! — informou ela, com um tom de voz otimista.

— Façam o mesmo com os outros grupos de caçadores.

Diana guardou seu cristal, escondida atrás dos arbustos e se levantou para ir até Liam, mas sentiu um objeto frio em sua cabeça. A respiração parou.

— Onde está o herdeiro, pequena sereia?

Ela sabia de quem era aquela voz.

— O que te faz pensar que eu contaria a você, Drakkar? — respondeu de modo tão ríspido que quase cuspiu no chão.

— Tem razão, mas eu sei quem contaria.

Ele puxou a rainha para fora dos arbustos com a arma apontada em sua cabeça, viu Liam no alto da montanha e gritou para que ele ouvisse bem:

— REI DE ENELLON! ONDE ESTÁ O HERDEIRO DE NORISEA? — Sua voz era raivosa.

Liam ficou apavorado ao ver a esposa indefesa, não chegaria a tempo para salvá-la dessa vez. Desceu correndo para alcançá-los, mas Drakkar apertou ainda mais o cano da arma contra a cabeça de Diana.

— Era você naquele dia, não era, sereiazinha? Vai pagar por roubar o que era meu.

— Aquilo não te pertencia, Drakkar — falou, cerrando os dentes.

— Ainda se atreve a me responder — devolveu ele com um tom debochado.

Liam chegou ofegante, Drakkar o olhou com desprezo.

— Ele não irá te contar nada! — Diana exclamou.

— Sendo assim... — Drakkar deu de ombros.

Outro caçador veio por trás de Liam e o golpeou com uma pedra na cabeça, fazendo o rei desmaiar. Drakkar soltou a rainha e apontou a arma para Liam.

— Não! — ela gritou.

— Onde está o herdeiro, minha querida?

Mais caçadores se aproximavam, era uma emboscada. Só sairiam dali com a resposta do paradeiro daquele que herdaria a coroa do reino dos mares. As mãos de Diana estavam trêmulas, viu o marido jogado no chão, retomando a consciência aos poucos. Se entregasse Ramon, perderia o sobrinho, mas se não o entregasse, perderia o marido. Era uma decisão difícil. Ela precisou de coragem.

— *Eu* sou a herdeira de Norisea — respondeu ela com os olhos lacrimejados.

— O quê? — Drakkar perguntou confuso. Mas logo voltou a sorrir. — Ah, então aquele era o seu irmãozinho, é?

Diana não conseguiu responder, a garganta estava fechada. Drakkar começou a gargalhar. Voltou a apontar a arma para Diana.

— Bom, ficou mais fácil do que eu pensei.

Os caçadores avançaram para atacar, mas assim que deram o primeiro passo, caíram no chão desacordados. Drakkar se virou assustado e olhou para Diana irado.

— Seus truques não funcionam comigo, Majestade.

— Não fui eu, Drakkar — respondeu ela com a voz embargada.
Ele pigarreou alguma coisa e se preparou para apertar o gatilho.
— Fui eu! — uma voz feminina exclamou.
Bria se posicionou para a luta, ela segurava discos de cobre já gastos por conta dos anos de caçada.
— Você não tocará em minha filha.
— Assim como eu não tocaria em seu filho morto? — debochou Drakkar com um sorriso sarcástico.
Bria correu na direção deles e Drakkar atirou. Ela se defendeu com o disco de cobre e o golpeou com o outro. Ele cambaleou para trás com o nariz sangrando. O sangue que escorria de suas narinas caía em seus dentes, deixando seu sorriso ainda mais assustador.
— Agora eu quero a família toda para minha coleção.
Tirou de seu casaco pesado uma arma maior, um pequeno canhão adaptado para a caçada, não teria como alguém se defender ou sobreviver àquilo.
— Melhor me livrar da mamãe primeiro. — Ele apontou para Bria.
Antes que Drakkar pudesse atirar, uma bola de fogo o acertou, o fazendo cair para trás. Olhou para frente irritado e farto daquelas sereias que a todo momento tinham um truque novo. E então avistou um garoto, uma criança portando o fogo do mar.
— A-ha! — exclamou. — Parece até uma miniatura do meu troféu empalhado em casa. — E então seus olhos se abriram. — É idêntico.
Aquele foi o único momento em que Diana lamentou a semelhança de Ramon com o pai.
— Ramon — sussurrou ela. — Corre.
Rillian e Vereno o puxaram para dentro das árvores. Drakkar se levantou, preparado para uma nova luta. Ele pegou sua arma menor e atirou na perna da rainha de Norisea, fazendo-a cair e agonizar de dor. Drakkar se aproximou de Diana e a socou tão forte no rosto que ela desmaiou.

— *Diana, acorde.* — Uma voz doce a chamou.
A rainha abriu os olhos devagar, estava no mesmo balanço que havia sonhado uma vez. Ela observou o ambiente, tentando entender o que estava acontecendo.
— A guerra acabou?

— *Não, vocês estão perdendo* — respondeu a voz.

Diana colocou a mão no rosto, desesperada.

— O que eu faço? Como venço tantos caçadores sem um portador?

— *Você tem um portador.*

— Raon morreu! E Ramon é inexperiente demais para portar os espíritos. Por favor, dê a ele a força de que precisa. Sem o espírito de sangue não conseguiremos vencer.

— *Por que você não me escuta?*

— O quê? Eu te escuto — respondeu ela em um tom revoltado. — Tudo que eu fiz até agora foi porque eu escutei você! E está causando todo esse sofrimento em minha vida. Estou cansada de te escutar e só perder as pessoas que amo!

A voz era mansa e paciente, não se irritava com a insolência de sua serva.

— *Onde está seu portador, Diana?*

— Ele está morto! — Ela começou a chorar. — Nosso portador se foi!

A sereia abaixou o olhar, deixando que suas lágrimas caíssem. Uma brisa suave tocou em seu rosto, parecia poder enxugar as lágrimas e o coração amargurado da rainha. O cenário mudou. Agora estavam em um barco pequeno, flutuando em um lago sereno e tranquilo.

— Por que me trouxe aqui? — perguntou Diana enquanto esfregava os olhos.

— *Para que enxergue.*

— Eu não compreendo.

A brisa deslizou por seu corpo, ela sentia a presença dos espíritos.

— *Raon não é portador, Diana. Nem mesmo Ramon. Você é a portadora.*

— O quê? — Diana paralisou ao ouvir.

— *Você é a escolhida.*

— Me escolheram depois que Raon morreu?

Não acreditava que ela poderia ser a primeira opção.

— *Não, teimosa sereia. Te escolhemos quando ainda estava no ventre de sua mãe. Te escolhemos em sua concepção. Escolhemos sua vida. Nunca foi Raon, sempre foi você.*

— Você mente — sussurrou com a voz trêmula.

— *Negar a verdade não a torna menos verdadeira.*

Diana não queria aceitar. Seu irmão era o tritão mais poderoso do reino, e ela era fraca. Ele merecia ser o portador mais que ela. Os espíritos haviam escolhido o irmão errado.

— Eu não tenho dons! — disse tentando se justificar.
— *Minha sereia, nenhum portador os tem.*
— Por que ele e não eu? Por que ele precisou partir e eu precisei ficar?
— *Porque o mundo é assim.*
— Essa é sua explicação?
— *Não é porque o mundo é como é hoje, que será assim amanhã. O fim para os mortais aqui é o começo na eternidade.*

Diana permaneceu alguns segundos paralisada, apenas sentindo a brisa sussurrar em seu ouvido.

— *Nos invoque. Salve seu povo.*

De repente, a brisa virou um vendaval e girou o barco, fazendo-a cair na água.

Diana acordou assustada, olhou para os lados e viu uma imagem tenebrosa: todos os seus amigos, marido e família pendurados pelas mãos em estacas de madeira. Haviam esgotado sua magia, não restava mais nada. Ela olhou para cima e viu que estava presa do mesmo modo que eles. Os caçadores estavam preparando suas armas, claramente seria uma carnificina, matariam todos de uma vez. Ramon estava sendo levado para uma fogueira, os caçadores brigavam para decidir quem ficaria com Magnólia — estavam chegando em um acordo para a tomarem em dias diferentes e então matá-la ao final do rodízio.

Drakkar sentava em um trono improvisado com a coroa de Liam na cabeça, rindo com os caçadores ao redor dele. O marido de Diana estava bem ao seu lado, totalmente ferido, haviam batido muito nele. Diana chorou. Chorou amargamente. Ela olhou para o céu. A vida toda havia sido caçoada e menosprezada por não possuir magia. Sempre que tentava descobrir algum dom, acabava se frustrando, ela simplesmente não tinha magia. Temia tentar invocar os espíritos e falhar novamente. Seu povo morreria por sua culpa. Sua fé não era forte o bastante para salvá-los. Precisava que os espíritos compensassem sua fraqueza.

— Eu não creio. Me ajudem a crer.

Ela ditou a língua antiga e o apetrecho em seu cabelo se transformou na adaga. Ela segurou o cabo com dificuldade com as mãos amarradas, roçou a lâmina na corda e caiu no chão quando ela se partiu. Drakkar levantou surpreso ao vê-la livre e fez um sinal para que a matassem.

— Diana, não! — Liam gritou.

— Calma, Liam! — Magnólia o alertou. — Ela finalmente percebeu!

A rainha via os caçadores se aproximando. Suas mãos tremiam, as lágrimas escorriam por conta do medo. Ela cerrava os dentes com tanta força que poderiam trincar como vidro a qualquer momento. A voz embargada se recusava a sair, o coração dela a impedia. Precisava confiar no poder que circulava em suas veias.

— Pela restauração do horizonte, eu invoco os espíritos de sangue.

E então fez a sequência de sinais que havia aprendido para ensinar o sobrinho. Invocou o mar, o céu e a terra. Os caçadores já estavam a um passo de matá-la quando uma explosão que saiu do corpo da rainha os lançou para tão longe que vários caíram no mar, sendo até mesmo devorados pelos tubarões.

A pele de Diana brilhava como ouro. Todos a olharam incrédulos. Mag sorriu aliviada.

— Diana é a portadora.

Um rugido estridente foi ouvido ao longe. Três dragões dourados gigantescos surgiram do horizonte.

— São eles! — Liam gritou. — Os espíritos de sangue!

Os dragões se aproximavam da ilha com uma velocidade descomunal. Antes que chegassem, fundiram em um só, se transformando em um único e glorioso dragão vermelho.

O enorme dragão lançou uma chama azul cintilante sobre toda a ilha. Sereias e humanos se assustaram, a chama os mataria. Diana se cobriu com medo, mas quando abriu os olhos viu que estava coberta pelo fogo, mas que não se queimava. Nenhuma sereia ou aliado estava, nem mesmo a ilha pegava fogo. Mas todos os caçadores se debatiam em completo desespero, tentando fugir das chamas. Drakkar agonizava no chão enquanto as chamas tomavam todo o seu corpo.

O fogo cessou e os inimigos haviam caído. O dragão pousou ao lado de Diana, tinha um olhar forte, mas sereno. O espírito fez um movimento com a cauda, todos que estavam presos pela corda se soltaram, caíram no chão entusiasmados e correram até o dragão. Queriam ver sua Majestade de perto.

Diana abraçou o rosto do dragão vermelho.

— Obrigada.

O espírito assentiu. Era possível ver um sorriso por meio de seus olhos. Liam correu até a esposa, encantado com o que via. Ele a agarrou pela cintura e lhe deu um abraço apertado.

— Achei que fosse te perder — falou enquanto chorava.

— Estou aqui. — Ela se juntou a ele.

A guerra havia acabado, a caçada teve seu fim definitivo. Diana olhava para seu povo, todos bem e a salvo.

Mas infelizmente a sensação de alívio não durou muito tempo. Um sussurro vingativo chamou a atenção. A rainha olhou para o lado e viu Drakkar com metade de seu rosto queimado e quase cego, apontando uma lança para Diana. O dragão rosnou para ele.

— Você não vai ter um final feliz.

Ele atirou rápido, de modo que acertaria Diana em cheio. Ela não viu como aconteceu, mas Liam a empurrou, a fazendo cair no chão aterrorizada e então a rainha viu a mesma imagem que a atormentara no dia que seu irmão morreu: uma lança cravada no peito de seu marido.

25

Os aliados se apressaram para prender Drakkar, ele gritava enquanto tentava fugir. Foi paralisado por tritões fortes, o impedindo de tentar mais alguma coisa.

Diana estava jogada sobre o corpo de Liam, o choro dela era tão perturbador que atormentaria os pesadelos de quem ouvisse. Todos estavam fracos demais para curá-lo. O rei de Enellon tossia sangue, sentia a morte se aproximando.

— Não, Liam. Não me deixe, por favor! — Diana implorava.

O rei usou suas últimas forças para fazer um pedido à esposa.

— Tire isso de mim. Não quero morrer com a lança do inimigo em meu peito.

— Se eu tirar, será o fim. — As lágrimas pareciam queimar seu rosto.

— Por favor, meu amor. — Uma lágrima escorreu no rosto dele.

As lágrimas de Liam não vinham do medo da morte, mas de saudade. Ele olhava para o belo rosto de sua mulher, queria tê-lo bem gravado na mente antes de partir. Seu choro era de lamentação. Queria viver muitas coisas com ela ainda, queria ter filhos parecidos com ela. Como o rei queria uma menina, uma menina idêntica à mulher. Ele não teria isso. Se arrependia da forma como a havia tratado quando a conheceu, deveria tê-la valorizado mais, a amado mais. Ele queria ter dado tudo a ela. Metade de seu reino não era suficiente.

Ele daria tudo agora, talvez por isso estivesse partindo.

O dragão se aproximou deles.

— Tire a lança — ele disse para Diana.

— Eu não posso. — Ela olhou nos olhos do espírito que também chorava. Virou para Liam sentindo a culpa. — Eu não te mereço, meu rei. Eu deveria ter deixado você escolher sua esposa.

— Está delirando? — Liam respondeu confuso.

— Eu te obriguei me escolher! Me perdoe! Eu deveria ter permitido que escolhesse Esmeralda e...

— Diana! — Mag a interrompeu. — Eu não manipulei Liam.

— O quê? — perguntou desacreditada.

— Você sabe. Só funciona em mentes fracas. Não consegui fazer nada naquele dia. Ele te escolheu porque quis.

Diana olhou para seu marido, ele sorria.

— Eu escolheria você todas as vezes, meu amor.

O dragão fez um sinal para a rainha, ela precisava atender o pedido final do marido. A rainha não queria aceitar. Liam pegou em sua mão.

— Você ficará bem. Sempre foi boa em fazer tudo sozinha, afinal.

— Eu não quero mais fazer nada sozinha, Liam.

O rei tossiu tanto sangue que ficou tonto, agonizava de dor.

— Tire — implorou ele.

Diana olhou para o espírito que também sofria com a perda.

— O senhor me deu. O senhor pode tirar. Abençoado seja o sangue dos espíritos.

E então Diana tirou a lança do peito do marido. Ele gritou de dor e então a olhou com ternura.

— Eu te amo, Diana Gribanov.

A rainha chorava copiosamente. Por que quem ela amava continuava a morrer para salvá-la? Queria que fosse ela no lugar de Liam. Queria que tivesse sido ela no lugar de Raon.

— Eu também te amo, Liam Gribanov.

Mas ele não ouviu, já estava sem vida quando ela finalmente admitiu que o amava. O ambiente foi tomado pelo silêncio e pelo luto. Diana acariciava a pele fria e pálida do homem que amava. Tocava em seu cabelo escuro e bagunçado. Ela queria ter um filho menino, um menino que fosse idêntico a ele. Deveria ter dito que o amava inúmeras vezes, incansavelmente. Agora era tarde. Queria ter sido mais gentil, mais paciente, queria ter conhecido ele mais e mais.

O dragão se achegou para mais perto do corpo do rei, o acariciou com a cauda e olhou nos olhos castanhos de Diana.

— *Hoje você terá um vislumbre do grande reencontro.*

— Um vislumbre? — perguntou com a voz embargada.

— *Sua fé o salvou.*

— Que fé? — Ela riu incrédula em meio ao choro.

— *Uma fé do tamanho de um grão de areia pode fazer coisas inimagináveis. Ela pode curar um coração ferido, transportar montanhas, transformar sonhos em conquistas. Esse grãozinho de fé pode trazer alimento para uma família necessitada, pode restaurar um casamento fracassado. Essa fé... pode trazer alguém de volta à vida.*

Diana levantou o olhar espantada. Era isso mesmo que ele estava querendo dizer?

— *Sua fé, pequena como é, salvou o seu amor.*

O dragão reluziu, voou até o céu e mergulhou no corpo de Liam. Num ato desesperado, Diana abriu a camisa do marido para ver a ferida, ela ainda estava lá. E então uma marca logo abaixo do umbigo do rei começou a surgir gradativamente, parecia uma ramificação, dividida em três. Quando a marca preta passou pela ferida de Liam, concertou e curou até que não houvesse mais nada, a pintura continuou a subir, as cabeças de três dragões se espalharam pelo peito dele e como um carimbo gravaram seu corpo. Ali estava a marca dos espíritos de sangue.

Diana se aproximou do rosto de seu marido que estava sujo e ferido. E então como se tivesse acordado de um sonho horripilante, Liam arregalou os olhos, ofegante e confuso.

— Liam! — Diana exclamou enquanto o abraçava.

O povo todo gritou de alegria e aplaudiu ao ver Liam vivo novamente. Quando o rei percebeu o que estava acontecendo, acabou rindo da situação.

— Não acredito que eu precisei morrer para você dizer que me amava.

— Eu te amo mesmo, Liam — confessou ela, sem conseguir conter as lágrimas. — Sempre te amei.

— Eu sei... Eu sei.

Ele a segurou com força. Havia conhecido a morte — era assustadora, não era natural. Quando voltou à vida, reconheceu que os dois haviam sido criados para a eternidade. E com sua esposa em seus braços, sabia que passaria centenas de eternidades ao lado dela, se os espíritos permitissem.

Apesar de não querer interromper o momento do casal, Magnólia se aproximou com um cristal mensageiro, Miguel estava do outro lado.

— Relatório, Miguel — falou Liam enquanto se levantava.

— Majestade, fomos atacados pela rainha de Horizon, tentaram tomar o palácio.

— E como estão os soldados? — Diana perguntou preocupada

— Por um milagre, ninguém se feriu. Quando achamos que íamos perder, um dragão vermelho apareceu e dizimou os inimigos. Elena escapou, acreditamos que retornou para Horizon.

— Mas o espírito estava aqui... — murmurou Mag.

— Ele é onipresente — respondeu Liam. — Isso é mencionado em alguns pergaminhos da língua antiga.

— Espero que seu novo governo inclua o ensinamento da língua antiga para o povo.

Diana e Liam se olharam como se pudessem enxergar o futuro grandioso que aguardava a união de seus povos e então sorriram animados.

— Já retornaremos a Enellon, Miguel. Avise ao povo que teremos uma festa.

Miguel sorriu entusiasmado.

— Claro, Majestade.

Liam se virou para a esposa.

— Qual é o seu pedido, meu amor?

— Como?

— Peça o que quiser e eu lhe darei. Ainda tem algum desejo? Será concedido.

Diana olhou para Drakkar, que permanecia preso e com a boca enfaixada.

— Se for do agrado do rei, permita que as sereias prolonguem a guerra por mais um dia.

— O quê?! — Mag perguntou surpresa.

Liam continuou ouvindo atentamente.

— Estenda a batalha até o reino de Horizon para tomar o trono de Elena. E se for de seu agrado, quero que pendurem em uma haste, no centro do reino, o cadáver de Drakkar.

O rei não se chocou com o pedido, apenas assentiu, dando a permissão para que a rainha fizesse o que bem queria. Drakkar cuspiu o que estava em sua boca para conseguir falar com a rainha.

— Humanos não podem ser julgados por seres místicos!

A rainha se aproximou dele coberta de fúria e então se virou para o povo.

— Eu sou Diana, rainha de Enellon e filha de Norisea. Se esse homem não for julgado em terra, será julgado no mar. E eu garanto que lá ele será julgado do mesmo modo que julgou nosso povo!

Todos olharam para o rei, esperando uma resposta.

— Não ouviram a rainha? Façam o que ela manda! — ordenou ele, apressando o batalhão. — O trono sempre foi dela, afinal.

E assim foi feito. Drakkar foi executado no mar, desmascararam Elena e tomaram seu trono. E o cadáver do maior inimigo de Norisea ficou pendurado no centro de Horizon pelo dia todo em que a guerra foi estendida.

O povo das águas decidiu que eles mesmos, os seus descendentes e todos que viessem se juntar a eles não deixariam de comemorar aqueles dois dias de vitória todos os anos. Estes dias seriam eternamente lembrados, de geração em geração, por todas as famílias, em todos os reinos e povos, a memória daqueles dias jamais seria esquecida entre seus filhos. E houveram muitos filhos após a última caçada, a terra se tornou fértil novamente. O sangue de Enellon e Norisea estava marcado assim como o peito do rei, o horizonte estava selado, os espíritos honrariam e protegeriam a união desses povos por toda a eternidade.

26

Diana tinha as mãos sobre os olhos do marido. Estava na ponta dos pés para impedir que ele espiasse, o rei era um tanto quanto alto e ela estava acostumada a usar saltos enormes ao lado dele.

— O que você está aprontando, meu amor? — Liam perguntou, tentando ver o que ela escondia.

— Não estrague a surpresa, Majestade. Estamos há meses trabalhando nisso.

— Uau, então tem um grupo todo contribuindo com meu presente?

— Sim, e todos estão ansiosos para vê-lo usando o que fizemos.

A rainha o sentou em uma cadeira.

— Liam, só abra os olhos quando eu mandar!

— Eu não sou nem doido de desobedecer, minha rainha.

Diana ajeitou um objeto que estava em cima da mesa.

— Muito bem, pode ver.

Liam abriu seus olhos devagar e então avistou a prótese de uma mão, praticamente igual à que usava, mas essa dourada e azul.

— O que é isso? — perguntou intrigado. — Cansou da cor sem graça de minha mão de metal?

— Majestade — começou Diana empolgada. — Essa é a mais alta tecnologia mística já confeccionada.

— E o que ela tem de tão diferente?

— Por favor, prove.

O rei há muito tempo havia perdido a vergonha de tirar a prótese na frente de sua mulher. Ele removeu a mão de prata e então colocou a mão de ouro que reluzia lindamente, só não mais que a beleza de sua esposa.

— E então?

— Ah, é bonita. Eu só não entendi porque... — E então ficou paralisado. Olhou para Diana ainda desacreditado.

O rei levantou correndo e foi até sua mulher. Tocou em seu rosto com a mão esquerda e apertou as suas bochechas.

— Liam, está me machucando. — Ela riu do rosto surpreso do marido.

— Eu consigo te sentir. — Uma lágrima escorreu pelo rosto dele.

— Sim, meu amor — disse ela enquanto enxugava a lágrima que escapou do rosto dele.

— Quantas pessoas poderemos ajudar com essa tecnologia mística... — refletiu Liam.

— Eu sabia que diria isso. — Diana sorriu, já conhecendo a bondade que circulava no sangue do rei.

Batidas tímidas na porta chamaram a atenção do casal. Uma pequena menina de pele branca e cabelo escuro apareceu.

— Hadassa. — Diana sorriu. — O que quer?

— Quero saber se o papai gostou.

— Venha aqui, minha pérola. — Liam estendeu os braços para a filha.

A menina correu até o homem que sorria para ela. A criança amava sua mãe e seu pai igualmente, mas todos sabiam quem era o favorito dela.

— Eu que escolhi a cor, papai.

— Ah, está explicado o bom gosto.

Ele acariciava as costas de sua primogênita, encantado em poder senti-la com as pontas de seus dedos dourados. A pequena Hadassa não havia nascido um menino como Diana queria, e também não era parecida com a mãe, como Liam sonhava. Veio do jeito dela, o que a tornava ainda mais surpreendente e especial. O rei admirava sua princesa e depois olhou para a rainha que havia dado à luz a ela.

— Quero mais uma dessa. — Apontou para a filha deles.

— Bem que eu gostaria de tentar um menino — respondeu Diana em um tom brincalhão.

— Não, eu quero mais uma dessa aqui — disse Liam, balançando Hadassa. A menina soltou uma gargalhada gostosa. — Sou um pai de menina.

— Só vamos saber se tentar, não é?

Liam entendeu o recado e colocou a filha no chão novamente.

— Minha pérola, por que não vai brincar com a titia Mag?

— Tio Miguel está com ela? — perguntou a menina.

— Ah, deve estar. Ele sempre está.

A menina concordou — já estava achando o clima chato e entediante ali. Então se soltou do pai e correu para fora do ambiente, ansiosa para abraçar seus tios de consideração.

— Você a mima demais. — Diana alertou com um sorriso de canto.

— Assim como mimo você — disse Liam e lhe deu um beijo na testa. — Tem mais algum pedido, minha rainha?

Diana se esticou para conseguir sussurrar em seu ouvido.

— Metade de seu reino.

— Isso você já tem. — Levantou a sobrancelha.

— Então quero um menininho.

— Não — respondeu sério.

— É o que veremos.

O casal se apressou para ir ao quarto, não tinham muito tempo até Hadassa os procurar novamente.

Um ano depois, um belo menino de pele escura e cabelo castanho nasceu, e Diana lhe deu o nome de Mordecai. Os filhos dos líderes de Enellon cresceram em graça e sabedoria. E pela primeira vez na história do reino, eles tiveram uma herdeira por direito no trono. Vida longa à rainha.

Epílogo

Uma lança estava cravada em meu peito. O mundo em câmera lenta me fez perceber o que estava acontecendo. Eu iria morrer.

— Não! Ainda não! — clamei aos espíritos. — Admete! — Olhei para o armário em que minha irmã caçula se escondia.

Parecia que eu havia entrado em outra dimensão, ninguém ouvia meus gritos, estava tudo parado. O sangue saía de meu corpo.

— Espera! Meu filho! Minha mulher! — eu gritava desesperado.

Um belíssimo dragão vermelho apareceu para mim, eu sabia quem era.

— Santo Espírito, por favor, me salve! — Minhas lágrimas não eram vistas no fundo do mar, mas ele sabia que eu chorava.

— *Seu tempo acabou, Raon. Cumpriu sua missão.*

— Não! Minha irmã... quem ficará ao seu lado se eu partir?

— *Ela terá a mim e várias outras pessoas que colocarei em seu caminho.*

— Mas, Sara... — lamentei, ao pensar que não veria mais o rosto da mulher que amo.

Imediatamente, o dragão se ajustou em um formato circular e me mostrou o futuro pela passagem que ele abriu.

— *Você terá um filho, o herdeiro de seu trono, ele se chamará Ramon.*

— Meu nome terreno...

A imagem da criança passava na minha frente. Como ele seria parecido comigo, mas com os olhos e cabelos da cor de minha esposa.

— Deixará um filho crescer sem seu pai? — tentei argumentar com o espírito.

— *A vida vai muito além do que acontece aqui, na terra, mortais.*

— Como acharão minha esposa e minha criança? Ele não sabe que é um príncipe!

— *Sua irmã os encontrará* — a voz do dragão era serena e mansa.

— O quê?

— *Admete crescerá graciosamente. Terá os valores aprendidos com você firmes em seu sangue.*

Ele mostrava imagens de minha irmã em todas as fases da vida. Em uma delas, vi um grupo de tritões caçoando de Admete.

— Ah, minha irmãzinha... — Meu coração doía com a forma que a tratavam. — Quem a defenderá se eu não estiver com ela?

— *Sua irmã se tornará uma mulher forte, Raon.*

— Mas ela não sabe ainda que é uma portadora! Ninguém sabe! Somente eu pesquisei e me aprofundei sobre a profecia do horizonte. Eu sei que é ela! Somente Admete pode impedir a caçada.

— *E você está certo.*

— Preciso estar aqui para guiá-la! Como fará sozinha?

— *Ela não estará sozinha.*

O dragão revelou mais do futuro de minha irmã. O momento em que ela se voluntariaria para casar com o rei de Enellon, o dia que ela choraria por saudades de mim. Ele me mostrou quando ela seria torturada. Me mostrou quando seria amada. O dragão me revelou o encontro entre meu filho e minha irmã. Sara faria um bom trabalho, criando nosso filho com a mesma ternura que me conquistou. Vi as imagens dos espíritos guiando Admete para que ela encontrasse a profecia do horizonte. Avistei um homem que a amaria tanto que me fez ter certeza de que ela não ficaria só. Vi minha irmã portar o sangue dos espíritos e acabar para sempre com a morte do nosso povo através da caçada. Por fim, avistei-a com seus filhos e amigos me prestando uma homenagem em um dia que deveria ser a coroação do meu menino. Na imagem, claramente não era mais um menino, era um homem. Estava ao lado de sua esposa sereia e meus belíssimos netos. Tudo isso só aconteceria por causa de Admete.

— Ela... — Era difícil ver o tanto que minha pequena garotinha havia crescido. — Ela fará tudo, não é?

— *Sim* — O dragão sorriu.

— Sem mim... — concluí.

— *Não, com você. Seu amor viveu em seu sangue e somente por isso ela conseguiu salvar seu povo.*

— Minha irmã fez amigos... — sussurrei enquanto avistava a imagem dela rodeada de pessoas que a amavam.

Meu maior medo ao partir era deixar minha irmãzinha desamparada. Ela tinha nossos pais, mas eles sempre estavam tão ocupados com o trono que esqueciam de notar as dificuldades e o preconceito que ela passava com os colegas. Mas minhas preocupações eram em vão, Admete ficaria bem e faria um ótimo trabalho. Ela restauraria o horizonte, assim como foi profetizado em seu sangue no dia em que nasceu. Sempre foi sobre a sereia sem dons.

— Ela ficará bem então... — Meu coração estava se acalmando, mesmo com a dor da partida.

— *Ficará, sim* — respondeu o Santo Espírito.

— Então eu posso descansar em paz.

Dei uma última olhada em minha irmã, eu podia ver vagamente o seu rosto pela brecha do armário, em que ela se escondia.

— Isso não é um adeus, pequena Admete. Nos vemos no Grande Reencontro de Sangue.

E finalmente fechei os olhos, com a certeza de que a veria de novo na terra de todos os santos.

"Vou preparar-vos lugar. E, se eu for e vos preparar lugar, virei outra vez e vos levarei para mim, para que onde eu estiver estejais vós também."

João 14:2-3

CONTOS EXTRAS

Pelos olhos deles

MIGUEL

Meu coração estava acelerado, já era a terceira vez que conferia se minha gravata estava no lugar certo, me olhei pelo reflexo do vidro e percebi que meu suor estava perceptível, comecei a tatear os bolsos do meu terno, mas percebi que havia esquecido o lenço. Alguém me cutucou, Chris me ofereceu o lenço dele, aceitei de bom grado e enxuguei a umidade em minha testa. E se ela disser não? Vi a rainha correr de um lado para o outro conferindo se tudo estava nos conformes, não seria uma cerimônia pequena, minha família é enorme e a dela também. Percebi que Liam repreendia a esposa por estar correndo e carregando objetos pesados com a barriga tão grande. Diana disse que não era nada, mas dava pra ver pelos seus tornozelos inchados que ela estava um pouco cansada com o final da gestação. Eles já sabiam que seria uma menina e estavam discutindo o nome da criança há meses. Ela fez um beicinho magoado, vi o rei suspirar e ceder, como sempre faz. Liam carregou as coisas para ela e pediu que ela não se sobrecarregue com o parto tão próximo. Diana segurou em seu braço e ele lhe deu um beijo na cabeça — no final eles sempre tentavam agradar um ao outro, e assim viviam todos os dias. Era esse o segredo de um casamento feliz? Eu poderia dar o mesmo a minha amada? Fiquei insistindo por esse dia por tanto tempo que, quando ela finalmente aceitou, me perguntei se estava realmente pronto. A música tocou, eu sabia qual música era, sua entrada era agora. Olhei para minha mãe, que me encarava com um sorriso orgulhoso, acho que nem ela acreditava que eu tinha de fato "sossegado" como ela costumava dizer.

    A mulher dos meus sonhos apareceu na entrada da capela. Decidimos nos casar ao pôr do sol, a igreja era repleta de vitrais coloridos, a luz bateu em seu vestido branco, deixando-a ainda mais deslumbrante. Ela usava o cabelo verde trançado em um coque baixo, não tinha mais necessidade de esconder sua cor natural. O vestido era de alcinha, o corset marcava sua cintura e deixava seu seios mais fartos do que já eram. Desviei o olhar, não deveria estar pensando nessas coisas — por enquanto. A saia não era volumosa, mas também não era apertada, ela caía delicadamente sobre seus pés. Seu vestido era simples, sem texturas ou muitas camadas de tule, eu agradeci por isso, não me distraía de sua beleza, acho que nunca a tinha visto tão linda em toda minha vida. Ela segurava um buquê de rosas brancas e folhas verdes, combinava com seus olhos. Mag sorria para mim, seu pai a conduzia, ele estava satisfeito com a união, finalmente. Não foi fácil conquistar a confiança dele, mas aos poucos, foi entendendo que mesmo que eu fosse humano, trataria sua filha como a sereia deslumbrante que ela era.

Magnólia se aproximou de mim e beijei sua mão, ela soltou um risinho tímido e então todos os meus medos se foram, eu estava pronto. Uma lágrima escorreu pelo meu olho esquerdo, ela então acariciou minha bochecha para tirá-la de lá. Posicionou-se na minha frente.

Liam tomou a frente da cerimônia e disse palavras bonitas, pelo menos foi o que ela me contou depois, porque para ser honesto, não consegui prestar atenção em nada — eu estava vidrado nela, sua pele, seus olhos, suas tranças, seus lábios, seu corpo. Eu a queria. Ela me queria. Não conseguia me achar merecedor de tamanha dádiva, mas ali estávamos, mais um casamento mestiço no reino. A próxima geração seria repleta de pequenos mestiços, e eu estava animado para descobrir o que viria da mistura de nós dois. Não percebi quando Liam sinalizou que estava na hora dos meus votos. Retirei de meu terno um bilhete, desdobrei, cocei a garganta e comecei a ditar as palavras.

— Mag... Minha Magnólia. Eu não acreditava em amor à primeira vista até te conhecer. Como amar alguém com quem você trocou poucas palavras? Admito, não te amava ainda, mas meu coração sabia que te amaria. No dia que li seu nome falso naquela fronteira foi como ter um vislumbre rápido de uma vida com você. Claro, poderia ser apenas uma ilusão repentina, mas seu sorriso, sua gentileza e sua força me prenderam a você. Fiquei alimentando sua imagem depois daquilo, não entendia porque não conseguia te tirar da minha mente, era como se o futuro fosse um amigo insistente dizendo repetidamente: "É ela". Quando você apareceu em meu trabalho, eu tive certeza. Decidi guardar cada momento nosso com carinho. Nossa primeira viagem, os fogos de artifício, o sorvete, o café da manhã nunca degustado, o nosso primeiro beijo, o dia que você partiu meu coração e eu parti o seu, o dia quando você me salvou. Depois de tantas outras boas memórias, posso adicionar mais esta: o dia em que nos casamos. Por isso, Mag, eu vim barganhar.

Vi Mag arquear a sobrancelha com um sorriso de canto e acabei abrindo um largo sorriso para ela. Continuei meu discurso.

— Eu te ofereço meus beijos, meu carinho, meus conselhos, meus abraços, meu choro, minha dor, minhas fraquezas e meus sonhos. Em troca, eu quero seus beijos, seu carinho, seus conselhos, seus abraços, seu choro, sua dor, sua fraqueza e seus sonhos. Acordo fechado?

Mag sorria com os olhos lacrimejados, eu estava igual. Seus lábios pronunciaram as palavras "fechado" e depois disso eu, sinceramente, não consigo mais lembrar do que aconteceu, porque ela tinha dito sim, e, enfim... Acho que mais nada importou depois disso. Foi a melhor barganha da minha vida.

RAON

O céu estava limpo, sem nuvens. O sol não dava trégua, estava tão quente que eu só queria entrar logo na água gelada para me refrescar. Mas prometi que a esperaria. Seria a primeira vez que ela entraria no mar comigo, eu guardava em um refratário a receita para que ela pudesse respirar debaixo d'água. Mais um tempo se passou e comecei a ficar preocupado com sua demora, será que algo tinha acontecido? Até que de repente ouvi alguém chamar pelo meu nome, meu nome de tritão. Eu gostava quando ela fazia isso. Olhei para minha direita e Sara vinha correndo em minha direção, ela usava um vestido mais folgado. Era possível ver a roupa de banho que usava por baixo, parecia mais animada do que o normal.

— Minha princesa! — exclamei aliviado.

Ela chegou ofegante, segurando o chapéu cor-de-rosa em sua cabeça.

— Acho fofo que você ainda me chama assim — falou ela com a voz doce, sua voz sempre era doce.

— Bom, é que eu te vejo como uma princesa.

— Só me falta a coroa. — Ela riu timidamente.

Não meu amor, não te falta coroa nenhuma, eu a darei a você.

— Por que está tão agitada? — perguntei preocupado, ela estava com as bochechas vermelhas e o cabelo grudado na testa por conta do suor.

— Acabei me atrasando, me desculpe, esperou muito tempo?

— De forma alguma, só está muito quente.

— Está mesmo, quer entrar na água já?

— Quero. Aqui... — falei retirando o refratário da bolsa. — Pode beber isto.

— Hum... — Ela hesitou. Fiquei com medo de que estivesse repensando tudo. — É seguro beber isso? Não é muito forte?

— Como assim, princesa?

Sara olhou para o chão e então voltou seu olhar para mim, ela estava ainda mais linda que no dia em que nos casamos. Não era um casamento fácil, só conseguíamos nos ver quando eu escapava de minhas obrigações no reino. Não queria mais viver separado dela, mas eu tinha um plano. A próxima caçada se aproximava, já tinha dado tempo suficiente para minha irmã não demonstrar ter dom algum. Ela era a portadora, eu sabia disso. Após essa caçada começarei a treiná-la para que invoque os espíritos de sangue, e, na próxima caçada, nós derrotaríamos os humanos de uma vez. Com tanto poder, poderemos negociar um tratado de paz, e aí finalmente trarei Sara para casa. Admete será a união desses dois mundos, não precisaremos mais viver separados. Farei de Sara minha rainha, e se questionarem, não poderão fazer nada, pois já estou casado com ela.

— Raon, ouviu o que eu disse? — Sara perguntou com um sorriso irritado.

Eu conhecia aquela cara, era a cara que Sara fazia quando me contava algo e eu não prestava atenção. Eu fazia tanto isso que ela já tinha se acostumado. Peguei em sua mão delicadamente, em seu dedo tinha a aliança de pérolas que ela pediu a mim em nosso primeiro encontro.

— Princesa, você tem minha total atenção agora.

Ela riu. Como era linda quando sorria.

— Eu estou grávida, Raon. Você vai ser pai.

Arregalei os olhos surpreso. Após alguns segundos em completo choque, sorri com ela. A abracei e a rodopiei na areia da praia. Eu acho que nunca tinha estado tão feliz em toda minha vida. A pousei no chão com delicadeza e então fechei a cara.

— Princesa...

— Ah, lá vem.

— Você não deveria ter corrido até aqui, então.

— Eu estou bem! Não vou perder o bebê por causa de um corridinha.

— Sua pergunta foi pertinente. Eu não sei se beber essa receita fará mal ao bebê e se eu perguntar a alguém em Norisea, podem desconfiar.

— Eu entendo — falou ela com a voz mais acanhada. Percebi que tinha algo errado.

— O que aconteceu?

— A próxima caçada está chegando, só temo por sua segurança. Por favor, fique aqui, não vá para as águas nesse período.

— Ah, minha princesa, já te falei que não posso. Preciso estar ao lado de minha irmã e meus pais nesse momento difícil. E eu sou o futuro... — parei de falar, ela ainda não sabia.

— Futuro o que?

— Futuro pai! — exclamei, desviando do assunto. — Meu filho não pode achar que eu fujo da batalha, estarei nos mares para defender meu povo.

Sara assentiu temerosa, mas eu sabia que não a havia convencido. Tomei ela em meus braços novamente.

— Vai ficar tudo bem, voltarei para você, eu prometo.

Eu concretizaria meu plano. Com meu filho a caminho, tudo que eu mais desejava era que ele crescesse em um mundo onde os povos de seus pais não eram inimigos. Precisava dar o melhor futuro para ele. Estava decidido. Eu treinaria Admete para que ficasse forte e pudesse conjurar os espíritos de sangue. Ela era. Somente ela me colocaria para perto de minha família novamente, sem riscos. Admete era minha prioridade agora, precisava protegê-la, nem que eu tivesse que dar a minha vida por isso.

LIAM

Eu mantinha meus passos lentos, segurando a pequena criaturinha em minhas mãos com cuidado. Já deveria estar acostumado, era meu segundo filho, mas ele era tão frágil, tão parecido com minha mulher, que isso acabou amolecendo meu coração completamente. Ele esticou a mãozinha me procurando, ofereci meu dedo de metal, era gelado para ele, mas quentinho para mim. Para minha surpresa, ele gostou. Em um momento decidi me assentar na poltrona de nosso quarto — não existia mais quartos separados, o quarto de casal era onde ficávamos.

Hadassa pegara o antigo quarto de Diana depois que cresceu um pouquinho mais, já que o quarto da rainha era o segundo maior do palácio. Agora era o quarto da princesa. Mordecai ainda dormia em nosso quarto, seu berço ficava ao nosso lado, esperávamos pacientemente o meu antigo quarto ficar pronto para receber seu novo integrante. Ajeitei o pequeno em meu colo novamente e empurrei o cabelo para trás, ele estava enorme, meus fios já passavam dos ombros.

Diana saiu de seu banho, ela sempre demorava.

— Nossa, ele dorme tão rápido em seus braços — comentou ela enquanto enxugava o cabelo com a toalha, seus fios estavam curtos, um pouco abaixo do queixo e era lindo saber que ela ficava radiante de qualquer forma, o novo corte a deixara adorável.

Olhei para baixo e Mordecai dormia tranquilo.

— Ele parece mais calmo que Hadassa — observei.

— Ah sim! Lembra como era difícil fazê-la dormir no início? Ela sempre foi muito agitada, parece que pegamos um mansinho agora.

— Um presente de sossego depois do furacão Hadassa.

Diana riu e acariciou a cabeça de nossa criança. Ele era muito peque-no, tinha um pouco mais de um mês de vida.

— Já está na hora de o apresentarmos ao povo. — Diana me lembrou.

— Verdade. Vou me certificar de colocar a apresentação na agenda da semana.

Minha rainha me deu um beijo na bochecha e foi até o trocado, eu conseguia ver sua sombra contra luz e me lembrei de algo que me fez rir.

— O que foi? — ela perguntou saindo do closet.

— Nada, só lembrei do dia em que você se pendurou na sacada sem deduzir que eu veria sua sombra e...

— Odeio quando você lembra disso — ela falou aos risos.

— Meu amor, você é tão inteligente, mas naquela situação foi tão tola.

Diana segurou a risada para não acordar Mordecai.

— Eu admito, foi bem engraçado. Sua cara depois que vomitei em você foi impagável.

— Eu fiquei morrendo de ódio, mas quando estava me limpando no banho também ri da situação. Fiquei pensando depois que, mesmo que você fosse difícil, pelo menos seria divertida. Acho que aquela situação acabou me aproximando um pouco mais de você.

— Meu amor — Diana murmurou ao sentar do meu lado novamen-te. — Que gentil, você nunca tinha me contado isso antes.

— É, guardei somente para mim por um tempo.

Diana acariciou meu cabelo, vi que ela olhava para um ponto em especí-fico do quarto, olhei na direção também e vi a concha azul. Tínhamos levado o artefato de nosso primeiro encontro para nosso quarto. Quando brigáva-mos, afinal, acontecia de vez em quando, aquela concha nos lembrava de que éramos destinados um para o outro. Eu ficaria com ela porque ela era minha sereia, e ela ficaria comigo porque eu era seu humano. Diana sonhara com aquela noite na praia, assim como eu. Um dia nossos sonhos se tornaram realidade e agora estamos aqui. A concha nos lembrava disso todos os dias.

— Vamos nos casar — sussurrei.

— O quê? — Diana perguntou confusa.

— Eu quero uma celebração, com o seu povo e o meu. Todos unidos. Talvez esteja na hora de colecionar mais conchas, mas não para feridas, para conquistas.

— Vai me preparar uma concha especial? — ela perguntou se acon-chegando no meu ombro.

— Você me deu uma, está na hora de eu te dar outra.

— Quer fazer uma renovação de votos, então?

— É, acho que sim.

Diana sorriu, eu conseguia sentir que ela chorava de emoção, pequenas lágrimas escorriam por seu rosto e caíam em minha camisa. Ela dizia que sua sensibilidade estava atrelada ao fato de ter dado à luz há pouco tempo, mas Diana sempre foi um pouco sensível. Ela gostava de fingir que não, mas era mole por dentro, era minha parte favorita nela.

— Vamos fazer sim, eu amo festas.

— Eu também.

Permanecemos assim por um tempo, peguei em sua mão e ela a apertou. Começamos a ouvir passos apressados subindo as escadas, já conhecíamos aquele barulho — era nosso furacãozinho. Diana sorriu para mim e se levantou para recepcionar nossa primogênita, afinal a pequena sempre trazia novidades da escola.

Observei Diana com alívio em meu peito, eu não precisava mais me esconder nem ter vergonha de quem eu era, muito menos ela. Estávamos dando aos nossos filhos o que nos faltou. Admito que às vezes sentia inveja, mas nas noites de pesadelos, tinha um abraço para me acalentar, seu calor era o mais reconfortante de todos. E nas noites de seus pesadelos eu fazia o mesmo por ela. Nem sempre era fácil, mas eu era seu porto seguro e ela o meu.

Eu era dela, e ela era minha.

Para sempre.

AGRADECIMENTOS

Preciso começar agradecendo primeiramente a Deus, por ter colocado em meu coração a esperança de ter um lugar ao lado dos que já se foram.

Reescrever a história de Ester, junto com o desejo de abraçar os meus queridos, trouxe grande alívio à minha alma, por isso, não posso deixar de agradecer ao meu Senhor por essa graça.

Agradeço também aos meus pais que foram os primeiros a acreditar nas histórias que nasciam em cadernos pequenos e coloridos. Eles viram tudo isso nascer, e fico muito realizada que eles verão outro sonho tomando forma. Nosso sonho. Não sei o que teria sido da minha versão adulta se minha versão infantil não tivesse tido tanto incentivo. O que sou hoje e os dons que desenvolvi foi por causa deles. Serei eternamente grata por ter o privilégio de chamá-los: mamãe e papai.

Quero agradecer também ao meu marido. Essa história só foi possível porque tive o apoio dele durante toda a escrita. Foram muitos horários de almoço usados para escrever, finais de semana que poderiam ter sido nossos, e os usei para desenhar sereias e tritões. Obrigada por sua paciência e por se orgulhar de mim. A nossa história sempre será a minha favorita.

Por último, não poderia deixar de agradecer aos meus leitores. Hoje minha sereia alcança novos mares porque tive leitores que acreditaram nesse projeto e navegaram nessa história comigo. Fico extremamente grata por poder recompensar tanto amor trazendo a melhor versão que vocês merecem desse livro. Continuarei me esforçando para entregar sempre a excelência aos meus leitores.

Obrigada!

Este livro foi composto nas fontes Stolzl e Skolar
pela Editora Nacional em agosto de 2023.
Impressão e acabamento pela Gráfica Leograf.